dtv

Karneval in Venedig. Plötzlich fällt in der Nacht ein Schuß. Ein glänzender Gegenstand versinkt im trüben Wasser des Kanals. Vom Fenster seines Pensionszimmers aus wird Alejandro Ballesteros zufällig Augenzeuge des Mordes an Fabio Valenzin, dem berühmt-berüchtigten Kunstfälscher. Hinter einer der zersplitterten Fensterscheiben des verlassenen Palastes erblickt er gerade noch schemenhaft die Maske des Pestdoktors. Der junge Kunsthistoriker war eigentlich nur in die Lagunenstadt gereist, um Giorgiones rätselhaftes Gemälde ‚Das Gewitter' im Original zu betrachten. Unvermittelt findet er sich nun in den Niederungen der venezianischen Gesellschaft wieder. Dort lernt er auch die außergewöhnliche Restauratorin Chiara kennen, deren magischer Anziehungskraft sich der Spanier nicht entziehen kann. Doch die rätselhafte Frau hütet ein Geheimnis, das mit Fabios Tod und einer grandiosen Fälschung in unmittelbarem Zusammenhang steht. – Eine abgründige und sinnliche Geschichte aus der geheimnisvollen Stadt Venedig, in der Leben und Kunst nicht voneinander zu trennen sind.

Juan Manuel de Prada, geboren 1970 in Baracaldo/Baskenland, studierte Jura und lebt heute als freier Autor und Literaturkritiker in Madrid. De Prada gilt als Wunderkind unter den jungen spanischen Autoren. Für seinen zweiten Roman, ‚Trügerisches Licht der Nacht', erhielt er 1997 mit dem Premio Planeta den höchstdotierten Literaturpreis Spaniens.

Juan Manuel de Prada

Trügerisches Licht der Nacht

Roman

Deutsch von Alexander Dobler

Klett-Cotta
Deutscher Taschenbuch Verlag

Ungekürzte Ausgabe
August 2000
Deutscher Taschenbuch Verlag GmbH & Co. KG,
München
www.dtv.de

Titel der spanischen Originalausgabe:
‚La tempestad'
(Editorial Planeta S. A., Barcelona 1997)

Umschlagkonzept: Balk & Brumshagen
Umschlagfoto: © laif/P. S. Kristensen
Satz: Fotosatz Janß, Pfungstadt
Gesetzt aus der Slimbach
Druck und Bindung: C. H. Beck'sche Buchdruckerei,
Nördlingen
Gedruckt auf säurefreiem, chlorfrei gebleichtem Papier
Printed in Germany · ISBN 3-423-12807-0

Für meine Mutter,
damit sie ihren Sohn nicht verliert

Man müßte einen Roman schreiben, der
die Konsistenz eines Albtraums besitzt.
Einen Roman, in dem die Zeit schleppend
und bedrohlich wie ein Traum vergeht.
Oder sogar überhaupt nicht vergeht.
ANDRÉ PIEYRE DE MANDIARGUES

Glücklicher Leib, der zwischen den Händen mir fließt,
geliebtes Gesicht, wo ich die Welt betrachte,
wo Vögel voll Anmut flüchtend sich spiegeln
auf dem Flug in die Zone, wo nichts vergessen wird.
VICENTE ALEIXANDRE

Das pathetischste an einem Kunstkritiker
ist nicht etwa, daß er sich irrt und keine
Kenntnisse besitzt, sondern, daß er *Kenntnisse besitzt*
von etwas, das er ... nicht versteht.
RAMÓN GAYA

I.

Es ist schwierig und obszön, dem Blick eines Mannes auszuweichen, der so viel Blut verliert, daß er sterben wird, aber noch schwieriger ist es, seinem Blick standzuhalten und den Versuch zu wagen, einzutauchen in den sich plötzlich auf seinen Netzhäuten bildenden Strudel aus widersprüchlichen Gefühlen und Geheimnissen, die mit in den Tod genommen werden. Es ist schwierig und mühsam, in einer noch nicht erkundeten Stadt dem Todeskampf eines Unbekannten beizuwohnen (bald schon sollte ich erfahren, daß es sich um den Kunsthändler und Fälscher Fabio Valenzin handelte), wenn die Nacht jenes Ausmaß an Vorsätzlichkeit oder Heimtücke erreicht hat, das den Tod zu einer unwiderruflichen Tatsache werden läßt. Es ist schwierig und empörend, einen Mann auf einer schneebedeckten Straße verbluten zu sehen und eine Übersetzung für die Verwünschungen in einer fremden Sprache, verworren oder aufschlußreich, wer weiß, zu suchen, die er Sekunden vor dem Tod murmelt. Es ist schwierig und undankbar, zuzusehen, wie Blut aus einer Brust quillt, und weder über eine stillende Mullbinde zu verfügen noch über die rechten Worte, die dem Sterbenden als lindernder Balsam oder letzte Wegzehrung dienen könnten, noch auch nur die Entschlossenheit aufzubringen, die man benötigt, um Hilfe zu rufen oder die Polizei zu benachrichtigen. Es ist schwierig und kann einen zur Verzweiflung treiben, das Röcheln eines Mannes zu hören, dessen Leben mitten auf einer verlassenen Straße zu Ende geht, während das Wasser der Kanäle schläfrig vorübergleitet wie ein Sarg, und auf der Suche nach Beistand weder die Nachbarschaft noch ihn selbst wecken zu können durch Schreie, auf die man als Antwort doch nur ein abweisendes

Schweigen erhält, das von den Steinen widerhallt. Es ist schwierig und schicksalhaft, in einer von Gott und der Welt verlassenen Stadt mit einem Mord konfrontiert und in seine Aufklärung verwickelt zu werden, wenn man ursprünglich dorthin gereist ist, um Licht in andere, sympathischere Angelegenheiten zu bringen. Der Tod Fabio Valenzins in meinen Armen war notwendig, damit ich mir des Schicksals, das auf mich wartete, bewußt würde. Doch solange Venedig den Hintergrund meiner durchwachten Nächte darstellte, würde das Schicksal mir zürnen: Auf die unmittelbare Gegenwart des Todes sollte bald der unvermittelte Auftritt der Liebe folgen, jenes andere, vielleicht noch endgültigere Naturereignis.

Ich war nach Venedig gereist auf der Suche nach einem Gemälde, das ich aus Abbildungen in Katalogen kannte und aus der umfangreichen Bibliographie der Spezialisten, die jahrzehnte-, vielleicht sogar jahrhundertelang Vermutungen über seine Bedeutung angestellt hatten. Auch ich selbst hatte meine Jugend an die Deutung jenes Gemäldes verschwendet, hatte mich jahrelang in das Rätsel seiner Figuren vertieft und der Nachwelt nach eifrigen Untersuchungen und Recherchen so etwas wie einen unförmigen Papierhaufen oder eine Doktorarbeit entgegengeschleudert, mit der ich den bereits vorhandenen Interpretationen eine weitere hinzufügte. Jenes Gemälde, dem ich meine durchwachten Nächte gewidmet hatte, trug den Titel *La tempesta*. Gemalt hatte es Giorgione (wenn Giorgione tatsächlich existiert haben sollte und nicht bloß ein Sammelbegriff für ein paar Gespenster war wie Homer), und zwar in den letzten Jahren seines Lebens, um 1505. Es ist wahrscheinlich überflüssig, den Bildaufbau von *La tempesta* zu beschreiben, da die ikonographische Schule ihn bereits bis zum Überdruß wiederholt hat. Vor dem Hintergrund einer Stadt, die etwas von der Unwirklichkeit geträumter Architektur hat, sehen wir mitten auf einem

Feld zur Rechten eine unbekleidete Frau (durch einen Busch verliert ihr nackter Leib ein wenig von seiner Leuchtkraft), die mit einer gewissen sinnlichen Trauer und ohne auf ihre Umgebung zu achten ihr Kind stillt, während der Szene auf der linken Seite ein nach der zeitgenössischen Mode gekleideter Mann mit einem Wanderstock in der Hand beiwohnt, der wie ein Eindringling wirkt, in vergangenen Tagen aber die intime Nähe, vielleicht sogar die Gunst jener Frau genossen haben könnte. Wir wissen nicht, ob die Frau adelig ist oder aus dem Volk stammt (das unverhüllte Fleisch macht alle gleich), wir wissen nicht, ob der Mann auf sie aufpaßt, sie insgeheim beobachtet oder einfach nur spazierengeht, aber wir wissen, da die Landschaft es nahelegt, daß über ihnen die Schmach der Sprachlosigkeit schwebt, das Stigma eines Schweigens, beredter vielleicht als Vorwürfe oder Entschuldigungen. Zu ihren Füßen fließt unter einer hölzernen Brücke ein rauschender Bach, und aus dem Unkraut wachsen wie Symbole zerstörter Liebe einige Ruinen und ein paar Bäume hervor, die schwanken und sich biegen, gezaust von einem Wind, der einen Wetterumschwung ankündigt; wir sehen einen finsteren Himmel, der das Bild beherrscht, bedeckt von schweren Wolken, zwischen denen sich, überraschend wie eine Narbe, plötzlich ein Blitz zeigt, der den Auftakt zum Sturm bildet, einem Sturm, überwältigend wie die Erinnerung an eine Sünde oder die Beharrlichkeit eines Gefühls, von dem nur Asche blieb.

In *La tempesta* ist die Landschaft zum erstenmal in der Geschichte der Malerei nicht bloß schmückendes Beiwerk, sondern wird zum Ausdruck oder zur Darstellung jenes Gefühlsgemisches, das sich im Inneren des Menschen abspielt. Die Thematik des vielleicht allzu verschlüsselten oder ausgefeilten Gemäldes hatten die Experten (darunter ich selbst) unter Rückgriff auf die Mythologie und die allegorischen Entsprechungen oder die immerwährenden Anregungen aus den Heiligenlegenden und den Geschichten in der Bibel festzuschreiben versucht: Man hatte behauptet, das Gemälde stelle den aus den Fluten geretteten Moses dar oder den jungen Paris, der von einer Bärin in Menschengestalt gesäugt wird (hier wären der Blitz und die Ruinen eine Weissagung der Zerstörung Trojas), oder gar eine verweltlichte Darstellung der Rast des Heiligen Joseph und der Jungfrau auf ihrer Flucht nach Ägypten; mehr oder weniger wahrscheinliche Hypothesen, die den Verdacht nicht auszuräumen vermochten, Giorgione habe das Fehlen einer bestimmten Thematik durch trügerische Dunkelheit verschleiern oder möglicherweise einfach auf die Stürme anspielen wollen, die sich in den unzugänglichen Landschaften des Herzens bilden. Wie etliche andere war auch ich der Faszination jenes Gemäldes erlegen, es war zum Bindemittel meiner glühenden Obsessionen geworden, und ich hatte ein Gewebe aus unbefriedigenden Interpretationen gewirkt, was sehr zum Leidwesen meiner Lider zu dauerhafter Schlaflosigkeit geführt hatte. Nach fast fünf an das Studium Giorgiones verschwendeten Jahren hatte ich Venedig besuchen wollen, um mir Gewißheit zu verschaffen, daß sich die Suche nach einer Bedeutung gelohnt hatte. Ich reiste in der erwartungsvollen Vorfreude von Verlobten, die Hochzeit feiern (mir allerdings hatte ich die Segnungen der Ehe aus dem Kopf geschlagen), mit jener flackernden Unrast, wie sie die Tempelschänder verspüren. Ich reiste getrieben von jener geheimen Sehnsucht, die von der bevorstehenden Auflösung eines Rätsels herrührt, das uns hat alt werden lassen und das uns unaussprechliche Mühen bereitet hat. Ich reiste nach Venedig in der kaum eingestandenen Überzeugung, daß ich dabei war, eine Jugend wiederzuerlangen, von der nur noch ein bißchen warme Asche übrig war. Möglicherweise reisen wir immer nur unserer Jugend hinterher, auch wenn wir am Ende nichts weiter als Alter und Niedergeschlagenheit ernten und mehr Probleme, als wir verdient haben.

Der Januar senkte sich voll Strenge herab, nicht ohne eine gewisse Sanftmut, wie kühles Chloroform. Am Horizont tauchten die Umrisse Venedigs allmählich unter einem Panzer aus Schnee auf, ein prekäres Gleichgewicht haltend, das seine Zerstörung vorwegzunehmen schien. Ein zäher Nebel legte sich über die Lagune, heftete sich an die Steine wie ein Schalentier, ließ die Silhouette der Stadt verschwimmen und verlieh den Palazzi, die den Canal grande säumen, das Aussehen von geschlossenen Fabrikhallen, an deren Fassaden der abgeblätterte Putz aussah wie die Wunden am Körper eines Leprakranken. Ein wenig besaß Venedig in der Tat von einem Leprakranken, der sich hartnäckig aufrecht hält, auch wenn das Urteil seiner Vernichtung bereits gesprochen ist, ein wenig besaß Venedig von einem Toten, dem es nicht gelingen will, über die fortschreitende Verwesung hinwegzutäuschen. Die Laternen, die in regelmäßigen Abständen die Riva degli Schiavoni erhellten, waren kaum mehr als Lichtflecken, die sich wie die feine Schleimspur einer Schnecke im Nebel verloren, je weiter der Vaporetto die Fluten des Canal grande zerteilte, mit jenem Geräusch einer auseinanderfallenden Tartane, das die Vaporetti im Winter hören lassen, wenn sich das Eis an den Motoren festsetzt und sie stottern läßt. Der Vaporetto beförderte, vom Flughafen Marco Polo kommend, kaum ein halbes Dutzend einsamer und verschlafener Touristen, die auf jede Kommunikation untereinander verzichtet hatten und so den Dämmerzustand der Reise in die Länge zogen, die vielleicht aber auch einfach angesteckt waren von jener unwiderruflichen und stummen Traurigkeit, die von Städten ausgeht, die kurz vor dem Untergang stehen; denn Venedig stand kurz vor dem Untergang: Das Lagunenwasser war auf die Molen geklettert und in die Vorhallen der Palazzi und die Innenhöfe der Tempel gedrungen, hatte sich epidemieartig mit seinem Schlamm und seinen sanften Wellen bis zu den Mosaiken der San-Marcos-Basilika ausgebreitet, die sich, die rostige Nachtluft einatmend, mit ihrem aufgeweichten Fundament und den himmelwärts gedrehten Kuppelbäuchen gegen den Hintergrund abzeichnete wie ein Mammut, das sich in sein Schicksal gefügt hat.

Ich hatte mich am Bug des Vaporetto postiert und die Passagierkabine verlassen, in der jenes halbe Dutzend stumpfer Touristen vor Müdigkeit einnickte, und ich hatte mich auf die Reling gestützt, um mich vom Fahrtwind erfrischen zu lassen, der nach erstarrten Algen roch. Ich bot der Kälte mit einem anmaßenden Optimismus die Stirn, als öffnete die Stadt ihre Pforten mir ganz allein. Zehn Minuten zuvor waren wir an der Insel Murano mit einer unerträglichen Langsamkeit vorbeigefahren, mit einem gedämpften Plätschern, so als wollte die Besatzung des Vaporetto vor so viel Hinfälligkeit den Hut ziehen: An der Mole waren sechs kleine Boote vertäut, die vom Wellengang gewiegt gegeneinanderschlugen wie taumelnde Katafalke, und die Häuser auf der Insel, die möglicherweise Glasbläsereien beherbergten, sahen aus wie proletarische Mausoleen (wenn ich mir den Widerspruch erlauben darf), in denen sich nach einer Seuche die Kadaver stapeln. Der Scheinwerfer des Vaporetto entzifferte die Dunkelheit allmählich und ergründete dabei den unbeschreibbaren Nebel mit dem Wagemut eines Tauchers, der in ein Meer aus Tang vordringt. Dann fiel plötzlich Schnee, zunächst fast unmerklich, dann immer stärker.

Vielleicht war der Schnee das erste warnende Zeichen, das Venedig mir gab, die erste Anspielung auf das Unglück, das mich in seinen Straßen erwartete, ein Unglück, das sich langsam entwickelte wie ein Fluch und sich seinen Weg genauso verstohlen suchte, wie der Schnee auf die Lagune fiel, wo er augenblicklich Flocken bildete, als wäre er auf eine trockene Oberfläche gefallen. Ich beobachtete dieses die physikalischen Gesetze in Frage stellende Naturereignis mit demselben dankbaren Staunen, mit dem die Juden mitten auf ihrem Exodus das vom Himmel fallende Manna aufgenommen haben mußten: Ich hatte keine Ahnung, daß der Schnee die Städte am Meer mit seinem Besuch beehrt (in meiner Einfalt dachte ich, er sei eine Besonderheit der Hochebenen), ich hatte keine Ahnung, daß der Schnee aufs Meer hinabschweben und dabei unversehrt bleiben konnte, ohne zu schmelzen. In weniger als fünf Minuten war aus dem Schneefall ein Schneetreiben geworden, und die Lagune wirkte wie mit einem Teppich aus reinstem Weiß ausgelegt, dessen Reinheit der Vaporetto mit seinem Bug immer stärker beschmutzte, je weiter er vorankam. Hinter uns ließen wir eine Spur aus schwarzem, aufgewühltem Wasser, doch sofort breitete der Schnee wieder seinen Mantel des Erbarmens über den klaffenden Riß. Nie zuvor hatte ich einen so gewissenhaften Schneeschauer erlebt, nie zuvor hatte ich der entfesselten Darbietung einer Natur beigewohnt, die ihren eigenen Gesetzen nicht gehorcht und uns in einen Bereich des Unwirklichen entführt. Schnee fiel auf die Lagune, Schnee fiel auf Venedig, Schnee fiel auf mich mit einer Hartnäckigkeit, die etwas von einer Warnung oder einer Ermahnung besaß, etwas von einer vorweggenommenen Schicksalhaftigkeit, was ich nicht zu verstehen vermochte.

Stunden später, während ich den leblosen Körper Fabio Valenzins stützte (doch zu diesem Zeitpunkt kannte ich seinen Namen noch nicht, und auch danach sollte ich ihn erst erfahren, als man mich den ersten polizeilichen Verhören unterzog), während ich das Atmen seiner Wunde hörte und die Federwolke betrachtete, die aus dem Loch emporstieg, das die Kugel zielstrebig gebohrt hatte, während ich seinem Verbluten machtlos zusehen mußte (der Schnee saugte das Blut auf und ließ es verschwinden wie ein umsichtiger Täter, der die Spuren seines Verbrechens verwischt), da verstand ich sehr wohl, daß Venedig über mir das Unheil ausschüttete, das den Eindringlingen vorbehalten bleibt, doch bis dahin war ich mir nicht bewußt, daß ich die Grenzen eines Gebietes verletzte, in dem ich nichts zu suchen hatte: Ich beschränkte mich darauf, das Herabschweben der Schneeflocken auf Venedig mit geblendeter Verzückung zu betrachten, wie Rußteilchen eines Feuers, die, nachdem die Stadt verwüstet worden ist, zu Asche geworden sind und noch einmal herabsinken; und die Stadt Venedig war von hunderten realen oder symbolischen Feuern verwüstet worden.

Kurz bevor wir auf den Canal grande zusteuerten, hatte ich den Eindruck, zu meiner Linken ein Stück der Insel San Giorgio Maggiore zu erkennen und darauf die Kirche Andrea Palladios, die angesichts der Überschwemmungen ihren Kirchturm emporreckte wie einen Mast, der den Untergang bereits ahnt. Auch ich hätte das mir drohende Unglück ahnen müssen, doch die Verwirrung oder die Unbedarftheit hinderte mich daran, die Zeichen des Himmels zu deuten. Ich wußte nicht, daß ich Zeuge einer Mordtat werden und mich in polizeiliche Nachforschungen verstricken würde, auch wußte ich nicht, daß ich mich in die falsche Frau verlieben würde (doch man sucht sich die Liebe nicht aus, sie wird von himmlischen oder unserem Willen unzugänglichen Mechanismen geregelt), und noch viel weniger wußte ich, daß jene plötzliche Liebe und jener unerklärliche Mordfall den Mann, der ich war, für immer auslöschen und durch einen anderen, vielleicht reiferen, aber durch Ratlosigkeit und Enttäuschungen auch verbrauchteren ersetzen würden: Man wächst, indem man sich aufbraucht. In meiner Verblendung dachte ich, daß die Städte und die Lebensläufe der anderen unser Gedächtnis durchlaufen, ohne dort einen bleibenden Eindruck zu hinterlassen, wie Wasser, das harmlos abtropft und auf unserer

Haut kaum ein flüchtiges Frischegefühl oder ein Schaudern hinterläßt, und um diesen Eindruck zu widerlegen, mußte ich nach Venedig reisen. Niemand ändert ungestraft seine Gewohnheiten, niemand mischt sich ohne unwiderrufliche Ansteckung in das Leben anderer Menschen ein, niemand bedenkt einen anderen mit seinem Haß oder seiner Freundschaft, ohne dafür eine Ladung Schuld und Vertraulichkeit zu erhalten. Schnee fiel auf Venedig mit jener Hartnäckigkeit, die der Himmel sich für die Städte aufhebt, die er von der Landkarte tilgen möchte.

„San Marcos", verkündete eines der Besatzungsmitglieder, um die Passagiere zu wecken, die aus ihrer bleiernen Müdigkeit und Niedergeschlagenheit nicht herauskamen.

Neben der Mole reckten sich dort zwei monolithische Säulen empor, die direkt aus dem Wasser ragten, denn die Gezeiten hatten den berühmtesten Platz der Welt in Besitz nehmen wollen, jenes wertvolle Objekt, das immer zur Winterzeit mit der Lagune verschmolz und damit drohte, sich ihr vollkommen auszuliefern, wie ein Atlantis, das seine Entscheidung noch nicht getroffen hat. Ganz oben auf den Säulen ruhten, in Bronze gegossen, der geflügelte Löwe von San Marcos und die Statue des Heiligen Theodoros, prächtige Symbole einer Herrschaft, die vor vielen Jahrhunderten gewankt hatte. Die *acqua alta* bedrängte die aus schwächlichen Bohlen errichtete Mole und suchte unter den Säulenarkaden, die eine steinerne Einfassung bildeten, die Obhut des Dogenpalastes. Vom Landungssteg bis zur Merceria lag über dem Platz ein langer Ponton, der es den Ankömmlingen ermöglichte, trockenen Fußes jene Szenerie zu überqueren, die durch die Komplizenhaftigkeit des Schnees und das Hochwasser aussah wie eine Tiefseevision. Die Besatzungsmitglieder des Vaporetto verabschiedeten sich in einer unzugänglichen Sprache, einer Mischung aus venezianischem Dialekt und rudimentärem Englisch, und sahen uns mit jenem resignierten und finsteren Mitleid an, das Verbannte erregen, wenn man sie an einem Strand oder auf einer Insel zurückläßt, die nur von Ungeziefer und orientierungslosen Seefahrern heimgesucht wird.

Ich wollte mich jenem Gefühl des Ausgestoßenseins nicht hingeben, auch wenn der Willkommensgruß einer überschwemmten Stadt mich nicht gerade enthusiastisch stimmte. Vorsichtig bewegte ich mich auf dem Ponton vorwärts und versuchte nicht auszurutschen; der Schnee dämpfte meine Schritte, er knarrte unter meinen Füßen und knackte wie ein wirbelloses Tier, das sich, wenn es zerquetscht wird, nicht traut, einen Schrei auszustoßen (doch sehr bald konnte ich feststellen, daß sich der Schnee von den Fußtritten und dem Blut, das auf seinem Weiß vergossen wird, erholt), und er rief in mir so etwas wie Gewissensbisse hervor, mehr oder weniger dieselben Gewissensbisse, die man wohl fühlt, wenn man Jungfräulichkeit raubt oder Unschuld bestraft. Der Markusplatz, übersät von dem Unrat, den die Flut herangeschwemmt hatte, besaß das trostlose und ramponierte Aussehen eines Tanzsaals nach einer wüsten Feier mit Gästen, die sich vor Betrunkenheit übergeben und den Fußboden mit zerbrochenen Gläsern bedeckt haben. Die Flut schwappte in die Hauseingänge, sie drang in die Läden ein, wo sie die Ware in den Schaufenstern zerstörte, und verlangte Einlaß in den exklusivsten Cafés, in jenen Cafés mit elektrischem Klavier und Bilderrahmen aus dem Rokoko, die ein paar kosmopolitische Literaten vermarktet hatten. Die Ladenbesitzer und die Kellner der Cafés (letztere ihrem Angestelltenverhältnis entsprechend mit größerem Unwillen) verlängerten ihren Arbeitstag durch Wasserschöpfen, was sie allerdings gereizt und kurz angebunden taten, als erledigten sie einen Behördengang oder fügten sich in eine biblische Plage. Sie waren die einzigen Menschen, die sich auf dem Platz blicken ließen, und ihre resignierte Gegenwart trug dazu bei, die Verlassenheit des Ortes noch übertriebener wirken zu lassen.

Und jene Verlassenheit war ansteckend, sie war ein säuerlicher Willkommensgruß, der den Reisenden von seinen Erkundungen abbringen sollte. Ich kam mit einem ausgesprochen bescheidenen Stipendium meiner Universität nach Venedig, als Passierschein besaß ich nichts weiter als die Adresse einer anständigen Pension (wenn unter Anstand sauberes Bettzeug und eine nicht allzu gemeinschaftlich genutzte Toilette zu verstehen ist) und ein Empfehlungsschreiben, das mir, wenn alles glatt lief, die Gastfreundschaft Gilberto Gabettis verschaffen sollte, des Direktors der Sammlung der Accademia, des Museums, in dem *La tempesta* von Giorgione hing, und damit des vielleicht herausragendsten Kenners der venezianischen Kunst von Giovanni Bellini bis hin zu Tintoretto. Jedenfalls zog ich die mürrische Gastfreundschaft eines Unbekannten der Selbstverleugnung vor, die man mir fast ein Jahrfünft lang an der Universität auferlegt hatte, wo ich in den Jahren meiner Ausbildung als Laufbursche für Professor Mendoza arbeiten mußte, wo ich zähneknirschend vor ihm buckeln und mir seine erotischen Heldentaten anhören und ihm mit einer schier unglaublichen Fähigkeit zur Selbstverleugnung in den Hintern kriechen mußte, da von ihm mein weiterer Verbleib im Lehen des akademischen Betriebs abhing. Professor Mendoza, der meine Doktorarbeit betreute, legte größten Wert auf die Privilegien, die sich von der akademischen Rangordnung herleiten, und nutzte jede Gelegenheit, mir erniedrigende, mein Ansehen zerstörende Aufgaben zu übertragen: Ich mußte die lautesten oder dämlichsten Studenten ablenken, bis sie es wagten, in sein Sprechzimmer vorzudringen, ich mußte mir ihre bedeutungslosen Bitten anhören, ich mußte die Note der letzten Klausur, die ich selbst korrigiert hatte und mit der sie nicht zufrieden waren, bestätigen. Um mich anzuspornen, rief mich Professor Mendoza gelegentlich in sein Sprechzimmer, stellte mir eine routinemäßige Frage nach dem Stand meiner Forschungen und brummte mir, bevor ich dazu gekommen war, eine ebenso routinemäßige Antwort zu stammeln, ein paar Vertretungsstunden auf: Professor Mendoza reiste häufig in die Hauptstadt, um an Kongressen teilzunehmen, um in einflußreichen Kreisen zu intrigieren und die gefräßige Schar seiner Geliebten zu befriedigen, und jene fatale Neigung zum Nomadentum entfernte ihn immer weiter von den Pflichten der Lehre. Jahrelang hatte ich, wie gesagt, den Despotismus von Professor Mendoza mit dem fernen Trost ertragen müssen, daß er mir eines Tages den Gefallen tun würde, mich die Karriereleiter einen Schritt hinaufzubefördern, mich einem Kollegen vorzustellen oder eine Stellenausschreibung für mich zu erwirken (ich wollte unbedingt etwas Festes), weshalb mich die Feindseligkeit Gilberto Gabettis nicht sonderlich schreckte und ebensowenig der rauhe Empfang, den Venedig mir bereitete.

Der Ponton hörte an der Einmündung in die Merceria abrupt auf, einem Gewirr aus Gassen, in denen sich in einem phönizischen Durcheinander die exklusivsten Boutiquen neben Souvenirläden und Antiquariate neben Bankfilialen drängten. Der Ponton hörte abrupt auf, nicht so hingegen die Überschwemmung, und so fand ich mich damit ab, meinen Gang zur Pension durch jenes brackige Wasser fortzusetzen, das durch eine vor meinen Schritten zurückweichende Schicht Schnee keineswegs angenehmer wurde. Meine Hose und die Schöße meines Regenmantels waren durchnäßt bis an die Knie (und das, obwohl ich auf Zehenspitzen ging und mit dem Gepäck Balanceakte vollführte), und ein für Flußwanderungen ungeeignetes Paar Schuhe ruinierte ich für immer. Es war jämmerlich und lachhaft, auf diese Art in einer fremden Stadt aufzutauchen, doch die körperlichen Demütigungen sind lange nicht so kränkend wie die moralische Knechtschaft, in der ich mich nach fünf Jahren Promotionstätigkeit zu einem regelrechten Spezialisten entwikkelt hatte. In Venedig beziehen sich die Hausnummern nicht auf einzelne Straßen, sondern auf alle Straßen eines Stadtbezirks (Venedig hat sechs Stadtbezirke, und ich befand mich, während ich an dieselben Hausecken zurückkehrte und durch bereits beschrittene Gassen ging, immer noch in dem von San Marcos): Selbst in ihren städtebaulichen Ordnungsprinzipien hat diese Stadt hervorragen wollen, genau wie in ihrer Lage und in der fast abstoßenden Anhäufung von Schönheit. Der Schneefall war immer heftiger geworden und hatte sich in einen Schneesturm verwandelt, als ich schließlich vor dem Albergo Cusmano stand, dessen Eingang im Schutz eines steinernen Bogens lag, der entfernte Ähnlichkeit mit einem zerstörten Tunnel aufwies; über der Tür hing ein wenig vertrauenerweckendes fluoreszierendes Schild, und die Wände des gemauerten Bogens aus feuchten, bröckelnden Ziegelsteinen weckten bei der Berührung Erinnerungen an ein Reptil, die einen weniger leidgeprüften Reisenden als mich in die Flucht geschlagen hätten.

„Guten Abend“, stammelte ich, ohne mir große Hoffnungen zu machen und in der Überzeugung, etwas Unpassendes gesagt zu haben.

Die Frau, der die Leitung der Pension oblag, drehte mir den Kopf zu, wobei ihre Aufmerksamkeit mehr von dem Glöckchen erregt wurde, das beim Aufdrücken der Tür klingelte, als von meinem heiseren Gruß in abscheulichem Italienisch. Sie hatte einen stolzen Kiefer, graue und übergroße Augen wie auf einem byzantinischen Mosaik, ungewöhnliche Gesichtszüge, die von maßvollen Ausschweifungen zeugten, und unter dem schwarzen Pullover ein Paar Brüste, für die das Eigenschaftswort maßvoll bereits nicht mehr zutreffend war. Sie war nachlässig gekleidet, und dennoch haftete ihrer Nachlässigkeit etwas Absichtsvolles an, da sie weder auf

Schuhe mit Absatz verzichtete noch auf das Schminken ihrer Lippen, die allerdings maßvoll waren, im Gegensatz zu den Brüsten. Auch wenn sie bereits vierzig war, besaß sie jene erfahrene Reife, die von Falten kein großes Aufheben macht. Ich hatte gedacht, ich würde eine weniger distinguierte Hausherrin antreffen (eine mit Lockenwicklern und Schürze womöglich), und ließ mich von einer unschicklichen Woge der Begierde übermannen, von einer Erektion geradezu.

„Bezaubernder Abend", sagte sie und betrachtete mit einem Mitleid, in dem ein Schaudern anklang, meine triefende Kleidung.

„Ich hatte ein Zimmer reserviert auf den Namen Alejandro Ballesteros."

Ich hatte ein gestümpertes Italienisch hervorgekramt, das seit den Rucksacktouren in meiner Schulzeit, damals in meiner Adoleszenz, verkümmert war und Schimmel angesetzt hatte. Aus purer Abneigung oder um Distanz zwischen uns zu bringen, verfiel sie ins Englische:

„Dann wollen wir mal sehen."

Die Ränder ihrer Absätze prägten sich in den Teppich des Foyers wie winzige Hufeisen, die meine Erektion wieder aufleben ließen. Von hinten betrachtet ließ sie einen fast ein wenig zu groß geratenen Hintern sehen: Der Rock spannte in abscheulicher Weise um die Hüften und strangulierte ihre Gesäßhälften, die ich mir leicht asymmetrisch und natürlich weich vorstellte. Ich will es nicht leugnen: asymmetrische und weiche Hinterteile gefallen mir.

„Stimmt, Mister, hier steht es. Sie haben Zimmer 107. Ihren Personalausweis bitte."

Hinter der Rezeption stand ein Heizofen, dessen Heizdrähte glühten. Meine Ohren brannten von dem Temperaturunterschied, und ich hatte den Verdacht, daß es nicht mehr lange dauern würde, bis die eine oder andere Frostbeule sie anschwellen lassen würde.

„Spanier“, stellte sie mit einem Lächeln fest, das genau wußte, wie maßvoll es war.

Sie hatte, allerdings mit stimmhaftem s, als ob sie mich kränken wollte, das spanische Wort benutzt und die Schultern gezuckt (im Pullover regten sich die Brüste, möglicherweise waren auch sie asymmetrisch und weich), wodurch ich mir noch blöder oder hilfsbedürftiger vorkam, als hätten mir das Büßergewand aus durchweichten Kleidungsstücken und die flüchtige Erektion in einem Winkel meiner Unterhose nicht schon gereicht.

„Bitte, kommen Sie doch mit.“

In der Pension gab es keinen Aufzug (Automobile und Aufzüge sind aus Venedig verbannt), und die Treppenstufen, die so eng waren, daß sie kaum genug Platz für mein Gepäck ließen, waren wie der Boden des Foyers mit Teppich ausgelegt: Unnachsichtig vergrub die Besitzerin der Pension ihre Absätze darin, doch weder knarrte der Teppich im Gegensatz zu dem Schnee, den ich auf dem Weg dorthin zertreten hatte, noch knackte er, vielleicht weil es weder Jungfräulichkeit gab, die man hätte rauben, noch Unschuld, die man hätte bestrafen können. Sie stieg die Treppenstufen hinauf, ohne mit dem Hintern (der vom Rock fest eingepackt war) zu wackeln, und ihre Waden gewannen plötzlich eine Muskulosität, die ihre Fesseln schmaler aussehen ließ, breiter dagegen die Kniekehlen, in denen sich Dellen in der Haut bildeten, die gleich weit entfernt waren von denen, die an der Stelle entstanden, wo der Rücken in die Pobacken übergeht. Ich bemerkte auch die Mulde in ihrem Nacken, den das zu einem komplizierten Zopf geflochtene Haar frei ließ. Die Gefahr der Beobachtung besteht darin, daß man sich am Ende wie ein Anatomiehandbuch anhört, aber mein Beruf, der im stundenlangen Untersuchen von Gemälden besteht, zwingt mich dazu, genau zu beobachten.

„Die Toilette ist gleich gegenüber. Waschbecken und Telephon sind auf dem Zimmer“, erklärte sie mir wie ein Museumsführer. „Hoffentlich ist alles zu Ihrer Zufriedenheit.“

Zur Zufriedenheit eines illustren Gastes hätte es vielleicht nicht gerade gereicht, aber die Erwartungen eines nicht allzu verwöhnten wissenschaftlichen Assistenten enttäuschte es nicht. Der Spiegel über dem Waschbecken war kümmerlich und finster und besaß beinahe keine Quecksilberschicht mehr. Die Matratze auf dem Bett wirkte durch (nicht gerade friedfertige) Abnutzung ziemlich durchgelegen, aber dafür gab das Fenster den Blick auf einen versteckten kleinen Platz frei, spärlich beleuchtet von einer Straßenlaterne, die in ihrem Innern einen Insektenfriedhof beherbergte. Der Kanal, der den kleinen Platz umgab, war noch nicht über die Ufer getreten, und das Wasser zeigte die matte Traurigkeit von eingekerkerten Kreaturen. Direkt hinter dem Platz stand hochaufgerichtet der Kirchturm von San Stéfano, nach rechts geneigt wie ein Leuchtturm, der sich den Wellen ergibt.

„Entschuldigung, wie war noch gleich Ihr Name?“ fragte ich, vielleicht ein bißchen zu aufdringlich, aber ohne mich vom diplomatischen und Distanz schaffenden Englisch zu verabschieden.

Das Dunkel des Zimmers betonte ihre Augenwinkel und ließ ein paar Krähenfüße sichtbar werden, die mir nicht mißfielen.

„Dina Cusmano“, antwortete sie überrascht oder kokett. „Aber wieso ...“

Ich unterbrach sie, bevor sie mir meine Vorwitzigkeit zum Vorwurf machen konnte.

„Verzeihen Sie, ich wollte bloß unseren Verkehr ein wenig erleichtern.“

Eine Sekunde, nachdem ich den Satz beendet hatte, schämte ich mich auch schon für das Wort Verkehr, das auf andere, eher gymnastische Möglichkeiten des Verkehrs anzuspielen schien. Aber sie verzieh mir, indem sie mir unsere räumliche Nähe noch deutlicher vor Augen führte:

„Das hier ist der Haustürschlüssel. Für den Fall, daß Sie nachts das Hotel verlassen möchten“, und sie zeigte mir einen größeren und glänzenden. „Um diese Zeit schließe ich gewöhnlich ab, weil ich allein bin und nicht die ganze Nacht wachbleiben kann.“

Sie sprach nicht mehr Englisch, sondern bediente sich jetzt des venezianischen Dialekts, der von ihren Lippen nicht so derb klang, mehr wie eine vage Reminiszenz an das Katalanische.

„Ich schlafe direkt über Ihnen. Wenn Sie möchten, mache ich Ihnen einen Tasse Kaffee.“

Möglicherweise war die Vorwitzige sie, und ich war bloß ein schüchterner Mensch, der sich mit dem Wagemut angesteckt hat, der von dem leichten Taumel nach einer gerade beendeten Reise herrührt. Ich zog mich in mein Schneckenhaus zurück.

„Nein, ist schon gut. Ich bin ziemlich müde, vielleicht morgen.“

Sie verließ das Zimmer, ohne mir den Rücken (oder ihren Hintern) zuzuwenden, vielleicht aus Anstand, vielleicht aber auch, um mich zu beleidigen. Ich nehme an, ich habe Dina Cusmano so begehrt, wie man eine Frau eben begehrt, mit jenem unterschiedslosen Lustempfinden, das uns Schöngeister von Zeit zu Zeit quält. Ich vernahm das gedämpfte Geräusch ihrer Absätze, als sie eine weitere Treppe hinaufstieg und über den mit Teppich ausgelegten Gang ging, der zu ihrer Wohnung führte, während ich meine Schuhe, aus denen eine Art Algensuppe troff, abstreifte und meine völlig durchnäßten Socken und die schauderhaft aussehende Hose auszog. Dann hörte ich Dinas Schritte, die jetzt kein Teppich mehr dämpfte, direkt über mir, aber meine Erektion hatte bereits nachgelassen, weil mir plötzlich die steifen Füße weh taten und ich damit beschäftigt war, sie an die Heizung zu halten und das angenehme Kribbeln hervorzurufen, das die Wärme erzeugt, wenn sie in die Zehen kriecht. Ich konnte das harte Geräusch ihrer Absätze auf Kacheln ausmachen (Dina teilte die Toilette nicht mit den Gästen), das Quietschen eines Wasserhahns und ein helles Plätschern, das von einer auf das Porzellan der Toilettenschüssel prasselnden Flüssigkeit herrührte. Es war verwirrend, aber durchaus angenehm, Dina urinieren zu hören, und noch verwirrender war der Verdacht, daß sie wußte, daß die Geräusche von den Wänden übertragen wurden. Sie urinierte erleichtert oder lustvoll und hörte erst nach einem abschließenden Stottern auf, etwa eine Sekunde, bevor das Rauschen der Spülung zu hören war. Durch das Fenster sah man den schiefen Kirchturm von San Stefano und das Schriftbild des Schnees, eine monotone und stark geneigte Schrift, die mich ein wenig ablenkte. Plötzlich (es war noch vor Mitternacht) fiel mir ein, daß ich versprochen hatte, Gabetti, den Leiter der Accademia, anzurufen, um ihn von meiner Ankunft zu unterrichten. Ich wählte die Nummer, die ich auswendig kannte, und zählte (ich kam bis fünf) die Klingelzeichen, bevor ich am anderen Ende der Leitung eine Stimme hörte; es war eine widerwillige und irgendwie ärgerliche Stimme.

„Entschuldigen Sie. Ist da Gilberto Gabetti? Ich bin Alejandro Ballesteros, der Spanier."

Es entstand eine knisternde Pause, die keine Sekunde lang dauerte. Wegen der Interferenzen klang Gabettis Stimme ein wenig abgehackt, als wären seine Worte vereinzelte Fußstapfen im Schnee, der wie ein Teppich über Venedig lag.

„Na endlich, Ballesteros! Ich hatte schon gedacht, das verdammte Flugzeug hätte mitten auf der Strecke kehrtgemacht und wäre zurückgeflogen. Sind Sie heil angekommen?"

Sein Spanisch war tadellos und aristokratisch. Seine Aussprache wirkte, als hätte er es auf einer Rhetorikschule gelernt.

„Danke der Nachfrage. Der Flug hatte bloß eine halbe Stunde Verspätung. Ich hoffe, ich habe Sie nicht geweckt ...“

„Keineswegs, mein Lieber, keineswegs.“ Plötzlich kam mir der Verdacht, daß sein kameradschaftlicher Ton nur gespielt war. „Ich war gerade dabei, die letzten Kapitel Ihrer Arbeit zu lesen. Sagen Sie, wo wohnen Sie eigentlich?“

Ich merkte, daß sich Dina, die Inhaberin der Pension, hingelegt hatte, denn die Sprungfedermatratze auf ihrem Bett empfing die Last ihres Körpers mit einem von widerstandsloser Selbstaufgabe zeugenden Seufzer, wie ein zurückgesetzter Liebhaber, der sich nicht traut, den ungelegenen Besuch der Frau abzuweisen, die ihn mit anderen Männern betrügt. Auch ich ließ mich aufs Bett fallen (der größeren Genauigkeit halber sollte ich wohl sagen: auf die durchgelegene Matratze) und rief dabei in den Sprungfedern dieselben Unmutsbezeugungen hervor. Aus dieser Stellung heraus, mit dem Kopf auf dem Kopfkissen, ließ das Fenster lediglich den Blick auf ein rechteckiges Stück Himmel frei, in dem der Kirchturm von San Stéfano im Hintergrund aussah wie eine Steilküste, an die man sich aus einem Albtraum erinnert.

„Die Pension heißt Albergo Cusmano, im Stadtteil San Marcos, aber wo sie genau liegt, kann ich Ihnen nicht sagen. Venedig ist ein Labyrinth.“

Ich konnte mir das gezwungene oder herablassende Lächeln Gabettis vorstellen: Ich wußte selbst, daß ich auf einen ziemlich plumpen Allgemeinplatz verfallen war.

„Soso. Und was sehen Sie, wenn Sie aus dem Fenster gucken?“

Seit einigen Sekunden hatte ich mich nicht mehr darum gekümmert, was draußen passierte, und betrachtete eindringlich die Decke, wobei ich mich an den Feuchtigkeitsflecken aufhielt, die auf dem Putz eine eigenwillige Landkarte mit unregelmäßigen Umrissen ausbreiteten.

„Einen schiefen Turm, sonst nichts."

Doch ich hatte die Augen geschlossen, um mir Dina besser vorstellen zu können, die sich wahrscheinlich rücklings auf das Bett geworfen hatte und wie ich die feuchten Stellen an ihrer Zimmerdecke betrachtete. Vielleicht hatte sie den Rock ausgezogen, der ihr die Pobacken abschnürte, und den schwarzen Pullover, in den ihre Brüste kaum hineinpaßten, und den BH und den Schlüpfer, der auf ihrer Haut die bläulich verfärbten Abdrücke der Gummizüge hinterlassen hatte. Vielleicht genoß sie gerade die Erregung, die das Wissen in ihr hervorrief, daß ein Mann sie sich nackt vorstellte und die schwärzeste Stelle der Nacht auf ihrem Schamhügel vermutete.

„Einen schiefen Turm", wiederholte Gabetti nach einer Pause mit einer Heiserkeit, die seine Stimme spröde klingen ließ. „Der Kirchturm von San Stefano." Und dann gab er dem Gespräch eine andere Wendung: „Habe ich Ihnen schon gesagt, daß mir Ihre Arbeit sehr gefallen hat?"

„Sie übertreiben", antwortete ich geschmeichelt.

„Keineswegs, die Strategie der Übertreibung gehört nicht zu meinen Methoden. Man muß die Dinge beim Namen nennen, wie man bei Ihnen in Spanien sagt." Ich schob seine Gesprächigkeit auf die Begeisterung. „Mit einigen Ihrer Schlußfolgerungen bin ich zwar nicht einverstanden, aber die Arbeit an sich finde ich vorzüglich."

Gilberto Gabetti war einer der angesehensten Kenner der venezianischen Kunst, auch wenn die Verehrung, die Ehrfurcht fast, die ihm einige Mitglieder der Zunft entgegenbrachten, mehr von einem auf die mündliche Überlieferung gestützten Ansehen herrührte als von greifbaren Errungenschaften auf dem Gebiet der Forschung. Die unermeßliche Begabung Gabettis war niemals schriftlich erfaßt worden (er verachtete die Arbeit der Exegeten, jenes bibliographische Laubwerk, das die Kunst unter sich begräbt und sie fast in eine tote Disziplin verwandelt), und seine ganze Weisheit stammte aus der geistigen Durchdringung, aus dem unmittelbaren Kontakt mit den Werken der Alten Meister.

„Ich habe mich bereits dazu geäußert, daß ich nicht einverstanden bin mit all jenen, die *La tempesta* unbedingt neu interpretieren wollen“, sagte er mit einer Härte, die mich erdrückte und an der Aufrichtigkeit seines vorher gesprochenen Urteils zweifeln ließ, denn gerade eine interpretatorische Anstrengung bildete das Rückgrat meiner Arbeit. „Giorgione war der erste Künstler der Moderne, er folgte beim Malen den Leidenschaften, die ihm sein Gemütszustand diktierte, ohne sich an ein vorgegebenes Sujet zu halten. Denken Sie an die Worte Vasaris, der fast sein Zeitgenosse war: ‚Giorgiones Arbeit kannte nur eine einzige Inspirationsquelle, seine eigene Phantasie.‘ Ich sehe nicht ein, warum man um jeden Preis Symbole und Allegorien in seinen Bildern suchen muß.“

Auch wenn er seine Aussagen höflich verpackt hatte, was ihre Härte ein wenig milderte, so ließ die in ihnen enthaltene niederträchtige Botschaft dennoch keinen Zweifel: Meine Ansätze erschienen ihm albern oder überflüssig. Plötzlich brach die ganze Erschöpfung der Reise über mich herein. Dann ertönte der Schuß.

„Was war das denn?“ rief ich und setzte mich im Bett auf.

„Wie bitte?“

Ich lehnte mich aus dem Fenster und zog das Telephonkabel so lang, daß es sich spannte. Gegenüber der Pension stand einer jener Bauten oder Palazzi, die sich ihren Stolz trotz der Nachlässigkeit ihrer Besitzer bewahrt haben. Ein überdachter Balkon mit Spitzbögen und Pilastern aus Alabaster zog eine Furche durch die Fassade. Aufgeschreckt von der Detonation räumte ein halbes Dutzend Tauben den Bau, der mit großer Wahrscheinlichkeit ihren Wohnsitz darstellte, und brach mit verwirrtem, fast mechanischem Flattern, das an vom Licht geblendete Motten denken ließ, in die eiskalte Luft ein. Gelegentlich stießen sie zusammen, und ihre Flügel verfingen sich geräuschvoll, und von ihren Körpern löste sich eine Feder, die sich bei dieser Gelegenheit, indem sie langsam herabsank, ein Versteck im Schnee suchte.

„Hallo? Ballesteros? Was zum Teufel ist da los?" Verärgert über die abrupte Unterbrechung unseres Gesprächs verhörte mich Gabetti mit kaum verhohlenem Widerwillen.

Aus dem Inneren des Palazzo hatte jemand ein glänzendes, rundes Objekt geworfen (vielleicht eine Münze, vielleicht einen Ring oder einen Ohrring), das, bevor es im stehenden Wasser des Kanals untertauchte und im Schlamm auf seinem Grund in ein Bett aus Algen und Unrat fiel, die es für immer verschlucken würden, eine kraftlose Kurve beschrieb.

„Hallo ... Hören Sie mich nicht?" drängte Gabetti, der seine Entrüstung vergessen hatte und einen flehentlichen Ton anschlug.

„Ja, verdammt", meine barsche Antwort überraschte mich selbst, aber ich verbesserte mich nicht, „ich höre Sie bestens. Aber ich glaube, hier geschieht gerade etwas Seltsames."

„Wo? Was haben Sie denn gesehen?"

Absichtlich verschwieg ich das rasche und verräterische Aufscheinen jenes Objekts, das auf den Netzhäuten meiner Erinnerung noch nichts von seinem Glanz verloren hatte.

„Gesehen habe ich nichts", log ich. „Mir war bloß so, als hätte ich einen Schuß gehört."

Es hatte aufgehört zu schneien, und die Nacht zog sich zurück auf die Dächer der Palazzi, als ob sie von einer Beschwörungsformel gebannt worden wäre oder dem, was nun folgte, die Hauptrolle abtreten wollte. Ein Glockenspiel ließ aus der Ferne zwölf Schläge hören.

„Einen Schuß? Sind Sie sicher?“

Das gleichfalls von einem Spitzbogen aus Alabaster eingefaßte Portal des Palazzo öffnete sich verschämt und widerstrebend wie alle Türen, die ihre Geheimnisse nur widerwillig preisgeben. Auf der Schwelle erschien ein Mann mit abgezehrtem, pergamentenem Gesicht und einem angsterfüllten Blick, in dem möglicherweise Überbleibsel einer ungesühnten Schuld zu finden waren. Er taumelte mit der benommenen Trunkenheit eines Wiederauferstandenen. Als ich den roten Fleck auf seiner Hemdbrust erkannte, der auch auf dem Jackenkragen seine häßliche Spur hinterlassen hatte, wußte ich, daß er das Ziel jenes Schusses gewesen war, von dessen Echo meine Gehörgänge nach wie vor angegriffen waren. Er hielt sich das Loch in der Brust mit der einen Hand zu, über die im selben Augenblick Blut floß und aus deren Fingerzwischenräumen immer mehr dicke Tropfen traten, je weiter sich der Mann, der sich an die Mauer des Palazzo drückte, auf dem schmalen Sims voranschleppte, der das Gebäude vom Kanal trennte. Es dauerte nicht lange, bis er auf dem Schnee ausglitt und mit einem dumpfen Aufprall aufs Gesicht fiel.

„Wir unterhalten uns später, Gabetti“, verabschiedete ich mich, und ich glaube, ich legte den Hörer nicht einmal mehr auf die Gabel.

Entsetzt verließ ich das Zimmer und stellte beim Herunterlaufen der Treppen, als ich den samtähnlichen Stoff des Teppichs unter meinen Fußsohlen spürte, fest, daß ich keine Socken anhatte und in Unterhose herumlief (glücklicherweise nicht mehr in erigiertem Zustand). Dina hatte den angestellten Heizofen mitten im Hausflur stehen lassen, und die Temperatur dort war so hoch wie in einer Schmiede, ganz im Gegensatz zu draußen, wo sich die Atemluft sofort nach Verlassen der Lungen eindickte und der Schnee wie Nadeln in meine Füße stach. Auf der anderen Seite des Kanals schnappte der Unbekannte nach Luft, der an dem Blut erstickte, das ihm bereits in die Kehle stieg, und aus seiner Wunde drang ein Hauch von Leben, eine Federwolke, die möglicherweise das Gespenst seiner Seele darstellte.

„Warten Sie, ich bin gleich da“, sagte ich absurderweise, bevor ich mich in das brackige Wasser des Kanals stürzte, das mir bis an die Brustwarzen reichte und sie steif werden ließ.

Ohne Socken und in der Unterhose konnte man sich im Wasser leichter fortbewegen, aber der Schlamm auf dem Kanalgrund hatte eine scheußliche Konsistenz, er fühlte sich an wie Tiefseelebewesen, und meine Schritte wirbelten ihn auf, und er hüllte mich in einen Mantel aus Verwesung. In wenigen Sekunden hatte ich den Kanal durchquert, aber das Ekelgefühl, das er auf meiner Haut hinterließ, hielt mehrere Tage an, so sehr ich mich auch mit Seife abreiben mochte. Der Unbekannte hatte seine Wange in die Blutpfütze gedrückt, die der Schnee redlich aufzusaugen versuchte, und er sah mich mit maßlosem Entsetzen oder verwirrt oder mit entmutigter Dankbarkeit an wie einen Samariter, der zu spät kommt, um uns seine Hilfe anbieten zu können, und ich richtete ihn gerade einmal ein paar Zentimeter auf, wobei ich seinen Nacken in meinen Händen hielt, damit er nicht am eigenen Blut erstickte. Er hatte ein schmales Gesicht, und die Blässe ließ es noch schmaler erscheinen und fast durchsichtig werden, und er hatte teure Kleidung an, zu teuer vielleicht für ein Leichenhemd. Ich redete ohne Unterlaß, ich flüsterte ihm ins Ohr, um seinen Todeskampf erträglicher zu machen, wie man mit einem Wiegenlied ein Kind in den Schlaf singt, wie man mit Lügen den Argwohn einer Geliebten besänftigt, ich redete immer weiter, um meine eigene Nervosität zu beruhigen, und er sah mich mit einer fast blauen Beharrlichkeit an, mit immer härteren Pupillen, wie gelähmt, als deutete sich bereits die Leichenstarre an, die ihn später befallen würde, wenn er ein totes Stück Fleisch wäre.

„Wir rufen jetzt die Polizei, ja? Wir rufen jetzt gleich die Polizei und einen Krankenwagen."

Ich redete dummes Zeug, denn um die Polizei zu rufen, fiel mir nichts Besseres ein, als einfach herumzuschreien in der Annahme, die Polizei würde in Venedig in den Kanälen Streife fahren, und das war eine ziemlich gewagte Annahme. Der Unbekannte knöpfte sich mit einem einzigen Prankenhieb (seine Finger krallten sich zusammen, und die Verästelungen seiner Venen traten unter der durchsichtigen Haut immer stärker hervor) das Hemd auf und entblößte das Einschußloch der Kugel, die aus nächster Nähe auf ihn abgegeben worden sein mußte, wobei der Lauf der Pistole möglicherweise auf das Brustbein gedrückt worden war. Die Wunde atmete wie ein eigenständiger Mund (auch ihre Atemluft verdichtete sich) und pumpte im Rhythmus der Kontraktionen eines wahrscheinlich zerfetzten Herzens, das seine Tätigkeit aus Trägheit weiter ausübte, krampfhaft Blut hervor.

„Verdammte Scheiße", sagte ich. Die Wörter sind wie das Blut, das wasserfallartig und maßlos hervorsprudelt. „So eine verdammte Scheiße, verdammt, was soll ich bloß machen, so ein verdammter Mist."

Die Straßenlaterne warf ein unerschütterliches Licht auf den Kanal, und der Kanal projizierte einen bernsteinfarbenen und hin- und herschwankenden Lichtreflex auf die Fassade des Palazzo und auf die vergitterten Fenster, die im unteren Stockwerk geöffnet wurden. Aus einem davon lugte flüchtig ein grauenhaft weißes Gesicht mit hohlen Augen und einer Nase wie der Schnabel eines großen, häßlichen Vogels hervor, das sich, bevor es wieder in der Dunkelheit verschwand, hinter einem vorgehaltenen Mantel versteckte: Es war eine Vision bar jeder Vernunft, die wohl nicht von einer menschlichen Gestalt herrühren konnte, es sei denn, die Wände jenes Baus verbargen ein Monstrum aus der Mythologie. Da Mut nicht zu meinen Tugenden zählt, verwarf ich den Gedanken, die Verfolgung aufzunehmen, obwohl ich seine Flucht aus dem hinteren Teil des Gebäudes mit den Ohren gut verfolgen konnte, ich hörte seine schnellen Schritte auf dem Schnee, Schritte ohne Gewissensbisse, denn man darf sich nicht darum kümmern, ob man Jungfräulichkeit raubt oder Unschuld bestraft, wenn man gerade einen Mord verübt hat. Um das beklemmende Gefühl loszuwerden, schrie ich:

„Dina, wachen Sie auf! Wir müssen die Polizei rufen!"

Der Unbekannte war völlig durchnäßt von einem teerähnlichen Blut, jener letzten Reserve, die auf dem Grund der Eingeweide ankert, und klammerte sich rücksichtslos an meine Arme, er krallte sich mit seinen Fingernägeln in mein Fleisch und übersäte mich mit winzigen Quetschungen, denn er drückte mich mit jener wilden Kraft, die einem ein Anfall verleiht. Es brachte mich aus der Fassung, daß die Situation sich so in die Länge zog:

„Dina, so wachen Sie doch auf!" Meine Stimme klang rauh. „Und Sie, sagen Sie mir jetzt, wer es war."

Ich schüttelte ihn genauso rücksichtslos, aber auf seinen Lippen bildete sich bloß blutige Spucke, die sich mit Flüchen vermischte. Dina hatte in ihrem Zimmer Licht gemacht und die Fensterläden aus Holz, die den Blick auf den kleinen Platz versperrten, aufgestoßen; wie die von dem Knall aufgeschreckten Tauben litt auch sie an jener gestörten Nachtruhe, die ihren Verstand träge werden ließ. Der Todgeweihte langte mir mit seiner rechten Hand eine Handbreit vors Gesicht (die Venen traten jetzt nicht mehr so stark hervor und hatten eine grünliche Färbung angenommen) und spreizte die Finger so sehr, daß sie fast aus den Gelenken sprangen: Auf dem Ringfinger war immer noch ein Streifen blasser

Haut zu erkennen, der Abdruck eines Rings, den man ihm ruckartig abgerissen hatte. Die Mündung in seiner Brust hatte aufgehört zu atmen, und sein Körper (es war bereits sein Leichnam) wurde schlaff und gab jeden Widerstand auf. Nur die Augen behielten ihren bläulichen, starren Blick.

„Soll ich die Polizei rufen?"

Dina wartete auf meine Anweisungen und war fast auf die Fensterbank gestiegen, wo ihre Gestalt vor Entsetzen und im Ansturm der Tränen vage wurde. Der Stoff des Nachthemds (einige Minuten zuvor hatte ich sie mir noch nackt vorgestellt und die schwärzeste Stelle der Nacht auf ihrem Schamhügel vermutet) verhüllte kaum das Zittern ihres Körpers.

„Wir können uns Zeit lassen", sagte ich und verrieb das fremde Blut auf meinem Hemd, das immer noch warme Blut, das wie Balsam gegen meine Erstarrung wirkte.

II.

Bis zur Polizeidienststelle drang ein wildes Glockenläuten, in dem sich die einzelnen Glocken die genaue Uhrzeit streitig machten und ein paar nicht mehr vorhandene Glaubenstreue zum Gebet riefen, denn in Venedig gab es außer den Touristen, die bis auf den ganz gewöhnlichen Herdentrieb keine besondere Liturgie befolgten, bald nur noch Leichname und deren Schatten. Ein Läuten mit bronzener Klangfarbe feierte den sinkenden Wasserstand und erinnerte an eine Morgendämmerung, in der die Sonne vielleicht wie eine schmutzige Kupfermünze aus den Nebelbänken hervorlugen würde. Jedesmal, wenn wieder ein Glockenturm in das Gewirr einstimmte, spürte ich in meinen Schläfen einen tauben Schmerz pochen, als würden sie mit einem heißen Draht durchbohrt. Inspektor Nicolussi war möglicherweise nicht weniger erschöpft als ich, doch seine Vorschriftentreue oder eine gewisse Verpflichtung den Prinzipien des Masochismus gegenüber hinderten ihn daran, ein nachlässigeres Verhör zu führen. Die schlaflosen Nächte hatten diesen Mann mürbe gemacht; ein wuchernder Bart knebelte das Kinn und die Wangen und stürzte sich den Hals hinunter. Der Kahlschlag, unter dem mit Ausnahme der Schläfen und des Hinterkopfes sein gesamter Schädel litt, bildete einen kaum zu übersehenden Kontrast zu dem Bart, ebenso wie seine aufgesprungenen und vertrockneten Lippen, denen nur die Glut einer Zigarette ein wenig Glanz verlieh (in weniger als drei Stunden hatte er ein ganzes Paket davon geraucht), was wiederum einen Kontrast zu den lebhaften Augen bildete, die, bedingt durch eine Inkontinenz der Tränensäcke, ständig feucht waren: Sein gesamtes Gesicht war, wie auch der Rest seines Körpers, ein Gebilde, in dem die Gegensätze ein Spannungsverhältnis eingegangen waren. Inspektor Nicolussi war schlank und fett zugleich, möglicherweise, weil ihn sein Beruf sowohl zur Schlaflosigkeit als auch zur Seßhaftigkeit zwang. Soeben war ihm ein erster Entwurf des forensischen Gutachtens überreicht worden.

„Valenzin starb gegen zwölf“, sagte er.

Er teilte seinen Blick zwischen mir und Dina auf; seine Augen waren nicht nur lebhaft, sie waren auch unabhängig voneinander oder schielten.

„Glauben Sie mir jetzt endlich? Genau davon versuche ich Sie schon seit ein paar Stunden zu überzeugen.“

Außer dem Untergebenen, der unsere Aussagen abgetippt hatte, befand sich in Nicolussis Büro noch ein Dolmetscher, dessen vermittelnde Arbeit sich als ziemlich überflüssig erwies, da ich Nicolussis Italienisch (ein übertrieben südländisches und blumiges Italienisch) bestens verstand, und ich vermute, auch er verstand mein Spanisch. Dina ließ ihre Lippen entspannt sinken und lächelte gelangweilt; sie hatte genau wie ich die ganze Nacht kein Auge zugetan und auf bürokratische Fragen geantwortet, wobei ihre Schilderung der Vorfälle stets mit meiner identisch gewesen war. Sie hatte sich darum gekümmert, den Mord an Valenzin der Polizei zu melden, und die Bergung der Leiche möglicherweise gefaßter mitverfolgt als ich selbst. Das ein wenig überstürzte Gefühl der Begierde, das sie gleich nach meiner Ankunft in der Pension in mir hervorgerufen hatte, kühlte sich nach mehreren Stunden ab und wich einem anderen diffusen Gefühlsgemenge aus Bewunderung, Dankbarkeit, komplizenhafter Verbundenheit und auch ein bißchen Furcht. Während der kleine Platz nach der Ankunft der Polizeiboote abgesperrt wurde und man die ersten Photos von Valenzin machte und der Schaden, den die Kugel in seinem Organismus angerichtet hatte, vom Gerichtsmediziner untersucht wurde, hielten Dina und ich uns im Foyer auf, unter der Aufsicht eines uniformierten Jünglings, der uns für zwei Ehebrecher halten mußte, so streng sah er uns an und so vorsichtig legte er seine Hand auf den Griff der Pistole. Wie in einem Albtraum liefen die rasenden Bilder eines Verbrechens vor mir ab, mit dem ich zwar nichts zu tun hatte, dessen einziger Zeuge ich aber war: der fast versteinerte Blick Valenzins, die verschwommene Gestalt im Inneren des Palazzo, jenes herabfallende runde und glänzende Objekt, das nun auf dem Kanalgrund lag und darauf wartete, daß man es wieder aus dem Schlamm zog. Dina hatte mich zugedeckt, den Heizofen an meine Füße geschoben und mir eine wohltätige Hand aufs Knie gelegt, die gut gegen die Angst war. Gerne hätte ich ihre Geste erwidert, doch meine Hände steckten in einem Handschuh aus Valenzins Blut, das unterdessen allmählich trocknete und eine klebrige Kruste bildete und einen säuerlichen, schweren Geruch verströmte, wie man ihn von schlecht gelüfteten Bettlaken kennt. Draußen auf dem Platz wies Inspektor Nicolussi seine Untergebenen an und gab ihnen Botschaften mit auf den Weg; obwohl alle Gummistiefel trugen (als Kinder hatten wir immer Anglerstiefel dazu gesagt), rutschten sie des öfteren aus, was unter anderen Umständen allgemeines Gelächter hervorgerufen hätte. „Ich muß ja furchtbar aussehen“, sagte Dina, und das entsprach durchaus den Tatsachen, bei ihrer wilden Mähne und dem knallbunten Bademantel, der ihre Beine vor mir verbarg und aus dem nur ein Paar Pantoffeln hervorsahen, abgewetzte, aus den Nähten gehende Pantoffeln (an den Stellen, an denen sie aufgeplatzt waren, lugten ihre winzigen kleinen Zehen hervor), deren glühende Gummisohlen sie direkt an den Heizofen hielt, „um den Kreislauf in Schwung zu bringen“, wie sie zu ihrer Entschuldigung vorbrachte. Ich betrachtete mit einer unverschämten Geistesabwesenheit das emsige Treiben ihrer Zehen, das den Nähten den Rest zu geben drohte, und ihre übermäßig schlanken Fesseln und die Fersen, die ihre natürliche Rundung verloren hatten und von den allzu häufigen Fußmärschen plattgedrückt waren. „Das Schlimmste kommt erst noch“, prophezeite Dina, „sie werden uns tausend quälende Fragen stellen. Wir müssen überzeugend sein“, woraufhin ich das Gefühl der Beklemmung meinerseits mit einem harmlosen Scherz zu überwinden suchte: „Solange sie uns nur mit Fragen quälen, können wir noch von Glück reden“, ich weiß noch, wie ich diese für sie unverständliche Redewendung benutzte und mich dann verbesserte: „Ich meine, wir können froh sein, wenn sie nicht noch härtere Maßnahmen ergreifen.“ Dina biß sich auf die Unterlippe, und eine Sekunde lang war dort der Abdruck ihrer Schneidezähne zu sehen wie eine blasse Schrift, die durch ihre beschwörenden Worte langsam wieder verschwand; wie schon gesagt, sie besaß maßvolle Lippen, möglicherweise verwaiste Kinder eines anderen Lippenpaares, das ihre Einsamkeit erträglicher gemacht hätte: „Seien Sie unbesorgt“, sagte sie zu mir, „hierzulande ist die Polizei augesprochen friedfertig. Sie werden höchstens schon mal beleidigend.“ Der Jüngling, der auf uns aufzupassen hatte, schnaufte überheblich oder ärgerlich, um mit Nachdruck auf seine Anwesenheit aufmerksam zu machen. Mir war ein wenig unwohl zumute, und gerne hätte ich unsere Unterhaltung in etwas trivialere oder abgelegenere Gefilde gelenkt, aber wie ich feststellen mußte, war es dafür bereits zu spät: Dina hatte jene unmißverständliche Haltung angenommen, die auf ein bevorstehendes Geständnis hindeutet. Ich hätte es vorgezogen, mir dieses Geständnis nicht anhören zu müssen (wieviel fremde Schuld sollte ich mir denn in einer einzigen Nacht noch aufbürden?), aber der von Dina benutzte Tonfall war überzeugend und ohne jedes Selbstmitleid: „Ich habe nicht zum erstenmal mit ihnen zu tun: Ich habe ihre Bekanntschaft bereits machen dürfen, als ich meinen Mann getötet habe.“ Der Heizofen vertrieb die Feuchtigkeit aus meinen Strümpfen und versengte meine vor Kälte tauben Füße; ich brachte ein Nicken zustande, das gleichermaßen standhaft und verdrossen zu wirken versuchte, aber ich bekam meine Überraschung ebensowenig unter Kontrolle wie die Furcht, in einer Stadt gelandet zu sein, in der der Tod eine alltägliche Angelegenheit war. Dina legte mir ihre Hand wieder aufs Knie, als wollte sie mir meine Schwäche verzeihen: „Geben Sie sich keine Mühe. Ich bereue den Mord nicht; um ehrlich zu sein, ich hätte ihn schon viel früher umbringen sollen. Einen Tag nach der Hochzeit wußte ich bereits, daß ich einen Fehler gemacht hatte. Aber wenn man jung ist, macht man viele verrückte Sachen." Wieder nickte ich verständnisvoll, obwohl mir jene ansteckende Krankheit der Verrücktheit in meiner eigenen Jugend fremd gewesen war, und legte ihr mit meinem Blick nahe, den Mund zu halten, damit der Polizeibeamte, der uns im Schutz des Schattens wie ein Denkmal oder eine Schaufensterpuppe beobachtete, nicht noch mehr Verdacht schöpfte. „Bestimmt kennt der Bursche da die Geschichte in- und auswendig. Bestimmt ist er eines Nachts schon mal mit seinen Saufkumpanen betrunken vor dem Eingang der Pension aufgetaucht und hat mir ein obszönes Ständchen gebracht." Ihr Tonfall zeugte von einer resignierten Müdigkeit, so als wären die Beschimpfungen für sie zu etwas Alltäglichem geworden, über das man sich besser nicht mehr aufregte. „In Venedig kennt jeder jeden, wir sind außerordentlich böswillige Nachbarn, ein kleines Häufchen und untereinander völlig zerstritten. Ich werde *die schwarze Witwe* genannt, man geht mir aus dem Weg, als wäre ich eine Pestkranke." Die Dunkelheit legte einen Schleier über ihr Gesicht und ließ darauf Falten entstehen, vor denen ich andächtig den Kopf senkte; sie senkte träge ihre Lider, und ich fragte mich, welche Bilder wohl in jenem Augenblick vor ihren byzantinischen Augen ablaufen mochten, vor jenen Augen, die ich mit meinem

Speichel gerne immun gegen die Vergangenheit gemacht hätte. „Als ich heiratete, war ich noch keine zwanzig Jahre alt. Das ist ein Alter, in dem wir alle mit vollem Recht den Aufstand proben, wir wollen weglaufen und wissen nicht genau, wovor, vielleicht vor dem Schicksal, das andere für uns bestimmt haben. Meine Eltern arbeiteten in einem großen Mühlbetrieb auf La Giudecca; die Fabrik mußte schließen, und meine Eltern meinten, es könnte nicht schaden, wenn ich den Anwalt heiratete, der den Auftrag hatte, ihre Kündigung abzuwickeln: Wenn er ihr Erlöser sein sollte, so eignete er sich wohl auch als ihr Schwiegersohn. Die Abfindung, die der Richter ihnen schließlich zusprach, erlöste sie nicht von ihrer Armut, und meine Hochzeit ... nun ja, meine Hochzeit war ein Desaster. Mein Mann Carlo hatte eine Kanzlei in Mestre, auf der anderen Seite des Ponte della Libertà, auf dem Festland, drei Kilometer weit entfernt von der Stadt, die für mich ein Gefängnis darstellte. Wieso hätte ich da nicht heiraten sollen? Aber, wie ich Ihnen bereits sagte, am Tag nach meiner Hochzeit wußte ich bereits, daß ich einen Fehler begangen hatte; wir waren nur kurz verlobt gewesen, es war kaum mehr als eine Theatervorstellung, in der jeder sich von seiner besten Seite zeigte. Carlo war ein ungehobelter und lauter Mann, aber er verbarg seine Grobschlächtigkeit unter einer Maske aus Jovialität, was ihm Sympathien und Kunden einbrachte; zuhause aber gewann seine Grobschlächtigkeit die Oberhand, und wenn man ihm gerade über den Weg lief, bekam man sie zu spüren." Sie unterbrach sich und runzelte die Stirn mit einem Ausdruck geheuchelter Entrüstung. „Nein, ich beklage mich ja gar nicht darüber, daß ich mißhandelt und geschlagen wurde; an die Brutalität gewöhnt man sich leicht, viel schlimmer ist es dagegen, wortlos mit dem Scheitern zu leben, jeden Morgen in dem Bewußtsein aufzuwachen, daß dich jemand ohne erkennbaren Grund und ohne Unterlaß haßt. Eine Zeitlang gab ich mir Mühe, gegen jenen Haß anzukämpfen; ich verfiel sogar auf den Gedanken, daß mir ein Kind die Illusion von Glück verschaffen könnte."

Ich konnte sie mir mühelos fünfzehn oder zwanzig Jahre jünger vorstellen, wie ihr Abend für Abend der stumme Atem der Verachtung entgegenschlug, wie sie den schlecht rasierten Bart ertrug, der ihr die Wangen aufriß, den Speichelstrom, der ihren Körper beschmierte. Ich konnte mir mühelos ihre Selbstaufgabe vorstellen, den unüberwindbaren Ekel, der ihren Leib jedesmal durchzuckte, wenn jener fremde und doch so alltägliche Körper in ihr Fleisch eindrang und sich mit jener verstohlenen Plumpheit, die Eindringlinge an sich haben, auf sie preßte, wobei er in einem entlegenen Winkel ihres Organismus einen unfruchtbaren Samen pflanzte, bevor er sich mit einer obszönen Äußerung oder einem Vorwurf zurückzog. Ich konnte sie mir mühelos vorstellen, wie sie auf dem Laken lag, ihre Scham getauft von einer schleimigen Flüssigkeit, die ihr Inneres beschmutzte, wie ein Lavastrom, der seine zerstörerische Wirkung auch nach dem Abkühlen noch ausübt. Ich konnte sie mir mühelos mit vor Schlaflosigkeit geweiteten Augen vorstellen (wobei die Reinheit des Entsetzens durch die gesenkten Lider ein wenig schwächer erschienen wäre), wie sie sich an die unverschämte Berührung der Hände erinnerte, die ihre Brüste geknetet hatten, an die scharfe Berührung der Schneidezähne, die ihre Brustwarzen verletzt hatten, an das Gefühl, einen glitschigen Tintenfischpenis zu berühren, der zusammenschrumpfte, nachdem er sein Gift injiziert hatte. „Ich habe ihn mit einem Kissen erwürgt", sagte sie, ohne dem Ganzen große Bedeutung beizumessen. „Ich drückte ihm das Kissen aufs Gesicht und preßte meinen Körper auf das Kissen, so wie er zuvor mich mit seinem Haß erdrückt hatte. Ich tat es nicht mit Absicht, aber noch heute entsetzt mich der Gedanke daran, woher ich die Kraft genommen haben mochte, seinen Widerstand zu brechen."

Sie hatte es nicht mit Absicht getan, und sie erinnerte sich ohne jedes Zeichen von Reue an die Tat, mit genau jener fahrlässigen Klarheit, die sich ihrer bemächtigt haben mußte, als sie beschloß, die Atmung jenes Mannes zu unterbinden und sich die Anzeichen seines Erstickungstodes anzuhören, unter dem Kopfkissen, das seinen Hilferufen als Grabstätte diente. Ebenso leicht fiel es mir, sie mir beim Ausüben der Tat vorzustellen, wie sie breitbeinig auf jenem Mann, der zugleich ihr Ehemann und ihre Verdammnis gewesen war, saß und dabei die den Todeskampf einleitenden Handbewegungen in der Zange ihrer Schenkel festhielt. „Fast zehn Minuten lang dauerte der Kampf", sie erzählte den Vorfall, als ginge er sie nichts an, als hätten sich die Gewissensbisse und die Genugtuung der Rache immer weiter abgenutzt, bis sie sich schließlich in Gleichgültigkeit verwandelt hatten, „sein Körper wurde langsam schon bläulich und steif, aber immer noch zuckte er; seine Atmung hatte zwar ausgesetzt, aber seine Finger krallten sich noch immer mit derselben wilden Kraft in die Laken, mit der sie sich zuvor in mich gekrallt hatten", fügte sie hinzu, als schüttelte sie eine Hilflosigkeit aus ferner Vergangenheit ab. Mehrere Psychiater stimmten darin überein, eine vorübergehende Unzurechnungsfähigkeit bei ihr zu diagnostizieren, die ihre Verantwortung für ihr Handeln relativierte und ein geringeres Strafmaß bewirkte: „Ich wurde für zwölf Jahre verurteilt, aber ich war bloß drei Jahre im Gefängnis", sagte sie zusammenfassend, da Inspektor Nicolussi die Tür zur Pension aufgestoßen hatte (das Schellen einer Glocke kündigte sein Eintreten an), wobei ihm die Glut seiner Asche einen winzigen Schritt voraus war. Als Reaktion auf sein Erscheinen schlug der Jüngling, der auf uns aufpassen sollte, die Hacken zusammen, und die Kälte strömte hinterlistig wie ein Biß ins

Foyer. „So sieht man sich wieder, Dina“, sagte der Inspektor mit jener Mischung aus Verwirrung und Bitterkeit, die das Wiedersehen mit einem sündigen Verwandten in uns auslöst, den wir bereits für geheilt hielten. „So geht's, Herr Inspektor, was soll man machen“, gab Dina zurück und setzte eine reuevolle Miene auf.

Nun zündete sich auch Dina eine Zigarette an, die ihr Inspektor Nicolussi angeboten hatte, und lächelte mit jenem Widerwillen, der von totaler Erschöpfung oder dem wiederholten Auftreten derselben langweiligen Formalitäten kommt. Sie hatte sich wieder den schwarzen Pullover übergestreift, der mir vor ein paar Stunden noch als Merkmal von Trauer gegolten hätte, der jetzt aber bereits nur noch als Zeichen äußerster Grausamkeit gedeutet werden konnte. Das Morgenlicht ließ die Spuren, die das Leben auf ihrem Gesicht hinterlassen hatte, deutlicher hervortreten und ein paar graue Stellen sichtbar werden, die eher der Müdigkeit als dem Alter zuzuschreiben waren. Nicolussis Büro besaß das schmucklose Aussehen von Wohnungen, die gerade verlassen worden sind, oder von Krankenhäusern, in denen sich zu viele Patienten aufhalten, ein anonymes und keimfreies Aussehen, das meine Wehrlosigkeit und das Gefühl, mich in einem Albtraum zu befinden, der keinen Widerspruch duldete, ins Unermeßliche steigerte. An der Decke brummte eine Neonröhre.

„Sie unterrichten also Kunstgeschichte“, murmelte Nicolussi, nachdem er einen oberflächlichen Blick auf meine Ausweispapiere geworfen hatte.

Auf seinem Schreibtisch häuften sich getippte Berichte mit undeutlichem Schriftbild und eilig aufgeschriebene Notizen.

„Mein Spezialgebiet ist die Malerei der Renaissance. Gilberto Gabetti, der Leiter der Accademia, wird Ihnen das gerne bestätigen.“

„Wir haben Gabetti bereits unterrichtet. Er ist schon auf

dem Weg." Nicolussi unterdrückte ein Gähnen zwischen seinen aufgesprungenen und vertrockneten Lippen, die sich dabei seltsam zusammenzogen; die unbeabsichtigten Tränen, die seine Augen absonderten, gerannen ihm zu Schlaf in den Augen. „Kunstgeschichte, soso", wiederholte er spöttisch. „Dann sollte Ihnen der Name Fabio Valenzin eigentlich ein Begriff sein."

Diesmal fiel ich dem Dolmetscher so heftig ins Wort, daß sich daran vermutlich mein Ärger ablesen ließ:

„Was zum Teufel wollen Sie damit sagen? Ich habe diesen Mann noch nie in meinem Leben gesehen."

Und in meiner Erinnerung sah ich Valenzins abgezehrte, fast pergamentene Gesichtszüge, als wäre er ein Kartenspieler, der seit vielen Jahren das Licht der Sonne gescheut hatte. Auch an seinen starren und eindringlichen Blick, in dem sich eine namenlose Furcht zu verbergen schien, erinnerte ich mich.

„Gar nichts will ich damit sagen. Valenzin handelte mit Kunst und beschäftigte sich mit dem Fälschen von Kunstgegenständen. Interpol war hinter ihm her, also bitte erzählen Sie mir keine Geschichten."

Der Wutausbruch ließ ihn, wenn das überhaupt möglich war, noch gieriger an seiner Zigarette saugen, so daß sie fast in Flammen stand: Der Qualm war um seine Gesichtszüge herum dicker geworden und hinderte mich daran, von seinen Lippen zu lesen. Diesmal war ich für die vermittelnde Tätigkeit des Dolmetschers dankbar.

„Davon hatte ich nicht die geringste Ahnung."

Und meine Worte zeugten von ehrlicher Erschütterung. Lieber wäre es mir gewesen, mit der ganzen Geschichte nicht in Berührung zu kommen, und von dem, was ich da gerade gehört hatte, nichts erfahren zu haben, lieber wäre mir gewesen, ein Empfehlungsschreiben zu besitzen, das mich davon befreit hätte, einer Angelegenheit Gehör zu schenken, für die ich nicht zuständig war, aber es gab kein Zurück. Dina ergriff Partei für mich, auch wenn ich bezweifle, daß mir diese Fürsprache in Anbetracht ihres Vorstrafenregisters Vorteile verschaffte:

„Der Junge sagt die Wahrheit. Was haben Sie denn davon, wenn Sie ihn noch mehr ausquetschen?"

Gegen den mütterlichen, in geradezu ehrenrühriger Weise mütterlichen Tonfall, den Dina in bezug auf mich verwendete, hätte ich Einspruch erhoben, wäre mir Nicolussi nicht zuvorgekommen:

„Der Junge schafft es vielleicht gerade noch, für sich allein zu sprechen", und kurz angebunden oder entmutigt fügte er hinzu: „Wir gehen jetzt noch einmal Ihre Aussage durch, Ballesteros."

Der mit dem Protokollieren des Verhörs beauftragte Beamte hatte gedankliche Brüche und andere Schäden in der Syntax meiner Antworten angerichtet, durch die meine Erklärung zu einem Kauderwelsch wurde, das nicht einmal Nicolussi verstand, der sich gelegentlich in dem Gewirr aus Gliedsätzen und Satzreihen oder einfach nur unvollendeten Sätzen verlor.

„Das kann ja kein Mensch lesen", hielt er seinem Untergebenen vor, bevor er zu seinem Verhör mit mir überging: „Sie führten in der Pension gerade ein Telephongespräch mit Gilberto Gabetti, als der Schuß ertönte. Wie sind Sie denn darauf gekommen, daß der Schuß aus dem Palazzo gegenüber kam?"

Noch einmal ertönten die Kirchenglocken, diesmal mit einem regelrechten Festtagsläuten, das schmerzhaft in meinem Kopf widerhallte. Der Himmel über Venedig hatte eine verfallene und uneinnehmbare Farbe (wenn ich mir den Widerspruch erlauben darf), wie eine Sickergrube, die seit mehreren Monaten nicht gelüftet worden ist.

„Ein paar Tauben waren vor Schreck davongeflogen. Sie schliefen in dem Palazzo, und der Schuß hatte sie geweckt."

Der pure Wille, anders zu handeln, als man von mir erwartete, ließ mich von jeder Erwähnung jenes glänzenden Objekts (es war wohl Valenzins Ring), das von einer anonymen Hand in den Kanal geschleudert worden war, Abstand nehmen: Ich wußte sehr wohl, daß ich mich der Verschleierung von Tatsachen schuldig machte, ich wußte, daß meine Lüge lediglich dazu beitragen würde, die Nachforschungen und nebenbei auch die Frage nach meiner Unschuld komplizierter zu gestalten, doch mein Wille wurde gelenkt von der Habgier dessen, der etwas von einem Schatz weiß und meint, er könne als einziger Besitzanspruch darauf erheben.

„Das ist alles? Sie konnten den Mörder nicht erkennen?"

Es beschämte mich ein wenig, lediglich Vermutungen äußern zu können:

„Etwas später, als ich bei Valenzin war, glaubte ich jemanden erkennen zu können. Eine menschliche Gestalt oder zumindest eine annähernd menschliche. Sie war so monströs, so ... *enigmatisch*", ich zögerte bei der Wahl des Adjektivs, das die Aufgabe der Dolmetschers erschwert haben dürfte. „Aber ich könnte das nicht beschwören: Möglicherweise habe ich in der ganzen Aufregung bloß Gespenster gesehen. Auch Schritte habe ich gehört, wie jemand weglief, aber meine Erinnerung daran ist ziemlich verschwommen, glauben Sie mir lieber nichts."

Die Stimme des Dolmetschers legte sich über meine Worte wie ein schwaches Echo, das die Ungereimtheiten noch ungereimter erscheinen ließ. Nicolussi stieß eine Rauchwolke aus, die wie ein Heiligenschein über seinem Haarkranz schwebte; er verdarb sich die Augen an den vom rechten Weg abgekommenen Zeilen meiner Aussage.

„Und dann?"

„Dann war Valenzin tot. Ich habe ihn nicht mehr zum Reden bewegen können."

Ebensowenig erwähnte ich, daß mir Valenzin mit einer Geste, die beredter war als alle Worte, unmittelbar vor seinem Tod die rechte Hand vor die Augen gehalten hatte, um mir den sauberen Abdruck eines Ringes zu zeigen, der bis vor wenigen Minuten an seinem Ringfinger gesteckt hatte.

„Kein Wunder", stellte Nicolussi fest und rieb sich den angriffslustigen Bart, der vom Halsansatz bis zu den Jochbeinen und noch höher wucherte. „Die Kugel hatte sich durch die Luftröhre gebohrt."

Ein weiterer Untergebener betrat das Büro, nachdem er artig angeklopft hatte; er besaß eine verschämte und abwägende Stimme, sehr gut geeignet für öffentliche Verlautbarungen.

„Der Palazzo ist unbewohnt, genau, wie wir befürchtet hatten", sagte er. „Die Denkmalschutzbehörde hat ihn zu einem Schleuderpreis an einen Millionär aus Illinois verkauft, unter der Bedingung, daß er ihn restauriert und jedes Jahr ein paar Monate darin wohnt. Der Amerikaner hat sich zwar nicht an die Abmachung gehalten, aber dafür hat er einen Wächter unter Vertrag genommen, einen gewissen Vittorio Tedeschi, der auf den Palazzo aufpassen soll." Der Untergebene blinzelte und versuchte sich ein Bild davon zu machen, ob moralische Überlegungen in seinem Bericht Platz hatten oder nicht. „Dieses Individuum, Tedeschi, führt ein ziemlich verlottertes Leben, Herr Inspektor. Er verläßt seinen Wachposten nachts häufig und besucht die Bordelle in Mestre." Und scheinheilig oder ehrlich erbost fügte er noch hinzu: „Bordelle der untersten Kategorie, Inspektor."

Nicolussi leckte sich über die Lippen, um seine Ungeduld nicht offensichtlich werden zu lassen:

„Und haben Sie ihn bereits ausfindig gemacht?"

„Wir sind dabei, Inspektor." Der Untergebene senkte seine Stimme, bis bloß noch ein Beichtstuhlgeflüster von ihr übrigblieb. „Wir sollten nicht allzuviel Aufsehen erregen: Sie wissen ja, wie sich die Nutten anstellen, wenn wir ihre Gemächer filzen."

Die Wortwahl, zwischen hochgestochen und geheuchelt, schien Nicolussi anzuwidern, der seinen Untergebenen mit einer zittrigen Handbewegung, die man auch als Segen interpretieren konnte, verabschiedete. Die Scheiben des Fensters klirrten, als kündigte sich ein Seebeben an, allerdings nur ein bescheidenes Beben, das von den Schiffsschrauben eines Polizeischnellbootes verursacht worden war. Nicolussi lehnte sich in seinem Sessel zurück.

„Da ist ja endlich auch Gabetti."

Gilberto Gabetti mußte in den Siebzigern sein, aber er wirkte, als würde er sein unbestimmbares Alter für immer beibehalten. Er hatte weißes Haar und einen Bürstenhaarschnitt, Altersflecken entstellten seine Haut, und dennoch bewahrten sich seine Gesichtszüge eine markante Eleganz mit leicht jüdischem Einschlag, die vom Alter nicht hatte getilgt werden können. Fünfundzwanzig Jahre lang hatte er das Museum der Accademia geleitet, ohne sich universitäre Verdienste zu erwerben oder ideologisch Partei zu beziehen, und auch wenn ihm archäologisch veranlagte Neider faschistische Neigungen nachsagten, damals in seiner Adoleszenz, hatte er sein Ansehen doch immer mit der unwirschen Bestimmtheit eines Mannes von Welt gegen Anschuldigungen und Verleumdungen verteidigen können. Er war vor den Wachpolizisten aus dem Schnellboot gestiegen und hatte dabei seinen Vorrang als selbstverständlich vorausgesetzt; erhobenen Hauptes schritt er vorneweg, ohne auf den Schnee zu achten, der seine Schritte verschluckte, wie er zuvor das Blut Valenzins verschluckt hatte. Nicolussis Stimme hallte durch die Sprechanlage:

„Gabetti ist da. Machen Sie die Leiche fertig zur Identifizierung." Bevor er die Zigarette im Aschenbecher ausdrückte, rauchte er sie so herrisch auf, daß der Filter angesengt wurde. „Kommen Sie mit, Ballesteros."

Dina bedachte mich mit einem gewohnheitsmäßigen oder abergläubischen Kopfnicken und flößte mir damit ein Selbstvertrauen ein, wie man es bloß durch langjährige Übung erlangt. Ich ging hinter Nicolussi durch die Gänge, in denen das Echo einer Schreibmaschine und das Echo unserer Schritte und das Echo der Tropfen, die das Dach mit Regen attackierten, hallten. Um dem Wind weniger Angriffsfläche zu bieten, ging Nicolussi fast im Profil und beobachtete mich aus den Augenwinkeln, als wollte er in meinem Verhalten eine Spur von Schwäche aufspüren. Wir trafen mit Gabetti im Innenhof der Dienststelle unter dem Schutz einer Kuppel zusammen, die den Grußworten einen würdevollen Hall verlieh.

„Es ist mir eine Ehre, Herr Gabetti", begrüßte ich ihn und hielt ihm eine klamme Hand hin, die er überschwenglich drückte.

„Ich bitte Sie, mein Freund, ich bitte Sie: Ich bin wirklich nicht allzu ehrwürdig."

Er erfüllte zugleich das Protokoll und gab sich bescheiden. Mir fielen seine von den Altersflecken entstellten Hände auf, Hände, die große Erfahrung im Liebkosen zu haben schienen, aber auch im Betrügen, Hände, von denen fast nur noch das Knochengerüst übrig war, durchgeistigte Hände, wie sie El Greco hätte malen können. Auch sein Blick war zugleich zärtlich und schuldbeladen, als lebten in seinen blauen Pupillen die Sanftmut und die Zerstörungslust Seite an Seite, die Abgründe des Seins und die Gelassenheit.

„Bitte folgen Sie mir", sagte Nicolussi, der diese Widersprüche gewiß übersehen hatte.

Zu den Einrichtungen der Polizeidienststelle zählte auch eine Leichenhalle von unzureichenden Ausmaßen, die rundherum mit Kacheln ausgelegt war, zwischen denen die Fugen schmutzige Linien zogen. Auf einer Trage lag Fabio Valenzins Leichnam auf dem Rücken, die Arme ausgebreitet wie Lumpen oder Fleischfetzen; kein Laken verhüllte seine Wunde, kein Kleidungsstück bedeckte den Phallus mit seinen wie mit Teer gefüllten Venen und die Hoden, die aussahen wie Provianttaschen einer nicht sehr üppig ausgestatteten Männlichkeit. Valenzin (sein Leichnam, meine ich) besaß noch immer den starren und eindringlichen Blick des Todeskampfes, und seine Wangen, die ich glatt rasiert in Erinnerung hatte, wiesen allmählich den bläulichen Schimmer eines postumen Bartes auf. Beide Nasenlöcher waren von einem Blutpfropfen verstopft, und seine Brust wurde von einer groben Naht, die bis zum Bauchnabel reichte, in zwei Hälften geteilt.

„Wir mußten eine Autopsie machen, das konnten Sie sich wahrscheinlich denken", entschuldigte sich Inspektor Nicolussi bei Gabetti.

Valenzins Bauch bildete eine Mulde, als hätte man ihn um seine Eingeweide erleichtert, der Hügel des Brustkorbs ragte hervor, die Rippen wirkten wie die Saiten einer Harfe, aus der man keinen Ton herausbekommt. Man hörte das monotone Brummen einer Kühlanlage, das unsere Atemgeräusche unter sich begrub.

„Ich wußte immer, daß es ein schlimmes Ende mit dir nehmen würde, Fabio", sagte Gabetti zuletzt und fand für seine Redekunst keinen Zuhörer. „Ich habe dich oft genug davor gewarnt."

Und er streckte eine Hand aus, um den reglosen Blick des Verstorbenen auszulöschen; die Lider schlossen sich widerstandslos, als schlössen sie sich vor Müdigkeit. Dann zog er ein Taschentuch aus seiner Jackentasche und breitete es über die Geschlechtsteile des Toten.

„Sie waren befreundet?" fragte Nicolussi mehr plump als boshaft.

„Sagen wir: wir waren alte Bekannte." Seine Antwort stimmte ihn keineswegs nostalgisch. „Als Fabio sich auf seinen langen Weg machte, arbeitete ich auf Auktionen als Sachverständiger. Er war kaum zweiundzwanzig Jahre alt, aber die Experten begannen sich bereits über seine Fälschungen den Kopf zu zerbrechen. Es sollte einmal ein virtuoser Betrüger aus ihm werden, aber am Ende wurde er seiner Virtuosität schließlich überdrüssig: Auf lange Sicht ist die Straflosigkeit, wie Sie zweifellos wissen, allzu langweilig, und aus diesem Grund legt jeder Kriminelle eine Fährte, um sich durch seine innere Unruhe einen Lustgewinn zu verschaffen und mit seinen Verfolgern Versteck zu spielen. Abgesehen von der Qualität seiner Arbeit war diese auch ausgesprochen fruchtbar: Man schätzt die Zahl seiner Fälschungen auf mehr als eintausend Werke von Picasso und Modigliani, Matisse und Renoir, Van Gogh und Cézanne, wobei er sich je nach Mode stets den am höchsten gehandelten Künstler heraussuchte: Seine Arbeiten finden sich heute in Privatsammlungen auf der halben Welt. Aber die größte Freude bereitete ihm das Fälschen der Surrealisten, es geht einfach nichts über die Fälschung eines Fälschers." In seiner Stimme klang ein wenig spöttischer Gleichmut mit. „Wußten Sie eigentlich, daß ich einmal mit ihm ins Geschäft gekommen bin?"

Er deutete ein harmloses oder verschlagenes Lächeln an, wie ein Kind, das man bei einem Streich ertappt. Nicolussi und ich verneinten einstimmig und mit wachsender Neugierde. In einem Leichenhaus wirkte ein solches Gespräch merkwürdig unpassend, aber Gabetti verzauberte uns mit seiner salbungsvollen, fast fühlbaren Stimme:

„Es war im Sommer zweiundsechzig. Ich kann mich noch genau daran erinnern, denn ein römisches Auktionshaus hatte mir gerade gekündigt oder auf meine Dienste verzichtet, weil ausgerechnet Valenzin mir eine Sendung mit gefälschten Modiglianis untergejubelt hatte. Ich wollte den Urheber meines Unglücks gerne kennenlernen und reiste nach Mailand, wo er zu jener Zeit lebte. Seine Jugend schüchterte mich ein, ebenso sein sicheres Auftreten und seine unerträgliche Intelligenz. Als Entschädigung für meinen Rausschmiß lud er mich zum Essen ein, und wir verbrachten die Nacht in einem Luxusbordell für Minister und Modezaren, Sie wissen schon, was ich meine. Die jungen Damen des Etablissements brachten uns den Whisky in einen gepflegten kleinen Garten mit Stucksäulen, die wie zufällig zwischen Bärenklau- und Efeusträuchern verteilt waren; da die jungen Damen ziemlich abweisend und unzugänglich waren (ich glaube, das Bordell praktizierte den Masochismus) und in Höschen und BH zwischen den Säulen schlafwandelten, erwähnte Fabio die Gemälde des Belgiers Paul Delvaux. Ich war betrunken und hatte Lust, in Erinnerungen zu schwelgen, also gab ich zum besten, wie ich Delvaux in meiner Kindheit oder Jugend kennengelernt und während seines kurzen Aufenthalts in Venedig sogar für ihn gearbeitet hatte, wie ich ihm die Farben gemischt und die Staffelei gehalten hatte: Neununddreißig machte Delvaux eine Rundreise durch Italien und studierte die klassische Architektur, die er später als Hintergrund für seine Gemälde benutzen würde. ‚In seiner ersten Phase war Delvaux noch weitaus unverschämter, damals schlafwandelten seine Frauengestalten nicht, sie masturbierten umständlich und ließen sich von den Denkmälern sodomisieren; aber in den Kriegswirren sind die Gemälde aus dieser Phase verlorengegangen‘, gab ich Fabio zu verstehen, der seine Zufriedenheit nicht verbergen konnte. ‚Wenn ich das richtig sehe, dann waren es also ziemlich schweinische Bilder‘, sagte er strahlend vor Wonne. ‚Ganz genau, verdammt schweinische‘, witzelte ich, ‚zumindest die, bei deren Schöpfung ich dabei war. Delvaux ließ seine Modelle vollkommen eindeutige Stellungen ausprobieren.' Fabio wurde nachdenklich, so als würde er die Ausmaße des Betrugs abschätzen, dessen Plan er bereits gefaßt hatte: ,Was halten Sie davon, wenn wir mit diesen Gemälden eine Ausstellung machen? Ihre Aufgabe wäre es lediglich, der Geschichte Ihren guten Namen zu leihen und die nötige Würze beizusteuern, indem Sie einen recht geschwollenen Text für den Katalog schreiben', schlug er mir vor."

Möglicherweise schmückte er die Wahrheit mit Anekdoten und Einzelheiten ein wenig aus, aber Valenzin würde das Wort nicht wieder ergreifen und ihm widersprechen können.

„Und darauf gingen Sie ein? Erzählen Sie mir doch nichts", stieß Nicolussi hervor, mit jener als Entrüstung getarnten Ehrerbietung, die Polizisten den unverbesserlichsten Straftätern entgegenbringen.

„Sie haben meine Entschuldigung doch bereits gehört: Ich hatte keinen Pfennig mehr, ich war arm wie eine Kirchenmaus", er stieß ein Kichern aus, das an eine Viper erinnerte. „Ein paar Monate später hatte Fabio dreißig falsche Delvaux fertiggestellt, Gemälde und Zeichnungen; jedes einzelne übertraf an pornographischer Gewagtheit die Originale, oder besser das verschwommene Bild, das in meiner Erinnerung von den Originalen existierte. Einige Bilder stellten außerordentlich brutale lesbische Liebesszenen dar, ich glaube, auf manchen waren auch Koprophilieszenen dargestellt. Wir veranstalteten ziemlich viel Rummel um die Ausstellung, die augenblicklich das Interesse der verrücktesten Sammler erregte, das heißt sämtlicher Sammler. Aber siehe da, am Tag der Eröffnung melden die Zeitungen plötzlich die Ankunft des belgischen Malers in Mailand."

„Dann sind Sie also aufgeflogen", unterbrach ihn Nicolussi zutiefst enttäuscht, wenn auch mit geheuchelter Erleichterung.

„Warten Sie ab, warten Sie ab, ziehen Sie keine voreiligen Schlüsse." Gabetti kostete seine Einleitung sybaritisch aus.

„Die Ausstellung konnten wir nicht mehr abblasen, deshalb schlug Fabio, der immer gute Ideen hatte, vor, Delvaux einen Besuch in seinem Hotel abzustatten. Ich sehe ihn noch wie heute vor mir, wie er abgebrüht und seelenruhig vor jenem surrealistischen Tattergreis saß. ‚Sehen Sie, Meister, wir sind gerade im Begriff, eine Ausstellung mit Werken aus Ihrer Jugendzeit zu eröffnen, aber uns ist das Gerücht zu Ohren gekommen, daß die eine oder andere Fälschung darunter sein könnte. Wären Sie vielleicht so liebenswürdig, uns in die Galerie zu begleiten und sich die Gemälde einmal anzusehen? Es gibt schließlich kein zuverlässigeres Urteil als das des Künstlers.' Delvaux trug das Haar ziemlich lang und war ein bißchen beschränkt, aber das bleibt natürlich unter uns: Er begleitete uns in die Galerie, begutachtete die Gemälde mit dem beseelten Blick eines ziemlich narzißtischen Mannes und sortierte, nachdem er drei oder vier Runden gedreht hatte, einige Leinwände und eine höchst unflätige Zeichnung aus, die seinen Phantasien wahrscheinlich ein bißchen zu nahe kam. Die restlichen Bilder hielt er für echt, und er beglückwünschte uns aufs wärmste zu der Wiederentdekkung von Werken, die er für immer verloren geglaubt hatte." Mit festem, dann weicher werdendem Blick betrachtete er Valenzins Leiche und seufzte: „So einer war Fabio, ein Schelm sondergleichen, imstande, dem Teufel höchstpersönlich einen Bären aufzubinden."

Ein peinliches Schweigen entstand, gestört nur von der Kühlanlage, von der noch immer ein tristes Brummen ausging, die rasselnde Atmung einer Maschine, die darauf wartet, ausgetauscht oder verschrottet zu werden. Fabio Valenzins Leiche schien sich von den Lobeshymnen nicht aus der Ruhe bringen zu lassen und zeigte die ersten Anzeichen jener trägen Welkheit, mit der sich die Verwesung ankündigt. Inspektor Nicolussi klopfte die Taschen seines schweren Mantels ab, in der Absicht, die Anweisungen nicht zu befolgen und die unverdorbene Luft der Leichenhalle mit dem Rauch einer Zigarette zu schwängern.

„Sie wissen ja vermutlich", sagte er, „daß man ihm, von solchen Schildbürgerstreichen einmal abgesehen, eine Menge Raubüberfälle auf nationale Kunstdenkmäler vorwirft."

„Ich sagte Ihnen doch bereits, daß Fabio es nicht mochte, wenn seine Übeltaten unbestraft blieben." Gabetti hatte seinen Leichtsinn jetzt besser unter Kontrolle, aber eine gewisse weltläufige Gewandtheit hinderte ihn daran, völlig ernst zu erscheinen. „Er hatte keine Lust mehr, sich mit kleinen Gaunereien zu begnügen, und begann deshalb Kirchen auszurauben, es könnte sogar sein, daß er für den einen oder anderen aufsehenerregenden, bislang nicht aufgeklärten Überfall auf Gemäldesammlungen im Ausland verantwortlich ist. Aber man hat ihm niemals etwas nachweisen können: Er war penibel und haßte jede Art von Stümperei, Fährten legen war nicht seine Art. Ich habe immer zu ihm gesagt: ‚Solange du mir die Accademia in Ruhe läßt, kannst du von mir aus den ganzen Louvre leerräumen.'"

Er hatte in einem äußerst besitzergreifenden Ton von der Accademia gesprochen, wie ein Sultan, der zwar keinerlei Einmischung in seinen Harem zuläßt, aber den Ehebruch und die Promiskuität anderer Leute nicht nur duldet, sondern dabei sogar seinen Beifall spendet. Nicolussi wollte ihm bereits Vorwürfe machen, doch Gabettis Lächeln, hinter dem sich die gesamte Verachtung des Olymps zu verbergen schien, war dafür zu entwaffnend.

„Hatte er Familie?" fragte er statt dessen mit betrübtem Gesicht.

„Wenn er eine besaß, dann hat er sich nie öffentlich zu ihr bekannt, er hat jedenfalls nie etwas von einer erzählt. Seine Kindheit hatte er, wie so viele Kinder im Krieg, in einer abscheulichen Waisenanstalt verbracht. In Venedig lebte er lange, aber er war in häuslichen Dingen so ungeschickt, daß er sich meistens ein Hotelzimmer mietete. Er stieg gewöhnlich im Danieli ab, Geld spielte für ihn keine Rolle."

„Na, wenn sich keiner um ihn kümmert, werden wir ihn wohl im Armengrab beerdigen müssen", sagte Nicolussi geradeheraus.

„Fabio im Armengrab?" Gabetti wurde wütend. „Er hat zu Lebzeiten stets eine Aristokratie des Geistes kultiviert, vielleicht eine ein bißchen zu frei interpretierte, aber doch immerhin eine Aristokratie. Ich werde es nicht zulassen, daß er als Toter am Bettelstab geht."

Er hatte eine beleidigte Haltung angenommen und stand stocksteif da wie eine Pappel, der hochmütige Gefühle nicht fremd sind.

„Ihre Aufgabe ist es herauszufinden, wer ihn umgebracht hat", sagte er mit demselben Widerwillen zu Nicolussi, den ein Marquis seiner Dienerschaft gegenüber geäußert hätte. „Die Kosten übernehme ich."

Fabio Valenzins Leiche nahm im milchigen Licht einer Neonröhre langsam die hellere Färbung von Marmor oder weißem Granit an: Das Netzwerk seiner Venen maserte ihn von innen heraus, und die Schuppen und Blutergüsse auf seiner Haut wirkten wie Kalkablagerungen. Der Untergebene, der vorher schon in Nicolussis Büro eingedrungen war, um mit verschämter und abwägender Stimme seinen Bericht abzugeben, streckte seinen Kopf durch den Türrahmen der Leichenhalle.

„Sie erlauben, Inspektor?"

Seine Gesichtszüge leuchteten so sehr vor Freude, daß sie die bürokratische Trägheit aus ihnen vertrieben. Nicolussi nickte mit einem Schnaufen oder Krächzen, das er aus den unterirdischen Nikotinflözen heraufbeförderte.

„Wir haben Tedeschi gefunden."

Vittorio Tedeschi befand sich im Schlepptau von zwei jungen Burschen, die aussahen, als wären sie gerade erst in den

Polizeidienst eingetreten, denn ihre Bewegungen wiesen die arrogante Synchronie derer auf, die den Choreographien und der Formalausbildung, die man ihnen in der Ausbildung beigebracht hat, noch ihren Respekt erweisen. Tedeschi konnte kaum älter sein als fünfunddreißig Jahre, aber er sah wie fünfzig aus: Seine verwahrloste Kleidung (eine ausgebeulte Cordhose, ein Paar Anglerstiefel mit einem breiten Saum aus Lehm, eine dreckige Schaffelljacke, die speckig glänzte) wirkte durch sein verwahrlostes Gesicht nur noch schlimmer: Er hatte total verfaulte Zähne, die er vor lauter Wut zusammengebissen hatte, so daß ihm Schaum vorm Mund stand, einen kantigen Schädel und platt anliegendes, fettiges Haar, als hätte ihn eine Kuh abgeleckt. Für seine Beschwerden bediente er sich des venezianischen Dialekts, doch der klang aus seinem Mund so grob, daß er auf seinen Gaumen und die Gehörgänge der Anwesenden wie Schmirgelpapier wirkte. Nach der letzten Sauforgie fühlte sich seine Zunge bestimmt an wie aus Kork.

„Ganz wie wir erwartet hatten, schlief er gerade seinen Rausch aus, als wir ihn fanden." Der Untergebene enthielt sich seines Kommentars, vom tatsächlichen Eintreten seiner Vorhersagen begeistert, auch diesmal nicht: „In einem Bordell der untersten Kategorie, Herr Inspektor."

Tedeschi drehte sich schwerfällig um; zu dem Druck, den die beiden Polizeinovizen auf seine Arme ausübten, kamen noch die Handschellen, die seine Handgelenke fesselten und dort einen ringförmigen, bläulich verfärbten Abdruck hinterließen. (Auch bei Valenzin hatte der Ring einen bläulich verfärbten Kreis auf seinem Ringfinger hinterlassen, doch genau wie dieser kreisförmige Abdruck war auch der Ring bereits für immer verschwunden, wenn ihn niemand vom Grunde des Kanals heraufholen würde.) Er hing zwischen den beiden fast in der Luft und versuchte, dem Griff seiner Häscher zu entkommen, indem er in der eisigen Luft herumstrampelte, die bald schon geschwängert war von einem Gestank, in dem sich der säuerliche Schweißgeruch mit dem warmen, abgestandenen Geruch von billigem Wein und dem vertrockneten Geruch des Erbrochenen und des Samens mischte, den er in den vergangenen Monaten verspritzt hatte. Daß ich Mitleid mit ihm hatte, könnte ich nicht behaupten, wohl aber, daß mir das schlechte Gewissen einen Stich versetzte: Mich hatte man nicht aus einem fremden Bett geholt, mir hatte man keine Handschellen angelegt, und mich hatte man auch nicht zur Polizeidienststelle geprügelt. Inspektor Nicolussi konnte die Abwesenheit einer Rauchfüllung in seinen Lungen nicht länger ertragen und zündete sich die nächste Zigarette an.

„Kennen Sie diesen Mann?“ Ohne ihn eines Blickes zu würdigen, verhörte er Tedeschi, der beim Anblick des abgeschlafften Körpers auf der Trage plötzlich nüchtern wurde.

„Na klar kenne ich den. Das ist Fabio Valenzin. Wer kennt den nicht, hier in Venedig. Aber so was würde ich ihm niemals antun.“ Tedeschi deutete mit seinen gefesselten Händen vage in Richtung des Leichnams; es war nicht ganz klar, was er damit genau meinte: den Tod, die von Gabettis Taschentuch kaum verhüllte Nacktheit oder die durch die Autopsie bedingten Verwüstungen an Valenzins Körper. „Außerdem habe ich ein Alibi: Ich kann Ihnen über alles, was ich getan habe, Rechenschaft ablegen, über jede einzelne Minute.“

Hier stockte er, als er feststellte, daß der Alkoholkonsum und die Hingabe an die käuflichen Körper in der Geographie der vergangenen Nacht, die ihn möglicherweise in Bereiche des Unbewußten und des Rausches geführt hatten, Lagunen entstehen ließen.

„Zunächst einmal haben Sie etwas getan, was Sie nicht hätten tun dürfen“, ermahnte ihn Nicolussi: „Sie bekommen Geld, damit Sie den Palazzo bewachen, und nicht, damit Sie abhauen und herumhuren.“

„Ich bekomme ein Almosen, daß das klar ist“, stieß Tedeschi mit plötzlichem Klassenbewußtsein hervor.

„Und Ihren Sold besserten Sie auf, indem Sie von Valenzin unter der Hand Trinkgelder entgegennahmen, nicht wahr?“

Die Fassungslosigkeit überwältigte Tedeschi wie ein blasser Fleck oder die Gelbsucht. Auch ich war überrascht vom Scharfsinn des Inspektors.

„Ich verspreche Ihnen, daß nichts von dem, was Sie in diesem Raum sagen, im Protokoll stehen wird.“

Nicolussis Untergebene nahmen die unorthodoxen Methoden ihres Chefs widerspruchslos zur Kenntnis, und Gabetti räusperte sich, als ginge ihn das alles nichts an.

„Ich habe mal für ihn gearbeitet, das will ich ja gar nicht abstreiten“, gab Tedeschi mit einer reumütigen Grabesstimme zu. „Ich habe keine Angst davor, eine Kirche raufzuklettern.“

„Und ein Bild aus dieser Kirche zu entwenden? Haben Sie davor etwa auch keine Angst?“ Nicolussi ließ seine Anschuldigungen diskret einfließen, ohne dabei auf einen spöttischen Unterton zu verzichten. „Ich weise Sie darauf hin, daß Diebstahl auf geheiligtem Boden nicht nur ein Vergehen, sondern auch eine Todsünde ist. Wie nennt man das noch gleich? Ein Sakrileg.“

Der verschämte und abwägende Untergebene bestätigte das mit einem Kopfnicken, das von genauesten Kenntnissen der religiösen Vorschriften zeugte. Langsam ekelte ich mich vor Fabio Valenzins Leiche, die aussah wie ein überwinterndes Reptil, und mittlerweile beleidigte auch der Geruch nach totem Fleisch meine Nase. Tedeschi war in ein undurchdringliches Schweigen verfallen.

„Ich bin sicher, ein paar Tage bei Wasser und Brot werden Ihre Zunge wieder lockern, mein Freund“, hielt Nicolussi fest. „Und nebenbei können Sie sich ein bißchen erholen, Sie sehen ziemlich mitgenommen aus.“

„Ohne gerichtlichen Beschluß können Sie mich nicht festnehmen“, sagte Tedeschi, allerdings flehend und keineswegs fordernd. „Außerdem bin ich unschuldig.“

Inspektor Nicolussi ließ den Rauch seine betäubende Wirkung im Rachen und in den Lungen ausüben; als er ihn durch die Nase ausstieß, sah er aus, als hätte er das Nirvana erreicht:

„Wir haben zweiundsiebzig Stunden Zeit, um uns von Ihrer Unschuld zu überzeugen. Solange bleiben Sie schön in Ihrer Zelle und halten den Mund.“

Sie schleppten Tedeschi hinaus, mehr oder weniger auf dieselbe Art, wie sie ihn hergebracht hatten; während man ihn in die unterirdischen Gewölbe der Polizeidienststelle brachte, stieß er auf dem Gang ein ganzes Arsenal an Verwünschungen und Schimpfwörtern aus. Ich errötete (und verspürte doch auch ein beschämendes Gefühl der Erleichterung) bei dem Gedanken, daß man mir eine Sonderbehandlung hatte zuteil werden lassen, nur weil ich mich als Fremder in einer Stadt aufhielt, in der Fremdwährungen abgöttisch verehrt wurden. Nicolussi riß sich mit den Zähnen Hautfetzen von den vertrockneten Lippen.

„Und Sie, Ballesteros, müssen Ihre Aussage noch unterzeichnen, bevor Sie gehen“, sagte er. „Ich verlange lediglich von Ihnen, daß Sie Venedig nicht verlassen.“

Wie hätte ich eine Stadt verlassen können, die sich gegen mich verschworen hatte? Wie sollte man Venedig entkommen, wenn der Winter von seinen Kanälen Besitz ergreift und seine Straßen einkreist und seine Bewohner unter dem Fluch des Vergessens begräbt? Wie könnte man den Belagerungszustand einer Stadt durchbrechen, die dem Untergang nahe ist und einen in den Abgrund ihrer Zerstörung mitreißt? Gabetti übernahm die Rolle meines Beschützers:

„Ich verbürge mich für ihn, Nicolussi, seien Sie unbesorgt. Er wird mein Gast sein, und ich werde ihn einer strikten

Kontrolle unterwerfen." Und ein wenig boshaft fügte er noch hinzu: „Fürs erste werde ich ihn zu einer Gondeltour auf dem Canal grande einladen, damit er seinen Aufenthalt hier in bester Erinnerung behält."

Wir kehrten zurück in das Büro des Inspektors, wo Dina noch immer wartete, mit jener zahmen Verzweiflung von Freundinnen, die man allein auf dem Bahnsteig zurückläßt. Auch sie würde gehen können, nachdem sie ihre Unterschrift, die den Inhalt ihrer Aussage bestätigte, geleistet hätte. Als sie sich über den Schreibtisch beugte, wurden ihre Brüste prall unter dem schwarzen Pullover, der sie festhielt und plattdrückte, wie sie früher von den Händen ihres Mannes festgehalten und plattgedrückt worden waren, die sichtbare Spuren und ihren feuchten Schweiß auf ihnen hinterlassen haben mochten. Ich erinnere mich noch daran, wie Dina mich mit einer wehrlosen, unverhohlenen Wut musterte, als sie erfuhr, daß ich bei Gabetti wohnen würde. Ich bekam gerade noch heraus – die Feigheit lähmte meine Zunge –, daß ich in die Pension zurückkehren würde, um mein Gepäck abzuholen.

III.

„Aber selbstverständlich habe ich Ihre Doktorarbeit gelesen, übrigens durchaus mit Gewinn“, sagte Gabetti, ohne daß ich es gewagt hätte, dieses unpassende Thema zur Sprache zu bringen. „Aber vielleicht werden Sie mir dennoch einen grundlegenden Einwand gestatten: Sie versuchen das Geheimnis von *La tempesta* unter Rückgriff auf Ihre Intelligenz zu lüften und gehen dabei davon aus, daß Giorgione es erst nach aufwendigen abstrakten Vorarbeiten bildnerisch umzusetzen vermochte. Sie verteidigen den Standpunkt, daß es Giorgiones Anliegen war, eine Kunst für ein paar Eingeweihte zu schaffen: Aber dann hätte er sich mit Kryptogrammen beschäftigt und nicht mit Malerei. Gewiß sind uns kaum Einzelheiten aus seiner Biographie bekannt, aber Vasari, der fast sein Zeitgenosse war, berichtet, daß er sich ‚mit großem Eifer der Zeichenkunst widmete‘, daß er auf höfischen Festen gerne zur Laute griff und (hören Sie genau hin) daß er ‚ständig in Liebesaffären verwickelt war‘. Seine Liebe war so inbrünstig, daß er mit der Dame, die sein Werben erhört hatte, selbst dann noch geschlechtlich verkehrte, als sie die Pest bekam, obwohl er genau wußte, daß er sich durch den Geschlechtsverkehr mit der Krankheit anstecken würde: Glauben Sie im Ernst, daß ein Mann, der den eigenen Tod riskiert, um den letzten Atemzug seiner Geliebten zu spüren und sie auf ihrer Reise in den Hades zu begleiten (denn Giorgione unterhielt eine sündige Liebschaft, die mit ziemlicher Gewißheit ehebrecherisch war), die Pinsel zur Hand nimmt, wenn ihn sein unter Verstopfung leidendes Hirn dazu auffordert? Nicht doch, mein Freund, Giorgione gehorchte einzig und allein der Leidenschaft und der qualvollen Verzweiflung, dem schalen Nachgeschmack der fleischlichen Lust oder der freudigen Erregung, die wir spüren, wenn eine geliebte Frau uns zu Willen ist. Suchen Sie in seinem Werk weder nach Symbolen noch nach mystischen Anspielungen oder nach komplizierten mythologischen Zusammenhängen: Selbst bei Auftragsarbeiten läßt er seinen Gefühlen freien Lauf, und das bringt ihn in die Nähe unserer eigenen Gefühlswelt. Was Sie und eine ganze Reihe anderer Kenner des Bildes als Geheimnis bezeichnen, ist nichts weiter als die Gestaltwerdung eines Gefühls. Kompliziert, zusammenhanglos, unpräzise, wenn Sie so wollen sogar unerklärlich ... aber gibt es etwa Gefühle, die sich erklären lassen? *La tempesta*, lassen Sie es sich gesagt sein, stellt einen Gemütszustand dar, ein leidenschaftliches Gefühl der Seele, die mit der Landschaft eins wird. Giorgione war der erste Romantiker und wahrscheinlich auch der letzte, denn alles, was nach ihm kam, war nichts weiter als ein Haufen Großmäuler."

Ich verstand jetzt, warum sich Gabetti als Schauplatz für unsere erste dialektische Auseinandersetzung eine Gondel ausgesucht hatte (das durch Valenzins Tod unterbrochene Telephongespräch war nichts weiter als ein Herantasten oder eine Ouvertüre gewesen): Er beabsichtigte, daß ich mich unwohl fühlte und mir lächerlich vorkam. Gabetti war zum Bug des Gefährtes geklettert und drehte mir den Rücken zu, wodurch er mich der Rolle des Gesprächspartners beraubte und mich zum passiven Zuhörer degradierte. Er glich das Schlingern der Gondel mit leicht gebeugten Knien aus und vollführte dabei einen regelrechten Balanceakt. Gelegentlich waren an der Wasseroberfläche gefrorene Algen zu sehen, die ziellos dahintrieben und mit einer flehenden Geste oder als Abschiedsgruß ihre gefrorenen Fasern aus dem Wasser streckten, als wären es die verkrampften, totenstarren Hände einer Wasserleiche. Als wir rechts abgebogen waren, hatte der Gondoliere einen kehligen, seltsam mitleiderregenden

Laut ausgestoßen, der in den Nebel drang und von den Möwen einstimmig mit einem Krächzen beantwortet wurde: Wir fuhren nun auf dem Canal grande, an dessen Ufer Palazzi standen, die der Schnee in riesenhafte Korallenriffe verwandelte, indem er ihre Spitzen ein wenig abrundete. Obwohl das Wasser im Vergleich zu vergangener Nacht wieder gesunken war, reichte es doch noch immer bis an die Portici und rief dort eine seltsame optische Täuschung hervor, so als ruhten die Säulen auf einem flüssigen Fundament.

„Außerdem unterschlagen Sie ziemlich geschickt einen technischen Aspekt von Giorgiones Malerei", wies mich Gabetti nachsichtig zurecht, so wie man einen kleinen Gauner nachsichtig zurechtweist, „einen Aspekt, den Röntgenaufnahmen seiner Gemälde bestätigt haben: Er war der erste Maler, der die Farbe ohne Vorzeichnung direkt auf die Leinwand auftrug, was ihn zu häufigen Korrekturen zwang. Wenn er sich das Sujet von *La tempesta* tatsächlich vorher überlegt hätte, wenn er, wie Sie behaupten, unter Rückgriff auf Allegorien einen Sachverhalt darstellen wollte, der nur Eingeweihten zugänglich war, hätte er dann nicht Ihrer Meinung nach zuerst mit Kohle vorgezeichnet? Ein Künstler, der für seine Kompositionen einen minuziösen Plan aufstellt wie ein Dieb, der einen Bankraub plant, muß seine Schritte vorher fast millimetergenau fixieren. Giorgione handelte intuitiv, gewissermaßen war er ein impulsiver Dieb: Er korrigierte seine Entwürfe im Laufe der Arbeit. Ich muß Sie ja wohl nicht daran erinnern, mein Junge, daß Giorgione an der Stelle, an der sich heute der Spaziergänger mit dem Wanderstock befindet, zunächst eine nackte Frau bei der Toilette im Bach gemalt hatte, die er in der endgültigen Version übermalte: Das entzieht doch der These von einem vorher festgelegten Sujet jede Grundlage, oder sind Sie da etwa anderer Ansicht?"

Er hatte sich mit einer für sein Alter überraschenden,

fast katzenhaften Geschmeidigkeit umgedreht, um mich mitten im Gefühl der Niederlage zu ertappen. Der Wind, der über den Canal grande fegte, hatte den Knoten seines Halstuchs gelöst und legte einen welken und viel zu langen Hals frei, der eine gewisse Ähnlichkeit mit dem einer Henne besaß.

„Wahrscheinlich haben Sie recht“, gab ich zu.

Gabetti nahm die Spontaneität meiner Zustimmung mit einem gütigen Nicken zur Kenntnis.

„Wissen Sie, warum ich mich immer geweigert habe, über Kunst zu schreiben? Ich ertrage die Scharlatanerie der Kunstkritiker nicht, ich ertrage diesen hochtrabenden Jargon nicht, der ein Gemälde unter Tonnen von Papier begräbt, um es zu erklären, bis einem sein Genuß schließlich verleidet wird. Nach D'Annunzios Auffassung sollte die Kunstkritik ‚die Kunst des Kunstgenusses‘ sein, aber die Pedanterie ihrer Adepten hat sie zu einer Kunst des Blabla gemacht. Ach, zum Teufel damit!“

Er klang plötzlich heftig und euphorisch, wurde aber sofort wieder ruhig, als die Gondel am Museum der Accademia vorüberglitt: Grünliches Wasser hatte von dem kleinen Platz im Innenhof des Museums Besitz ergriffen und drang in die porösen Wände.

„Wir mußten das Museum für die Öffentlichkeit schließen“, grummelte Gabetti. „Das gesamte Erdgeschoß ist überschwemmt. Und das ist noch nicht das Schlimmste: Das Wasser wird bald wieder ablaufen, aber die Feuchtigkeit wird sich für viele Jahrhunderte in den Steinen festsetzen. Sie können sich gar nicht vorstellen, was für Probleme wir mit der Feuchtigkeit haben.“

„Ich kann es mir vorstellen“, korrigierte ich ihn ein bißchen gereizt.

„Das glaube ich kaum. Venedigs Feuchtigkeit ist wie eine schwärende Wunde: In jeder anderen Stadt der Welt würde der Stein ihr entgegenwirken, hier dagegen ist er ihr bester Komplize und stellt ihren natürlichen Lebensraum dar. Und im Sommer wird es nicht etwa besser, sondern noch schlimmer: Bei der schwülen Hitze blühen auf der Ölfarbe Pilze, es wachsen sogar kleine Tierchen darauf, die wie kleine Schnecken mit weichem Gehäuse aussehen und gegen jedes Insektizid resistent sind. Wir verpulvern mehr als die Hälfte unseres Etats für konservatorische Maßnahmen."

Beim Beschreiben jener Wunde weichte auch seine Stimme auf und ängstigte sich wie Venedigs steinerne Mauern. Er hatte mir gegenüber Platz genommen, auf einem jener gräßlichen, mit Plüsch bezogenen Sitze, die von den Gondolieri an die Hinterteile der denkbar schlecht vorbereiteten und gezierten Touristen angepaßt werden. Die Gondel ließ ihren Kiel behende durch das Wasser gleiten, mit jener unblutigen Geschmeidigkeit, mit der sich die Dolche ins Fleisch bohren und dem Knochen ausweichen, angetrieben von einem Ruder, das sich wie der Stab eines Hochspringers in den Schlamm auf dem Grund grub und gelegentlich in den Sandbänken und dem Kot steckenblieb. Die Augen ermüdeten von dem endlosen Schauspiel der Palazzi, und ermüdend waren auch die marmornen Fassaden, die ein grüner Belag zierte, ermüdend waren die Spitzbogenfenster mit Maßwerk aus Alabaster, ermüdend die ziselierten Steinmetzarbeiten, ermüdend war eine derartige Anhäufung von Schönheit zur Rechten und zur Linken, und nur die Verschwommenheit des Nebels, nur die Blässe des Schnees auf den Dächern und den Schornsteinen und den Giebeln und dem Gesims machten diese architektonische Maßlosigkeit bewohnbar. Die Möwen erschütterten die Stille mit ausgiebigem Flügelschlagen, während sie die Lebensmitteltransporte auf den Schiffen eskortierten und darauf warteten, daß ihnen ein Fischer vielleicht als Belohnung für ihre Beharrlichkeit ein Stück Aas zuwarf. An der Rialto-Brükke angekommen wurde die Fahrt melancholischer und schuldbewußter, denn dort, unter ihrem großen Marmorauge, schimmerte das Wasser, und das Licht, das spärliche Morgenlicht, zeichnete schwankende Lichtblitze in den Schatten, und unsere kaum hörbaren Atemzüge hallten inmitten des Plätscherns wuchtig wider und verwandelten sich in die Atemzüge eines Zyklopen: Plötzlich hatte ich das Gefühl, daß auch mein Leben in eine Höhlenlandschaft eintrat, in der die Lichtreflexe und der Hall der Fußtritte und das Echo der Stimmen die Umrisse der Realität verschwimmen lassen würden. Eine Landschaft, die wie ein Tunnel immer länger werden und mich in die Nachbarregionen der Hölle führen würde, öde Gegenden, in denen der Wahnsinn und die Schlaflosigkeit nisten, bebende Erdschollen, die mich möglicherweise für immer verschlingen würden.

„Bringen Sie uns zur Madonna dell'Orto", wies Gabetti den Gondoliere an. Und um nicht unhöflich zu erscheinen, fügte er erklärend hinzu: „Eine Kirche ganz in der Nähe von unserem Haus. Dort arbeitet Chiara, sie restauriert einen Tintoretto."

„Wer ist denn Chiara?"

Er zögerte mit der Antwort, als müßte er sich erst einen Verwandtschaftsgrad ausdenken, oder als bezauberte ihn schon die bloße Erwähnung jenes Namens.

„Meine Tochter, meine Tochter Chiara. Der Stock, auf den ich mich in meinem Alter stütze", sagte er dann abschließend mit einer Betonung, die nicht frei von Ironie war.

Der Canal grande beschrieb eine großzügige Kurve und wurde so breit, daß er einer Flußmündung täuschend ähnlich sah. Eine plötzliche Richtungsänderung der Gondel (ich mußte mich an den Plüschkissen festhalten, um nicht zur Seite zu kippen) brachte uns in den Stadtbezirk Cannaregio, wo die Stadt nicht mehr ihre glänzenden Schaufenster zeigte, sondern schlicht und ergreifend dreckig wurde: Die Tauben flogen über das Labyrinth der Kanäle und defäkierten alle gemeinsam, wobei sie auf den Fensterbrettern Stalagmiten aus Scheiße hinterließen. Das Wasser beruhigte sich und beleckte mit seiner ätzenden Zunge die Ecken der Gebäude, und es floß, eine Schleppe aus Unrat in den Hauseingängen hinterlassend, unter den ovalen Bögen der Brücken langsam dahin: Da gab es Läden, die ihre Ware einer nicht existierenden Kundschaft feilboten: Gemüse, das zitterte und sich über seine rein vegetarische Existenz hinwegsetzte; Früchte, die aus einem unzugänglichen Obstgarten geborgen worden waren; Fische, die noch immer durch ihre Kiemen atmeten und halb erstickt durch ein einziges starres Auge sahen. Im Hintergrund konnte man undeutlich die Insel San Michele erkennen, die steinerne Festung, in der alle Toten von Venedig untergebracht werden, doch bevor wir auf die Lagune hinausfuhren, nahm der Gondoliere Kurs nach Backbord und drang in verfallen aussehende Häuserschluchten vor, die Ähnlichkeit mit den Lagerhallen einer Werft hatten, in denen sich die Blechhaufen und der Schrott ansammeln. Die Sonne begann ängstlich aus dem Nebel hervorzuscheinen, und ihre Lichtflecken verliehen der Landschaft ein verlassenes Aussehen, so als hätte sie Grünspan angesetzt.

„Wir steigen hier aus", sagte Gabetti und deutete auf eine Treppe, von der bloß zwei Stufen über die Wasseroberfläche ragten.

Kommentarlos sackte der Gondoliere das Bündel Geldscheine ein, das Gabetti ihm für seine Dienste geben wollte, und entfernte sich grußlos, indem er sich mit dem Ruder wieder in Richtung Canal grande abstieß.

„Chiara weiß noch nichts von Fabios Tod. Wollen wir hoffen, daß sie gut darüber hinwegkommt."

„Kannten sie sich?"

Gabetti zuckte die Schultern; gut möglich, daß er ein bißchen schwächlich war und daß der Mantel ihn korpulenter aussehen ließ, als er war.

„Miteinander bekannt sein ist in Venedig nichts Besonderes: Hier kennt jeder jeden, mehr oder weniger." Er sagte das so, als störte ihn dieses Übermaß an Nachbarschaft. „Sagen wir, sie waren gut befreundet: Fabio hatte ihr ein paar Tricks gezeigt, die man auf der Kunsthochschule nicht lernt."

„Tricks? Was denn für Tricks?"

Ich war selbst überrascht von meiner Frage, möglicherweise war sie auf ärgerliche Weise forsch oder entsprach nicht den Regeln guter Erziehung. Aber Gabetti sah über meinen Ausrutscher hinweg.

„Restauratorentricks natürlich. Sie werden doch wohl nicht annehmen, daß sie gemeinsame Sache machten. Wenn ein Gemälde repariert werden muß, wenn es in seinen ursprünglichen Zustand zurückversetzt werden muß, sind die Grenzen zwischen Bewahrung und Neuerstellung gelegentlich nicht ganz eindeutig. So müssen beispielsweise die farblichen Veränderungen, das Nachdunkeln des Leinöls (jene kleinen Fehler, die von manchen Grünschnäbeln mit der Helldunkelmalerei verwechselt werden), gebührend beachtet werden. Fabio gab die penible Genauigkeit, mit der er selbst arbeitete, an sie weiter."

Wir hatten Madonna dell'Orto betreten und gingen durch das Mittelschiff, wobei wir den kleinen Pfützen, die sich in den Zwischenräumen der Steinplatten bildeten, auswichen; wie Gabetti mir erklärte, gab es unter der Kirche Kellerräume oder Katakomben, die im Winter voll Wasser liefen und eine eisenhaltige Flüssigkeit ausschwitzten. In jeder Kapelle befand sich ein wichtiges Werk der venezianischen Kunst, doch die Dunkelheit und die Verwahrlosung überzogen diese Kunstwerke mit einer Patina (jener apokryphen Helldunkelmalerei, auf die Gabetti soeben angespielt hatte), unter der man nichts mehr erkennen konnte; nur eine einzige Kapelle war geplündert worden, worauf auch ein Pappschild verwies: Eine ‚Jungfrau mit Kind' von Giovanni Bellini hatte dort ihre Heimstatt gehabt, bis irgendein Dieb beschlossen hatte, einen anderen Bestimmungsort für sie zu wählen. Unter den Spitzbögen in der Mitte der Apsis befanden sich fünf Gemälde, auf denen Kardinaltugenden oder theologische Tugenden dargestellt waren; jedes einzelne davon verriet die besonderen Merkmale Tintorettos, die rasche Ausführung und den energischen, fast ein wenig plump wirkenden Pinselstrich; dasselbe galt auch für die beiden riesigen Leinwände, die die gesamte Breite der Seitenwände in der Apsis einnahmen, dramatische Massenszenen mit einem schwindelerregenden Gebrauch des Lichts und der Kontraste: Auf einem davon war die ‚Anbetung des Goldenen Kalbes' dargestellt, auf dem anderen ‚Das Jüngste Gericht', das Lieblingsthema jenes an den Pinsel geketteten Galeerensträflings namens Tintoretto. Ganz weit oben auf einem Gerüst stand im Lichtkegel eines Scheinwerfers, der das Dunkel des Ortes empfindlich störte, eine Frau, die nicht mehr ganz jung war, aber noch immer jene Frische der Gesichtszüge besaß, auf die schon bald die Falten folgen: Sie war groß, und ihre Fragilität schien mit ihrer Magerkeit ein Bündnis eingegangen zu sein, auch wenn ich zu einem späteren Zeitpunkt Gelegenheit hatte, mich aus unmittelbarer Nähe davon zu überzeugen, daß sie nicht wirklich mager war. Weniger außergewöhnliche Gesichtszüge wären im Licht des Scheinwerfers vielleicht ausradiert worden, nicht so jedoch die ihren, die vor Tintorettos gemaltem Figurengewimmel klar und deutlich zu erkennen waren. Auch in meinem Gedächtnis waren sie klar und deutlich zu erkennen, und deshalb will ich sie an dieser Stelle preisen: Ihr leicht ins Blonde spielendes, braunes Haar hatte sie zu einem Pferdeschwanz gebunden, und ihre Ohren glichen mit den in unmittelbarer Nachbarschaft der Kiefer angesetzten Ohrläppchen Schnekkenhäusern oder Hieroglyphen; sie besaß ein spitzbogenförmiges, dabei aber leicht abgerundetes Kinn und einen Hals, der wie geschaffen zum Küssen war; sie hatte nachdenkliche Lippen, die sie mit der Zunge befeuchtete (dadurch vermied sie, daß sie spröde wurden), und eine edle Adlernase mit einem leichten seitlichen Knick (doch die Asymmetrie wirkt sich nicht negativ auf die Schönheit aus); ihre Wangenknochen waren auf höchst diskrete Weise patrizisch und boten den Wangen Halt, und ebenso war auch ihre Stirn patrizisch, doch waren ihre Augen, ganz im Gegenteil, die einer Bäuerin, makellos in ihrem Schmerz, kastanienfarben und klein im Vergleich zu den anderen Gesichtsproportionen. Trotz ihrer dunklen Hautfarbe war ihre Haltung eher germanisch.

„Ich möchte dir Alejandro Ballesteros vorstellen, den spanischen Professor, von dem ich dir erzählt habe“, sagte Gabetti und beförderte mich mit voller Absicht eine Stufe die akademische Trittleiter hinauf. „Er ist auf Giorgione spezialisiert, und ich bin sicher, ihr habt euch einiges zu sagen.“

Chiara wandte sich um und ließ ihre Arbeit liegen, wobei sie sich keinerlei Mühe gab, ihre aufrichtige Freude zu verbergen; unvernünftigerweise (denn meine Andacht kam viel zu früh) erinnerte ich mich an jene Verse des Dichters: ‚Geliebtes Gesicht, wo ich die Welt betrachte, / wo Vögel voll Anmut flüchtend sich spiegeln / auf dem Flug in die Zone, wo nichts vergessen wird.‘

„Sehr erfreut“, sagte sie und bediente sich dabei aus Höflichkeit meiner Sprache.

Sie hatte die Pinsel und die anderen Gerätschaften, die sie für die Ausübung ihres Berufs benötigte, auf eine Ablage auf dem Gerüst gelegt und den Scheinwerfer ausgeschaltet und wischte sich nun die Hände an einem in Terpentin getränkten Tuch ab. Sie trug einen Jogginganzug, über den sie einen weiten Herrenpullover gezogen hatte (vielleicht war es einer von Gabetti), der ihre Brüste und jede andere Ausbuchtung oberhalb der Gürtellinie dem Erdboden gleichmachte. Unter der Hose des Jogginganzugs durfte man dagegen einen keineswegs gewöhnlichen Hintern vermuten und Oberschenkel, in denen die Knochen problemlos ein Versteck fanden: Daß sie nicht wirklich mager war, sagte ich ja bereits.

„Wenn du nicht aufpaßt, wirst du dich eines Tages noch umbringen", wurde sie von Gabetti ermahnt, der Chiaras Verrenkungen auf dem Gerüst mit einer wahren Leidensmiene betrachtete.

Ich beobachtete (doch es handelte sich um eine versonnene, keineswegs lüsterne Beobachtung), wie ihr Schlüpfer beim Herabsteigen zwischen ihre Pobacken rutschte, wodurch er diesen einen größeren Bewegungsspielraum verschaffte und sie stärker ins Zittern geraten ließ. Mit einem Satz war Chiara bei uns; die von Tintoretto gemalten Figuren verharrten wie unerschütterliche Zeugen weiter oben, mitten in einem Gewirr aus feurigen Farben und unmöglichen Perspektiven, gekrönt von einem Christus, der Gericht hielt und sich von der Jungfrau und Johannes dem Täufer den Rücken stärken ließ.

„So ein Wildfang. Sie wird sich noch das Genick brechen", brummelte Gabetti weiter.

„Also mir kommt sie ziemlich beweglich vor."

Dieses blödsinnige Kompliment machte ich, während ich Chiaras Hand nahm, die sich ein wenig rauh anfühlte, so als hätte das Terpentin ihre Haut gereizt; und mit ebenso blödsinniger Sanftmut stellte ich dann fest, daß der Geruch des Terpentins von ihrer Hand auf meine übergegangen war, weshalb ich sie mit dem Geiz eines Fetischisten in der Tasche meines Regenmantels vergrub.

„Gilberto meint vermutlich, bloß weil er selbst unter Rheuma leidet, müßten wir anderen das auch tun", sagte Chiara boshaft und ein bißchen vorlaut. „Aber, nur zu deiner Information, ich bin noch ganz gut in Form."

„Das wäre ja auch noch schöner, wenn du nicht gut in Form wärst, wo du dich in aller Herrgottsfrühe aus dem Bett quälst, nur um laufen zu gehen. Und ich darf mir dann deine Klagen anhören, wenn du mit Blähungen zurückkommst", stellte Gabetti sie bloß und fügte dann mit übertriebener Theatralik hinzu: „Ach, der Sport ist doch wirklich das schlimmste Erbe des alten Hellas."

Chiara legte ihre Hand auf seine Schulter und prustete los: Sie hatte ein leicht hysterisches Lachen, ein bewundernswert hysterisches Lachen, und lückenlose Zähne, die aufs Durchzählen nur so zu warten schienen. Wieder hörte ich in meiner Erinnerung die Stimme des Dichters: ‚Krater, der mich anlockt mit seiner Musik von innen, / mit diesem nicht zu deutenden Ruf deiner Zähne.'

„Die Cellulitis kennt kein Pardon", sagte sie und schlug sich auf die Hüften.

„Cellulitis, Cellulitis. Jetzt übertreib mal nicht und sei still, wenn du nicht den Zorn der Götter auf dich ziehen willst."

Auf mich machte sie denselben Eindruck wie auf Gabetti, aber ich gab lieber keine Einschätzung ab, denn ich wollte weder schleimig noch vorlaut wirken. Am Fuße des Gerüsts stand ein Korb mit zwei Griffen, in dem Chiara die Tuben mit Ölfarbe und die Pinsel aufbewahrte, neben einigen winzigen Instrumenten, die für das Restaurieren von Gemälden ebensogut geeignet schienen wie für chirurgische Eingriffe, zumindest war das der Eindruck, den man als blutiger Laie erhalten konnte; auf diesem Durcheinander lag eine in Packpapier eingewickelte Seezunge in traurigem Gelb, deren Kiemen aussahen, als wären sie aus Lehm.

„Wie steht es mit dem Tintoretto?" Gabetti wollte sich für den eigentlichen Grund seines Besuchs noch etwas Zeit lassen.

„Er ist voll mit Krakelüren, so etwas habe ich noch nie gesehen", Chiara kehrte zu ihrer Muttersprache zurück, als

Fachausdrücke notwendig wurden. „Die Feuchtigkeit hat die chemische Zusammensetzung des Öls verändert, einige der Farben sind für immer hinüber. Außerdem weiß ich einfach nicht, wie ich den Oxidationsprozeß aufhalten soll." Bevor sie mit mir redete, machte sie jene kurze Pause, die selbst die sprachlich versiertesten Menschen benötigen. „Magst du Tintoretto?"

„Sagen wir, er wirft mich nicht gerade um. Er ist mir zu zügellos, zu temperamentvoll."

Ich gab mir große Mühe, weder verstockt noch ungehörig zu erscheinen, doch Gabetti ließ die Gelegenheit, mir einen Tadel zu verpassen, nicht ungenutzt vorüberziehen:

„Unser Freund hier gehört zu der Sorte, die meint, die günstigen Eigenschaften der Kunst hätten etwas mit Intelligenz zu tun."

„Nun, dann werden wir ihn wohl zur Religion des Gefühls bekehren müssen, nicht wahr, Gilberto?"

Ihre Aufforderung war an ihn gerichtet, auch wenn der freudige Empfänger jener Botschaft ich war; nie zuvor hatte ich mich für fremde Religionen so empfänglich gefühlt. Und dieser Empfänglichkeit wollte ich gerade Ausdruck verleihen, als Gabetti mit niedergeschlagener, fast geschäftsmäßiger Stimme den Tod Fabio Valenzins verkündete.

„Ballesteros war Zeuge", schloß er. „Wir telephonierten gerade. Du schliefst schon, und da wollte ich dich nicht wecken."

Chiara schwieg, während ihre Augen immer kleiner und kleiner wurden. Ein paar Haare hatten sich aus dem Pferdeschwanz gelöst; sie strich sich die Strähne mit einer mechanischen Geste aus dem Gesicht und legte sie hinters Ohr, doch die Haare waren widerspenstig und probten noch einmal den Aufstand, woraufhin Chiara sie mit einem Luftstoß wegblies. Ihre gesamte Fröhlichkeit fiel in einem einzigen Moment in sich zusammen, doch die Trauer wirkte sich nicht negativ auf ihre Schönheit aus, ebensowenig wie dies der geringfügig entgleiste Nasenrücken tat.

„Weiß man schon, wer der Täter war?“ flüsterte sie mit tonlos ernster Stimme.

„Schwer zu sagen. Fabio unterhielt ausgesprochen gefährliche Freundschaften. Kleine Gauner, die ihm bei seinen Aktionen behilflich waren, und mafiöse Kunden, die kein Verständnis für faule Tricks haben. Und für faule Tricks besaß Fabio schon immer eine Vorliebe.“

„Auch ich gehörte zu seinen engsten Freunden.“

Sie hatte das mit einer Art Bescheidenheit oder Nostalgie gesagt, die mich verwirrte und Eifersucht in mir hervorrief, übrigens eine völlig absurde und unangebrachte Eifersucht. Gabetti streichelte ihr mit der Hand übers Gesicht, um die stillen Tränen in ihren Augenwinkeln wegzuwischen, so wie er einige Stunden zuvor den unbeweglichen und eindringlichen Blick Valenzins mit einer Handbewegung weggewischt hatte. Chiara schluchzte fast:

„Diesen Beruf habe ich von ihm gelernt. Er hat mich gelehrt, wie man mit einem Pinsel umgeht, wie man ein Bild untersucht und wie man den natürlichen Verfall von anderen, gefährlicheren Schadensformen unterscheidet.“

Und instinktiv betrachtete sie, ängstlich und verwirrt wie ein junges Mädchen, das den Fleck seiner ersten Monatsblutung auf dem Laken entdeckt, die Brustpartie des für ihre Körperverhältnisse unangemessen großen Pullovers (der Gedanke daran, daß sie ihn sich möglicherweise von Valenzin geliehen hatte, ließ meine Eifersucht wieder aufflammen), auf der tausendundein Flecken und Streifen aus Ölfarbe zu sehen waren. Valenzin schien mir für ihre künstlerische Ausbildung zwar nicht der geeignetste Lehrer zu sein, doch ich tröstete mich damit, daß sich seine Lehrmeisterschaft auf diesen Aspekt ihrer Biographie beschränkt hatte. Aus einem entlegenen Winkel der Kirche sickerte mit einem tropfenden

Geräusch, wie man es sonst eher aus geologischen Formationen kennt, Wasser.

„Du wirst dich wohl damit abfinden müssen", sagte Gabetti. „Wir wußten ja immer schon, daß Fabio ein Leben am Rande des Abgrunds führte."

Er fühlte sich überhaupt nicht wohl in seiner Rolle als Übermittler von Schreckensbotschaften, wahrscheinlich weil sich sein Wesen gegen alles Würdevolle sträubte, und sein Unmut oder seine Betroffenheit äußerten sich in Form eines noch gebrechlicheren Aussehens. Er drückte Chiaras Arm, doch völlig überzeugend war sein Trost nicht, denn er wurde von einer gewissen Hast überschattet:

„Ich muß unbedingt mit dem Bestattungsinstitut reden und das Begräbnis organisieren. Außerdem muß ich noch kurz in die Accademia, um nachzusehen, ob sie das Wasser jetzt endlich abgepumpt haben. Und Sie, Ballesteros", sein paternalistischer Ton wirkte ebenfalls ein wenig gekünstelt, „Sie müssen ja nach diesem ganzen Hin und Her völlig fertig sein. Zuhause haben wir Zimmer in Hülle und Fülle. *La tempesta* können Sie sich später immer noch in aller Ruhe ansehen."

Ich fühlte mich ein bißchen elend und kam mir vor, als würde ich meiner Vergangenheit untreu, da ich soeben den Grund meines Venedigaufenthaltes in den Stadtteil der noch zu erledigenden Aufgaben verbannt hatte, aber nichts lockte mich weniger als die Betrachtung von Kunst, wenn das Leben ganz andere Stoffe für mich bereithielt. Wir sahen zu, wie sich Gabetti durch den Gang im Mittelschiff entfernte, wobei er dem Pfützenwasser seine Reinheit nahm und einen eigensinnigen Widerhall hinter seinen Schritten herschleppte, der von den Kuppeln und Mauernischen abprallte, die das Standbild eines Heiligen bewachten, der keine Anhänger mehr besaß. Chiara drehte sich zu mir um, und meine Brust wurde zur Zufluchtsstätte ihres Schluchzens, das sie in Anwesenheit ihres Vaters lieber unterdrückt hatte, des Schluchzens, das den Kragen meines Regenmantels wie ein warmer Nieselregen benetzte und dort nach dem Trocknen als Konzentrat des Schmerzes eine feine Salzspur hinterlassen würde. Ich streichelte wagemutig ihren Kiefer und horchte flüchtig ihre Kehle ab, genau an der Stelle, wo sich ihre Schluchzer bildeten. Wäre ich nicht ein solcher Hasenfuß gewesen, hätte ich sie auf den Hals geküßt und sogar noch ein wenig tiefer, auf die Stelle, an der die beiden Schlüsselbeine zusammentreffen, wo sich der Knochen nach innen biegt und eine konkave Stelle entstehen läßt, die sich wie eine Scheide um die Lippen schließt, denen sie ihre Aufwartung macht, und um die Zunge, die ihre Litaneien aus Speichel und Verehrung diktiert. Es war angenehm und gewinnbringend, Chiaras Tränen mit meiner Brust aufzufangen, auch wenn mein Regenmantel durch ihre Nähe mit Resten von Ölfarbe verschmiert wurde; ich war angenehm überrascht, daß sie nicht flach wie ein Brett war, daß sich unter dem weiten Männerpullover Brüste regten, die zwar nicht besonders bemerkenswert waren, aber immerhin ausreichend, um den Opferkorb einer Hand zum Überlaufen zu bringen; der Geruch des Terpentins war angenehm, so als würde einem plötzlich die Nasenschleimhaut durchlöchert, und ebenso angenehm war nachher, mit etwas zeitlichem Abstand und nachdem die erste Benommenheit verflogen war, der Geruch einer befreundeten und von chemischen Zusätzen freien Haut.

„Verzeih mir, du hältst mich bestimmt für ein kleines Dummerchen“, sagte sie und schnellte zurück, als hätte sich ein verborgener Federmechanismus gelöst. Die Haare, die dem Pferdeschwanz entwischt waren und ihr ins Gesicht hingen, hatten sich wohl bereits zu einer Strähne formiert. „Hast du etwas dagegen, wenn ich eine Kerze anzünde, bevor wir gehen?“

Sie hatte den Korb mit den Malutensilien und der Seezunge, die vermutlich schon zu schimmeln anfing, hochgehoben. Völlig wiederhergestellt war sie noch nicht, wirkte aber ziemlich gefaßt, was sie mit der Aura eines stillen Geheimnisses umgab.

„Bist du eigentlich religiös?“ fragte ich aus heiterem Himmel, bereute meine Frage aber sofort, da sie unangebracht war und nicht hierher paßte.

„Kommt ganz drauf an, was du damit meinst.“ Wieder hatte sie ihr leicht hysterisches Lachen gelacht, aber diesmal klang es so, daß man vor einer eventuellen seelischen Erkrankung in Deckung ging. „Ich habe dir doch schon gesagt, daß ich dich zur Religion des Gefühls bekehren wollte, oder erinnerst du dich etwa nicht mehr daran? Aber du kannst ganz beruhigt sein: Die Kerze ist nicht für einen Heiligen, sondern für Tintoretto.“

Neben der Sakristei ruhten in einem Seitenaltar die Gebeine (die wahrscheinlich apokryph waren, wie das bei Reliquien so üblich ist) von Jacobo Rusti, Spitzname Tintoretto, für den seine Hingabe an die Malerei eine unheilbare und langwierige Krankheit geworden war. Chiara stibitzte ein Lämpchen aus einer benachbarten Kapelle und stellte es auf das in Stein gemeißelte Epitaph, das an die Lebensdaten und die großen Taten jenes Mannes erinnerte; das flackernde und sparsame Licht der Flamme verlieh Chiaras Gesicht einen bronzenen Schimmer und leckte danach, wodurch seine Unregelmäßigkeiten deutlicher hervortraten. Sie hatte sich auf den Marmor gekniet und sprach mit der Stimme eines Greises:

„Meine ersten Erinnerungen reichen zurück bis zum Winter 1966, als das Wasser der Lagune fast zwei Meter hoch stieg und ganz Venedig sich schon auf die Evakuierung vorbereitete. Die Katholiken und die überzeugtesten Atheisten flehten alle ohne Unterschied den Himmel um ein Wunder an, sie hoben die Marienbilder und die Säulenheiligen auf Tragegestelle und schritten zur Prozession durch die Straßen, die sich in Flüsse verwandelt hatten. Für ein vierjähriges Mädchen wie mich, das weder Gebete aufsagen noch etwas mit der himmlischen Rangordnung, die mir niemand beigebracht hatte, anfangen konnte, war die Katastrophenstimmung doppelt bedrückend." Das Lampenöl qualmte vor ihren Augen, es qualmte vor ihnen und verdüsterte sie. „Ich hätte so gerne einen Zuhörer für meine Gebete gehabt und ihn um meine und Gilbertos Rettung angefleht, aber die Heiligen der katholischen Kirche waren mir zu exotisch; außerdem wollte ich mich nur einem privaten Schutzengel anvertrauen, jemandem, dem ausschließlich meine eigenen Sorgen den Schlaf raubten, denn es wirkte sich meiner Ansicht nach negativ auf das Ergebnis seiner Interventionen aus, wenn man ihn mit anderen Leuten teilte. Ich lebte damals in einem Haus (dasselbe, in dem ich noch heute lebe), in dem, der Überlieferung zufolge, einst Tintoretto gewohnt hatte; zweitens wußte ich, daß Tintoretto, der Überlieferung zufolge, in dieser Kirche hier begraben lag: Und da solche zufälligen Übereinstimmungen für Kinder eine völlig andere Bedeutung haben, für die ein Erwachsener kein Verständnis hat, schloß ich daraus, daß der Maler Tintoretto ab sofort mein Schutzengel sein sollte. Ich bekniete Gilberto, bis er mich mit einer Gondel hierher brachte: Ich kann mich noch daran erinnern, wie in den Fluten Stühle und Schränke und aller möglicher Hausrat schwammen, auch ein paar tote Tiere und eine Menge tintenverschmierte Papierfetzen. Wir fuhren mit der Gondel direkt in die Kirche; fast war es so, als führen wir in eine schiffbare Grotte, in der darüber hinaus Höhlenmalereien zu sehen waren. Das Mittelschiff war völlig überflutet, doch das Hochwasser hatte einen Bogen um Tintorettos Grabstätte gemacht und reichte mit seinen schwappenden Wellen, die diese Bezeichnung kaum wirklich verdient hatten, nur bis zur Unterkante des Sargs: Gilberto nahm mich auf den Arm, setzte mich auf dem Gedenkstein ab und achtete dabei darauf, daß ich nicht naß wurde. Er war damals kräftig, zumindest war er das in meinen Augen. Ich zündete eine Kerze an und blieb eine Zeitlang dort sitzen, während ich in der Kerzenflamme die Worte las, die mein Schutzengel mir diktierte: Ich konnte das Alphabet noch nicht, da konnte ich die Schrift des Feuers schon wie eine Wahrsagerin entziffern. ‚Das Wasser wird zurückgehen', rief ich, und Gilberto lächelte mir wohlwollend zu, aber als meine Prophezeiung bald darauf dann tatsächlich eintrat, begann er mich mit einer Mischung aus Schaudern und Hochachtung zu betrachten."

Mit derselben Mischung aus Schaudern und Hochachtung betrachtete auch ich sie, hingebungsvoll betrachtete ich ihr Profil, das Giorgione höchstpersönlich zur Inspiration hätte dienen können, und war überwältigt von ihren Lippenbewegungen, die durch das Licht des Opferlämpchens Farbe bekamen und regelrecht glühten. Ich hätte verbrennen mögen in ihrem Atem, ich hätte meinen Speichel mit ihrem vermischen wollen, ich hätte ihre Worte als Hostie empfangen wollen (sie bediente sich eines rudimentären Spanisch mit italienischen und gelegentlich sogar englischen Einsprengseln), aber ich bin eben, wie ich bereits sagte, ein Hasenfuß.

„Das heißt also, die Rettung Venedigs war dein Werk", sagte ich, um die glühende Scham zu überwinden, die mir diese Hasenfüßigkeit verursachte.

„So dachte ich, als ich klein war. Aber niemand kann Venedig retten, niemand vermag die Strafe auszusetzen, die am Tage seiner Gründung über Venedig verhängt wurde." Der Fatalismus kräuselte ihre Lippen. „Noch immer steigt das Wasser jeden Winter über das Ufer der Kanäle, damit wir an diese Strafe erinnert werden. Zentimeter um Zentimeter versinkt Venedig in einer langsamen und prachtvollen

Agonie. Das Gift der chemischen Abfälle aus den Fabriken lagert in der Lagune, auf der Suche nach Trinkwasser haben Wasserleitungen die Grundmauern der Stadt regelrecht durchlöchert, und niemand kümmert sich darum, daß die Kanäle gründlich ausgebaggert und desinfiziert werden. Eines Tages werden wir nicht mehr eine Stadt sein, sondern ein Unterwasserfriedhof, mit Palazzi anstelle von Mausoleen und großen Plätzen, auf denen die Toten spazierengehen, aber wir sind dazu verpflichtet hierzubleiben, bis die Sintflut über uns hereinbricht, wir sind dazu verpflichtet, mit der Stadt, die uns zum Opfer auserkoren hat, zu sterben. Es ist strengstens untersagt, den eigenen Posten zu verlassen."

Ihr Fatalismus hatte eine Sturheit angenommen, die mich entsetzte. Wenn ich auch von dem Fluch nicht betroffen war (ich war in Venedig ein Fremder, einer unter den Millionen wechselnder, anonymer Touristen, die für kurze Zeit die Legende jener Stadt einatmeten, ohne wirklich an ihr teilzuhaben), so hätte ich nun doch gerne in Kauf genommen, von ihm betroffen zu sein, nur damit ich weiterhin an ihrer Seite bleiben dürfte: Ich traf diese Wahl wider jede Vernunft, doch nicht umsonst war ich auf dem besten Wege, zur Religion des Gefühls bekehrt zu werden.

„Du bist noch viel zu jung, um an den Tod zu denken."

Chiara schüttelte den Kopf. In ihren Bauernaugen tauchte plötzlich jene Hellsichtigkeit auf, wie sie nur Propheten besitzen:

„Es gibt nichts Angenehmeres und Natürlicheres, als den eigenen Tod zu planen. Viel größeren Schmerz bereitet es, den Tod eines engen Freundes mitzuerleben, der seinem eigenen Schicksal zuvorgekommen ist." Damit meinte sie Fabio Valenzin. „Nicht so sehr um des Freundes willen, sondern um eines selbst willen. Wenn wir über einen toten Freund reden, sprechen wir eigentlich immer über unseren eigenen Tod, über jenen Teil von uns selbst, den der andere mit sich nimmt und der mit ihm verschwindet. Wir weinen nicht um unseren Freund, sondern um all das, was dieser Freund uns raubt. Die Toten leben von unserem eigenen Tod."

Vom Docht des Lämpchens lösten sich Rußflocken, die bei der Berührung mit dem Öl aufglühten und einen einschläfernden Wohlgeruch verbreiteten. Chiara war wieder aufgestanden (ich erfuhr durch das Knacken ihrer Knie davon) und ging mit jenem Bedauern zum Ausgang, das Genesende verspüren, denen man ein funktionstüchtiges Organ entnommen hat. Unsinnigerweise hätte ich mich fast bekreuzigt, aber ich ließ davon ab, als ich merkte, daß das Kreuzzeichen an einen Gott gerichtet gewesen wäre, den ich für mich nicht in Anspruch nehmen konnte. Wie Chiara würde auch ich mir einen Schutzengel suchen müssen.

‚Die Toten leben von unserem eigenen Tod', hatte mir Chiara soeben im Dunkel von Madonna dell'Orto ins Ohr geflüstert, ein Paradoxon, das in Venedig durchaus möglich erschien, in der Stadt, die auf Kosten ihrer Einwohner überlebte, in der Stadt, die sich in ihre Träume einmischte und der Schlaflosigkeit neue Nahrung bot, so wie die Feuchtigkeit in die Steine einsickert und die Schäden an einem Gemälde immer schlimmer werden läßt. Touristen sind gegen solche schwärenden Wunden immun, da sie Venedig, ohne sich vereinnahmen zu lassen, von der anderen Seite eines Glaskastens aus betrachten, doch manch unvorsichtiger Ausländer wie ich setzt sich über die Grenzen jenes Glaskastens hinweg und sieht sich plötzlich dem Fluch einer abnormen Stadt ausgesetzt und erlebt eine Wirklichkeitsverzerrung mit, eine Erkrankung der Sinne, die seine Wahrnehmung der Welt verzerrt und einen Unruhezustand in ihm auslöst, in dem ihm die Vorahnungen glaubwürdiger erscheinen als das, was ihm seine Sinnesorgane sagen.

Chiara und Gabetti lebten in der Fondamenta della Sensa,

in unmittelbarer Nähe von Madonna dell'Orto (doch in Venedig besitzt auch die unmittelbare Nähe ihre Tücken), in einem blaß zimtfarben gestrichenen Haus, an dessen Fassade ein Medaillon mit der Büste Tintorettos zu sehen war und eine Gedenktafel, die seinen dortigen Aufenthalt in der Phase seiner größten schöpferischen Leistungskraft bezeugte. Wie so viele Gebäude in Venedig vereinte auch dieses hier in seiner launenhaften Architektur gotische und moslemische Bauelemente, vermischt mit anderen Einflüssen späterer Baustile. Die Balkone im ersten Stock fächerten gotische Bögen mit Maßwerk aus Stuck auf, doch im oberen Stockwerk hatten die Fenster wieder jene einfachen melonengrünen Verschläge, die in Städten, die im Belagerungszustand leben, den immergleichen und charakteristischen Sichtschutz darstellen. Unter dem zimtfarbenen Putz waren an den abgeblätterten Stellen Ziegelsteine zu erkennen, und da und dort sah man Zementfüllungen, mit denen die Furchen und Risse in der Wand mehr schlecht als recht zugespachtelt worden waren. In das Haus gelangte man über einen Ponton, der entlang des *riva* genannten Bürgersteigs führte, aber der Hauseingang stand fast eine Handbreit unter Wasser.

„Das beste wird sein, du ziehst dir die Socken aus und krempelst dir die Hose hoch", sagte Chiara zu mir.

Ich nahm ihren Rat an und sträubte mich schon gar nicht mehr gegen eine amphibische Existenz. Wir stiegen eine Treppe mit ausgetretenen Stufen hinauf, die der Urin von Katzen und vielleicht auch Passanten, die von einem plötzlichen Harndrang überrascht worden waren, aufgeweicht hatte. Die Wände, deren untere Enden Salpeterränder aufwiesen, verrieten die verheerenden Schäden der *acqua alta*. Um mir den Aufstieg zu versüßen, tat ich das, was ich immer tue, wenn eine Frau vor mir hergeht, dasselbe, was ich die vorherige Nacht getan hatte, als Dina mich auf mein Zimmer begleitete: Ich sah mir ihren Hintern an und nahm seine

Proportionen zum Anlaß für lyrische Abschweifungen. Der Ansatz von Chiaras Hintern war schwer auszumachen, doch weiter unten ließen ihn die Hüften opulent und saftig erscheinen und zogen zugleich eine klare Grenze zu den Oberschenkeln; da der Schlüpfer und die Gesäßpartie des Jogginganzugs noch immer in der Ritze zwischen den Pobacken eingeklemmt waren, konnte ich mir eine genaue Vorstellung von seinen Umrissen machen. Ich hatte bei diesen Betrachtungen keinerlei lüsterne Hintergedanken (was langsam besorgniserregend wurde und mir ein wenig eunuchenhaft vorkam).

„In diesem Stockwerk befand sich Tintorettos Atelier", verriet mir Chiara. „Die Denkmalschutzbehörde verlangt von uns, daß wir den Zustand des Ateliers erhalten, und dafür gewährt sie uns das Wohnrecht."

In jenen Gemächern schien ein Licht, das ihnen Leben verlieh und die Keime daraus vertrieb; die Verteilung der Fensterfronten war dem Durchzug und einer Lungenentzündung förderlich.

„Du mußt furchtbaren Hunger haben." Chiara hatte sich unter Anzeichen von Panik oder Anstand umgedreht, als ob sie vor meiner Untersuchung zurückgeschreckt wäre. „Ich mache dir etwas warm."

Sie ging ein weiteres Stück die Treppen hinauf, diesmal hastig und nicht ohne sich zuvor den Jogginganzug aus der Poritze zu zupfen. Gilberto Gabettis weitläufige Wohnung konnte die Verschwendung von Raum großzügig hinnehmen: Ihre Bewohner hatten überflüssige und rein dekorative Trennwände eingezogen, die nicht bis an die Decke reichten (sie endeten auf einer Höhe von zwei Metern, als wären es Mauern, die man vor ihrem Schicksal hätte retten müssen), sie hatten den Flur vollgestellt und in die Wände Löcher geschlagen, die den Blick auf eine Bühne freizugeben schienen. Verwundert bemerkte ich das Fehlen von Bildern. Um in die Küche zu gelangen, mußte man vorher Versteck spielen.

„Am Anfang ist es ein bißchen verwirrend", gab Chiara zu. „Aber du wirst dich daran gewöhnen."

Eine Erschöpfung war über mich hereingebrochen, die ich mit jener moralischen Rückgratverkrümmung verglich, an denen die Landpfarrer (die wenigen, die davon noch übrig sind) am Vorabend vor Ostern oder anderen liturgischen Festen leiden müssen, wenn all ihre Gläubigen auf einmal um Absolution bitten und den Beichtstuhl füllen mit ihren grobschlächtigen, den Mosaischen Katalog übertreffenden Sünden, gotteslästerliche Sünden, deren bloße Benennung schon Abscheu erregt, und so harmlos kleine Sünden, daß sie einem eher wie scheinheilige Vorwände vorkommen, fieberhafte Sünden und Sünden von eiskalter Grausamkeit, Sünden, die furchtbar schwer zu beschreiben sind, und Sünden, die sich nicht einfach so erklären lassen, Sünden, die mildernde Umstände zulassen, und Sünden, die nur durch das Stillschweigen erträglicher werden, Todsünden und scherzhaft gemeinte, kleine Sünden, ein ganzer Atlas von Sünden anderer Leute, der das Aufarbeiten der eigenen Sünden verhindert und einem außerdem auch noch eine strikte Schweigepflicht auferlegt.

„Du bist ja ganz still."

Chiara hatte mir eine Tasse Milch gegeben, die sie gerade auf der Kochstelle erhitzt hatte, und ein Paket Kekse, die aufgeweicht und fade schmeckten. Während sie meine Antwort abwartete, zog sie die Papierverpackung aus dem Korb und warf der Seezunge, die sie am Schwanz in die Luft hielt, einen mitleidigen Blick zu.

„Das Ganze hat mich wohl ein bißchen aus der Fassung gebracht", setzte ich an. „Eigentlich bin ich hierher gekommen, um einer ziemlich harmlosen Obsession zu huldigen, nämlich der simplen Betrachtung eines Gemäldes, und dann werde ich gleich in einen Mordfall verwickelt. Ich bin hergekommen, um meine müden Augen zu entspannen, und noch bevor ich recht zur Besinnung komme, muß ich Zeuge eines Mordes werden, eine Aussage unterschreiben und mir Geheimnisse anhören, die niemanden interessieren sollten …“

Meine Gesten zeugten von unverhohlenem Ärger und schüchterten Chiara ein.

„Tut mir leid, wenn ich dir zu nahe getreten bin“, entschuldigte sie sich mit einem Flüstern, das von ehrlicher Anteilnahme zu zeugen schien. „Aber ich weiß auch nicht, was in mich gefahren ist, daß ich plötzlich mein ganzes Leben vor dir ausgebreitet habe: Ich bin normalerweise zurückhaltender.“

Doch ihre anschmiegsamen Worte wurden widerlegt (oder zumindest doch relativiert) von den entschlossenen Beilhieben, die sie der Seezunge verabreichte, um ihr die Flossen abzutrennen. Die unordentlichen Haare, die sie jetzt nicht einmal mehr wegzupusten versuchte, legten sich zerzaust wie die einer Bacchantin um ihre Gesichtszüge.

„Nein, bitte versteh mich nicht falsch, das Vertrauen, das du mir entgegenbringst, ehrt mich ja.“ Ihre Röte verwirrte mich und gab mir ausreichend Anlaß, mir etwas einzubilden. „Ich meine natürlich nicht dich, ich habe vor dir ja noch ein paar andere Leute kennengelernt.“ Mir fiel ein, daß ich noch in Dinas Pension zurück mußte, um mein Gepäck zu holen, aber langsam fand ich Gefallen daran, meine Pflichten ein wenig aufzuschieben. „Wahrscheinlich bringen mich bloß meine eigenen Zwangsvorstellungen so aus der Fassung, den Mord an sich habe ich ja gar nicht miterlebt, bloß das Ende davon; eigentlich belastet mich meine Aussage ja nicht, sondern ganz im Gegenteil; und eigentlich muß ich mich nur ein bißchen bremsen und Distanz zu meinen Mitmenschen wahren, wenn ich meine Geheimnisse mit niemandem teilen möchte … Aber trotzdem habe ich ständig das Gefühl, als könnte im nächsten Augenblick eine Katastrophe geschehen."

Chiara schuppte die Seezunge ab, um sie von chemischen Rückständen zu befreien und die ersten sichtbaren Folgen der Erstickungserscheinungen zu entfernen; dann schnitt sie sie der Länge nach auf.

„Na ja, was soll's, ab sofort werde ich mich nur noch um meine eigenen Angelegenheiten kümmern, also um *La tempesta*", sagte ich abschließend.

Ich konnte mich eines unangenehmen Gefühls auf den Zähnen nicht erwehren, als Chiara ihre Hand in den Leib des Fisches schob und ihm die Eingeweide herausriß, die sie nachher aufbahrte wie einen blutigen Lumpen, ungefähr so wie man eine Kriegstrophäe ausstellt.

„Aber diese Zwangsvorstellungen, von denen du da sprichst, die löst Venedig in dir aus. Das ist Venedigs großes Geheimnis: Alles geschieht, ohne tatsächlich vollendet zu werden." Sie hatte sich zur Spüle umgedreht und säuberte ihre schleimtriefende Hand unter einem erbarmungslosen Wasserstrahl. Sie sprach, als wäre sie in Gedanken versunken: Vermutlich habe ich in jenem Augenblick festgestellt, daß sie sich zu sehr von bloßen Vermutungen beeinflussen ließ, daß sie bereits ein kleines Körnchen Wahnsinn oder geistige Verwirrung in sich trug. „Und dieses Fehlen von Eindeutigkeit, das so große Unruhe in dir auslöst, das wirst du auch auf *La tempesta* finden; auf diesem Gemälde geschieht ebenfalls etwas, das nicht geschieht, wie eine Drohung, die unentschlossen in der Luft schwebt, ein Blitz, der den Regen nicht auszulösen imstande ist. Die Personen auf *La tempesta* sehen nicht entsetzt aus, nichts kann ihre Gleichgültigkeit erschüttern, nichts kann sie aus der Ruhe bringen. Genau wie in Venedig kommen auch auf *La tempesta* die Naturgewalten nicht zum Ausbruch, das Leben hängt an einem seidenen Faden und trotzt allen physikalischen Gesetzen, und dieses unmittelbar Bevorstehende, das nicht zum Abschluß kommt, löst Beklemmung und Unruhe in uns aus."

Auch ihre Worte lösten Beklemmung und Unruhe in mir aus, jenes seltsame Gefühl, das man manchmal hat, wenn man einem Hellseher zuhört. Fünf Jahre lang hatte ich mich mit dem Geheimnis von *La tempesta* beschäftigt, hatte mich an Auseinandersetzungen beteiligt und an Interpretationsansätzen versucht, und ich war nicht auf die Idee gekommen, das Bild könnte tatsächlich den Geist Venedigs darstellen, den Geist eines von der Trivialisierung durch den Tourismus unberührten Venedigs, eines Venedigs, das Gesetzen gehorcht, die denen der Natur widersprechen. Chiara wechselte die Laken eines Bettes, das für einen einzigen Schläfer zu groß war, und glättete die Decke mit ihren Händen, die nach Fisch und Terpentin rochen, schüttelte das Kopfkissen aus und lieh mir einen Schlafanzug, auf dessen Brust die Initialen Gilberto Gabettis gestickt waren, in einer gewundenen und feudalen, ausgemacht anachronistischen Kalligraphie.

„Wenn du etwas brauchst, ruf mich einfach."

Mein größtes Bedürfnis war, daß sie meinen Schlaf bewachte und mir die Angst nähme, ich hätte mir das ausdauernde Geräusch ihres Atems auf meiner Brust gewünscht, das wie ein wohltuendes Gebet oder ein lindernder Balsam gegen meine bösen Ahnungen gewirkt hätte, ich hätte die friedfertige Berührung ihres Körpers an meinem gebraucht, um den Temperaturaustausch herbeizuführen und die Keuschheit auf die Probe zu stellen, ich hätte das Einstimmen ihrer Atmung in meine Atmung benötigt, aber manche Bedürfnisse darf man eben nicht äußern. Als Chiara wieder in die Küche zurückgekehrt und ich allein war, wurde mir meine Einsamkeit so bewußt wie nie zuvor, so bewußt wie das dichte Spinnengewebe, das Venedig für mich gewoben hatte, und die geringe Chance, die ich besaß, dieser Falle zu entkommen. Durch das Fenster meines Zimmers, das auf die Balkonfront der Vorderfassade hinausging, drangen schwankende Lichtstrahlen, die vom Kanal abgeprallt waren und zittrige Kritzeleien an die Wand malten, die aussahen wie zuckende Würmer. Ich schloß die melonengrünen Fensterläden, und die Dunkelheit schleuderte mich regelrecht auf die Laken.

Viele Stunden schlief ich einen bleiernen Schlaf, wie ein Betrunkener, der einen ausgewachsenen Kater hat, oder ein Kranker, der gerade aus der Chirurgie entlassen worden ist und mit den Auswirkungen der Narkose zu kämpfen hat. Ich schlief in Schüben und beschwor dabei in meiner Phantasie Szenen eines Hexensabbats, der keine festen Umrisse annehmen wollte: Ich sah einen Ring, der aus den Fluten geborgen wurde, und meine blutverkrusteten Hände, ich sah Dina, die ein gelangweiltes Lächeln aufsetzte, und ich sah den Rauch von Inspektor Nicolussis Zigaretten wie Nebel über die Kanäle Venedigs schweben, ich sah den unberührten Schnee auf der Lagune und beobachtete Gabetti, wie er ein Taschentuch über die Geschlechtsteile einer Leiche legte. Danach verschwanden diese Bilder, und man sah die Szenerie von *La tempesta*: die in der Ferne weißlich verfärbte Stadt und die hölzerne Brücke über dem Bach, die Trauerweiden, die das dunkle Daunenkissen ihres Laubwerks wiegten, und die kaputten Säulen, die den Unbilden der Witterung ausgesetzt waren. Ich war der einsame Wanderer auf dem Bild, ich schritt über die Brücke, deren Holzplanken unter meinen Tritten ächzten, und betrachtete die vorüberziehenden Wolken oder ihr Spiegelbild auf dem Bach, ich sah mir das Zittern der Weiden an (jedes einzelne Blatt zitterte für sich ganz allein und zeigte mir, je nachdem, wie der Wind stand, entweder seine dunkle Oberseite oder die silbrige Unterseite), und ich drang in das Unterholz vor und spürte an meinen Waden das harmlose Kratzen der Farne und den anpassungsfähigen Widerstand des Grases unter meinen Füßen. Plötzlich stand ich vor der Frau auf dem Gemälde, die ihren Säugling stillte, mir aber diesmal, anders als auf Giorgiones Komposition, den Rücken zuwandte: Im Traum sah ich die Frau in allen Einzelheiten, ich träumte vom beschwerlichen Weg ihrer Haare (im Traum sah ich jedes einzelne ihrer Haare, eins nach dem anderen), von den Haarwirbeln in ihrem Genick, von der glatten Kurve des Rückens, vom perspektivisch verkürzten Oberschenkel, von der Rundung der Ferse; und sofort träumte ich auch von dem rauhen Gefühl beim Berühren dieser Ferse, von der arglosen Berührung des Oberschenkels und von der flüchtigen Berührung des Rükkens, vom kaum zu erahnenden Schweiß im Genick und von der leicht ins Blonde spielenden, braunen Farbe ihres Haares, das sich kräuselte wie die gerissenen Saiten einer Geige. In diesem Moment trat der einsame Wanderer – also ich – auf einen vertrockneten Ast, der seine Nähe verriet (doch ich hörte ihn im Traum nicht knacken), und die Frau zuckte zusammen und drehte sich zu ihm um, und es war Chiara.

Ich konnte nicht genau erkennen, ob sie mich feindselig oder verärgert oder stumm und vorwurfsvoll ansah, denn ich wachte abrupt auf, mit der Gier eines Tauchers, der sich beim ersten Luftholen nach einem längeren Aufenthalt unter Wasser, bei dem seine Lungen fast geplatzt sind, verschluckt. Damit meine Lungen sich von dem Erstickungsanfall erholten, entriegelte ich das Fenster, trat barfuß auf den Balkon, der kaum einen halben Meter weit über die Fassade hinausragte, und lehnte mich auf die Brüstung. Es war Nacht geworden: Anfangs war ich entsetzt, daß so viele Stunden vergangen waren, ich war entsetzt über das Gefühl verschwundener Zeit, ich war entsetzt, wenn ich mir ausrechnete, wieviele Dinge geschehen sein mochten, während ich mich in das Zimmer zurückgezogen hatte, aber ich beruhigte mich wieder beim Gedanken daran, daß Venedig den Ablauf der Geschehnisse hemmt und den Ablauf der Zeit verlangsamt, es läßt sie stillstehen und verwandelt sie in eine dickflüssige Substanz, schleppend wie ein Traum. Ein feiner Morgentau (oder vielleicht auch nur die kondensierte Luftfeuchtigkeit) regnete auf mich herab und schlug mir mit der flachen Hand ins Gesicht. Ich lehnte mich hinaus, blickte an der Fassade entlang und stellte fest, daß der Balkon über mehrere Zimmer reichte, deren Fenster sich zu meiner Linken wie spitzbogenförmig gähnende Münder aneinanderreihten und dabei die Geheimnisse ihrer Mieter hüteten oder das hohlere Geheimnis der Einsamkeit.

Bei Nacht verliert Venedig (und ganz besonders der Stadtbezirk Cannaregio) seine prachtvolle Patina und gibt sich bescheiden wie eine Stadt aus Pfahlbauten in einem abgelegenen Teil der Welt, mittelalterlich und vom Handwerk geprägt. Ich unternahm den Versuch, den Blick über das offene Meer bis zum Horizont schweifen zu lassen, doch das Ziegelsteingewirr und die Schwärze der Nacht, die wie ein Katafalk mit Vorhängen aus Tinte über Venedig hereinbrach, hinderten mich daran. Ich lief auf dem kurzen Stück Balkon hin und her, um mir die Beine zu vertreten und sie von jenem Kribbeln zu befreien, das sich wie eine lästige Nachwirkung des Schlafs in ihnen ausbreitete. Beim Nebenzimmerfenster hatte sich niemand die Mühe gemacht, die Fensterläden zu schließen, und das Glas saugte die dickflüssige Tinte in sich auf, die meine Augen nicht zu durchdringen vermocht hatten. Ich zweckentfremdete das Glas als Spiegel, und so gelang es mir, meine Gesichtszüge zu erkennen, zunächst nur unter Schwierigkeiten und mit leichtem Befremden, nachher dann mit jener erleichterten Eitelkeit, die das Wiedererkennen unserer eigenen Person und die genaue Übereinstimmung mit dem Bild, das wir von uns haben, in uns auslöst. Ich brauchte mehrere Minuten, um mich an die

Schwärze des Glases (das zugleich auch ein Spiegel war) zu gewöhnen, und noch eine Minute mehr, bis ich erkannte, was sich hinter dem Glas verbarg: ein Zimmer, das genauso aussah wie meines, mit demselben spartanischen Mobiliar und demselben zu groß geratenen Bett. Mit Mühe gelang es mir, mein Spiegelbild auszublenden und mich nur noch auf die Umrisse des Zimmers zu konzentrieren: Es war keine leichte Aufgabe, da sich in dem Glas (das zugleich auch ein Spiegel war) aufgrund eines merkwürdigen optischen Effektes zwei Bilder überlagerten, zwei Bilder, die sich nicht berührten und sich dennoch übereinanderschoben und vervollständigten. Einmal sah man mich, im Schlafanzug und auf das Balkongeländer gelehnt; dann waren da noch die Wände des an mein Zimmer angrenzenden Raumes, und genau zwischen diesen Wänden stand ein Bett, dessen Laken ausgebeult aussahen, weil sie sich schützend über einen Körper legten. Genauso verschwiegen wie die Person in meinem Traum, als sie sich der Frau auf dem Gemälde näherte, rückte ich näher an die Glasscheibe und stellte fest, daß der Körper Chiara gehörte. Sie lag diagonal im Bett, als wollte sie es beherrschen, und schlief tief und fest, mit dem Rücken zu mir, während sich ihr offenes Haar über das Kopfkissen breitete wie die gerissenen Saiten einer Geige, die in ihrem Nacken, auf dem winzige Schweißperlen zu stehen schienen, Wirbel bildeten. Die Laken verhüllten die Blößen ihres Körpers, nicht aber seine Formen, die ich mit trägem Wohlgefallen erahnte: die glatte Kurve des Rückens, den perspektivisch verkürzten Oberschenkel, die Rundung der Ferse. Fast eine halbe Stunde lang durfte ich ungestraft spionieren (doch in Venedig besitzt die Zeit eine zähflüssige Konsistenz), durfte ich eine genaue Untersuchung durchführen, die ich am liebsten mit einer Berührung abgeschlossen hätte. Da das Fenster noch immer zugleich als Glasscheibe und als Spiegel fungierte, streckte ich spielerisch meine Hand aus und ließ ihr Spiegelbild Chiaras Silhouette berühren: Die Zärtlichkeit (jene Leidenschaft, die im Vermischen der Zellen eines anderen Körpers mit den eigenen besteht) ließ mir im Laufe der Zeit in Form eines angenehmen Kribbelns die flüchtige Berührung ihres Rückens, das arglose Berühren ihres Oberschenkels, das rauhe Gefühl beim Berühren ihrer Ferse zuteil werden, und dabei handelte es sich um eine erwiderte Zärtlichkeit, denn Chiara antwortete auf das imaginäre Streicheln meiner Hand, indem sie sich unter den Laken herumwälzte wie ein Welpe, der sich reckt und streckt, während sein Fell sich vor heimlicher Freude aufrichtet. Sie hatte sich auf der Matratze herumgedreht, und nun boten sich meinem forschenden Blick ihre patrizische Stirn und die ebenso patrizischen Wangenknochen und die Ohren, die Schneckenhäusern oder Hieroglyphen glichen (es war angenehm und betörend, die Fingerspitzen auf dem Knorpel ruhen zu lassen) und deren Ohrläppchen unmittelbar neben dem Kiefer begannen, die Nase mit dem Adlerprofil und die nachdenklichen Lippen, die bäuerlichen Lider und das Kinn, das sich in meiner hohlen Hand rundete, wie sich Brüste oder reife Früchte runden. Ich zögerte den Zauber eine weitere halbe Stunde hinaus, ließ das Spiegelbild meiner Hand eine weitere halbe Stunde lang durch das Glas hindurch auf ihren Wangen ruhen, ohne sie zu verletzen, und stellte fest, daß Chiara trotz der Barriere aus Glas und Schlaf weiterhin meine Anwesenheit spürte.

Erst ganz zum Schluß beugte ich mich vor, um sie mit einem Kuß direkt auf den Haaransatz zu salben, erst zum Schluß wagte ich es, mein Spiegelbild außer der Hand nun auch den Mund in die Dunkelheit des Raumes strecken zu lassen, damit sich meine Lippen den Lohn des Schweißes, der auf ihrer Stirn lag, abholen könnten. Ich wollte mich bereits zurückziehen, da bemerkte ich eine weitere Person im Zimmer: Es war Gabetti, der an der Wand lehnte und mit derselben trunkenen Zärtlichkeit wie ich über Chiaras Schlaf wachte, nur daß sich bei ihm keine Glasscheibe dazwischenschob. Mit einem Schaudern und einem angedeuteten Schwindel in meinem Blick suchte ich das Weite.

IV.

Eine Zehntelsekunde oder vielleicht eine noch verschwindendere Zeiteinheit lang waren sich unsere Blicke in der Dunkelheit begegnet, als wären wir Diebe, die sich beim Plündern einer Kirche über den Weg laufen. Gabetti hatte mich bei meinem Herumspionieren überrascht, und zugleich hatte ich das seine bemerkt (das, im Gegensatz zu meinem, von Chiara vielleicht gebilligt oder sogar gutgeheißen wurde), und während jenes Sekundenbruchteils hatte zwischen uns ein gegenseitiges Wiedererkennen stattgefunden, das etwas von einer stillen Herausforderung und einem Abstecken des eigenen Gebiets hatte, von einem Kräftemessen, das mit meinem Rückzug ausgeglichen geendet hatte. Beide strichen wir um eine Intimität herum, die nicht für uns bestimmt war, doch immerhin war Gabettis Anwesenheit durch gewisse blutsverwandtschaftliche Bande legitimiert, während die meine als bloßes Eindringen oder als Beleg für meine Schamlosigkeit zu interpretieren war, die aus einem Gast jemanden macht, der keinen Respekt vor den Ruhestätten anderer hat. Ich verließ meinen Posten auf dem Balkon, getrieben von einem Schuldgefühl, das mich, ohne sich zu regelrechten Gewissensbissen verdichten zu wollen, für den Rest der Nacht verwirrt und zutiefst bewegt zurücklassen sollte, wie einen Sünder, dem eine Buße auferlegt wird, ohne daß er weiß, gegen welches Gebot er verstoßen haben soll. Auf meinen Fingerspitzen spürte ich noch immer die Rückstände meiner sündigen Tat (denn auch die bloße Vorstellung läßt Schuld entstehen, genau wie die Gedanken), das schläfrige Gefühl, eine Haut zu berühren, deren Reinheit ich gerne befleckt und die ich durch das Überwinden der gläsernen Barriere gerne für mich allein gehabt hätte, und in meiner Erinnerung bewahrte ich den Blick Gabettis wie eine auferlegte Strafe, die man nicht loswerden konnte. Auch wenn mein Gastgeber nicht der Mann war, der seine Gefühle offen zeigen würde, ließ der lebhafte Eindruck, den der Zwischenfall auf dem Balkon bei mir hinterlassen hatte, doch keinen Zweifel: Gabetti würde mir diese Einmischung genausowenig verzeihen wie den Mißbrauch seiner Gastfreundschaft.

Die Nacht breitete sich aus wie eine öde, für tiefschürfende Betrachtungen geeignete Fläche. Es stellte sich die Frage nach den vermutlich düsteren und unerklärlichen Motiven, die Gabetti in Chiaras Zimmer geführt hatten, es stellte sich die Frage nach den Gründen für sein schlafloses Lauern, doch eine gewisse Vorliebe für ausgeglichene Verhältnisse zwang mich dazu, zunächst meine eigenen Beweggründe darzulegen, die auch nicht gerade simpel und einfach erklärbar waren: Ein Wunsch läßt fast nie eine Erklärung zu, er fällt mit einer Art unbestraft bleibendem Glücksgefühl über uns her, das nicht zu einem Schamgefühl wird, solange sich der ursprüngliche Wunsch, nachdem die Ware der Erklärungen bereits lange verfault ist, nicht in Luft aufgelöst hat. Mit solchen und ähnlich quälenden Betrachtungen verbrachte ich die Stunden, die mich vom Sonnenaufgang trennten, versunken in jenem ziemlich masochistischen Selbstmitleid, das uns keine andere Wahl läßt, als uns an unseren beschämendsten Verhaltensweisen wieder aufzurichten wie ein Krimineller, der sich, schwankend zwischen dem Vorsatz zur Besserung und einem gewissen zufriedenen Stolz, an seinen eigenen Missetaten ergötzt. Die Gewißheit, bei einer Handlung überrascht worden zu sein, die ein unparteiischer Beobachter als unanständig werten könnte, beunruhigte mich (doch Gabetti war kein unparteiischer Beobachter), und zugleich war ich erleichtert durch die Gewißheit, daß an meiner Verehrung nichts Unaufrichtiges war. Ich konnte unmöglich etwas leugnen, das ich ohne böse Absicht getan hatte, genausowenig wie ich Chiaras Spur auf meinen Fingern tilgen konnte, die flüchtige Berührung des Rückens, die wagemutige Berührung des Oberschenkels (der sich in der unmittelbaren Umgebung der Leiste fast wie Bibelpapier anfühlte, aber ein wenig rauher wurde, je weiter man sich den Knien näherte), die schwielige Berührung der Fersenpartie, die unter der Fußsohle in eine konkave Form überging und sich in fünf Zehen verästelte, bis sie schließlich auf dem Spann eine wunderbar sanfte Kurve beschrieb. Ich schloß die Augen, um mich der Erinnerung hinzugeben.

Es verging eine lange Zeit, bis Gabetti auf den Gang hinaustrat: Er versuchte seinen Rückzug zwar so lautlos zu gestalten, wie es ihm die Vertrautheit seiner Sinne mit der Wohnung nur irgend möglich machte, aber ich hörte ihn trotzdem. Sein Gang war bekümmert, als übte das schuldbewußte Wissen, überrascht worden zu sein, auch auf ihn seine Wirkung aus, und vor meinem Zimmer blieb er stehen, bevor er seinen Weg fortsetzte: Ich stellte ihn mir vor, wie er die Hand in die Luft hielt und zögerte, mit den Knöcheln an die Tür zu klopfen, doch nur eine Sekunde später ging er, vielleicht noch gehemmter als ich, in sein Zimmer, wo er seiner Trauer freien Lauf lassen würde, wie auch ich es in den vergangenen Stunden getan hatte. Sanft brach die Morgendämmerung herein, und die Kirchenglocken riefen einige Glaubenstreue zum Gebet, die vermutlich nicht auf den Aufruf zur Versammlung reagieren würden. An jenem Morgen haftete dem bronzenen Läuten ein unheimlicher Widerhall an, als wollte es an den Tod Fabio Valenzins erinnern, der mit Gewißheit der eifrigste Besucher des heiligen Bodens gewesen war, den Venedig je gekannt hatte, nur daß seine Besuche nicht gerade der Andacht galten. Während ich dieselben Kleider anzog, die ich bereits gestern angehabt hatte, jene Kleider, die bereits mehrere Einweichvorgänge hinter sich hatten, hörte ich im angrenzenden Zimmer das träge

Rekeln Chiaras, die sich in den Laken reckte und streckte, wie sie sich zuvor gestreckt hatte, als sie die Nähe einer Hand spürte, die sich in der Glasscheibe spiegelte. Außerdem waren schluchzende, vom Kopfkissen gedämpfte Laute und rasselnde Atemzüge zu hören (aber vielleicht täuschte ich mich auch); erneut spürte ich eine verspätete Eifersucht, dieselbe unangemessene Eifersucht, die mich schon in Madonna dell'Orto überfallen hatte, als Gabetti Chiara von dem Mord an Fabio Valenzin Mitteilung machte.

„Haben Sie gut geschlafen, Ballesteros?"

Gabettis Stimme überraschte mich, aber noch mehr überraschte mich seine lächelnde Aufrichtigkeit, die ohne jede Ironie war. Fast auf Zehenspitzen war ich auf den Gang getreten und hatte versucht, dabei so wenig Lärm wie möglich zu machen, um seiner Wachsamkeit zu entgehen, doch meine Vorsichtsmaßnahmen waren umsonst gewesen. Er hatte seinen Schlafanzug noch nicht ausgezogen (einen Schlafanzug, der bis ins Detail mit dem übereinstimmte, den Chiara mir geliehen hatte, mit seinen auf die Brust gestickten Initialen in einer verschnörkelten, feudalen Kalligraphie) und lächelte mich mit seiner frisch geputzten Zahnreihe friedfertig an, als wären die Geschehnisse der Nacht lediglich Ausgeburten meiner Phantasie gewesen. Ich sah ein, daß er viel zu klug war, auf viel zu raffinierte Weise klug.

„Ja gut, sehr ... ich meine, ja", stotterte ich und zog den Kopf ein bißchen ein, um seinem Blick nicht noch einmal standhalten zu müssen.

„Was Sie nicht sagen. Sie haben geschlafen wie ein Murmeltier, mehr als zwanzig Stunden am Stück. Sie müssen mir unbedingt Ihr Geheimnis verraten, denn was mich angeht, so kann ich von solchen Leistungen nur träumen. Da müßte ich schon ein ganzes Glas Tabletten schlucken, und davon nehme ich auch so schon genug wegen meiner anderen Zipperlein. Nehmen Sie Schlaftabletten?"

Er hatte seine Hände in den Taschen des Schlafanzugs vergraben, als wollte er verhindern, daß ich durch die andeutungsweise zittrigen oder zuckenden Finger von seinem Lächeln abgelenkt würde.

„Normalerweise nicht."

„Stimmt ja, stimmt ja, bin ich ein Idiot. Wenn man jung ist, kann man auf Schlaftabletten natürlich verzichten", sagte er und verbarg seine Boshaftigkeit hinter einer naiven Fassade. „In Ihrem Alter habe ich auch noch keine genommen. Aber je älter man wird, desto mehr stürzen beim Schlafengehen der Kummer und die Gewissenslasten wie eine Lawine auf einen herab. Soll ich Ihnen mein Mittel gegen Schlaflosigkeit verraten?"

Seine Stimme, die ein bißchen verängstigt und fast vertraulich klang, riet mir von einem Lächeln ab, aber Gabetti hatte sich keineswegs vom Zynismus verabschiedet.

„Nein, was denn?" fragte ich und hoffte, daß es jetzt tatsächlich vertraulich würde.

„Ich zähle Schäfchen", sagte er, um mir eins auszuwischen, und brach in ein lautes Gelächter aus, bei dem es mir eiskalt den Rücken runterlief. „Ist das nicht die klassische Methode?"

Ich stimmte ihm zu. Gabetti tätschelte mir die Schulter mit einer nachsichtigen und väterlichen Geste, durch die mir meine Niederlage noch größer vorkam.

„So, am besten stellen Sie sich jetzt erst einmal unter die Dusche, damit Sie wach werden." Er machte eine Pause, die verdrossen klingen sollte. „Mir fällt gerade ein, Sie haben ja gar keine sauberen Kleider. Ich könnte Ihnen natürlich einen Anzug leihen, aber wie eine Vogelscheuche sollen Sie auch nicht herumlaufen. Ein geliehener Schlafanzug paßt jedem, bei einem Anzug liegen die Dinge schon etwas anders: Meine Anzüge sind alle maßgeschneidert, ich kann diese vulgärdemokratische Unsitte des *prêt-à-porter* nämlich nicht leiden."

Er kostete seinen Triumph sichtlich aus: Es war ihm gelungen, Schuldgefühle in mir hervorzurufen, zugleich tadelte er mich aber auch, ohne meinen Fehltritt auch nur zu erwähnen, und schüttete dabei einen unüberwindbaren Wall aus unausgesprochenen Worten zwischen uns auf. Gabetti kannte mein Geheimnis, und ich kannte seines, doch er zog es vor, jene Komplizenschaft mit einer kleinen Dosis Nonchalance zu überspielen, die typisch war für jemanden, der im Umgang mit seinen Mitmenschen an getrübte Beziehungen gewöhnt ist. Ein unausgesprochenes Geheimnis ist wie eine nicht gebeichtete Sünde: Es keimt und verfault in uns, und nur andere Geheimnisse können ihm als Nahrung dienen.

„Seien Sie unbesorgt, Gabetti: Ich werde mein Gepäck aus der Pension holen", sagte ich und versuchte, gegen seinen Zynismus anzukommen. „Da liegt frische Wäsche für mich und mein Kulturbeutel, sonst kann ich mich nicht waschen."

„Ich würde Sie ja gerne begleiten, aber ich muß noch ein paar Formalitäten erledigen und mit der Polizeidienststelle telephonieren: Sie wissen schon, der verwaltete Tod." Er zog die Hand aus der Tasche des Schlafanzugs, um sich seinen weißen Bürstenhaarschnitt zu striegeln. „Wir bringen Fabio um Punkt elf Uhr auf dem Friedhof von San Michele unter die Erde. Bitte seien Sie pünktlich."

Aus dem angrenzenden Zimmer drang ein ersticktes Schluchzen. Gabetti und ich schwiegen zerknirscht und respektvoll.

„Chiara hat unter der ganzen Angelegenheit am meisten zu leiden", sagte er mit einem Kopfschütteln. „Es wäre mir lieber gewesen, ich hätte sie aus der Sache heraushalten können."

„Früher oder später hätte sie sowieso davon erfahren. Ich glaube, es war besser, daß Sie es ihr selbst gesagt haben."

Chiara hatte sich im Bett aufgerichtet: Die Sprungfedern

der Matratze und ihr angestrengt unterdrücktes lautes Schluchzen verrieten sie. Sie hatte geschnieft und holte tief Luft, als machte sie Atemübungen.

„In diesem ganzen Durcheinander haben Sie sich immer noch nicht *La tempesta* ansehen können“, entschuldigte sich Gabetti übelgelaunt, aber höflich, wenn ich mir den Widerspruch erlauben darf. „Vielleicht können wir ja heute abend einen kleinen Ausflug machen; jetzt kann man die Räume noch nicht betreten: Die Eingangshalle steht unter Wasser.“

„Darum kümmere ich mich.“

Chiara gab mir, noch bevor ich mich auf die Suche nach meinem Gepäck machte, Gelegenheit, sie zu sehen. Sie war gerade aufgestanden und täuschte eine Schläfrigkeit vor, die sie bereits eine ganze Weile vorher abgeschüttelt hatte. Das Nachthemd machte ihre Gestalt schlanker und verlieh ihr das Aussehen einer Schlafwandlerin; auch das aufgelöste Haar (das ihr nur knapp bis zur Schulter reichte) wirkte eher unvorteilhaft und nahm ihren Gesichtszügen etwas von ihrer Fülle. Auf ihren Wangen entdeckte ich plötzlich einige graue Stellen, die mir zuvor entgangen waren und wahrscheinlich von der Müdigkeit herrührten.

„Ich habe mich mit Ballesteros gerade darüber unterhalten, daß wir heute abend zusammen in die Accademia gehen könnten.“ Gabetti gab sich Mühe, gutgelaunt auszusehen, aber in seiner Stimme schwang ein gewisses Maß an Erbitterung mit. „Hast du dich ein bißchen ausgeruht?“

Chiara machte eine unentschlossene Handbewegung:

„Wahrscheinlich schon. Was soll man denn schon anderes machen als ausruhen, wenn man alleine in einem Bett liegt ...“

Und sie sah uns mit jener mitleidigen Boshaftigkeit an, die sich Frauen für ihre hartnäckigsten Verehrer aufheben. Mir war klar, daß sie wußte, daß ich sie nachts heimlich beobachtet hatte, und diese Gewißheit trieb mir die Schamesröte ins Gesicht. Das Gegenlicht drang durch ihr Nachthemd und ließ den dunklen Fleck ihres Körpers wie einen Scherenschnitt hervortreten: Sie besaß einen gebärfreudigen Unterleib und Oberschenkel, die sich direkt unter ihrer Scham an der Innenseite (an der Stelle, an der sie sich anfühlten wie Bibelpapier) ganz leicht nach innen wölbten und einen winzigen Kanal bildeten, der die präzise Beobachtung des Lichts ermöglichte.

„Gibt es etwas Neues über die Umstände von Fabios Tod?" fragte sie und strich sich mit jener für sie charakteristischen mechanischen Geste das Haar aus dem Gesicht.

„Fast gar nichts", brummte Gabetti. „Ich habe in der Polizeidienststelle angerufen, um die Erlaubnis zu bekommen, daß die Leute vom Bestattungsunternehmen die Leiche mitnehmen dürfen. Dieser Inspektor Nicolussi ist ein ziemlich unangenehmer Bursche, er war ganz schön sauer; der Haupttatverdächtige, ein kleiner Gauner namens Vittorio Tedeschi, der mit der Bewachung des Palazzo beauftragt war, hat ein wasserdichtes Alibi; anscheinend war er gerade auf einem Gelage in einem Bordell in Mestre; die Nutten werden doch einen Stammgast nicht vergessen, vor allem, wenn er so außergewöhnlich großzügig ist." Gabetti hüllte die anstößigen Stellen seines Berichtes in einen Mantel aus Spott, was seine Äußerungen aber keineswegs weniger präzise werden ließ. „In weniger als zwei Stunden bezahlte er sie insgesamt dreimal für ihre Dienste, und getrunken wurde dabei auch ziemlich viel. Es sollte mal jemand eine Studie über die unglaublichen körperlichen Reserven der Arbeiterklasse schreiben." Er lachte klassenbewußt und abfällig, dabei wollte er im Grunde bloß seine Verärgerung und den Neid überspielen, den solche Höchstleistungen, die in seinem eigenen Lebenslauf niemals vorkommen würden, in ihm hervorriefen. „Nicolussi stehen bei dem Gedanken, daß sich ein einfacher Wachmann solche Orgien leisten kann, die

Haare zu Berge, aber Tedeschi will seine Geldquellen partout nicht preisgeben: ‚Soll das Finanzamt doch gegen mich ermitteln', hat er gesagt, ‚aber Sie können mich nicht für etwas einsperren, was ich nicht getan habe.' Und Nicolussi mußte ihn wohl oder übel wegen Mangels an Beweisen laufenlassen."

Chiara sah aus, als wäre sie in eine Art Trancezustand verfallen; als Zeichen ihrer Zustimmung begleitete sie den von Gabetti gelieferten Informationsschwall mit einem Kopfnicken, doch ihr Blick war wie versteinert. Ihre Schlüsselbeine, die die Querspanten ihres Körpers darstellten, sahen aus dem Nachthemd hervor, und das Gegenlicht ließ nach wie vor erkennen, was der Stoff zu verhüllen suchte: Die Umrisse ihrer Brüste waren rund wie spiegelbildliche Halbmonde, obwohl die mangelnde Festigkeit sie leicht nach außen streben ließ wie die Seiten eines Buchs, das aus dem Leim geht. Vermutlich sind meine Beschreibungen Chiaras ein bißchen weitschweifig, aber die Schönheit ist immer weitschweifig und unausweichlich.

„Und Fabios Zimmer im Danieli haben sie nicht durchsucht?" Sie war zwar noch immer in Gedanken versunken, aber deswegen verlor sie ihre geistige Beweglichkeit nicht.

„Alles so sauber wie ein Tabernakel", erläutere Gabetti mit einem religiösen Vergleich, der in meiner Heimat anachronistisch gewesen wäre, und wahrscheinlich war er es auch in seiner. „Sie haben nur ein paar Anzüge, Waschzeug und frische Wäsche gefunden, aber nichts, was ihn hätte belasten können: nicht einmal einen Kalender oder ein Notizbuch, in dem er seine Termine festgehalten hätte. Der Empfangschef des Hotels konnte sich vage daran erinnern, daß Fabio für sein Gepäck eine Transportfirma beauftragt hatte. Nicolussi hat die Auftragsbücher dieser Firmen für die beiden vergangenen Wochen kontrollieren lassen, aber der Name Fabio Valenzin taucht nirgends auf: Vermutlich hat er die Transportunternehmer bestochen, um keine Angaben machen zu müssen. Ich kann mir diesen ganzen Aufwand bloß nicht erklären."

Ich mischte mich ein und überwand meine Hemmungen:

„Wahrscheinlich bereitete er gerade einen Coup vor und wollte abreisen können, sobald der Moment für die Flucht gekommen war. Nichts ist verständlicher als das."

Gabetti, den diese seine Weisheit übersteigenden Überlegungen verwirrten, zwinkerte:

„Aber davon hätte ich etwas gewußt."

Er verstummte sofort, als bereute er es, auf Tätigkeiten angespielt zu haben, die mit seinem Posten schwer zu vereinbaren waren, Tätigkeiten, die sich nur schwer in Einklang bringen ließen mit der Redlichkeit, die man bei jemandem voraussetzt, der zahlreiche willkürliche Berufungen und Absetzungen von Politikern überstanden hat. Seine Klarstellung war dann auch keineswegs überzeugend, denn Klarstellungen erfordern einen maßvollen Tonfall, und Gabetti hielt eine regelrechte Rede:

„Fabio hatte keine Geheimnisse vor mir. Wenn er etwas vorhatte, war er immer sehr gesprächig und hielt damit nicht hinter dem Berg, als wollte er von seiner Angespanntheit ablenken. Unter normalen Bedingungen war er dagegen schweigsam und hatte für Späße wenig übrig, er neigte im Grunde seines Wesens eher zur Misanthropie. Für die meisten Menschen existierte der deprimierte und misanthropische Fabio überhaupt nicht, sie hatten es bloß mit Fabio, dem Spaßvogel, zu tun, der seine Gesprächspartner unter einer Lawine geschmackloser Witze begrub. Doch jenes überbordende Temperament war nur Fassade: Den echten Fabio kannten nur wenige, nämlich wir, die wir mit ihm zu tun hatten, wenn es ihm schlecht ging, wenn ihm die Kundschaft keine unmöglichen Aufträge gab und die Polizei seinen Schachzügen keine Beachtung schenkte."

Gabetti wirkte gekränkt; die gekräuselten Lippen verliehen seinem jüdischen Profil zusätzlich Schärfe, und die entstellenden Altersflecken auf seinem Gesicht schienen nur die Ouvertüre einer beginnenden Verwesung darzustellen. Chiara gab sich nach wie vor abwesend und war auch auf mein Drängen hin unzugänglich, ganz wie die Frau auf *La tempesta*, die sich gegenüber dem Drängen des Fremden abweisend verhält, der am anderen Ufer des Baches ihrer Nacktheit beiwohnt.

„Sei dir da nicht so sicher, Gilberto", sagte sie. „Fabio war viel zu undurchschaubar für dich, auch wenn du dich für einen noch so guten Psychologen hältst."

Sie sprach mit der Würde einer Sphinx, einer verfrühten Würde, die sie von innen und außen verwelken und mir fremd erscheinen ließ, so wie auch ein Gemälde seinen Betrachtern fremd erscheint, indem es sich hinter verborgenen Sujets oder absonderlichen Allegorien versteckt oder hinter Perspektiven, die jeder wirklichkeitsgetreuen Darstellung spotten.

„Ich nehme jetzt eine Dusche, vielleicht wache ich davon ja endlich auf", sagte sie.

Sie ging barfuß über den gekachelten Boden, auf dem der Atem ihrer Schritte, die wandernde Wärme ihrer Füße, einige Sekunden lang haften blieb, so wie ein gehauchter Atem auf Glas haftet und von diesem gefangengehalten wird. Später wurden ihre Fußabdrücke langsam immer schmaler, je mehr ihre Gußform auskühlte, und sie ließen sich Einzelteile abbeißen, bis ihre Umrisse schließlich ganz verschwammen. Es war ein hypnotisches Gefühl, ihren Fußabdrücken auf dem Boden zu folgen und ihr fortschreitendes Verschwinden zu beobachten, während Chiara sich entfernte; ein ebenso hypnotisches Gefühl, wie eine Fährte zu verfolgen, die wir für richtig halten und die sich zuletzt doch als trügerisch erweist.

Der Gedanke daran, daß sich eine Fährte als trügerisch erweisen könnte, löste eine entspannte Furcht in mir aus: Und ich sage entspannte Furcht, weil ich mich kaum besonders darüber gewundert, sondern vermutlich eher ein befreiendes Gefühl empfunden hätte, wie wenn wir ein Geheimnis weitererzählen oder unsere Schuld bei jemandem loswerden, der uns zuhört, bei einem Pfarrer oder einem Psychoanalytiker etwa oder bei einem ahnungslosen Freund. Der Gedanke, daß meine Wahrnehmung nicht völlig zuverlässig war und nicht mit der Wirklichkeit übereinstimmte, löste eine entspannte Furcht in mir aus; der Gedanke, daß meine Sinne unter Venedigs Einfluß Schaden genommen hatten und daß ihr Urteil daher unzuverlässig war, löste eine entspannte Furcht in mir aus. Genauso, wie ich durch den Tastsinn spielerisch die Grenze zwischen zwei Welten, die durch eine Glasscheibe getrennt waren, hatte aufheben wollen, war auch der Gedanke nicht so weit hergeholt, daß mein Gesichtssinn sich hatte täuschen lassen und die Bilder, die ich seit meiner Ankunft in der Stadt nach und nach wahrgenommen hatte, verzerrter und zauberhafter erscheinen ließ. Wer hätte beschwören können, daß das flüchtige Auftauchen eines Rings, der in einen Kanal fällt, nicht das Produkt einer überbordenden Phantasie war? Außerdem gab es noch einen weiteren überaus machtvollen Grund, der mich dazu veranlaßte, nicht viel auf meine Wahrnehmungsfähigkeit zu geben: Menschen wie ich lassen die Passivität buchstäblich zu einer Verhaltensregel werden. Es ist schon richtig, daß uns die Passivität Tyrannei und Abhängigkeit einbringen kann (und in meiner akademischen Laufbahn hatte ich solcherlei resigniert über mich ergehen lassen), es ist richtig, daß sie uns den Ruf einbringt, hasenfüßig und unterwürfig zu sein, und uns Ungerechtigkeiten hinnehmen läßt, aber genauso richtig ist auch, daß sie uns einiges Kopfzerbrechen erspart. Wozu sich auflehnen gegen etwas, das weit über uns steht, wenn man im Gegenzug nur Unzufriedenheit ernten wird?

Obwohl mich Gabetti mit einem Stadtplan und Gummistiefeln ausgestattet hatte (wir hatten dieselbe Schuhgröße und dieselbe Größe bei Schlafanzügen, aber da hörten unsere Gemeinsamkeiten auch schon auf), gelang es mir nicht, mein Ziel ohne durchnäßte Socken und mindestens zwölf Umwege zu erreichen: Um sich in Venedig außerhalb der Viehtriften zu bewegen, die von der Stadtverwaltung eingerichtet wurden, um die Touristenherden im Zaum zu halten, benötigt der Ortsfremde einen größeren Vorrat an Geduld und einen Orientierungssinn, der an hellseherische Fähigkeiten grenzt. Erst als der schräge Kirchturm von San Stéfano über die Ziegeldächer lugte, fand ich mich zurecht, obwohl ich immer noch durch ein paar Sackgassen zurückwaten mußte. Auf dem kleinen Platz, auf dem sich Fabio Valenzins Todeskampf abgespielt hatte, waren hier und da noch ein paar Schneeflecken zu sehen, die auf dem Pflaster aussahen wie blasse Pfützen von Erbrochenem, aber von dem vergossenen Blut fehlte jede Spur: Die Nacht hatte es mit dem Putzmittel des Vergessens restlos weggescheuert. Der Palazzo, der mich von meinem Zimmer in der Pension aus so beeindruckt hatte, war nur eines von vielen venezianischen Bauwerken, die kurz vor dem Zusammenbruch standen; seine Eingänge waren von der Polizei mit Andreaskreuzen aus Brettern abgesperrt worden, und die Fassade war mit einem gelben Band geschmückt, das jedem, der sich über die Absperrung hinwegsetzte, Strafen in Aussicht stellte. Auf den Vordächern und den Vorsprüngen saßen, genau wie auf dem Balkongeländer, ein paar Tauben, aber ihr ruhiges Gebaren deutete darauf hin, daß sie die Störung ihrer Gewohnheiten gut verkraftet hatten. Der gemauerte Bogen aber, der sich schützend über den Eingang des Albergo Cusmano spannte, bewahrte sich sein Aussehen einer demolierten Gruft und die reptilähnliche Oberfläche seiner Wände; gegen eine davon preßte ich mich gerade, als ich Inspektor Nicolussis Stimme hörte:

„Versetz dich doch mal in meine Lage, Dina. Ich kann nicht einfach Beweise unterschlagen. Das ist Rechtsbeugung."

Er sprach noch immer mit dem gleichen südländischen Akzent, der ihn schon bei seinem Verhör auf der Polizeidienststelle charakterisiert hatte, aber jetzt versteckte er ihn nicht mehr hinter der Forschheit, die man von einem Gesetzeshüter erwartet; ganz im Gegenteil war seine Stimme weicher geworden, fast wehleidig, und sie hörte sich kompromißbereit an. Dinas Stimme dagegen klang fest und fast männlich.

„Du hast doch meinetwegen schon jede Menge Gesetze gebeugt. Ich weiß gar nicht, warum du dich plötzlich so anstellst."

Dina hatte vergessen, den leuchtenden Neonschriftzug auszuschalten, der der Pension als Aushängeschild diente; das Brummen, das die Leuchtschrift quälte, bildete die Begleitmusik meines Atmens und sorgte dafür, daß es nicht bemerkt wurde. Ich hörte Nicolussis Worte deutlich (viel deutlicher als in seinem Büro auf der Polizeidienststelle, wo ihr ein Dolmetscher sein Echo lieh und sie dadurch entstellte), auch wenn man ihnen die moralischen Skrupel oder Konflikte eindeutig anmerkte:

„Wir werden einfach behaupten, daß du Valenzin überhaupt nicht kanntest, daß er für dich ein Tourist wie jeder andere war."

„Wie jeder andere?" Dinas Stimme klang bitter, als spie sie einen Spott aus, dessen Senderin und Empfängerin sie zugleich war. „Valenzin kannte hier jeder. Außerdem weißt du ganz genau, daß ich in meiner Pension nicht gerade massenhaft Gäste habe. Nur ganz selten verirrt sich jemand hierher, so wie dieser junge Spanier, Ballesteros. Die Empfehlung hat ihm bestimmt irgendein Witzbold gegeben."

Mit hochrotem Kopf erinnerte ich mich daran, daß ich die Adresse und die Telephonnummer der Pension von meinem Doktorvater bekommen hatte, von Professor Mendoza, der Venedig mit großem Eifer bereiste, sei es für seine Machenschaften oder zu seinem Vergnügen, da ihm seine autochthonen Intrigen und Vergnügungen zu langweilig geworden waren; jemand mußte ihm von Dinas Vorstrafenregister erzählt haben, und Mendoza, der mir bereits im Lehen des akademischen Betriebs zahlreiche erniedrigende Erlebnisse beschert hatte, hatte der Versuchung, mir auch aus der Entfernung solche zu bescheren, nicht widerstehen können.

„Ich schwöre dir, daß die Richter keinen Verdacht schöpfen werden, du hast doch am eigenen Leib erfahren, daß sie die Ermittlungen nie selbst führen, sondern immer an mich weitergeben." An dieser Stelle gönnte sich Nicolussi ein wenig Eitelkeit. „Sie haben sie an mich weitergegeben, als dein Mann gestorben ist, und sie werden sie auch diesmal an mich weitergeben: Denen kommt es doch bloß darauf an, daß man ihnen einen Bericht mit zweihundert oder dreihundert Seiten vorlegt. Aber eins mußt du verstehen, Dina: Ich kann unmöglich behaupten, Valenzins Gepäck sei nicht aufgetaucht, er habe es ohne Adresse aufgegeben. Man würde mich jede einzelne Quittung, jeden einzelnen Beleg der Transportfirmen überprüfen lassen, die in den vergangenen Monaten ausgestellt worden sind. Es gibt Beweise, die man nicht verschwinden lassen kann."

Wahrscheinlich war Dina in der falschen Branche tätig, wahrscheinlich wären ihre Geschäfte besser gelaufen, hätte sie eine Gepäckaufbewahrungsstelle für Passagiere auf der Durchreise (in eine andere Stadt oder in Richtung Jenseits) gegründet, für Fremde, die eine Parzelle ihrer Vergangenheit auslöschen und einen Teil der Dinge, die auf ihr lebten, loswerden wollen, für umherziehende Straftäter, die ihre Werkzeuge oder die Beute, die ihnen den Lebensabend sichert, unterstellen wollen. Wieder ergriff Dina das Wort, diesmal nicht mit ganz so großer Strenge, aber immerhin doch mit maßvollem Nachdruck:

„Und was machen wir jetzt? Ich kann schließlich nicht gut zugeben, daß Valenzin bei mir seinen Unterschlupf hat."

Ich stellte mir vor, wie sie an der Kommode im Foyer lehnte und sich zu Nicolussi vorbeugte, und ich stellte mir Nicolussi selbst vor, geduckt und passiv (die Passivität ist die Ehrfurcht vor der Ungerechtigkeit), wie seine Augen an den Brüsten, die vielleicht auch von ihm bearbeitet worden waren, hängenblieben. Ich stellte mir Dinas große und byzantinische Augen vor wie einen Fluß, dessen Fließen kein Ende kennt; sie waren fest auf die Augen von Nicolussi gerichtet, die ihre Lebhaftigkeit sicher verloren hatten und nun vor lauter schmutziger Willfährigkeit fiebrig glänzten. Auch durfte man durchaus Vermutungen darüber anstellen, was die beiden sich Jahre zuvor wohl alles hatten einfallen lassen, um den Mord an dem Ehegatten zu beschönigen: Es gibt Beweise, die man nicht verschwinden lassen kann – und der Tod ist ein nicht zu widerlegender Beweis –, aber ihre Begleitumstände lassen sich durchaus verfälschen: So kann ein Tod durch Ersticken einen Vergiftungstod überdekken, wie auch der Schnee die Obszönität von Blut überdeckt; man braucht die Autopsie lediglich einem nachlässigen Gerichtsmediziner zu übertragen, man braucht die Ergebnisse dieser Autopsie nur einem Richter zu überreichen, der schon einmal fünfe gerade sein läßt und Aufgaben gerne delegiert.

„Ich werde für deine Pension die übliche Hausdurchsuchung anordnen." Genauso erklärte auch Nicolussi seine Absichten routinemäßig, mit jener abergläubischen Ehrfurcht, die Berufsspieler daran hindert, ihre Tricks laut herauszuposaunen. „Ich brauche bloß einen Vorwand: Zum Beispiel, daß ich überprüfen möchte, ob man vom Zimmer des Spaniers aus den Palazzo sieht und, wenn ja, was genau man von dort aus sieht.“

„Bring den Spanier nicht in noch größere Schwierigkeiten“, unterbrach ihn Dina, und ich war ihr dankbar für die Referenz, die sie mir erwies. „Der arme Kerl kann schließlich auch nichts dafür.“

Ihre Stimme klang anfangs vorwurfsvoll, hatte nachher aber einen mütterlichen und ein wenig spöttischen Tonfall angenommen. Nicolussi zündete sich eine Zigarette an (ich bemerkte das Anstreichen eines Streichholzes an einer Zündfläche, Phosphor auf Phosphor, und das Lispeln der auflodernden Flamme), und die ersten Züge brachten ihn für eine Weile zum Schweigen; währenddessen hörte ich ein weiteres reibendes Geräusch, diesmal schwächer, als striche er sich über den Bart: Wahrscheinlich hatte er keine Zeit gehabt, sich zu rasieren, oder vielleicht verbrachte sein Bart auch die schlaflosen Nächte mit Wachsen, wie der Bart von Toten.

„Dieser arme Kerl, wie du ihn nennst, steht jetzt besser da als du und ich“, sagte er, „Gabetti hat ihn unter seine Fittiche genommen. Dieser Alte ist einfach unglaublich; du hättest dabeisein sollen, als er aus dem Stegreif eine Rede auf Valenzin hielt und uns von ihren gemeinsamen Abenteuern erzählte. Mich soll's nicht wundern, Valenzin war genau seine Kragenweite.“

„Gabetti ist ein Verführer“, hielt ihm Dina entgegen. „Der wickelt selbst den Cleversten ein.“

„Natürlich ist er ein Verführer. Und besonders gern verführt er Minderjährige.“ Nicolussi lachte über seinen eigenen Witz, dessen Hintergrund mir verborgen blieb; sein Lachen klang wie ein Lachsack und paßte überhaupt nicht zu dem bitteren Tonfall, der auf seinen Worten lastete. „Ein notorischer und sattsam bekannter Straftäter, nur daß man ihm seine Verfehlungen verzeiht, während andere für immer gezeichnet bleiben."

Er meinte damit Dina, hatte sich aber eines unpräzisen Plurals bedient, um das Gespenst eines gemeinsamen Verbrechens in die Flucht zu jagen, das sie miteinander verband: Ihre Unterhaltung enthielt zu vieles, was sich von selbst zu verstehen schien, zu viele zustimmende Pausen und verborgene Anspielungen, als daß man an dieser Verbindung noch hätte zweifeln können.

„Aber zurück zum Thema", fuhr Nicolussi fort. „Ich werde eine Durchsuchung anordnen, und dann wird eben einer von den Anfängern, die unter meinem Befehl stehen, auf Valenzins Koffer stoßen. Du wirst sagen, ein Gondoliere hätte ihn vor ein paar Tagen bei dir an der Rezeption abgegeben und dir versichert, sein Besitzer würde sofort kommen, er wollte nur noch ein paar Photos am Canal grande machen. Übrigens, du hast ihn nicht zufällig geöffnet?"

„Ich bin doch nicht verrückt." Dinas Antwort kam so prompt wie ein Fluch. „Valenzin hatte mich damit beauftragt, auf die Ware aufzupassen, während er das Interesse seiner Kundschaft sondierte; er verlangte von mir Diskretion und vor allem völlige Uneigennützigkeit. Seine Zahlungen kamen pünktlich und waren sehr großzügig, so großzügig, daß ich manchmal den Verdacht hatte, er würde mir, außer mich für meine Dienste zu bezahlen, auch meine Neugierde abkaufen. Und natürlich ließ ich mich kaufen: Meine Gier zu erfahren, was sich in dem Koffer befand, war nicht so groß wie meine Habsucht" – einen Augenblick lang unterbrach sie sich, entsetzt von der Brutalität ihrer Äußerung. „Ich wäre überhaupt nicht auf die Idee gekommen, an seinem Koffer herumzufummeln; und außerdem, selbst wenn ich es darauf angelegt gehabt hätte, es wäre hoffnungslos gewesen: Valenzin hatte ihn mit Schlössern gesichert und alle möglichen Vorrichtungen angebracht, die man nur aufbekommt, wenn man die Zahlenkombination kennt; das Ding gleicht mehr einem Panzerschrank als einem Koffer. Er ist so schwer wie Blei, vermutlich ist er mit Metallplatten gepanzert oder so ausgekleidet, daß ihm die Röntgengeräte nichts anhaben können. Und von innen sieht er ungefähr so aus wie der Koffer eines Zauberkünstlers, du weißt schon, mit doppeltem Boden und Geheimfächern. Ich kann mich erinnern, wie er ihn einmal vor meinen Augen geöffnet hat: Er hatte kein Geld in der Tasche, um mich zu bezahlen, und da mußte er sich mit dem Vorrat an Geldscheinen behelfen, die er im Koffer versteckt hatte; ich habe in meinem ganzen Leben noch nicht so viele Geldscheine auf einem Haufen gesehen." Ich stellte mir das lustvolle Gefühl beim Berühren dieser Geldscheine vor, das intakte Relief seiner Köpfe und Zahlen, die eckige Braille-Schrift auf dem geprägten Papier. „In den Zeitungen und im Radio war damals viel die Rede von der Plünderung von Madonna dell'Orto, von Fassadenkletterern und so, und ich rechnete mit Kelchen und Tabernakeln und mit diesem berühmten Gemälde von Bellini, ‚Jungfrau mit Kind', aber in dem Koffer waren bloß schmutzige Hemden und zusammengeknüllte Unterhosen, Unterhosen mit braunen Schleifspuren, so was von ekelhaft, Mann, ihr alleinstehenden Männer seid wirklich eine einzige Katastrophe."

Es entstand ein unangenehmes, für Nicolussi und mich qualvolles Schweigen, denn auch wir waren alleinstehend und horteten Unterhosen mit braunen Schleifspuren, bis wir eine ganze Ladung zusammen hatten, die die Kosten für den Waschsalon gerechtfertigt erscheinen ließ. Man kann der Ehelosigkeit mit mehr oder weniger Eleganz begegnen, sogar mit Stolz, aber hinter der schönen Fassade verbirgt sich immer ein Lager mit schmutzigen Unterhosen und der einen oder anderen verzweifelten Nacht, in der die Bettlaken verlassene Gebiete sind und die Lider ihren gnädigen Vorhang einfach nicht herabsenken wollen, die eine oder andere schwarze und gewissenhaft grausame Nacht, die uns im Büßerhemd einer Frau, die bloß noch in unserer nostalgischen Erinnerung existiert, vor sich herhetzt und demütigt. Ich preßte mich noch enger an die Wand des Eingangs, die meinen Junggesellenrücken einrahmte wie eine Nische, meinen unversehrten Rücken, aus dem kein Gott eine Rippe hatte entfernen wollen.

„Ich weiß nicht, warum in aller Welt du dich mit diesem Typen einlassen mußtest“, sagte Nicolussi schließlich mit einer Verzweiflung, die nicht zu ihm paßte.

„Und wovon bitte hätte ich leben sollen?“ Dina hielt sich jetzt nicht mehr zurück, der Zorn kletterte ihr bis zu den Lippen, die aussahen wie zwei geronnene Blutklumpen. „Mit dem Pensionsbetrieb decke ich noch nicht mal meine Kosten, das weißt du doch ganz genau.“

Und ihre Worte versprühten eine Substanz, die große Ähnlichkeit mit Verachtung besaß, eine Substanz, die in der Einsamkeit gereift war wie schwarzes Bitumen, das Nicolussi beschmutzte, wie der Teer, der ihn von innen heraus erstickte und ihm seine Feigheit noch einmal bewußt machte.

„Auf jeden Fall hat Valenzin den Löffel abgegeben, und über etwas, das der Vergangenheit angehört, brauchen wir uns nicht zu streiten“, sagte Nicolussi, und seine Feigheit stach um so deutlicher hervor: Die Vergangenheit bietet Anlaß für Streitigkeiten, sie schleudert uns einen Packen mit offenen Rechnungen entgegen und macht uns zu Sklaven ihres Erbes. „Wir sollten diese Angelegenheit möglichst schnell aus der Welt schaffen, die Aasgeier von der Presse fallen nämlich schon über mich her. Was ist deiner Meinung nach in dem Koffer?“

„Und das fragst du ausgerechnet mich.“ Dinas Wut war noch immer nicht abgeklungen. „Wahrscheinlich ein ziemlich fetter Brocken, immerhin hat er mit dem Leben dafür bezahlt.“

Ein so fetter Brocken, daß Nicolussi mit der Untersuchung noch etwas warten wollte, bis er auf die Unterstützung seiner Untergebenen zählen konnte, um mit anderen eine Offenbarung zu teilen, die sich sein Gewissen nicht alleine aufbürden, die sich sein Junggesellenrücken nicht ohne den Beistand anderer aufladen mochte. Venedig förderte die Komplizenschaft ebenso wie die Verteilung von Schuld und Verantwortung: Dina selbst hatte mich darauf aufmerksam gemacht, daß die Venezianer wie Völker, in denen der Inzest praktiziert wird, eine giftige Abart der Nachbarschaft pflegten, die es ihnen erlaubte, von den Verfehlungen der anderen Kenntnis zu erlangen. Nun stellte ich fest, daß sich diese Beziehungen nicht allein auf das bloße Überschreiten der persönlichen Intimitätsgrenzen beschränkten: Auch außereheliche Verhältnisse und sonstige Bündnisse waren davon betroffen, es war ein merkwürdiges Freimaurertum, dessen Codes für einen Laien wie mich zu kompliziert waren. Vielleicht weil mein Beruf das Betrachten von Gemälden ist, von Raum- und Zeiteinheiten, in denen die Wirklichkeit in sich selbst versinkt, oder vielleicht, weil auch mein eigenes Leben wie ein Gemälde in sich selbst versunken war, bedrückten mich jene vorübergehenden Nachbarschaften, die auf den ersten Blick nicht zu erkennen waren.

„Um elf Uhr ist die Beerdigung. Denk daran, daß uns niemand zusammen sehen darf", sagte Nicolussi, als er die Türklinke bereits in der Hand hielt.

Das Klingeln der Tür ließ Dinas Abschiedsworte untergehen, falls sie wirklich Abschiedsworte ausgesprochen haben sollte. Nicolussi, dem die Glut seiner Zigarette stets einen Schritt voraus war, entfernte sich mit seinem schiefen Gang, der aussah, als würde er im Profil gehen und sich damit vor den auf der Lauer liegenden Feinden und dem rauhen Wind schützen; ich sah ihm aus meiner Zufluchtsstätte im Eingang nach und bekam es mit der Angst, daß er sich umdrehen oder seine Schritte noch einmal in umgekehrter Richtung wiederholen könnte, um Dina auf eine Kleinigkeit aufmerksam zu machen, an die sie bei ihrer Unterhaltung nicht gedacht hatten, oder um sie, seine Feigheit schließlich doch überwindend, auf ihre maßvollen Lippen zu küssen. Die Schöße des Regenmantels hingen an ihm herab wie Stoffetzen nach einem verlorenen Kampf, und sein Gang war ein bißchen tolpatschig, fast als hätte er Schwimmhäute zwischen den Zehen.

Der Neonschriftzug hatte aufgehört zu brummen und unterbrach dadurch den Fluß meiner Gedanken. Dina hatte ihn von innen ausgeschaltet und schickte sich bereits an, die Pension zu verlassen, in der sich keine Gäste aufhielten, und wenn, dann waren es unbewegliche Gäste wie mein Gepäck oder Fabio Valenzins wohlweislich gepanzerter Koffer. Das Klingeln, das Dinas Hinaustreten meldete, war relativ leise (oder vielleicht war ich auch darauf vorbereitet, und es erschreckte mich nicht so sehr); bevor sie den Schlüssel zweimal im Schloß drehte, vergewisserte sie sich, daß sie das Licht ausgemacht hatte. Dina ließ die Stöckelschuhe auch für den Gang auf den Friedhof an (sie würden auf den sandigen Wegen dieselben winzigen Abdrücke hinterlassen wie auf dem Teppich im Foyer); sie stellten für eine Stadt, die von Brücken mit Treppen durchzogen war, die denkbar ungeeignetste Fußbekleidung dar, aber sie ließen ihre Knöchel schlanker erscheinen und streckten ihre Beine, die von den zahlreichen Fußmärschen, nachdem sie ihren Ehemann bei seinem tödlichen Erstickungsanfall in der Zange gehalten hatten, muskulös geworden waren. Dina zog den Mantel und den Rock ein Stück hoch, um die Naht der Strümpfe zurechtzuzupfen, und eine Sekunde lang konnte ich unter der Kunstfaser ihre eingeschnürten Oberschenkel erkennen, ihre weißen und von Cellulitis überzogenen Oberschenkel (vielleicht rieben sie ja in der Höhe des Schritts aneinander), deren Textur ich mir vorstellte wie Mehl, allerdings wie warmes Mehl mit winzigen Klümpchen. Ich schloß die Augen, damit die Begierde keinen Sieg über mich errang und um Dina treu zu bleiben, die es nicht verdient hatte, daß man ihr diesen kurzen Augenblick raubte.

Niemand hat es verdient, daß man ihm die Augenblicke raubt, in denen er sich vor den anderen sicher fühlt, geschützt vor ihren begehrlichen oder vorwurfsvollen Blicken, niemand hat es verdient, daß ihm ein Augenblick der Unschuld geraubt wird, der sich allein unseres Spionierens wegen in einen Moment der Unzucht verwandelt, und doch hatte ich seit meiner Ankunft in Venedig nichts anderes getan, als mir mit den Augen, den Händen und den Ohren Augenblicke anzueignen, die mir nicht gehörten, Gespräche, die nichts mit mir zu tun hatten, Verbrechen, die meines Mittuns nicht bedurften. Vielleicht war es die Gewöhnung an den Diebstahl, die schädlich für meine Sinne war, vielleicht war es jene sublime Spielart der Kleptomanie, die mich zu einer direkteren Form des Diebstahls übergehen ließ und bewirkte, daß ich mich über mein zur Passivität neigendes Wesen hinwegsetzte. Ich vernahm das sich immer weiter entfernende Klackern von Dinas Stöckelschuhen, das durch nicht im Stadtplan verzeichnete Gassen klapperte, und erst als auch dieses Echo verhallt war, verließ ich meinen Schlupfwinkel und wühlte in meiner Hosentasche: Ich glaube, daß ich nicht gezittert habe, als ich den Schlüssel ins Schloß schob und zweimal herumdrehte, aber nicht etwa, weil ich so viel Standfestigkeit bewiesen hätte, sondern weil ich vor Bewegungslosigkeit steif geworden war. Das unvermeidliche Klingeln erklang, und vor mir erstand das Foyer mit seinem Aussehen eines plebejischen Mausoleums und seiner Mutterleibstemperatur, die noch immer in der Schuld des Heizofens stand, den Dina in der Nacht meiner Ankunft angestellt hatte. Hinter dem Tresen hing an einem Haken ein

Schlüsselbund, den ich mit einer – jetzt allerdings – in kalten Schweiß gebadeten Hand an mich nahm. Ich stieg die steilen Stufen zur eigentlichen Pension hinauf, dieselben steilen Stufen, die ich schon einmal hinaufgestiegen war, bepackt mit Gepäck und hinter Dina, die mir einen Blick auf ihren in den Rock gezwängten Hintern gewährt hatte, auf ihren weichen, asymmetrischen Hintern. Ich ließ den ersten Flur, auf dem sich die allesamt leerstehenden Gästezimmer aneinanderreihten, hinter mir und stieg in das obere Stockwerk, wo Dina sich ihre Wohnung eingerichtet hatte; ich erinnerte mich noch an das Hämmern ihrer Schritte auf meiner Zimmerdecke und an das Prasseln eines Pissestrahls in der Kloschüssel, und so brauchte ich bloß die Tür zu suchen, die zu meinem eigenen Zimmer gehörte, nur einen Stock höher. Schwieriger und unangenehmer war es, den Schlüssel zu finden, dessen Bart zu dem Schloß paßte; während ich verzweifelt suchte, glaubte ich, erneut das stetige Brummen der Neonröhre zu hören; meine Sinne hatten ganz eindeutig Schaden genommen. Das Atmen des Flurs hörte sich an wie das gewundene Geräusch in einer Muschel.

Die Fensterläden waren mit einer Wucht geschlossen worden, die für Ritzen keinen Raum ließ; ich schaltete das Licht ein, nachdem ich blindlings die Wände eines Raums abgetastet hatte, der sich durch fast nichts von anderen Räumen, in denen das Dasein Stundenplänen unterworfen ist, unterschied. Auf der Decke, die über das Bett gebreitet war (dort schlief Dina aller Wahrscheinlichkeit nach auf dem Rücken und ohne sich zuzudecken mit der schwärzesten Stelle der Nacht auf ihrem Schamhügel), lagen zerstreut und zusammengeknüllt wie die Unterhosen Fabio Valenzins (allerdings ohne braune Schleifspuren) einige Kleidungsstücke, die wir aus Spießertum oder aus Anstand als Intimwäsche bezeichnen: ein paar schwarze Strumpfhosen, die dazu dienten, das Leuchten der weißen und an Mehl erinnernden Haut zu dämpfen; einen weit ausladenden Büstenhalter mit Spitzen und Rüschen, um das Gewicht der Brüste zu dämpfen; ein wesentlich maßvollerer Schlüpfer, um den düsteren Aufruf der Scham zu dämpfen. Zwischen der Wand und dem Schrank stand, in einem Spalt, der an den Eingang in eine Höhle oder an ein Schlaflager erinnerte, der Koffer Fabio Valenzins. Wenn man ihn auf die Seite gelegt, gepanzert und mit einer grünlichen Lederhaut überzogen hätte, wäre er leicht mit einer in ihrem Panzer verschanzten Schildkröte zu verwechseln gewesen; genau wie Dina angemerkt hatte, war er schwer wie Blei, obwohl das gesamte Gewicht nicht von seinem Inhalt, sondern von der Hülle herzurühren schien: Als ich ihn schüttelte, kam es mir vor, als wäre er leer. Ich warf ihn aufs Bett (der Schlüpfer, der Büstenhalter und die Strumpfhose wirkten jetzt durch ihre unmittelbare Nähe wie einzeln herumliegende Gepäckstücke, die von der Mitnahme ausgeschlossen worden waren) und stocherte mit den Schlüsseln, die ich aus dem Foyer entwendet hatte, in seinen Schließen herum.

Die trübe Beleuchtung forderte mich dazu auf, eine Aufgabe zu vollenden, die ich niemals hätte in Angriff nehmen dürfen. Ich hatte mir ein Untätigkeitsgelübde auferlegt, und einfach so, mir nichts, dir nichts, setzte ich mich darüber hinweg und ließ mich auf strafbare Handlungen ein, die mehr Sorgfalt und Schneid erforderten als jede alltägliche Handlung. Ich mühte mich an den Schlössern ab, stocherte mit Haarnadeln in ihnen herum, die ich mir aus dem Bad geborgt hatte, und riß an ihnen herum, bis mir die Fingernägel abbrachen; zum Schluß, als mir das Bewußtsein, leise sein zu müssen, abhanden gekommen war wie jenen vandalisierenden Einbrechern, die ihre Wut an den Einrichtungsgegenständen auslassen, wenn die Beute gering ausgefallen ist, schmetterte ich den Koffer auf den Boden, trampelte auf ihm herum und spuckte, nicht ohne ihm einige

Verwünschungen zuteil werden zu lassen, auf den Boden, aber nichts konnte ihn dazu bewegen, sich von seiner hermetischen Verschlossenheit zu verabschieden.

Ich beschloß, ihn mitzunehmen und mir das Aufbrechen für später aufzuheben. Denn daß ich ihn aufbrechen würde, daran bestand für mich kein Zweifel, und wenn ich Dynamit dazu verwenden müßte.

Die Abkühlung meiner inneren Hitze durch die frische Morgenluft reichte aus, um meine kühnen Pläne zu bremsen: Valenzins Koffer war so schwer wie eine Leiche, an der bereits die Leichenstarre eingetreten ist und die uns ohne jede Vorwarnung in die Arme fällt, gewillt, die Gesetze der Erdanziehungskraft zu bestätigen, auch wenn sie uns für die Bestätigung dieser Gesetze schier die Hände abreißen muß. Ich schleifte den Koffer quer über den Platz; die Nieten an den Ecken des Koffers verhakten sich in den Fugen der Pflastersteine und gestalteten den Transport schwieriger. Mich sprang die Gewißheit an, daß das Risiko einer Festnahme, aus der mich auch das Eingreifen Gabettis nicht würde befreien können, mit jeder Sekunde, die sich der Koffer in meiner Gewalt befand, anstieg. Das langsame Wasser der Abflüsse floß die Kanäle hinab, das taube und stumme Wasser, das widerspruchslos den Unrat und die toten Körper und die Ringe verdaute. Als ich bereits fast dazu entschlossen war, den Koffer loszuwerden, indem ich ihn in den Kanal warf, blieb mein Blick an dem Palazzo hängen, dessen Fassade gelbes Absperrband zierte und dessen Türen mit gekreuzten Stangen verriegelt waren.

Ich redete mir ein, daß der Palazzo das sicherste Versteck für den Koffer darstellte, und zwar, weil er dafür der gewöhnlichste und am wenigsten geeignete Ort war: Wenn Nicolussi und die Anfänger, die für ihn arbeiteten, sich auf die Suche begäben (und sie wären vielleicht nicht die einzigen, die Interesse daran haben könnten, den Koffer zu finden), würden sie mit besser geeigneten und ausgesuchteren Verstecken beginnen, und nicht genau mit der Stelle, an der sich Valenzin mit seinem Mörder verabredet hatte. Die Stangen waren ausgesprochen schlampig angebracht worden, und es war ein Kinderspiel, sie aus dem Weg zu räumen, insbesondere verglichen mit dem Kraftakt, den der Transport des Koffers für mich dargestellt hatte. Ein paar Tauben, die auf den Vorsprüngen an den Wänden nisteten, beklatschten meinen Auftritt; mit ihrem aufgefächerten Flügelschlag wirbelten sie den dicken Staub aus den Vorhängen auf, der wie ein Ascheregen auf mich niederging. Der Empfangsraum war von ihren zum Teil noch frischen, zum Teil auch vertrockneten und quasi archäologischen Ausscheidungen bedeckt. Die Türrahmen wurden gekrönt von durch jahrelange Nachlässigkeit angegriffenen Wappenschildern und Büsten, die aufgrund der Angriffe durch die Tauben Tränen aus Scheiße vergossen. Die glatte Decke war von einem Epigonen Tiepolos mit Fresken ausgemalt worden: Sie priesen die glorreichen Ruhmestaten des Geschlechts, das den Palazzo einst bewohnt hatte, und griffen da, wo es keine Heldentaten mehr zu rühmen gab, auf die bedeutungsleere Wiederholung von ein paar *putti* zurück, die ziellos herumflatterten und Lorbeerkränze auf den Köpfen trugen. Die Farben der Fresken waren völlig verblaßt, und der abblätternde Putz ließ mit seinem leprösen Gähnen Löcher in der Erzählung der alten Ruhmestaten entstehen.

Ich stieg die Treppe zum ersten Stock, dem *piano nobile*, hinauf; die Nieten an dem Koffer machten auf jeder Stufe klappernde Geräusche, und ihr Klappern hallte von der gewölbten Decke wider, wo die *putti* auf den Fresken durch *putti* aus Stuck ersetzt worden waren, die noch abscheulicher und pausbäckiger und jubilierender aussahen. In regelmäßigen Abständen hingen an den Wänden Spiegel mit Rahmen aus geschwungenem Holz, die an den Rändern zu Kerzenhaltern wurden; zu meiner Erleichterung war mein Spiegelbild in keinem der Spiegel zu sehen, denn die Quecksilberschicht war in üblem Zustand oder eine dicke Staubschicht klebte auf dem Glas. Es waren Spiegel, in denen sich nur noch Tote spiegelten, in den Ruhestand geschickte Spiegel, die den Schlaf der Jahrhunderte schliefen.

„Ist da jemand?“ schrie ich, und ein Schauer lief mir über den Rücken.

Im *piano nobile* bot sich mir der perspektivische Anblick einer Reihe von Zimmern, die eins hinter dem anderen lagen: Jeder Türrahmen bildete den Rahmen für den nächsten Türrahmen, der immer kleiner war als der vorhergegangene, und so setzte sich das Bild fort. Das Flügelschlagen der Tauben antwortete mir wie ein Klopfen, das in dem Halbdunkel dröhnend widerhallte. Ich hatte das abstoßende Gefühl, durch den schleimigen Bauch eines Walfischs zu gehen; jedesmal, wenn ich mit der Haut einen Vorhang oder ein Stück Tapete streifte, war es, als würde mich eine Fledermaus mit ihren spitzen Zähnen küssen.

„Dasselbe könnte ich Sie fragen.“

Im Hintergrund war jetzt hinter der Reihe von Schlafgemächern, die immer kleiner wurden wie ein kompletter Satz dieser russischen Holzfiguren, die man ineinanderstellen kann, der Umriß einer Gestalt zu erkennen. Der Umriß gehörte einem Mann, dessen Physiognomie und Kleidung gleichermaßen verwahrlost aussahen und der durch die vielen durchwachten Nächte und jene verschleuderten „unglaublichen körperlichen Reserven der Arbeiterklasse“, auf die Gabetti so neidvoll angespielt hatte, vorzeitig gealtert war: Nach und nach erkannte ich das verfaulte Gebiß, den ausgesprochen eckigen Schädel und das platt anliegende, fettige Haar wieder, bis Vittorio Tedeschis Gestalt komplett vor mir auftauchte. Er war bewaffnet mit einem mehr lächerlichen als Ehrfurcht gebietenden Karabiner, der wohl noch aus Garibaldis Scharmützeln stammen mußte.

„Ich habe bereits auf Sie gewartet“, sagte er in seinem ungeschliffenen Dialekt zu mir, mit einer Überzeugung, die mir ein wenig aus der Luft gegriffen vorkam.

„Ach ja? Was soll denn das heißen? Ich wußte gar nicht, daß wir hier verabredet waren.“

„Seit ich Sie auf der Polizeidienststelle gesehen habe, wußte ich, daß wir uns noch einmal über den Weg laufen würden“, versicherte er keineswegs feindselig, auch wenn er noch immer mürrisch klang. „Lassen Sie nur. Ich helfe Ihnen.“

Er besaß die kräftige Tatze eines Raubtieres; er hob den Koffer hoch und brachte ihn in das hinterste Schlafgemach, in dem er sein Lager aufgeschlagen hatte. Er schlief auf einem herrschaftlichen Bett, das auf vier Füßen ruhte, die früher einmal einen Baldachin getragen haben mußten; die Laken waren zwar aus holländischen Stoffen, doch sie sahen aus wie aus Sackleinen, so dick verkrustet waren der Dreck und die Urinflecken, von denen sie verunziert wurden. Tedeschi ließ den Koffer neben einem Nachttopf, in dem sich die Einlagerungen von mehreren Tagen sammelten, und einem Spirituskocher, in dem eine eintönige Diätspeise vor sich hinköchelte, unter das Bett gleiten: Der Geruch nach Verbranntem und die verstreut auf dem Boden herumliegenden Federn erinnerten mich daran, daß die Tauben in Latium immer schon für Opferzwecke herhalten mußten. Noch schlimmer als der Gestank nach Taubenbrühe und schlimmer als der üble Gestank der Exkremente war allerdings der fehlende Sauerstoff.

„Sie sollten mal ein bißchen durchlüften“, sagte ich.

Tedeschi nickte mechanisch und nutzte die Gelegenheit eines Spaziergangs zum Fenster dazu, den Nachttopf in den Kanal zu entleeren. Gut möglich, daß ich eine angewiderte Grimasse schnitt.

„Tun Sie doch nicht so wohlerzogen. Sie haben schließlich auch nicht gerade Festtagskleidung an.“

Ich hatte mich noch immer nicht gewaschen oder umgezogen, seit ich meine Reise in Spanien begonnen hatte, und der Dreck der Reise und die Schmutzschicht aus der schlaflosen Nacht mischten sich mit dem Gefühl, aufgeweicht zu sein, und mit dem Dreck im Palazzo, wo der Staub so dick lag, daß er Ähnlichkeit mit einer Rußschicht hatte.

„Warum waren Sie sich denn so sicher, daß wir uns wieder über den Weg laufen würden“, fragte ich ihn, um mich beliebt bei ihm zu machen.

„Hier in Venedig läuft man Leuten, die einem einmal über den Weg gelaufen sind, *immer* noch einmal über den Weg. Und Sie und ich haben dafür noch einen weiteren Grund: Wir sind die einzigen, die Interesse daran haben, daß die Wahrheit herauskommt.“

Aus jener Schlafkammer jedenfalls konnte nur eines herauskommen, nämlich der Dreck. Tedeschi setzte sich auf einen Zipfel des Kopfkissens und holte eine Flasche schweren Wein zu sich heran, die er hinter der Pritsche versteckt hatte; er bot mir mehr rhetorisch einen Schluck davon an, bevor er die Flasche an die Lippen führte.

„Wo haben Sie den Koffer her? Sie sind ja ein richtiger Luchs.“

„Valenzin hatte im Albergo Cusmano seinen Unterschlupf. Ich habe durch Zufall davon erfahren“, sagte ich und spielte dabei die Bedeutung der Erkenntnis deutlich herunter. „Aber das wußten Sie ja sicher bereits. Jetzt brauchen wir nur noch die Schlüssel, mit denen man ihn öffnen kann: Der Koffer da ist so etwas wie ein Bunker, man bekommt ihn einfach nicht aufgesprengt.“ Ich machte eine kraftlose und niedergeschlagene Geste, bevor ich abrupt dazu überging, ihn zu duzen: „Du hast nicht zufällig die Schlüssel?“

Tedeschi goß sich den schweren Wein mit einer sparsamen Gier hinter die Binde, wenn ich mir den Widerspruch erlauben darf; mit dem letzten Schluck spülte er sich die Zähne und das Zahnfleisch durch und gurgelte: Auf seinem Hals zeichnete sich ein spitzer Adamsapfel ab, der die Haut aufzuschlitzen drohte.

„Nicht so hastig. Glaubst du etwa, wenn ich die Schlüssel hätte, würde ich hier einfach so herumsitzen und mit dir plaudern? Valenzin ist wegen dieses Koffers umgebracht worden; der Mistkerl, der ihn erschossen hat, hat ihm auch die Schlüssel geklaut, von denen Valenzin sich niemals getrennt hat, und bevor er abgehauen ist, hat er auf der Suche nach dem Koffer noch den ganzen Palazzo auf den Kopf gestellt, das verdammte Schwein."

Die Aufgabe, einen Ort auf den Kopf zu stellen, der bereits deutlich Spuren von Unordnung und Chaos und drohendem Zusammenbruch erkennen ließ, kam mir entsetzlich quälend oder unangebracht vor, aber nicht ganz so quälend und unangebracht wie die Erscheinung, die eine Sekunde lang aus einem der Fenster gelugt hatte, während ich Valenzin bei seinem Todeskampf Beistand leistete: das entsetzliche Weiß eines Gesichtes, das kaum menschliche Züge aufwies, zwei leere Augenhöhlen besaß und eine Nase, die an den Schnabel eines riesigen Vogels erinnerte.

„Und was ist jetzt in dem Koffer?" Ich wurde getrieben von jenem Jagdfieber, das Hunde befällt, wenn sie ihre Beute bewinden, sie aber noch nicht sehen können. „Den Äußerungen Nicolussis auf der Polizeidienststelle zufolge sind Sie doch Valenzins ganz besonderer Freund gewesen."

Tedeschi war aufgestanden und verfolgte auf leisen Sohlen eine Turteltaube, die Brotkrumen aufpickte; als sie sich in die Lüfte schwingen wollte, hatte sich Tedeschi schon auf sie gestürzt: Er hielt den Körper des Täubchens zwischen seinen Raubtierklauen und klemmte ihm die Flügel ein, während er unter dem Federkleid nach der Luftröhre suchte und ihm den Hals umdrehte. Das Täubchen hauchte sein Leben widerstandslos aus und strampelte noch ein paarmal nutzlos in der Luft, aber es war bereits mehr ein postumes Zucken als ein Zeichen echten Widerstands; es besaß jene wunderschöne Eleganz einer Ballettänzerin, die mitten in einer Übung zusammenbricht und sich am Kopf verletzt, und sein schlackernder Hals war umgeben von einem ins Weinrote gehenden grauen Federkragen, der leicht irisierte.

„Und schon habe ich mein Mittagessen", sagte er. Ich schloß die Augen und lehnte seine Einladung ab, bevor er sie laut aussprechen konnte. „Von wegen ganz besonderer Freund. Valenzin war ein feiner Herr und wollte immer bloß Diener. Diener, die bei seinen kleinen Fischzügen die Drecksarbeit machten: eine Sakristei hinaufklettern, ein paar Kerzenleuchter stibitzen oder das Schmuckkästchen einer Marquise mit Alzheimer klauen", zählte er reuevoll seine niederen Pflichten auf. „Die Raubzüge mit größerer Bedeutung hob er sich für sich selbst auf: Die genoß er genauso, als würde er eine hübsche, verheiratete Frau ficken, und diesen Genuß wollte er nicht mit der Dienerschaft teilen."

„Es sieht jedenfalls ganz so aus, als wäre der gehörnte Ehemann diesmal richtig sauer geworden."

Das war ein dummer Witz, aber selbst ein Kunsthistoriker muß sich gelegentlich zu solchen Ausflügen ins Vulgäre herablassen. Tedeschi hatte mit den Knöcheln auf den Deckel des Koffers geklopft, auf dem ich zuvor herumgetrampelt hatte, ohne ihm auch nur einen einzigen Kratzer zuzufügen; nach wie vor ließ er eine unzugängliche und hermetische Verschlossenheit erkennen und klang hohl wie der leere Panzer einer Schildkröte, die ihr Haus verlassen hat, um bummeln zu gehen.

„Der Ehemann hat seine Ehre wiederhergestellt, aber seine Frau hat er nicht wiederbekommen", sagte Tedeschi und dachte meinen Witz ein Stück weiter. „Die haben wir entführt."

Erneut sprang mich ein unbestimmtes Gefühl von Panik an, das Bewußtsein, mich in Familienangelegenheiten eingemischt zu haben, die mich nichts angingen: Es gibt immer noch Familien, die keine Einmischung in ihre endogamen Herrschaftsverhältnisse dulden, Familien, die höchst gereizt reagieren, wenn ein Emporkömmling auftaucht, es gibt immer noch Familien, die sich nach Gesetzen richten, die für den Rest der Sterblichen undurchdringlich erscheinen, Familien, die von sich aus Rache üben, um die Anwesenheit jenes Fremdlings zu tilgen, der ihren Stammbaum durcheinander bringt. Venedig war eine dieser mit sich selbst beschäftigten Familien, und ich war der Fremdling, der ihre Statuten übertrat, der Emporkömmling, der sich in ihr Blut und in ihre Sitten und Bräuche einmischt und aus dieser Einmischung ein Stigma davonträgt, das er nie mehr los wird. Venedig war eine dieser Familien, die bereit sind, ein Verbrechen zu begehen, um ihren altersschwachen Anstand zu bewahren. Ich spürte das keinen Aufschub mehr duldende Verlangen, mein Alarmgefühl jemandem mitzuteilen, doch Tedeschi war dafür vielleicht nicht gerade die geeignetste Person.

„Und der gehörnte Ehemann wird alles mögliche unternehmen, um seine Braut zurückzubekommen", hatte er gesagt, während ich in der Schlafkammer von einem Ende zum anderen lief wie ein Tier in einem Käfig. „Er wird mit Sicherheit Besitzansprüche stellen, da kannst du dir sicher sein."

„Hör zu, Tedeschi. Kannst du etwas für dich behalten?"

Er hielt noch immer die Leiche des Täubchens in seinen Händen, die, während er es erwürgt hatte, ausgesehen hatten wie Klauen und sich nun plötzlich in Handschuhe verwandelten.

„Wir brauchen bloß in aller Ruhe zu warten. Am Ende

wird er ganz sicher Besitzansprüche stellen", sagte er beharrlich.

Es brachte mich zur Verzweiflung, daß ausgerechnet er sich zum Apostel der Untätigkeit erklärte, wo doch die Untätigkeit und das Phlegma bereits zu wirkungslosen Waffen geworden waren, so wirkungslos wie sein Karabiner, Waffen, die nur zur Zierde dienten verglichen mit der rasenden Wut einer Familie, die sich anschickt, eine erlittene Schmach zu sühnen. Tedeschi fuhr fort, seine Pläne der Tatenlosigkeit zu erläutern, als wäre er ein Stratege, der noch an den Kampf Mann gegen Mann glaubte und an dem die Fortschritte der Ballistik vorübergegangen sind.

„Ich habe dich gefragt, ob du ein Geheimnis für dich behalten kannst."

„Mir bleibt ja wohl nichts anderes übrig."

Auch sein Blick war passiv und ausweichend (es ist immer unangenehm, die Geheimnisse anderer Menschen aufgeladen zu bekommen), aber als sein Blick mein vermutlich ziemlich verstörtes Gesicht streifte, das Anzeichen eines bevorstehenden hysterischen Anfalls aufwies, betrachtete er mich eindringlicher. Auf meinen Lippen bildeten sich jede Menge Worte, ein Hervorsprudeln, das keinen roten Faden erkennen ließ, denn plötzliche Ausbrüche sind immer schneller als der menschliche Wille:

„Ich weiß nicht, warum ich ausgerechnet dir das erzähle, ich weiß auch nicht, was mich an diesem Ort eigentlich hält, ich weiß wirklich gar nichts, ich kann es mir auch nicht erklären, warum ich mich in so schwierige Situationen bringe, mein Leben verlief in den gewohnten friedlichen Bahnen." Das war gelogen, denn der Frieden ist etwas Ungewöhnliches und Künstliches, und gelogen war es auch, als ich mich von jeder Bindung freisprach: Ein Gemälde hielt mich hier, und auch Chiara hielt mich. „Ich weiß nicht, warum ich Nicolussi nicht die ganze Wahrheit erzählt habe, vielleicht, weil ich schon immer gerne Detektiv gespielt habe, wenn ich etwas über einen Maler herausfinde, stelle ich mir vor, ich wäre der Hauptdarsteller in einem Kriminalroman, ziemlicher Unsinn, oder was meinst du? Aber nein, eigentlich glaube ich nicht, daß ich Detektiv spielen wollte, ich hatte bloß Angst, die volle Wahrheit zu sagen, weil die Wahrheit immer Katastrophen nach sich zieht, es ist wie ein kleiner Knopf, auf den du drückst, und, rumms, fällt dir die ganze Welt auf den Kopf. Es ist also besser, nicht daran zu rühren."

Ich hatte diesen autochthonen und veralteten Ausdruck verwendet, aber bereits zuvor hatte ich Wörter aus meiner eigenen Sprache verwendet, oder Wörter aus meiner eigenen Sprache, die ich auf groteske Weise italianisiert hatte (die Ausbrüche sind immer schneller als der menschliche Wille, und es bedurfte bei mir noch immer einer Willensanstrengung, um meine spanischen Gedanken zu übersetzen). Tedeschi, der sich nur in seinem venezianischen Dialekt auskannte, verstand nichts von jenem wirren Durcheinander, aber das ließ seine Empfänglichkeit keineswegs geringer werden:

„Komm schon, beruhige dich und trink einen Schluck."

Er hielt mir die Weinflasche hin, auf deren Hals sich wahrscheinlich die Krankheitskeime in seinem Speichel zusammenballten, aber die Übertragung von Krankheitskeimen ist eine Form der aufrichtigen Solidarität, und mir stand es nicht zu, zimperlich zu sein.

„Na los, Ballesteros, was hast du Nicolussi denn verschwiegen?"

Der schwere Wein war so hochprozentig wie Cognac und ließ meine Eingeweide in Flammen aufgehen, ohne sich lange in meinem Magen aufzuhalten. Ich ließ mich auf die Matratze mit den flämischen oder spitzenbesetzten Laken fallen, bevor mich die Ohnmacht des Suffs mit größerem

Radau zu Boden werfen konnte, und erzählte, mit Rücksicht darauf, daß meine Ausführungen diesmal weniger unbesonnen und polyglott klingen sollten, die vollständige Sequenz meiner Sinneseindrücke von dem Moment an, als ich den Schuß hörte, bis zu dem Moment, in dem Fabio Valenzin in meinen Armen seinen letzten Atemzug tat, ohne das flüchtige Aufscheinen des Rings zu unterschlagen, noch den bläßlichen, kreisförmigen Abdruck, den Valenzin an seinem Ringfinger hatte, noch die Erscheinung jenes raubtierähnlichen oder phantasmagorischen Antlitzes in einem der Fenster des Palazzo. Tedeschi wiegte verständnisvoll den Kopf, als ob jede Kopfbewegung eine erstaunte Verbeugung oder eine Absolution meiner Sünden darstellte. Die Matratze bog sich unter unseren Hinterteilen und klemmte unter sich den Koffer ein, von dem sich eine glühende Hitze auf uns übertrug, als ob das Monster, das darin schlummerte, aus seinem Winterschlaf erwacht wäre.

„Den Ring werden wir zu einem späteren Zeitpunkt bergen", sagte er. „Jetzt gehen wir erst mal auf den Friedhof, wir sind schon spät dran."

V.

Als der Vaporetto in die Lagune einfuhr, beschrieb er, nachdem er die Brücke des Arsenals hinter sich gelassen hatte, einen Bogen, der so weit war wie jenes erste Schwenken des Tuchs, das ein Torero ausführt, um das Publikum, das für Effekte immer zu haben ist, zum Klatschen zu bringen. Der Vaporetto war mit einigen Touristen aus der Vorsaison besetzt, die dem Karneval zuvorgekommen waren, indem sie sich eine Narrenkappe mit Schellen aufgesetzt hatten. Offensichtlich waren sie bester Laune, so guter Laune, daß sie den Inhalt von Tedeschis Flüchen in venezianischem Dialekt nicht verstanden; da er beim Fluchen heftig gestikulierte, schlossen die Touristen daraus, daß er sie willkommen heißen wollte, und antworteten ihm mit devoten Verbeugungen und Schellengeläute.

„Sieh ihn dir doch nur einmal an, diesen Haufen von Schwachsinnigen. Denen müßte mal jemand Pfeffer in den Hintern blasen ...", und er zeigte ihnen sein verfaultes Gebiß, das neben den lächelnden japanischen Zahnreihen völlig verblaßte. „So ein Haufen Idioten, es ist doch nicht zu fassen."

Die Kälte legte sich über die Lagune und nahm einen salzigen Geschmack an; später legte sie sich auf die Wangen und übte eine reinigende Wirkung aus, so reinigend, daß ich von einer Woge aus Frömmigkeit und Frohlocken überströmt wurde wie jemand, der in sein trautes Heim zurückkehrt, nachdem er sich gegen Albträume zur Wehr setzen mußte, die mir verständlich erschienen waren, solange sie angedauert hatten, die mir jedoch nach der Rückkehr in den wachen Zustand mehr wie absurde Fieberträume vorkamen: Absurd wirkte Venedig mit seinen Schrecken einer Stadt im Belagerungszustand; absurd waren die Verbindungen, die seine Bewohner eingingen; absurd und gestört meine Sinneswahrnehmung; absurd und ein wenig unvorsichtig meine Entscheidungen, die zum Teil beherzt, zum Teil aber auch kleinmütig waren. Zum erstenmal seit zwei Tagen fühlte ich mich nicht eingekreist von Orakeln und Drohungen, und angesichts der ausländerfeindlichen Ausbrüche Tedeschis zeigte sich auf meinen Lippen zum erstenmal wieder ein Lächeln. Die Lagune hatte sich des Schnees entledigt, der mich bei meiner Ankunft begrüßt hatte, doch nun trieben unförmige Eisblöcke auf ihr herum, die der Vaporetto entweder umschiffte oder zu zerkleinern versuchte. Nachdem Tedeschi seiner Abneigung gegen Touristen freien Lauf gelassen hatte, war er zu mir auf das Vorderdeck gekommen; sein Mundgeruch ließ mich zurückweichen wie vor einem Weinkeller, in dem die ungenießbarsten Weine vor sich hin gegärt hatten, aber außer einem entsetzlichen Gestank strömte er auch eine unverhohlene Wärme aus, jene Kuhwärme, deretwegen der Sieg einiger uralter und universaler Gefühle noch immer möglich erscheint: Ich hatte das unbestimmte Gefühl, einen Freund gefunden zu haben. Tedeschi hatte – wie er mir zu verstehen gab – als Küstenfischer gearbeitet, bevor er sich dem Bewachen geplünderter Palazzi und dem Plündern unbewachter Palazzi gewidmet hatte; auch jetzt noch war er – wie er mir gegenüber betonte – Fischer mit Leib und Seele, denn es gibt Berufe, die den Charakter nachhaltig prägen, Berufe, die man als sein Schicksal versteht und aus alten familiären Traditionen heraus ergreift, auch wenn er seine Tätigkeit schließlich aufgeben mußte, als die Fische, die es satt hatten, den Booten auszuweichen und Industrieabwässer durch ihre Kiemen zu pumpen, der Lagune den Rücken kehrten. Nun blieb ihm als Trost (aber es war ein masochistischer Trost) bloß noch, auf einen Vaporetto zu steigen, um unter seinen Füßen jenen schwankenden, grünlichen

Untergrund zu spüren, der in seiner Jugend sein ganzes Leben gewesen war. Auch wenn seine Beschwörungen nicht durch nostalgische Gefühle getrübt wurden, schien die Mutlosigkeit ihn doch gebrochen zu haben: Der Blick auf die Lagune, die von Bojen in Parzellen unterteilt und vom schaumigen Kielwasser der Schiffstaxen durchfurcht wurde, war für ihn genauso schmerzhaft wie für einen König der Blick auf ein Königreich, auf das er soeben verzichtet hatte, ein Königreich, das ihm und seinen Vorfahren gehört hatte (auch die arbeitende Bevölkerung besitzt ihre Stammbäume), bevor es durch den historischen Fortschritt verarmt war.

Ich nickte zu seinen Worten und zu seinem Atem, ich nickte zu der unverhohlenen Wärme seiner Schwermütigkeit. Die Insel San Michele war ein von Mauern umgebener und auf den ersten Blick uneinnehmbarer Friedhof, der unerwartet aus dem Meer stach wie eine befestigte Stadt: Ihre steilen Mauern hatten die Wirkung von Deichen, und über ihnen lugten die Baumwipfel der Zypressen wie die Spitzen eines Eisengitters hervor. Jahrhundertelang hatte die Republik Venedig die Politik betrieben, sich von ihren infizierten Mitbürgern zu trennen, in der Annahme, daß sie sich auf diese Weise rein und lebendig erhalten könnte: die Toten nach San Michele, die Irren nach San Servolo, die Leprakranken nach San Lazzaro degli Armeni, die Juden nach La Giudecca und so fort, bis ein ganzer Archipel der Ausgrenzung komplett war, der sie keineswegs vor der Rassenschande, vor der Lepra, vor dem Wahnsinn oder dem Tod oder anderen Krankheiten und Greueln bewahrt hatte. Der Vaporetto macht an einer Anlegestelle fest, die für das Be- und Entladen von Särgen ausgelegt war, neben einer Totengondel (die Plüschsitze waren mit Trauerfloren bedeckt worden), die vermutlich Fabio Valenzins Leiche befördert hatte. Tedeschi und ich waren die einzigen, die an jener Haltestelle ausstiegen: Die närrischen Touristen würden weiterfahren bis Murano oder Burano, um sich mit Blumenvasen aus Glas und gehäkelten Spitzenstoffen zu versorgen, mit denen sie ihre Freunde beglücken wollten.

„Auf Wiedersehen, du dämliche Bande, ich hoffe, ihr werdet alle miteinander zur Hölle fahren“, verabschiedete sich Tedeschi, der seine rechte Hand bukolisch schwenkte, eine Geste, die von den Touristen, die für so viel Gastfreundschaft dankbar waren, erwidert wurde.

Die Venezianer entscheiden sich, obwohl das Zusammenleben mit der Schönheit für sie etwas Alltägliches darstellt, für die Vulgarität – eine üppige, hart an den Kitsch grenzende Vulgarität –, wenn sie die Augen für immer schließen und Möbel für die Erde aussuchen, zu der sie nach ihrem Tod wieder zurückkehren müssen. Worauf sie dabei nicht verzichten, ist auf ihren klassenbewußten Hochmut: Wenn die Stadt bereits in Bezirke aufgeteilt ist, in denen die Trennung zwischen den Ständen und den Zünften streng beachtet wird, so gliedert sich der Friedhof auf in Gegenden mit einer eigenen Physiognomie: von Efeu überwucherte Gruften für die aristokratischsten Familien, geweißelte Gräber für Nonnen und Mönche, hoch aufstrebende Gräber für die heldenhaftesten Militärs, finstere Gräber für die Anhänger einer unbedeutenden Religionsrichtung und Mauernischen für die plebs. Die bürgerlichen Gräber waren eindeutig die häßlichsten: Auf der Marmortafel (wenn die Tafel nicht gar aus einem Marmorersatz war) prangten ein paar Nachrufe zusammen mit einem Photo des Verstorbenen, der mit einem strahlend weißen Lächeln abgelichtet war, einem Lächeln, das mit den Jahren, wenn die anderen Farben von den Unbilden der Witterung immer mehr ausgebleicht werden, selbst immer weißer wurde. Einige der Porträts sahen aus wie die Röntgenaufnahme eines Ektoplasmas.

„Guck mal, da stehen sie“, bedeutete mir Tedeschi, der

sich in den schier endlosen Reihen Bauschutt mit größerem Geschick als ich bewegte.

Die Venezianer äußern ihren Toten gegenüber eine ganz besondere Abneigung, und sie quälen und erniedrigen sie, indem sie ihre Gräber mit künstlichen Blumensträußen schmücken, die auf hunderten von Grabsteinreihen die Landschaft verschandeln. Das Morgenlicht drang durch das düstere Astwerk der Zypressen und brach hinter meinem Rücken gänzlich zusammen. Auch an der Fabio Valenzin zugewiesenen Grabstätte ging der Kelch der Blumenopfer und des Paßphotos nicht vorbei. Der Priester hatte seinen Weihwedel gerade über der Grabstelle geschwenkt, und die Totengräber schoben mit einer Kraft, wie sie die Angestellten von Umzugsfirmen auszeichnet, eifrig die Steinplatte über das Grab. Aus diskreter Entfernung erkannte ich Inspektor Nicolussi, der am Stamm einer Zypresse lehnte (sein verdrießlicher Gesichtsausdruck wirkte jedoch eher, als würde er den Baum vor dem Umkippen bewahren); nicht einmal der Umstand, daß er sich auf geheiligtem Boden befand, ließ ihn auf den Tabak verzichten, der seine künstliche Beatmung und die Droge darstellte, die ihn wach hielt: Er bemühte sich sehr, Dina nicht anzusehen, und sie bemühte sich sehr, ihn nicht anzusehen in einer Pantomime, die sie zu Unbeweglichkeit und einem gedankenversunkenen Blick auf einen Horizont aus Kreuzen verpflichtete. Der Geistliche brummte sein Responsorium völlig leidenschaftslos und in der Überzeugung, die Höllenfahrt einer Seele zu kommentieren:

„Wie Christus sind wir geboren, wie Christus sollen wir auferstehen; der Herr, Jesus Christus, wiederauferstanden unter den Toten, weilt nicht mehr unter den Sterblichen, der Tod besitzt keine Gewalt mehr über ihn. Denn er ging von uns in Sünde, für immer und auf alle Zeit, und doch widmete er sein ganzes Leben Gott. So werdet auch ihr sterben in Sünde, aber ihr sollt leben durch Christus, unseren Herrn."

Valenzin trat seine Reise in die Verwesung oder zu dem Herrn, Jesus Christus, unserem Gott, ohne weinende Verwandte an, die sein Ableben betrauerten, ohne Beileidsbezeugungen oder scheinheiliges Schluchzen. Nur Chiara schien der Abgang ihres Freundes zu rühren, nur bei ihr schien die Zerknirschung nicht ein reiner Bestandteil des Protokolls zu sein: Sie versteckte sich zwar hinter einer Sonnenbrille, doch ich stellte fest, daß sie mich bemerkt hatte und daß meine Anwesenheit ihr ein wenig Erleichterung verschaffte, was mir das Gefühl gab, wichtig zu sein. Sie hatte den Kragen des kurzen Mantels hochgestellt, wahrscheinlich wollte sie ihren Nacken schützen, die Stelle, an der man den Hauch des Todes am deutlichsten spürt, und der Wind wirbelte ihre Haare durcheinander, sie waren strähniger als je zuvor und hingen ihr auf Höhe der Wangenknochen in allen Farben des Altweibersommers ins Gesicht.

„Lasset uns beten. Gütiger Gott, voll der Gnade, erhöre unsere Bitten und lege die Seele deines Dieners Fabio, den du aus dieser Welt verstoßen hast, auf den Altar des Friedens und des Lichts. Darum bitten wir durch unseren Herrn Jesus Christus."

„Amen."

Das Amen fiel armselig aus, kein bißchen einstimmig oder überzeugend, was vielleicht mehr an der Lustlosigkeit als an der Ungläubigkeit lag. Obwohl er das Begräbnis gestiftet hatte, sah Gilberto Gabetti am lustlosesten aus, am gotteslästerlichsten darauf bedacht, daß die Formalitäten ihr Ende fänden. Er hatte seine Kleidung mit äußerster Sorgfalt gewählt und musterte mich vorwurfsvoll und streng, als er feststellte, daß ich mich nicht umgezogen und noch nicht einmal der Morgentoilette ihren Tribut gezollt hatte.

„Guck mal, das da ist Gabettis Ex-Frau. Nicht schlecht, was."

Tedeschi zeigte mit dem Finger auf eine sehr schlanke Frau, deren Schönheit durch ihr Alter keineswegs gemindert wurde, auch wenn es eine Schönheit war, die auf einem Sockel stand und von einer gläsernen Vitrine stolzer Verachtung geschützt wurde, eine von jenen Schönheiten, die Verehrung und Kniefälle hervorrufen, niemals aber eine aufrichtige, kindliche Liebe oder ein anderes Gefühl unter Gleichberechtigten. Sie trug einen Nerzmantel (in Venedig lieben die vermögenden Frauen den Luxus) und, als Kontrast, eine Jeans, als wollte sie ihre jugendliche Figur betonen, auch wenn die Jugend bereits vor Jahrzehnten von ihr gewichen war.

„Das ist Giovanna Zanon", gab mir Tedeschi weiter zu verstehen. „Sie ist jetzt mit einem Hotelbesitzer verheiratet, einer der reichsten Männer Italiens."

Als hätte sie den Inhalt unseres Gesprächs erraten, deutete Giovanna Zanon ein undurchdringliches Lächeln an, wie eine Priesterin, die einen Massenmord an allen vestalischen Jungfrauen plant, die in ihren Diensten stehen; sie lächelte mit zusammengebissenen Zähnen, um den majestätischen Gesichtsausdruck nicht zu zerstören, aber sie konnte nicht verhindern, daß sich in ihren Mundwinkeln jede Menge Runzeln bildeten, bis die Haut schließlich aussah wie Blätterteig. Es war ein Lächeln, das mich mit Unruhe und einer Art unterwürfiger Faszination erfüllte.

„Paß bloß auf, Kleiner. Sie fährt auf dich ab, paß bloß auf." Tedeschi schnalzte mit der Zunge. „Halt dich fern von ihr."

„Warum sagst du so was?"

„Mit dieser Frau ist nicht gut Kirschen essen."

Es widerstrebte mir, sie in diese botanischen Kategorien zu pressen, denn schon daß sie Chiaras Mutter war, ließ mir ihren Hochmut weniger unsympathisch erscheinen: Die Liebe ist eine flüchtige Substanz, ein Ausnahmezustand, der sich auch auf die Verwandtschaft der geliebten Wesenheit auswirkt. Giovanna Zanon betrachtete mich mit zusammengekniffenen Augen, mit jener Anstrengung, die Kurzsichtige aufbringen, wenn sie sich nicht dazu herablassen wollen, Korrekturgläser zu tragen. Diese mimische Einlage ließ ihre Erscheinung noch anmaßender, ihre unerträglich denkmalhafte Schönheit noch denkmalhafter wirken. Der Priester hatte, ein wenig ungehalten über unser Flüstern, die Stimme gehoben.

„Herr, erlöse die Seele deines Dieners Fabio von allem Bösen; er möge mit all deinen Heiligen und Auserwählten jauchzen und das Himmelreich preisen. Darum bitten wir durch Christus, unseren Herrn."

„Amen."

In einer solch glückseligen Gesellschaft konnte man sich Valenzin nur vorstellen, wenn man maßlos scheinheilig und optimistisch war. Die Trauergemeinde wäre auf beschämende Weise klein gewesen, hätten sich nicht ein paar Journalisten unter den engeren Bekanntenkreis gemischt: Sie hielten Schreibblöcke in den Händen, und einige hatten sogar Aufnahmegeräte dabei. Giovanna Zanon drehte sich – vielleicht hatte sie ihre Nachstellungen satt – zu ihnen um und redete salbungsvoll auf sie ein. Sie zeigte mit derselben schamlosen Ungeniertheit auf mich, mit der zuvor auch Tedeschi auf sie gezeigt hatte.

„Sie hetzt gerade die Meute auf dich."

Ich sah Tedeschi verwirrt an und verstand noch immer kein Wort.

„Was ist los?"

„Die Journalisten. Sie erzählt ihnen gerade, wer du bist, oder besser, sie erzählt ihnen, was sie aus der Zeitung über dich weiß." Tedeschi schüttelte ob der Boshaftigkeit dieser Frau bewundernd sein Haupt. „In den vermischten Meldungen war von einem Spanier die Rede, der bei dem Mordanschlag zugegen war. Sie werden dir noch ganz ordentlich auf den Sack gehen."

In Anbetracht der Möglichkeit eines weiteren genauso ermüdenden, aber wesentlich brutaleren Verhörs als das, welches Nicolussi auf der Polizeidienststelle mit mir angestellt hatte, begann ich zu zittern. Als der Priester die Versammlung mit einem in die Luft gezeichneten Kreuz für beendet erklärte, hielten sie mir auch schon das erste Aufnahmegerät unter die Nase.

„Sind Sie der Spanier, der dem sterbenden Valenzin Beistand geleistet hat?"

Ich verleugnete mich selbst, doch die Stummheit (ich wollte nichts sagen, damit mein Akzent mich nicht verraten konnte) wurde von ihnen als Zustimmung interpretiert, und ihre Fragen wurden aufdringlicher:

„Bis wann wollen Sie in Venedig bleiben?"

„Stimmt es, daß Sie bei Gilberto Gabetti wohnen?"

„Kannten Sie Fabio Valenzins Vorstrafenregister?"

Ich versuchte mir auf dem Kies einen Fluchtweg zu bahnen, der durch die Grabreihen führte, doch die Journalisten sprangen, sportlicher und rücksichtsloser als ich, einfach über die Grabplatten hinweg, stützten sich dabei auf die steinernen Gedenktafeln und trampelten vor den Augen der verblichen lächelnden Toten auf den Plastik- oder Stoffblumen herum. Von Zeit zu Zeit verstellte mir eine Zypresse den Weg und zwang mich zum Versteckspiel, zu Täuschungsmanövern, bei denen ich mir ziemlich dämlich vorkam. Auch Tedeschi hatten sie aufs Korn genommen, aber der kam ihren Bitten mit großer Zuvorkommenheit nach und antwortete auf ihre Fragen mit weitschweifiger Verlogenheit und indem er den Aufnahmegeräten seinen schlechten Atem entgegenblies, so daß ihnen von seinen Ausdünstungen schlecht werden mußte. Als ich auf dem Hauptgang angekommen war, lief ich los, bis ich an eine Gräberwand stieß, deren Marmor mit einer Schicht aus grünem Moos bedeckt war. Hinter meinem Rücken war die Meeresbrandung zu hören, die sich in einem Hintergrundrauschen mit meinem Herzklopfen verbrüderte.

„Kommt schon, seid nicht gemein. Seht ihr denn nicht, daß der Herr Angst vor euch hat?"

Giovanna Zanon besaß eine boshafte und zärtliche Stimme wie aus Samt, in dem sich die Feuchtigkeit einer giftigen Substanz verbirgt. Als sie meinen Arm ergriff, wehte mich die erste Wolke ihres Parfüms an, eines Parfüms, in dem sich der Geruch verschiedener Lavendelsorten mischte. Der Nerz fühlte sich angenehm an und rief sexuelle Assoziationen hervor.

„Schluß jetzt, Schluß jetzt, weg hier, oder muß ich noch deutlicher werden?"

Die Reporter erwiesen sich beruhigenderweise als unterwürfig und trollten sich: Wahrscheinlich waren es Klatschreporter, und Giovanna Zanon war eine ihrer zuverlässigsten Quellen (aus der Neuigkeiten und Bestechungsgelder flossen). Ich verfluchte mich dafür, daß ich mir hatte helfen lassen und Schwäche gezeigt hatte, und nahm mir fest vor, besser aufzupassen, solange ich mit dieser Frau zu tun haben würde. Giovanna Zanon wartete noch immer ab, um sich zu vergewissern, daß sich die Reporter unter der Last ihrer Stimme mit gesenktem Haupt zurückzogen wie wilde Tiere in einem Zirkus, die auf Befehl ihrer Herrin auf ein Frühstück aus Menschenfleisch verzichten und mit der angeordneten vegetarischen Diät vorlieb nehmen, die über kurz oder lang ihre Klauen brüchig und die spitzen Zähne ihrer Raubtiergebisse spröde machen wird. Wahrscheinlich liefen auch Giovanna Zanons Nägel spitz zu, doch das konnte ich nicht erkennen, weil sie wie der Rest ihrer Hände in Handschuhen steckten, die aus so dünnem Leder genäht waren, daß man ihre Knöchel und die reliefartigen Venen erkennen konnte. Vielleicht steckten selbst ihre Zähne in künstlichen Hüllen und waren gerichtet worden, doch als sie sie unter ihrem Lächeln kurz aufblitzen ließ (wieder der runzlige Blätterteig in den Mundwinkeln), wirkten sie immer noch bedrohlich raubtierhaft; Giovanna Zanon achtete beim Lächeln sorgfältig darauf, die mechanischen Vorrichtungen, an denen ihr Antlitz aufgehängt war, nicht zu beschädigen.

„Diese Pressefritzen sind wirklich unmöglich", sagte sie. „Was ein Mensch fühlt, ist ihnen völlig egal."

Sie sprach mit einem ausgesprochen unangenehmen, affektierten Tonfall, als hätte sie sich auch an den Stimmbändern operieren lassen, um alle plebejischen Resonanzen zu entfernen. Ich bemerkte, daß ihr Hals an den Stellen, an die man mit Feuchtigkeitscremes nicht herankommt, völlig zerknittert und von tiefen Furchen durchzogen war. Die Reporter, die von mir keine Auskünfte erhielten, stürzten sich auf die anderen Begräbnisgäste, die ausweichende Antworten gaben und sich hinter einem mürrischen Schweigen verschanzten. Chiara und Gabetti gingen direkt an mir vorüber, blieben aber nicht stehen und grüßten nicht einmal ansatzweise: Sie hielten den Blick starr geradeaus gerichtet, als wäre ich unsichtbar geworden oder hätte mich in Luft aufgelöst, oder als erstreckte sich die Abneigung, die sie Giovanna Zanon gegenüber zum Ausdruck brachten, auch auf all jene, die sich unter ihrem Schutz befanden. Auch Tedeschi ging an mir vorbei, ohne direkten Blickkontakt zu mir zu suchen oder unfreundlich zu sein, allerdings mit einem Seitenblick, den man als vergnügt oder lüstern deuten konnte wie den Blick, den der ältere Bruder dem Benjamin der Familie zuwirft, um ihm Mut zu machen, wenn die Stunde seiner Entjungferung geschlagen hat. Von einem plötzlichen Schaudern erfaßt versuchte ich, mich dem Griff Giovanna Zanons zu entziehen, aber sie leistete Widerstand und wollte meinen Arm nicht loslassen.

„Aber seit wann verweigert ein Gentleman denn einer Frau, die ihn gerade gerettet hat, seine Unterstützung?“ sagte sie spöttisch.

Auch Inspektor Nicolussi hatte Dina flüchtig am Arm genommen und erteilte ihr hinter einem Buchsbaumstrauch Lektionen in einer privaten Geheimsprache voller Geheimniskrämerei und Anspielungen. In Giovanna Zanons Griff flog ich regelrecht dahin; sie war eine hochgewachsene Frau mit schlaksigen Beinen (und das, obwohl sie keine hochhakkigen Schuhe trug), die beim Gehen ihre Hüfte seltsam verdrehte, als wollte sie einen watschelnden Gang vermeiden und zugleich ein leichtes Hinken verbergen. Um sich auf der Lagune fortbewegen zu können, verfügte sie über ein Motorboot, das von einem Jüngling gesteuert wurde, der aussah wie ein Matrose und der ein viel zu gut aussehender junger Mann war, um einen nicht auf den Gedanken kommen zu lassen, daß er für verschiedene Tätigkeiten unter Vertrag war, auch wenn ihm die Chauffeursuniform einen Anstrich von Würde verlieh.

„Ich hoffe, ich darf mich als Ihre Gastgeberin fühlen“, sagte sie zu mir und gewährte mir den Vortritt auf dem Weg in die Kabine des Motorbootes.

Es handelte sich um einen verglasten Raum, dessen Eingangsluke so niedrig war, das man fast hineinkriechen mußte. Der Boden war mit Teppich ausgelegt, und statt einfachen Sitzbänken standen dort bordeauxfarbene Diwane: Es war schwer zu entscheiden, ob es die Innenausstattung eines Schlosses oder die eines Bordells war. Ein siamesischer Kater rekelte sich auf einem Kissen und leckte sich mit seiner Zunge, die lang und vibrierend aussah wie die eines Kolibris, die Schnurrbarthaare; er begrüßte seine Herrin mit einem Miauen und kletterte auf den Nerzmantel.

„Sei nicht so unruhig, mein Schätzchen, nachher habe ich nichts mehr anzuziehen.“

Giovanna Zanon hatte sich den Mantel unter zahlreichen Verrenkungen ausgezogen, denn für größere Manöver ließ ihr die enge Kabine keinen Platz. Darunter trug sie eine Art trägerloses, eng geschnürtes Leibchen aus schwarzer Seide, das mit Edelsteinen und Pailletten besetzt war; ich nahm an, es handelte sich bei den Edelsteinen um Talmi, da ich mir kaum vorstellen konnte, daß der Hotelbesitzer reich genug war, um sich einen solchen Luxus zu leisten, aber man kann nie wissen. Das Mieder schnürte ihr die Taille ab und betonte ihre Brüste, wobei diese Betonung überflüssig war, denn sie waren so prallvoll mit Silikon, daß sie aussahen wie reife Weintrauben, während die Haut in dem feinen Kanal zwischen den Brüsten schlaff und welk war. Eine doppelreihige Perlenkette, die ich für echt hielt, lenkte vom Dekolleté ein wenig ab. Giovanna Zanon gab dem Chauffeur oder Bootsmann ein Zeichen, und der Motor setzte sich mit einem Stampfen in Bewegung, dessen Widerhall in der Kabine deutlich zu hören war und uns dazu zwang, die Stimme zu heben:

„Und was machen Sie so?“

Sie hatte meine nachlässige Kleidung bemerkt und mit großer Wahrscheinlichkeit bereits entschieden, daß ich in die Kategorie der Handwerker gehörte oder meinen Beruf auf Schusters Rappen ausübte. Der Bug des Bootes tanzte auf der Lagune und schlug hart auf die Wogen. Wir ließen die anderen, die nicht über ein privates Transportfahrzeug verfügten, zurück an der Anlegestelle von San Michele.

„Ich bin Universitätsprofessor“, übertrieb ich. „Mein Spezialgebiet ist die Malerei der Renaissance.“

Giovanna nickte abschätzend mit dem Kopf, während sie ihren siamesischen Kater am Hinterkopf kraulte, ohne sich die Handschuhe auszuziehen, wahrscheinlich, um sich unter den Fingernägeln nicht ein ganzes Regiment an Flöhen einzuhandeln. Das Motorboot ließ hinter ihrem Rücken eine schäumende, klaffende Wunde entstehen; eine Gischtsalve zischte heran, um die Scheiben der Kabine zu durchlöchern.

„Wunderbar, wunderbar", sagte Giovanna Zanon und klatschte vor Freude in die Hände. „Wir haben zuhause die eine oder andere Kleinigkeit aus der Renaissance stehen, aber wir sind uns nicht sicher, ob sie echt sind. Dürfte ich Sie wohl um eine Expertise bitten? Eine bezahlte Expertise, versteht sich."

Sie stellte die Bezahlung in Aussicht wie eine karitative Leistung oder eine Belohnung. Ich suchte ihre Gesichtszüge nach Andeutungen und Wiederholungen der Gesichtszüge Chiaras ab, ich suchte Ähnlichkeiten zu Chiara an Giovanna Zanon, oder umgekehrt, jene gehauchten Andeutungen oder vagen Übereinstimmungen, die von einer Generation auf die nächste übergehen und von denen wir Aufschluß erhalten über die Herkunft, so wie der Pinselstrich oder der *sfumato* uns erlaubt, den Schöpfer eines Gemäldes festzustellen. Doch die Suche war bis zu diesem Zeitpunkt ergebnislos verlaufen.

„Seien Sie unbesorgt, ich würde kein Geld dafür nehmen", sagte ich und bereute auf der Stelle jenes großzügige Zugeständnis, das weiter zu meiner Geringschätzung beitragen würde.

„Sie wissen ja gar nicht, was Sie mir für einen Gefallen tun. Man ist bei so etwas immer auf skrupellose Hehler wie diesen Valenzin angewiesen."

Um sich die Zehen zu massieren, hatte sie die Schuhe abgestreift, aber sie konnten unmöglich drücken oder ihr weh tun, denn sie waren flach und fast überhaupt nicht eng. Diese Frau war mindestens genauso falsch wie die Edelsteine auf ihrem Mieder.

„Ich nahm an, Valenzin sei ein Freund der Familie gewesen", ich zögerte, sie mit Chiara und Gabetti in Verbindung zu bringen. „Ich meine Ihrer ehemaligen Familie."

Giovanna Zanon hatte sich des siamesischen Katers entledigt, indem sie ihm einen Klaps auf den Hintern gegeben hatte. Sie streckte ihre schlaksigen Beine aus und hielt sie ausgestreckt auf der Höhe meiner Knie, als würde sie ihre Bauchmuskeln mit gymnastischen Übungen trainieren oder sie mir zum Anbeten oder zu einer rituellen Waschung darbieten. Unter den Strümpfen zählte ich zehn Zehen mit lakkierten Fußnägeln, die mit der Farbe des Samts auf den Diwanen harmonierten. Sie wollte, abgesehen von einer Expertise, auch eine fachgerechte Fußmassage von mir.

„Na los, worauf warten Sie?"

Auch ihre Füße rochen nach verschiedenen Lavendelsorten und fühlten sich wie glitschiger Marmor an und überhaupt nicht geschmeidig, ganz im Gegensatz zu der Erinnerung, die Chiaras Füße auf meinen Händen hinterlassen hatte, als ich sie durch das Glas hindurch liebkost hatte. Ich hielt Giovanna Zanons Blick stand, nicht etwa aus Anmaßung oder um sie herauszufordern, sondern weil ich verwirrt war von ihrer Unerbittlichkeit: Ihre Augen schwammen in einer essigfarbenen Flüssigkeit, die ihr Gift Tropfen für Tropfen abgibt, und hatten im Gegensatz zu denen von Chiara weder etwas Ländliches noch etwas Bäurisches an sich. Ihre Lippen lächelten jetzt nicht mehr, um die Straffheit der Wangen nicht zu gefährden.

„Ihre Tochter hat dagegen unter seinem Tod sehr gelitten", wagte ich zu flüstern.

Ich dachte, das Dröhnen des Motors hätte meinen Kommentar unter sich begraben, aber Giovanna Zanon besaß ein Raubvogelgehör (ich weiß nicht, ob dieser Ausdruck angemessen ist) oder konnte vielleicht Gedanken lesen, so wie Chiara Ebbe und Flut oder das Herumspionieren eines Fremden erahnen konnte. Ich stellte fest, daß sich ihre Zehen zurückzogen wie die Krallen einer Katze.

„Meine Tochter?" Ihre Lippen kräuselten sich vor Ärger.

„Sie haben wohl kein besonders gutes Auge für das Alter von Menschen, was?“

Die elektrostatische Ladung, die in der Kabine herrschte, ließ dem siamesischen Kater das Fell zu Berge stehen, und sogar sein Schwanz machte einen Buckel, um seiner Drohung Ausdruck zu verleihen. Ich stammelte irgend etwas Zusammenhangloses, aber Giovanna Zanon verlangte eine deutlichere Entschädigung:

„Für wie alt halten Sie mich eigentlich? Na los, na los, für wie alt?“

„Ich weiß nicht, über vierzig ...? Einfach so, aus dem Stegreif, kann ich das nicht so genau sagen ...“

Giovanna Zanon, die sich ein bißchen beruhigt hatte, ließ mich nicht ausreden:

„Um die vierzig, und kein Wort mehr.“ Wahrscheinlich hatte sie Angst, daß ihr jemand mehr als fünfzig gab. „Und wissen Sie auch, wie alt Ihre geliebte Chiara ist? Vierunddreißig, und kein Jahr weniger. Ein kleines Mädchen ist sie wahrhaftig nicht mehr.“

Die Jesuitenkirche schnitt die Silhouette der Engel auf ihrer Fassade aus dem grauen Himmel. Venedig schien auf einem Schleier aus Licht oder auf den blassen Farben eines Aquarells zu schweben. Giovanna Zanon holte so tief Luft, daß sie den Sauerstoff in der Kabine aufbrauchte; ihre Brüste schwollen unter dem Mieder an und ließen die Vorhöfe der Brustwarzen erkennen. Als eine weitere Form der Grausamkeit duzte sie mich:

„Verzeihung, aber du bist ein bißchen naiv.“

„Und was ist so naiv an mir?“ verteidigte ich mich, aber meine Gesichtsröte untergrub meine Autorität. „Ich wüßte nicht was.“

„Naiv bist du und außerdem ein armer Teufel, mehr nicht. Du hast dich von diesen beiden Gaunern einwickeln lassen.“

Daß sie Gabetti einen Gauner nannte, störte mich fast

überhaupt nicht; daß sie die Bezeichnung aber auch für Chiara verwendete, empörte mich zutiefst, und zwar bis zu jenem Maß an Aufrichtigkeit und blinder Wut, zu dem nur naive Menschen fähig sind. Der Motorenlärm klang gedämpfter, während das Boot, als es durch die Kanäle fuhr, seine Geschwindigkeit verringerte und den Bug nach unten sinken ließ.

„Ich finde es moralisch nicht vertretbar, schlecht über die beiden zu reden, jetzt wo sie sich nicht wehren können", murmelte ich.

„Man merkt, daß du sie noch nicht kennst. Aber ich werde dir die Augen schon öffnen."

Giovanna Zanon hatte die ihren zu schließen versucht, aber bald darauf öffnete sie sie wieder: Wahrscheinlich brannte ihr der Essig ihrer Augen auf der Netzhaut. Ein Schwarm Möwen stritt sich um die Abfälle, die jemand aus einem Fenster in den Kanal geworfen hatte; als sich das Boot ihnen näherte, beschimpften uns die Vögel, die vielleicht von der Übersättigung übermütig geworden waren, in ihrer krächzenden Sprache, und einige unter ihnen griffen mit ihren krummen Schnäbeln und ihren vorsintflutlichen Flügeln, die weich auf das Glas schlugen, sogar die Kabine an. Es wunderte mich, daß Giovanna Zanon in ihren aufklärerischen Ausführungen so große Sorgfalt walten ließ (aber die Lüge erlangt mit vielen Worten größere Wirkung):

„Gilberto hat schon immer Gefallen an Lolitas gefunden, weißt du? Ich glaube, er ist ein kleiner Päderast. Aber vielleicht ist die Päderastie ja nur ein Ausgleich für seine Impotenz. Als ich ihn kennenlernte, war er bereits ein Mann in den besten Jahren, um die vierzig, mit jener Mischung aus gutem Aussehen und Leichtsinn, die junge Mädchen so sehr fasziniert. Er lebte in Saus und Braus, arbeitete für Kunstsammler, organisierte Ausstellungen und hielt Vorlesungen, wo er nur konnte, immer über dasselbe Thema, aber mit einem solchen Einfallsreichtum, daß sich seine Vorträge immer anders anhörten. Zu einem davon ging ich, weil ihn mir einer meiner Lehrer empfohlen hatte. Ich muß wohl kaum erwähnen, daß ich überwältigt war." Ich gab meinem Verständnis mit einer nachlässigen Handbewegung Ausdruck. „Ich war ein Backfisch und hatte lauter Unsinn im Kopf, und Gilberto kam mir unwiderstehlich vor mit seiner Aura eines Abenteurers und seiner erlesenen Sensibilität. Die Zeit unserer Verlobung verlief ziemlich stürmisch, nicht so sehr wegen des stürmischen Sex, der immer in einem Desaster endete, sondern wegen des Widerstands meiner Eltern, die eines Tages damit drohten, Gilberto wegen Verführung Minderjähriger anzuklagen."

Sie stieß ein Gelächter aus, das wie das Krächzen der Möwen klang, von dem leicht hysterischen Lachen Chiaras keine Spur. Unverschämt fuhr sie fort:

„Von wegen Verführer! Gilberto bekam nicht einmal mit dem Flaschenzug einen hoch, er war eine absolute Null im Bett, aber für ein romantisches Mädchen von sechzehn Jahren, das noch kein Bedürfnis nach Fortpflanzung hat, stellte die Impotenz nicht unbedingt einen Hinderungsgrund dar." Andere, mehr auf das konkret Geschlechtliche zielende Bedürfnisse, die vielleicht durch Söldnerdienste befriedigt worden waren, erwähnte sie nicht. „Weißt du, wie wir die Erlaubnis meiner Eltern für die Hochzeit bekamen? Indem wir eine Schwangerschaft vortäuschten, was wirklich die pure Ironie des Schicksals war, eine Schwangerschaft, die wir nachher wieder zurechtbiegen mußten, indem wir den unbeabsichtigten Verlust des Kindes fingierten." Eine Lüge überdeckt die andere Lüge, wie der Schnee die Obszönität von Blut überdeckt, dachte ich. „In der Ehe wurde mir rasch klar, wovon mir die unwirkliche Verlobung noch nicht einmal eine leise Ahnung vermittelt hatte. Warum gebt ihr Männer eure Geheimnisse immer erst zu, wenn bereits unwiderrufliche Schäden durch sie angerichtet worden sind und der oder die Geschädigte sich ihnen bereits nicht mehr entziehen können? Die ganze brillante Weltläufigkeit, die Gilberto in der Öffentlichkeit zur Schau stellte, entsprach keineswegs den Qualen, unter denen er in seinem Privatleben litt: Er wußte, daß er keine Begabung für die Malerei besaß, wollte aber dennoch in das Gedächtnis seiner Zeitgenossen eingehen mit Werken, die vergleichbar waren mit den Werken der großen Meister, über die er selbst mit großem kritischen Scharfsinn geurteilt hatte. Tja, der kritische Scharfsinn wird leider selten von Talent begleitet."

Giovanna Zanon hatte es sich auf dem Diwan bequem gemacht, und ihre Füße fügten sich nun zahm in die schützende Höhle meiner Hände, sie fühlten sich nicht mehr an wie glitschiger Marmor und rochen nicht mehr nach teurem Parfüm, sie wurden zutraulicher und schwitzten eine Essenz aus, die sie geschmeidig machte. Sie hätte noch hinzufügen müssen, daß der kritische Scharfsinn all jenen eine Zufluchtsstätte und ein Alibi liefert, die, wie ich, dem Ansturm des Talentes nicht gewachsen sind, denn das Talent ist unbezähmbar und verlangt ein Höchstmaß an Furchtlosigkeit, die Furchtlosigkeit desjenigen, der auf seine Intelligenz verzichtet: Die Kunst ist eine Religion des Gefühls. Das Boot schien sich in einem Dickicht aus Kanälen verstrickt zu haben, die aussahen wie Schneisen in dem dichten Wald aus Palazzi, deren Söller kaum einen Spalt Licht durchließen.

„Jene Sterilität, unter der er so litt, wollte er durch das Zeugen eines Kindes heilen, das zugleich sein Schüler und das Sammelbecken seiner Lehren wäre, ein Kind, das ihn verehren und ihm im Alter eine Stütze sein sollte." Giovanna Zanon hatte ihren Monolog mit einem ironischen Unterton angereichert, mit jener Boshaftigkeit derer, die ihre Unterstellungen gerne als harmlose Witze verkleiden. „Ich stellte ihm meine Fruchtbarkeit zur Verfügung, aber alles war umsonst: Die Biologie machte uns einen Strich durch die Rechnung. Schließlich adoptierten wir ein Waisenkind.“

Bis dahin hatte ich ihren Ausführungen zugehört, ohne mir mein Erstaunen oder meine Ungläubigkeit anmerken zu lassen, so wie sich das für einen Unbeteiligten wohl auch gehört. Giovanna Zanons Augen wurden düster und endgültig wie ein Sonnenuntergang.

„Chiara?“ fragte ich beunruhigt.

Giovanna Zanon nickte theatralisch oder mit berechnendem Nachdruck. Das Boot hatte an einem blutroten Palazzo mit doppelter Loggia oder einem von steinernen Säulen getragenen Wandelgang festgemacht. Eine kältestarre Efeupflanze kletterte an der Fassade hoch und ließ ihre Ranken auf der Suche nach Gastfreundschaft auf den Simsen der Fenster landen, aber jemand hatte die Ranken in einem Anflug sadistischer Gärtnerkunst amputiert. Der Steuermann öffnete uns die Kabinenluke. Giovanna Zanon erklärte die Massage durch das Anziehen ihrer Schuhe für beendet und warf sich den Nerzmantel über die Schultern.

„Also gut, wie ich bereits sagte, wir haben sie adoptiert, aber ich muß mich korrigieren, denn das Ganze war eine persönliche Angelegenheit Gilbertos“, fuhr sie fort. Der siamesische Kater versuchte noch einmal, an ihrem Mantel hochzuklettern, aber sie wies ihn mit einem Klaps aufs Maul streng zurecht. „Ich habe lediglich meine Unterschrift unter den Vertrag gesetzt, aber zu diesem Zeitpunkt hatte ich Gilberto bereits mitgeteilt, daß dieses kleine Waisenmädchen meine Muttergefühle auf gar keinen Fall wecken würde, ganz bestimmt nicht: als ob ausgerechnet ich mit fremden Leuten warmwerden könnte! Chiara war der Spiegel, in dem Gilberto sein Ebenbild sah: Er schuf sie ganz nach seinem Willen, mit einem Aufgebot an Verehrung, von dem ich ausgeschlossen war.“

Den Palazzo betrat man, indem man an seiner Längsseite entlang durch einen Garten ging, den man vom Kanal aus nicht erkennen konnte (die Venezianer bewachen ihre Gärten mit großer Eifersucht, und sie hegen sie ausschließlich zu ihrem privaten Vergnügen), einen Garten mit zahlreichen Bäumen und wie geschaffen für das Verfassen von Schäferdichtung, mit Statuen aus Alabaster, denen der Kopf fehlte und die zwischen dem Laub Zuflucht suchten wie ein Torhüter in seinem Wachhäuschen, und einem Springbrunnen im maurischen Stil mit gekacheltem Sockel, der das Zwitschern der Vögel mit seinem unerschütterlichen Kehrreim untermalte. Durch den Sichtschutz, den die Bäume darstellten, war ein ausgesprochen löchriger Himmel zu erkennen, mit Wolken, die kurz vor einem Zusammenprall standen.

„Anfangs kam ich mir vernachlässigt vor, ein bißchen so wie sich im Mittelalter die Ehefrauen von Feudalherren gefühlt haben müssen, nachdem sie den Erstgeborenen zur Welt gebracht haben, nur daß mir noch nicht einmal der Trost blieb, Mutter zu sein. Chiara wuchs heran, und Gilberto hatte eine Schwäche für sie, alles andere auf der Welt war ihm gleichgültig. Ich kann mich daran erinnern, daß er sich einmal mit der Figur auf diesem Gemälde von Giorgione verglich, wie heißt es noch gleich? *La tempesta*, stets allein auf das reifer werdende Kind bedacht, das seinen Maßgaben entsprechend heranwuchs, auch wenn die Landschaft um ihn herum ein Gewitter ankündigte. Ich keifte ihn damals an: ‚Aber die Frau auf diesem Gemälde gibt ihrem eigenen Kind die Brust, vielleicht dem Kind, das sie mit Hilfe jenes Mannes geboren hat. Chiara und dich wird niemals jemand überleben, ihr seid so unfruchtbar wie Maulesel.‘“ Sie mußte schlucken, denn noch immer ließ der Groll ihren Gaumen austrocknen. „Er hat mir das niemals verziehen."

Ich erinnerte mich an jene Worte, die Gabetti in der Gondel ausgesprochen hatte: ‚Nein, mein Freund, Giorgione gehorchte einzig und allein der Leidenschaft und den Qualen seiner Verzweiflung, dem schalen Nachgeschmack der Fleischeslust oder der freudigen Erregung, die wir spüren, wenn eine geliebte Frau uns zu Willen ist. Suchen Sie in seinem Werk weder Symbole noch mystische Anspielungen oder komplizierte Mythologien.' Gabetti hatte Giovanna Zanon ihren Sarkasmus nicht verziehen, und mir würde er meine gelehrigen Einmischungen in ein Bild nicht verzeihen, das er als sein Eigentum betrachtete.

„Ausgerechnet mit *La tempesta* beschäftige ich mich gerade", sagte ich unverhohlen beunruhigt.

„Ist das dein Ernst?" Giovanna Zanon drehte sich vergnügt oder mitleidig um. „Dann laß dir gesagt sein, daß Gilberto dir Steine in den Weg legen wird, wo er nur kann. Wenn es außer seinem kleinen Schatz irgend etwas auf der Welt gibt, das niemand berühren darf, dann ist es dieses Gemälde: Er hat es niemals einem anderen Museum geliehen, nicht einmal als in Wien eine große Giorgione-Retrospektive veranstaltet wurde. Seine Ablehnung verursachte ziemlichen Wirbel, sogar der diplomatische Dienst schaltete sich ein. Gilberto behauptete, daß das Bild in einem schlechten Zustand war, was ihm niemand glaubte. Und bei anderen Professoren, die schon vor dir hier waren, um *La tempesta* zu analysieren, ließ er auch keine Nachsicht walten: Er widerlegte ihre Schlußfolgerungen und stellte sie öffentlich bloß." Mit verschmitzter Miene verkniff sie sich ein Lächeln. „Eins muß man ihm lassen: Gilberto ist ein unschlagbarer Sophist."

Aus dem Haus kam uns ein philippinisches Hausmädchen öffnen, das sich die Hände an der Schürze abwischte, vielleicht um sie von dem einen oder anderen kulinarischen Geruch zu befreien; sie begrüßte ihre Herrin mit einer fast übertriebenen Verbeugung und nahm ihr den Mantel und die Handschuhe ab, bevor sie sich wieder zurückzog.

„Wir sind heute drei Personen beim Mittagessen", verkündete Giovanna Zanon, bevor die Filipina ihre Tätigkeit wiederaufnahm. „Der Herr ist mein Gast."

Giovanna Zanon ließ beim Gehen eine angedeutete Verrenkung erkennen, sie besaß jene zerbrechliche Anmut der Störche und der Skelette. Ihr Hintern war für meinen Geschmack zu flach (die Jeans ließen erkennen, daß sie sich das Fettgewebe hatte absaugen lassen), aber mein Geschmack beugt sich nicht dem Diktat der Mode, er stemmt sich ihm eher entgegen. Sie war quer durch das Foyer gegangen und rief aus einem im Halbdunkel liegenden kleinen Zimmer nach mir.

„Komm her, komm her, bleib doch nicht da stehen wie ein Trottel. Ich möchte dir etwas zeigen."

Das Zimmer, das etwas von einer Kapelle oder einer Mönchsklause hatte, wurde von einer kleinen Öllampe erleuchtet, die mich unweigerlich an eine andere Lampe erinnerte, die Chiara am vergangenen Morgen als Votivgabe auf Tintorettos Grab gestellt hatte, die Lampe, die vielleicht auch jetzt noch in der Dunkelheit jener Kirche brannte.

„Und? Was sagt der Kenner?"

Die Flamme warf ihr Licht auf eine eher kleinformatige ‚Jungfrau mit Kind'. Obwohl die sparsame Einrichtung des kleinen Zimmers und die Lichtverhältnisse die Figuren verzerrten und ihnen eine gewisse Ähnlichkeit mit griechischen Ikonen verliehen, gab es doch Anzeichen dafür, daß ihr Schöpfer Giovanni Bellini war: die peinlich genaue Ausgestaltung des Hintergrunds, fast wie auf einer Miniatur; die Gesichtszüge der Jungfrau, die von einer *pietà* erfüllt war, die jene „heitere Harmonie", die Mantegna gefordert hatte, zugleich in den Schatten stellte und widerlegte; die ein wenig jämmerliche Haltung des Jesuskinds, das fast zu erstikken schien und aussah, als wollte es seiner Mutter an den Hals springen, möglicherweise um sie zu erwürgen: Bellini malte immer Jesuskinder mit vorzeitig gealterten, erwachsenen Gesichtszügen, die manchmal ein bißchen monströs aussahen. Die Hand der Jungfrau war nur etwa eine Daumenbreite von der Fußsohle des Jesuskinds entfernt, jene Daumenbreite, die die Liebe von der Erotik trennt. Jene Tafel war aus Madonna dell'Orto gestohlen worden.

„Ist es echt?" bedrängte mich Giovanna Zanon.

Der Raub selbst brachte mich schon gar nicht mehr in Rage:

„Es trägt eindeutig die Handschrift Giovanni Bellinis, auch wenn das Jesuskind eine weniger geübte Hand verrät, vielleicht die eines weniger begabten Schülers aus seiner Werkstatt." Und ohne die Stimme zu verändern, ging ich vom Urteil über zu einer ökonomischen Betrachtung: „Das hat Sie bestimmt ein Vermögen gekostet!"

Im gedämpften Licht des kleinen Zimmers sah Giovanna Zanon aus wie ein ausgestopftes Reptil oder wie ein Reptil im Winterschlaf. Die Brüste wirkten unter dem Mieder fruchtbar und prall gefüllt mit Milch – allerdings unzweifelhaft homogenisierte Milch, in der Stabilisatoren enthalten waren.

„Als ich mich von Gilberto scheiden ließ, schwor ich mir, nie wieder aus Liebe zu heiraten", sagte sie, ohne meiner Frage Beachtung zu schenken, vielleicht aber auch, um keine schnöden Ziffern nennen zu müssen. „Aber sag mal, bist du sicher, daß es keine Fälschung ist? Wenn er es darauf anlegte, konnte dieser Valenzin Bellini und seine gesamte Werkstatt nachahmen. Und dieses Flittchen half ihm dabei."

„Wen meinen Sie mit dieses Flittchen?" Auf italienisch klang der Ausdruck noch deutlicher und kürzer, unversöhnlicher und anklagender.

„Ich habe dir doch schon gesagt, daß du zu naiv bist. Du mußt noch viel lernen."

Schon möglich, daß ich noch viel lernen mußte, schon

möglich, daß ich wachsen und die Mechanismen der Ungläubigkeit erlernen mußte.

„Wer hier naiv ist sind Sie." Giovanna Zanons Lider flakkerten. Ihr Stolz war verletzt worden. „Die Fälschung eines Gemäldes aus dem *Cinquecento* würde weder einer Überprüfung durch ultraviolette Strahlen noch durch Radiokarbon standhalten. Holen Sie doch einen Spezialisten und überzeugen Sie sich selbst davon."

Die blinde Wut regte meine Speichelbildung an. Giovanna Zanon schloß unendlich angeekelt die Augen, als sie die Spucke auf ihrem Gesicht spürte; ich bereitete mich auf einen Wutanfall vor, aber ihre Stimme klang wie die einer Schlange, regelrecht gewunden, als wäre sie aus ihrer Lethargie erwacht:

„Ich dachte, auf dich wäre Verlaß", sagte sie. „Aber ich sehe schon, daß du auch nicht anders bist als diese ganzen Gutachter und Zwischenhändler."

Ich wollte etwas erwidern, hielt jedoch inne, als ich den weichen Druck ihrer Hand in meinem Schritt fühlte, insgesamt fünf Finger (sie fühlten sich allerdings an wie mindestens acht, wie die acht Beine eines Skorpions, ohne den Stachel), die prüften, ob in meiner Unterhose etwas angeschwollen war.

„Was ist denn los? Bewahrst du dir deine Jungfräulichkeit etwa für dieses Flittchen auf?"

Noch immer bediente sie sich eines noch deutlicheren und kürzeren, unversöhnlicheren und anklagenderen Wortes, aber eine Beleidigung ist weniger gravierend, wenn sich das Fleisch regt. Giovanna Zanons Hand besaß etwas von erstarrtem Astwerk, sie war wie die Hand eines Ertrunkenen oder wie die Algen, die auf der Oberfläche der Kanäle treiben. Bellinis ‚Jungfrau mit Kind' hatte sich abgewandt und verlieh dadurch ihrer Ablehnung jenes Annäherungsversuchs Ausdruck, der nicht einmal den Abstand einer Daumenbreite wahrte, jene Distanz, die zwischen der Liebe und ihrer Befriedigung liegt.

„Ich kann nur hoffen, daß Ihre Bezahlung bei den Betrügern, mit denen Sie sonst zu tun haben, nicht genauso ausfällt."

„Duz mich", befahl sie mir.

Im Dunkel hellten sich ihre Essigaugen auf, und sie bekamen einen tatarischen Glanz. Die Leberflecken auf der Haut zwischen den Brustansätzen sahen aus wie Tropfen einer Säure, die ihre Haut zerfraß; ich begann, jene Leberflecke eher verblüfft als erregt zu lecken, und kümmerte mich nicht um die beiden alleinstehenden Berge, die von einem objektiven Standpunkt aus begehrenswerter waren (aber gegen alles Symmetrische habe ich eine starke Abneigung), rieb über ihren wahrscheinlich ebenfalls mit Leberflecken übersäten Rücken, knöpfte ihr die Hose auf und inspizierte mit einer Bauernpranke ihren Hintern, der für meinen Geschmack zu flach war. Ich küßte sie auf den zerfurchten Hals, gab ihr einen Kuß auf jede Falte ihres Halses, als würde ich ihr Alter mit Hilfe der Radiokarbonmethode bestimmen. Giovanna Zanon roch nach diversen Lavendelsorten, aber unter ihrem Parfüm roch sie so wie ich, die Physiologie machte uns gleich trotz der Kosmetika und der täglichen Waschungen. In diesem Augenblick fragte ich:

„Hatten Chiara und Valenzin etwas miteinander?"

Ich gebe zu, daß die Frage stürmisch und anachronistisch war, mehr anachronistisch als stürmisch, denn sie bezog sich auf eine Vergangenheit, in die lediglich meine Eifersüchteleien hineinreichten. Giovanna Zanon wich vor mir zurück, als wollte sie die Distanz zwischen der Befriedigung und dem Haß wiederherstellen.

„Bist du eigentlich bescheuert, oder was?" Nun war es an ihr, mir ihren Zorn und ihren Speichel ins Gesicht zu spukken. „Und was zum Teufel geht mich das an, ob sie etwas miteinander hatten, hoffentlich haben sie Gilberto Hörner aufgesetzt, hoffentlich hat Valenzin hinter seinem Rücken mit ihr gebumst. Hoffentlich bumst auch du noch mit ihr, und der Alte schießt sich eine Kugel in den Kopf. Hoffentlich bringt ihr euch alle für sie um, eure Begräbnisse werden mir das größte Vergnügen bereiten."

Ihr Vorwurf gab sich größte Mühe, streng und verächtlich zu klingen, aber die Umstände nahmen ihm einiges von seiner Dramatik: Ihre Brustwarzen waren noch immer steif vor Geilheit, und die Jeans war bis zu den Knien heruntergerutscht, wobei sie ein paar unterernährte und vom Oberschenkelknochen schlaff herabhängende Schenkel entblößte. Man hörte eine Türglocke, die ihren Zorn verpuffen ließ und sie dazu zwang, ihre Kleidung wieder herzurichten. Die Flamme des Lämpchens war gerührt, als das philippinische Hausmädchen die Haustür öffnete.

„Ist die gnädige Frau bereits hier?" fragte eine Stimme, die insgeheim unter dem Pantoffel stand, aber mit dem Personal rüde umging.

„Jawohl, der Herr. Sie ist mit einem Gast im Kleinen Zimmer im Vestibül."

Außer dem zensierenden Blick der ‚Jungfrau mit Kind' deutete nichts auf unser Techtelmechtel hin. Ein Mann mit schwächlichem Körperbau und dem Gesicht eines Wasserspeiers betrat, auf sehr elegante Weise dämlich, den Raum; beim Betreten des Kleinen Zimmers mußte er sich bücken, damit er mit den aufgesetzten Hörnern nicht an den Türrahmen stieß. Er lächelte gelassen, mit jenem selbstsicheren Reklame-Lächeln, über das nur Laufjungen und Hotelpagen verfügen.

„Meine Liebe, ich habe bereits unsere Kostüme vom Schneider abgeholt. Dieses Jahr werden wir sensationell aussehen, du wirst schon sehen."

Er hechelte ein bißchen, wie ein Schoßhündchen, das um

die Erlaubnis seines Herrchens bettelt; mehr belustigt als mitleidig stellte ich mir die hündischen und kätzischen Beleidigungen vor, die ihm seine Gattin wohl zuteil werden ließ, wenn gerade kein Gast zugegen war.

„Darf ich dir vorstellen, mein Ehemann, Taddeo Rosso, aus der wohlbekannten, alten Familie Rosso", sagte Giovanna Zanon und zermalmte den Spott zwischen ihren Zähnen. „Dieser junge Mann hier heißt Alejandro Ballesteros, Professor für Kunstgeschichte. Ich habe mir erlaubt, ihn zum Essen einzuladen."

Taddeo Rosso bemerkte meinen verdreckten Regenmantel, der im Dunklen noch schmutziger aussah, aber er bekam sein Lächeln sofort wieder in den Griff:

„Giovanna hat viele Freunde im Ausland", stellte er fest. „Und das ist auch gut so, denn so bleiben wir in Kontakt mit der Außenwelt. Venedig ist eine, wie soll ich sagen? – ausgesprochen endogame Stadt."

Er handelte mit jenem friedfertigen Phlegma, das Menschen besitzen, die daran gewöhnt sind, übergangen zu werden oder durch Schlüssellöcher zu gucken. Es sah ganz so aus, als wäre Giovanna Zanon eine Verfechterin der interkulturellen Beziehungen, und Taddeo Rosso war damit einverstanden.

„Aber selbstverständlich werden Sie morgen abend an unserem Maskenball teilnehmen", warf sie ein und gab mir dabei die ehrwürdige Form der Anrede zurück.

„Bedaure, aber ich besitze weder ein Kostüm noch das Geld, um mir eines zu leihen."

Taddeo Rossos Lider flackerten, ohne daß er den Sinn des Satzes verstand. Ich brauchte ein wenig Zeit, bis ich das Schnurrbärtchen erkannt hatte, das auf seiner Oberlippe lag wie eine überzählige Lippe, ein Schnurrbärtchen, das ziemlich faschistoid anmutete und unter der Nase eine kurze Unterbrechung aufwies.

„Aber das ist doch kein Hinderungsgrund! Giovanna und ich geben immer das eine oder andere Kostüm zusätzlich in Auftrag, damit wir uns umziehen und besser auswählen können, nicht wahr, meine Liebste?“ Als Antwort erhielt er lediglich ein leises Schnauben. „Also dann, Isabella, geh rüber zu dem Herren, damit er sich die Kostüme ansehen kann.“

Er hatte sich zu dem philippinischen Dienstmädchen umgedreht, das mit Masken und Umhängen beladen, die auf ihren Bügeln hingen, in der Empfangshalle stand. Ich sah Giovanna Zanon kraftlos oder gelangweilt an, vielleicht in einer abwegigen nostalgischen Verklärung dessen, was wir nicht mehr hatten vollenden können, aber Giovanna Zanon war rachsüchtig und ging nicht auf Waffenstillstandsangebote ein.

„Was halten Sie zum Beispiel von dieser hier?“

Taddeo Rosso hielt sich eine Maske aus Porzellan vors Gesicht, die farblich mit jenem gräßlichen Weiß übereinstimmte, das nach dem Mord an Valenzin aus einem vergitterten Fenster gelugt hatte. Auch die Löcher in den leeren Augenhöhlen, die ich verschwommen erkannt hatte, und die Nase, die aussah wie der Schnabel eines riesigen Vogels, stimmten überein. Ich zitterte, und zwar nicht wegen der plötzlichen Erkenntnis, sondern weil ich einen nächtlichen Eindruck nun bestätigt fand, den ich bereits meiner Phantasie zugeschrieben hatte. Giovanna Zanon bemerkte meine Nervosität und lächelte noch einmal verschmitzt: Wieder bildete sich in ihren Mundwinkeln ein Blätterteig aus Runzeln, und wieder wirkten ihre Zähne bedrohlich raubtierhaft. Das philippinische Hausmädchen verkündete uns, daß das Essen bereits auf dem Tisch stand.

VI.

Das Essen nahm einen denkbar unglücklichen Verlauf. Taddeo Rosso gab sich redliche Mühe, geistreich zu sein, ein glückloses Unterfangen, das Giovanna Zanon dadurch behinderte, daß sie seine angeblichen Geistesblitze mit spitzen Bemerkungen korrigierte, die den Magnaten beschämten und den Tränen nahe brachten: Ich spürte, daß das Zusammenleben den beiden keinen Raum zum Atmen ließ, aber bekanntlich gründen sich gewisse Beziehungen immer auf einen Sauerstoffmangel. Wenn es etwas gab, worauf Taddeo Rosso stolz war und was ihm half, über die zeitweiligen Niederlagen, die ihm seine Gattin beibrachte, hinwegzukommen, dann war es das Thema des Maskenballs, den er am kommenden Abend zeitgleich mit der Eröffnung des Karnevals in seinem Palazzo veranstalten würde, ein rauschendes Fest, dessen Vorbereitung ihn für den Rest des Jahres in Anspruch nahm und bei dem die wappenkundlich interessantesten Familien aus der Umgebung, und darüber hinaus die verfeindeten Magnaten, teilnahmen. ‚Um mir ihre Referenz zu erweisen', fügte er mit einer Feierlichkeit hinzu, die nicht zu einem Mann passen wollte, der auf den Knien rutschte, in ehelicher Hinsicht auf den Knien rutschte. Taddeo Rosso ließ sich dazu hinreißen, mir die Ursprünge des venezianischen Karnevals zu erläutern, seine schlechten Zeiten und seine Glanzzeiten, sein Verbot und sein Wiederaufleben bis hin zu seinem endgültigen Niedergang: ‚Heute ist nur noch ein blasses Abbild davon übrig, ein künstliches Gebilde, mit dem man Touristen anlockt', sagte er mit jenem bürgerlichen Stolz eines Mannes, der sich für den letzten Hüter einer uralten Tradition hält. Giovanna Zanon spielte mit dem Silberbesteck und kreuzte die Klingen klirrend in einem imaginären Fechtkampf, der den lärmenden Vortrag Taddeo Rossos von Zeit zu Zeit unterbrach.

So erfuhr ich, daß der Karneval sein bedeutendstes Jahrfünft in den Zeiten des Unglücks und der Rekonvaleszenz der Republik erlebt hatte, als die Pestepidemien immer schlimmer wurden und die Luft geschwängert war von den giftigen Ausdünstungen der Leichen, die auf irgendeine Insel oder einen benachbarten Misthaufen gekarrt wurden. Der gesunde Teil der Bevölkerung, darunter auch diejenigen, die noch dazu in der Lage waren, sich Schminke aus Reismehl auf die Pestbeulen zu schmieren, wurde damals von einer orgiastischen Raserei erfaßt, die nichts weiter als die euphorische Reaktion auf eine andere ansteckende Krankheit darstellte, die sie dezimierte: Die Karnevalsfeiern zogen sich monatelang hin und dauerten bis in die Fastenzeit, und zu den Pestbeulen gesellten sich nun die Beulen der Syphilis, die in jener durch die Anonymität geförderten Promiskuität gedieh. Die Ärzte und Chirurgen, die sich um Sauberkeit und Hygiene zu kümmern hatten, dachten sich, um in der feiernden und kopulierenden Menge nicht aufzufallen, für ihre Zunft eine besondere Maske aus, mit einem hohlen Schnabel, in den desinfizierende Substanzen gefüllt wurden, die sie durch die Nase einatmeten und von denen sie vor dem Gestank geschützt wurden. Diese Maske, die anfangs Wirkung zeigte und Unglück bedeutete (die Venezianer flohen vor all jenen, die sie trugen, wie man vor riesigen Vögeln flieht, die um das Aas kreisen), wurde schließlich in den Karneval integriert und in das Repertoire seiner Figuren aufgenommen, die zum größten Teil aus der *Commedia dell'arte* stammten: der Harlekin, die Colombina, der Pulcinella und der Rest der Truppe.

„Man muß den Feind immer auf seine Seite ziehen, das ist die Lehre daraus“, schloß Taddeo Rosso. Er hatte sich die Maske des Pestdoktors wieder aufgesetzt, und seine Stimme hallte in der hohlen Nase wider, wobei sie einen uralten Klang annahm. „Wenn du nicht mit ihm fertig wirst, verdirb ihn, vernichte ihn moralisch, übertrage deine Gewohnheiten auf ihn.“

Giovanna Zanon betrachtete mich mit einer krankhaften Neugier.

„Aber Herr Ballesteros ist bestimmt nicht der Typ, der sich moralisch vernichten läßt“, sagte sie und schätzte dabei meine Widerstandskraft ziemlich hoch ein, vielleicht, um mir meine Feigheit zum Vorwurf zu machen. „Er gehört mehr zu der Sorte, die lieber die Flucht ergreift, als sich mit Problemen zu belasten. Oder irre ich mich da?“

Sie saß direkt vor mir und schwang Gabel und Messer, als wären es chirurgische Instrumente oder Gerätschaften, mit denen man Herrschaft über jemanden hat und die sie im Trancezustand in mich stoßen würde. Sie hatte ganz klar einen Einschüchterungsversuch gestartet, aber Taddeo Rosso antwortete für mich:

„Ach, komm schon, jetzt übertreib doch nicht. Er ist bloß ein bißchen gehemmt, aber das gibt sich mit der Zeit. Soll ich Ihnen also jetzt für den Maskenball das Kostüm des Pestdoktors zurücklegen?“

Ich nickte, als wäre ich ein Kalb. Taddeo Rosso wollte sein albernes Geschwätz bereits wiederaufnehmen, aber Giovanna Zanon verfrachtete ihn mit dem Argument, sie hätte noch ein paar private Dinge mit mir zu bereden, in seine Schlafgemächer. Es bereitete mir ein boshaftes Vergnügen, Rossos Verwirrung zu beobachten, dem es kaum noch gelang, sich das Schnurrbärtchen mit der Serviette abzuwischen und einen Abschiedsgruß zu murmeln; so viel Unterwürfigkeit verlangte nach einer pathologischen Erklärung. Als wir alleine waren, erhob sich Giovanna Zanon von ihrem Platz und ging um den Tisch herum, bis sie hinter mir stand; ich hatte einen angemessenen Vergleich für ihren gestelzten Gang gesucht, und schließlich wurde ich fündig: Giovanna Zanon stakste umher wie Gottesanbeterinnen, wenn sie sich aufrichten, um die Zeremonie des Liebesspiels einzuleiten, die bei ihnen zugleich die Zeremonie des Beutemachens darstellt.

„Du hattest mich eben nach Chiara und Valenzin gefragt, ob sie etwas miteinander gehabt hätten."

Ich hatte keine Ahnung, ob sie mir nur eine weniger haßerfüllte Antwort geben wollte, oder ob sie mir vorschlug, unser Techtelmechtel an dem Punkt wiederaufzunehmen, an dem wir es wegen jener stürmischen und anachronistischen Frage unterbrochen hatten (die darauffolgende Ankunft Taddeo Rossos hätte für Giovanna Zanon kein Hindernis dargestellt, eher schon einen zusätzlichen Ansporn). Ich zuckte zusammen, als sie mir ihre Hände auf die Schultern legte, mit der Leichtigkeit von Tauben, die auf einem Dachvorsprung landen. Um die düsteren Gedanken zu verscheuchen, versuchte ich, etwas Komisches zu sagen:

„Ja, hab ich, aber ich werde Sie bestimmt nicht noch mal danach fragen, sonst bringen Sie mich im Affekt nachher um."

Sie hob ihre rechte Hand und legte sie auf meine Stirn, als wollte sie sich mit meiner Temperatur anstecken (Temperaturen sind ansteckend, genau wie die Ekstase, die Syphilis und die Pest). Sie drückte meinen Kopf nach hinten, bis der Hinterkopf in ihrem Schoß lag, der genauso flach und künstlich geglättet war wie ihr Hintern.

„Sie hielten zusammen wie Pech und Schwefel", begann sie. „Man könnte sagen, daß Fabio Valenzin für sie die Außenwelt mit ihren vielfältigen Gefahren und faszinierenden Dingen darstellte. Gilberto wünschte sie sich unverdorben und ganz für sich allein, wie Gott sich seine Nonnen für sich allein wünscht, mit unberührter Haut und unberührtem Hymen." Als Zeichen meines Protests wollte ich schon den Hinterkopf aus ihrem Schoß nehmen, aber Giovanna Zanon drückte ihn noch stärker an sich und malträtierte mich mit den Klunkern auf ihrem Mieder. „Sie hatten wegen Chiara ziemlich hitzige Auseinandersetzungen, natürlich nie in ihrer Gegenwart, versteht sich; sie hielten sich für Gentlemen und machten ihren Meinungsverschiedenheiten nur Luft, wenn keine Zeugen dabei waren. Angeblich ließ Chiara erste Anzeichen von künstlerischer Begabung erkennen, und Valenzin vertrat die Meinung, sie sollte ihr Studium im Ausland beenden; Gilberto hielt das nicht für notwendig, wo es doch in Venedig Kunst in Hülle und Fülle gibt, und so trichterte er dem jungen Mädchen eine abgöttische Liebe für diese beschissene Stadt ein."

‚Eines Tages werden wir nicht mehr eine Stadt sein, sondern ein Unterwasserfriedhof, mit Palazzi anstelle von Mausoleen und großen Plätzen, auf denen die Toten spazierengehen, aber unsere Pflicht ist es hierzubleiben, bis die Sintflut über uns hereinbricht', hatte Chiara mit jenem Starrsinn derer zu mir gesagt, die einer fanatischen Glaubensgemeinschaft angehören und wissen, daß sie als Märtyrer enden werden, jener angenehmsten Art, ein Heiliger zu werden. Giovanna Zanon hatte kaum einen Bissen gegessen, und ihre Därme rumorten lautstark unter dem Mieder, aber vielleicht rumorten dort auch andere Organe, deren Bedürfnisse ebensowenig gestillt worden waren.

„Triumphe haben immer auch ihre Schattenseiten: Chiara blieb zwar weiterhin bei Gilberto, aber aus jenen ersten Anzeichen einer künstlerischen Begabung wurde nichts." Und nach der Freude zu urteilen, die ihren Worten Glanz verlieh, schien es, als würde Chiaras Unglück sie über andere beschwerliche Dinge hinwegtrösten. „Fabio Valenzin dagegen genoß die zärtliche Zuneigung, die solche Niederlagen mit sich bringen: Er lenkte Chiaras gescheiterte Berufung in seine Bahnen und machte sich ihr technisches Können zunutze, um aus ihr sein Ebenbild zu formen."

Auch Giovanna Zanon lenkte die Berufung ihres Unterleibs in ihre Bahnen und machte sich ihr Können zunutze, um die Hand, die auf meiner Schulter geruht hatte (die Hand, die eine Taube auf dem Dachvorsprung gewesen war), heimlich ein gutes Stück tiefer rutschen zu lassen, fast bis an die Stelle zwischen meinen Beinen, die sie nicht unberührt lassen wollte. Ich tat abgebrüht:

„Was meinen Sie mit sein Ebenbild?“

Durch die großen Fenster im Salon sah man die Statuen im Garten, die der Bedrängnis durch die wuchernden Pflanzen gleichgültig gegenüberstanden. Der Himmel, auf dem sich bleierne Wolken zusammengeballt hatten, wurde plötzlich von einem Blitz in Stücke gerissen.

„Sie ist eine Fälscherin.“ Giovanna Zanon sprach das Wort mit sichtlicher Genugtuung aus. „Valenzin gab ihr mit der Zeit den einen oder anderen kleinen Auftrag, ganz im Stil der Maler des *Cinquecento*, die die lästigsten Arbeiten ihren Lehrlingen übertrugen. Chiara besitzt einen sehr gut entwikkelten Instinkt für die Nachahmung, sie ist eine Parasitin.“

Das Unwetter schleuderte seine Salven gegen die Fensterscheiben und ließ sein Donnern über den Filz der Wolken poltern, als würde gerade um die Vernichtung Venedigs gewürfelt.

„Valenzin verbrachte mit seiner Schülerin viele Stunden in dem Atelier, das Chiara in der Mansarde des Hauses eingerichtet hatte.“ Langsam wurde mir der Grad an Obszönität bewußt, den sie mir zu verstehen geben wollte. „Und ich habe Gilberto so manche Nacht hindurch weinen hören, während Valenzin Chiara Unterricht gab in Fächern, von denen er nichts verstand.“

Fast wäre ich ihrer hetzerischen Hechelei zum Opfer gefallen, der unabwendbaren Beeinflussung durch ihre Worte, die anklagender waren als eine Verleumdung, doch dann drehte ich meinen Kopf, um ihr Gesicht zu betrachten, und sah, wie die Wasserfäden, die am Glas der Fensterscheiben herabliefen, sich auf ihren Wangen spiegelten wie eine imaginäre Lepra, die ihre Haut zersetzte und sie zerschnitt, ungeachtet aller plastischen Chirurgie. Ein unerträglicher Ekel übermannte mich.

„Ich glaube, ich muß jetzt wirklich gehen“, stammelte ich.

Ich ließ jenen Ort hinter mir, der für meine Naivität zu unüberschaubar oder zu verderblich war. Ein wütender und ungleichmäßiger Regen fiel mit einem wütenden Hämmern auf den Garten des Palazzo, auf die geköpften Denkmäler aus Alabaster und auf den Sockel des Springbrunnens und ließ den Kehrreim der Düse verstummen. Der Regen prasselte auf die Kanäle, ein Wasser siebte das andere, eine gewaltige, unangekündigte Taufe, die die Kanäle trotzdem solidarisch aufnahmen, mit derselben Würde, mit der sie auch die Flüssigkeiten aus den Waschbecken und den Nachttöpfen aufnahmen, Regen fiel auf die Kanäle, die bald schon wieder rebellisch werden würden, Regen fiel auf die Gassen von Venedig, auf die plötzlich menschenleeren Plätze, in deren Hauseingängen sich mit ihren Stoffhüten und den Schellen die erschreckten Touristen sammelten, die es nicht fassen konnten, daß ihnen die vertikale Regenparade den Karneval vergällte, oder meinetwegen die Parodie des Karnevals, den die Behörden nur veranstalteten, um in den Besitz von Devisen zu kommen. Der Regen klatschte wie aus Eimern auf Venedigs Herrenhäuser und Palazzi, die kaum damit nachkamen, die Wassermassen durch die Regenrinnen abzuleiten, und der Regen fiel auf die Kirchen, in deren Gewölben die Feuchtigkeit und die Fresken Tiepolos hausten. Das Regenwasser wusch die Vorsprünge von den Gebäuden, ließ Risse in den Steinen entstehen und stachelte mich zu wirren Gedanken an, einem Haufen unordentlicher Sinneseindrücke, der mich daran hinderte, bei meinen Überlegungen methodisch vorzugehen. Stets war ich methodisch vorgegangen, bevor ich nach Venedig gekommen war, der kritische Scharfsinn, den ich mir zu meinem Arbeitsinstrument erkoren hatte, zwang mich dazu, in aller Ruhe abzuwägen und logisch zu argumentieren, aber Venedig hatte mich bereits von der Religion des Gefühls überzeugt, es hatte in mir Gänge gegraben, die dem Verstand verborgen sind, es hatte mich für die bewußte Einschätzung der Wirklichkeit und für die ausgewogene Analyse untauglich gemacht. Ein Regen, der gerne zur Sintflut angeschwollen oder ewig geworden wäre, fiel auf Venedig, und eine Stofflichkeit von feuchter Asche lag in einer Luft, wie ich sie bisher nur in meinen Träumen oder in jenen schlaflosen, angsterfüllten Nächten geatmet hatte, wenn die Lungen zu Schluchzerfabriken werden.

,Und ich habe Gilberto so manche Nacht hindurch weinen hören, ich habe gesehen, wie seine blauen Augen mit einer harten Glasur aus Haß bedeckt waren, seine Augen, in denen Sanftmut und Barbarei eine bewegungslose, zur wilden Grausamkeit neigende Symbiose auf dem Kopfkissen bilden, seine Augen, die bis zu jenem Augenblick nur für den Gesichtssinn gedacht waren, und sich weitere Sinne aneigneten, die ihnen nicht zustanden, das Gehör, den Tastsinn, den Geruchssinn und den Geschmackssinn, die fünf Sinne geballt in jenem Blick, ebenso wie das Versagen und die kleinen Gebrechen, von denen die Sinne befallen werden, die Trugbilder und die Verblendung, die Überempfindlichkeit und der Abgrund. Und ich habe Gilberto so manche Nacht hindurch weinen hören, ich habe gesehen, wie seine Augen sich eine Strafe ausdachten, während Chiara und Valenzin ihre Treffen in der Mansarde ausdehnten, ich habe gesehen, wie seine Augen das kaum hörbare Knistern der Laken hörten, das so sehr dem kaum hörbaren Knistern von Schnee, wenn man ihn betritt, ähnelt, einer Jungfräulichkeit, die man verletzt, und einer Unschuld, die man bestraft. Und ich habe Gilberto so manche Nacht hindurch weinen hören, mit Augen, die jede Sanftmut verbannt und sich ganz der Barbarei hingegeben haben, mit Augen, die ihren Dienst nicht mehr taten, die im Geiste einen Fleck auf den Laken gesehen oder geahnt haben, Laken und Schnee können rasch erneuert werden, doch die Augen eines erniedrigten Mannes werden nie wieder dieselben, auf ihrer Netzhaut bleibt immer ein Schleier zurück, der sie überschattet und blind macht und der nur durch einen weiteren Blutfleck getilgt werden kann', dies war die Rede, die Giovanna Zanon nicht mehr halten konnte, obwohl eine Rede nicht allzu deutlich werden muß, die Andeutung eines einzigen Satzes und der Dünger aus Speichel, der unseren Gehörgängen schmeichelt und sie ölt, reicht vollkommen aus. Ich verlief mich mindestens ein dutzendmal, bevor das Haus, in dem Chiara und Gabetti wohnten, in mein Blickfeld rückte, direkt neben Madonna dell'Orto. Ich kam dort mit völlig durchnäßten Kleidern an, die auf meiner Haut, deren Widerstand gegen das Rheuma bald schon gebrochen wäre, klebten. Chiara stand an den Türpfosten gelehnt im Hauseingang, und es sah es, als wartete sie den Regenschauer ab.

„Du bist also auch in den Regen geraten", rief sie mir mit gehobener Stimme zu. Man mußte mit gehobener Stimme sprechen, damit der Regen die Worte nicht übertönte.

„Ich bin ein Unglücksrabe. Seit ich hier bin, werde ich überhaupt nicht mehr trocken."

Wir schwiegen fast eine Minute lang, von der überstürzten Kadenz des Regens hypnotisiert wie zwei Touristen, denen die Ferien verdorben worden sind. Chiara besaß ein Profil wie eine Gemme oder ein präraffaelitischer Engel, es war von einem Quietismus, der nur von ihrer gebogenen und seitlich leicht abknickenden Nase beeinträchtigt wurde (doch die Asymmetrie wirkt sich positiv auf die Schönheit aus); sie rieb sich die Lippen mit einem Fettstift ein, damit sie nicht spröde wurden.

„Wie ärgerlich, ausgerechnet jetzt, wo die Flut schon wieder zurückging“, sagte sie. Sie trug denselben langen Pullover, den sie auch benutzte, um dem Malergerüst gegenüberzutreten, den Pullover, in dem sie einen ganz und gar nicht gewöhnlichen Hintern hatte, als wäre sie nicht wirklich mager. „Eigentlich wollte ich joggen gehen, aber was treibt dich denn in den Regen, wo du es im Palazzo dieser alten Hexe doch so schön warm gehabt hättest.“

Die Verärgerung, die sich auf ihrem Antlitz zeigte, erfüllte mich mit Stolz. Die Ehelosigkeit ist leichter zu ertragen, wenn man glaubt, man wäre der Protagonist von erdachten weiblichen Rivalitäten.

„Sie kann Männer hervorragend um den Finger wickeln, stimmt's?“ fragte sie, als wollte sie mich zerfleischen.

Der Sturm und der Schweiß hatten ihre Haare verklebt, die nun nicht mehr die gerissenen Saiten einer Geige waren. Giovanna Zanon hatte sie als Fälscherin und Parasitin und als Flittchen bezeichnet (in Wirklichkeit hatte sie ein noch deutlicheres und kürzeres, ein unversöhnlicheres und anklagenderes Wort benutzt), aber Giovanna Zanon verdiente es nicht, daß ich ihr meinen Glauben und mein Mitleid schenkte.

„Glaub nicht, daß ich mich einfach so um den Finger wickeln lasse. Da muß sie schon früher aufstehen.“

Ich deutete ein sanftes Lächeln an, das mich weniger glaubwürdig erscheinen ließ und ihren Vorwürfen Angriffsfläche bot.

„Du wirst schon wissen, was du tust, du bist schließlich alt genug, um dir deine Freunde selbst auszusuchen.“ Die Wut verlieh ihr eine fast männliche Strenge. „Aber Gilberto hat es überhaupt nicht gefallen, daß du mit ihr mitgegangen bist; diese Frau hat alles, was in ihrer Macht stand, getan, um uns zu schaden: Als sie noch in diesem Haus lebte, hat sie Zwietracht gesät, und jetzt, wo sie weit weg wohnt, verleumdet sie uns. Nein, du brauchst dich gar nicht zu entschuldigen, der Zuhörer ist genauso schuldig wie der Redner, es gäbe keine Verleumdungen, wenn es keine Menschen gäbe, die sie hören wollten."

Sie war vielleicht ein bißchen arg wütend geworden und schien unter dem Gewicht so vieler Verleumdungen ins Straucheln zu geraten. Ich streckte eine Hand zu ihrem Hals aus, eine heilende Hand, die sie kaum berührte, zwischen deren Fingern aber als blinder Passagier die aufrichtige Verehrung mitreiste.

„Nicht einmal aller Schmutz der Erde könnte dich beflekken", sagte ich.

Wenn ich diese Worte heute niederschreibe, erscheinen sie mir hochtrabend, aber damals sprach ich sie mit einer Überzeugung aus, an der nichts Rhetorisches war, und so muß auch Chiara sie aufgenommen haben, denn sie erlangte ihre Fassung wieder und brauchte sich nun nicht mehr an den Türrahmen zu lehnen, um sich aufrecht zu halten.

„Vergib mir, du bist ein Schatz."

Sie näherte ihr Gesicht dem meinen (sie waren nicht einmal mehr einen Daumenbreit voneinander entfernt) und spitzte ihre Lippen zu der gekräuselten Ankündigung eines Kusses. Um ihn in Empfang zu nehmen, hielt ich ihr eine Wange hin, aber ich war starr vor lauter Glück (auch das Glück läßt uns erstarren, genau wie die Verblüffung und die Betroffenheit), und so hielt ich sie ihr nicht rasch genug hin, ich will damit sagen, daß ich die Wange nicht mit jener Synchronität zur Seite bewegte, die von protokollarischen Küssen verlangt wird, so daß ihr Mundwinkel mit meinem Mundwinkel in Berührung kam. Es war eine sehr flüchtige und ein wenig nachlässige Berührung, aber sie reichte aus, um mich die in ihren Lippen wohnende Wärme und ihren

Geschmack nach Lanolin spüren zu lassen. Zugegebenermaßen errötete ich ein wenig.

„Ich springe erst mal unter die Dusche. Ich bin ja völlig verschwitzt. Kommst du mit, oder willst du hierbleiben?"

Chiara dagegen schien überhaupt nicht verwirrt, oder wenn sie es gewesen sein sollte, dann konnte sie es glänzend verbergen. Sie trabte die Treppenstufen hinauf und knüpfte damit an die gymnastischen Übungen an, die der Regenschauer ihr vermasselt hatte. Ihr glühender Kuß pochte noch immer in meinem Mundwinkel wie eine sich ankündigende Hautschwellung oder die ersten Anzeichen von Fieber. Der Regen wusch die Verleumdungen ab, er schwemmte sie durch die Abflüsse des Vergessens.

„Ich komme mit. Was soll ich hier wie ein Trottel herumstehen?"

„Gilberto hatte eigentlich vor, dir *La tempesta* zu zeigen, aber bei dem Regen wird das wohl nicht möglich sein", sagte Chiara. „Er ist heute morgen in die Accademia gegangen, und bis jetzt ist er nicht wieder aufgetaucht: Wahrscheinlich sind sie mit dem Wasserschöpfen noch nicht fertig."

Immer, wenn sie von Gabetti erzählte, nannte sie ihn bei seinem Vornamen, sie spielte niemals auf die väterlichen oder verwandtschaftlichen Beziehungen zwischen ihnen an, vielleicht, weil diese Beziehungen unscharf waren und sich auch auf andere, heimliche Formen der Ehrerbietung erstreckten. Chiara widerstand dem ganzen Schmutz unbefleckt, doch die Intrigen Giovanna Zanons keimten weiter in mir, schmähliche Äußerungen werden genauso bekämpft wie Krebs, ein Kuß trägt nur eine winzige Schicht davon ab und macht sie kleiner, aber das Risiko von Metastasen besteht weiter.

„Zeigst du mir dein Atelier, Chiara?"

„Ich sage dir gleich, es ist nichts Besonderes. Außerdem sieht es da aus wie in einem Saustall."

Ich hörte ihr leicht hysterisches Lachen wie einen Zauberspruch, der die letzten Reste meines Scharfsinns in Luft auflöste. Je weiter sich die Treppenstufen der Mansarde näherten, desto mehr nahm das Licht ab, bis es fast die Qualität von Aquariumslicht hatte, als würden wir in eine Höhle mit algenbedeckten Wänden eindringen. Es war ein grünliches Licht von fast amphibischer Konsistenz, das man kauen mußte und das einen zum Keuchen brachte. Chiara keuchte nicht, sie war daran gewöhnt, diese Atmosphäre einzuatmen.

„Es stellt im Haus einen regelrechten Zufluchtsraum dar", sagte sie, während sie mit dem Schlüssel im Schlüsselloch herumstocherte. „Wenn ich einen Inspirationsschub habe, verbringe ich manchmal ganze Tage hier, als würde ich mich in Klausur begeben."

Das Dach war auf seiner gesamten Länge von einem Oberlicht durchbrochen, das an sonnigen Tagen wahrscheinlich das Licht des Zenits durchließ, bei dem prasselnden Regen aber das Atelier in einen hallenden Klangkörper verwandelte. In der Tat herrschte dort eine Unordnung wie in einem Saustall, mit halbfertigen Rahmen, die auf dem Boden herumlagen, Leinwänden, die an die Wände gelehnt trockneten (der Feuchtigkeitsgehalt der Luft erschwerte diese Arbeit allerdings), Lappen zum Reinigen der Pinsel, die aussahen wie Gemälde von Pollock, und ausgedrückte, zusammengequetschte Farbtuben. Eine über und über mit Farbklecksen bedeckte Staffelei stand herum wie ein ordengeschmücktes Skelett, und es gab eine Feuerstelle, auf der Chiara vermutlich die asketischen Gerichte ihrer Klausurtage zubereitete. Eine schief in den Angeln hängende Tür stellte die Verbindung zu einem ziemlich engen Badezimmer her, und etwas, das entfernt einem Bett ähnelte, lud nicht gerade zum gemeinsamen Verweilen oder zum biblischen Erkennen ein, man konnte es kaum einen mit Stroh gefüllten Sack mit darübergeworfenen Laken nennen. Über dem Bett hing, mit vier Reißzwecken an die Wand gepinnt, ein Farbdruck von *La tempesta*, ein Poster in Originalgröße, achtundsechzig mal neunundfünfzig Zentimeter, auf denen der gesamte Kosmos des Bildes Platz hatte, mit dem in der Luft schwebenden Blitz über der Frau, die mit einer gewissen sinnlichen Trauer ihr Kind stillt, über dem fremden Wanderer, der der Szene beiwohnt, über der mit Türmen gespickten Stadt, über den Bäumen und der Brücke und dem Bach und den Ruinen, die den zentralen Figuren als Hintergrund dienen. Die vorherrschende Farbe auf *La tempesta* ist grün, ein Grün, das sich mit dem Kobaltblau des wolkenschwangeren Himmels vermischt, ein Grün, das sich im Laubwerk der Bäume mit huschenden Schatten überzieht, ein Grün, das auf dem Wasser des Baches golden schimmert und in den Gräsern einen Ockerfarbton annimmt, um den Auftritt der Frau zu unterstützen, die dem Betrachter nackt gegenübertritt, kaum verhüllt von einem Busch und einem Tuch, das sich wie eine Pelerine ihre Schultern hinaufgewunden hat. Grün ist die vorherrschende Farbe auf *La tempesta*, und auch in der Luft der Mansarde herrschte ein fast wässriges Grün vor, ein huschendes Grün, das in dieser Hinsicht den Regentropfen ähnelte, die scharenweise an der Glasfront des Daches herabliefen.

„Du hast mir ja gar nicht erzählt, daß *La tempesta* über deinem Bett hängt."

Ich gab meiner Stimme jenen leidenden Klang, den wir ihr mehr aus Koketterie als aus Enttäuschung geben, wenn wir feststellen, daß unsere Vertrauten ein winziges Stück Intimität vor uns verborgen gehalten haben.

„Komm schon, du Dummkopf, du wirst ja wohl nicht ausgerechnet jetzt böse werden. Ich habe dir doch schon gesagt, daß auf *La tempesta* das Geheimnis von Venedig dargestellt ist."

Sie selbst stellte in der Tat das Geheimnis von Venedig dar, sie besaß dieselbe verletzte Schönheit und dasselbe Arsenal an verborgenen Welten, die die Touristen niemals auch nur andeutungsweise verstehen würden. In meinem Bemühen um die Wiederherstellung unserer Komplizenschaft verschlechterte ich die Situation wahrscheinlich noch:

„Giovanna Zanon hat mir gegenüber, außer einigen anderen bösen Vermutungen, auch geäußert, daß Gabetti, ich meine Gilberto, glaubte, er wäre eine der Figuren auf dem Bild, nämlich der fremde Wanderer, der die nackte Frau betrachtet. Die nackte Frau wärst dabei natürlich du."

„Und das Kind? Wer sollte dann das Kind sein? Die Frucht unserer inzestuösen Beziehung, die wir in den Verliesen der Burg versteckt halten? Man muß wirklich krank sein, um sich so einen Schwachsinn auszudenken."

Ich legte ihr einen Finger auf die Lippen, bevor sie etwas Niederträchtiges sagen konnte, was sie hätte abwerten können.

„Darf ich mir deine Bilder ansehen?" fragte ich wie jemand, der mit einer beiläufigen Handbewegung eine Spinnwebe zur Seite schiebt, die seinem Glück im Weg ist.

„Sie sind schrecklich, ich sollte mich schämen." Chiara war errötet und senkte den Blick: Ihre Bescheidenheit wirkte echt. „Also gut, du darfst sie dir ansehen, solange ich unter der Dusche stehe, aber nur unter der Bedingung, daß du nachher keinen Kommentar dazu abgibst."

Sie schloß sich erst im Badezimmer ein, als sie mir ein zustimmendes Nicken abgetrotzt hatte. Die Tür paßte nicht so recht in den Rahmen, und durch die Ritzen hätte ich einige Bruchteile ihrer Nacktheit erhaschen können, so wie ich eine Nacht zuvor ein paar Bruchteile ihres Schlafs erhascht hatte, doch die Liebe kann man nicht auf verstohlene Blicke gründen, sie verlangt die Zustimmung und die Gegenliebe desjenigen, der betrachtet wird. Auch ein Gemälde verlangt Zustimmung und Gegenliebe und kann sich vor unserem Desinteresse nicht zeigen, es sei denn, es handelt sich um ein ausgesprochen schlechtes oder gewolltes Bild, und dann ist das Abwenden des Blickes die angemessenste Reaktion. Dies tat ich beim Betrachten der Bilder Chiaras, bevor ihre Mittelmäßigkeit Einfluß nehmen konnte auf das mehr platonische Bild, das ich mir mit der Zeit zurechtgelegt hatte: ‚Nicht einmal aller Schmutz der Erde könnte dich beflecken', hatte ich ihr in einem Anflug von Optimismus versichert, doch was die gemeinen Dinge, die Giovanna Zanon gesagt hatte, nicht vermochten, konnten jene Bilder bewirken, wenn ich nur ein bißchen weniger Vorsicht walten ließ, denn nichts hinterläßt schlimmere Flecken als die Enttäuschung. Die Bilder wiesen einen hervorragenden Strich auf, sie waren erstaunlich in ihrer Behandlung des Lichts und in ihrer Kompositionstechnik, mit einer Virtuosität gemalt, wie man sie nur im Umgang mit den großen Meistern erlernt, doch die Originalität verlangt, daß dieser Umgang eine tätige Auseinandersetzung ist, während sich Chiara allzu leicht hatte beeinflussen lassen. Ich gab dem Gedanken den Vorzug, daß die mimetische Neigung (jene nachahmende Variante der Mittelmäßigkeit) nicht so sehr ein Laster war, das von Chiara selbst ausging, sondern eines, das ihr von anderen mit auf den Weg gegeben worden war – vielleicht von Gabetti, der sie sich auf diese Art gefügig machen wollte; vielleicht von Fabio Valenzin als Ausdruck einer Rache, indem er in ihr jedes Anzeichen von Innovation im Keim erstickte. Ich gab dem Gedanken den Vorzug, daß es für dieses Laster ein Heilmittel gab und daß ich das geeignete Gegengift darstellte.

„Jener Mann, der auf dem Friedhof bei dir war ... Wie heißt der eigentlich?"

Ihre Stimme drang aus dem Badezimmer zu mir und übertönte meine Überlegungen und die Litanei des Regens. Das

Wasser rauschte mit aller Macht aus dem Duschkopf, beruhigte sich aber auf den Schultern Chiaras ein wenig, verteilte seine Fluten auf ihren Brüsten und wurde auf ihrem Unterleib sanfter, bevor es sich wie ein Wasserfall ihre Oberschenkel hinabstürzte und an ihren Füßen starb wie ein Untergebener, der auf die Knie sinkt. Ich kämpfte gegen das Übermaß an Vorstellungskraft und das Heranstürmen der Begierde an, indem ich die Augen schloß.

„Du meinst Tedeschi, den Wächter des Palazzo."

„Ja, genau, den meine ich." Sie seifte sich gerade den glatten Rücken ein, den perspektivisch verkürzten Oberschenkel, den gekrümmten Spann. „Er hat sich den ganzen Tag über wie ein trauernder Hund hier in der Gegend herumgetrieben. Als ich joggen gegangen bin, ist er mir gefolgt. Es sah so aus, als wartete er darauf, daß du zurückkommst. Habt ihr noch irgendeine Rechnung offen?"

Daß Tedeschi seine Aufsichtspflichten für Valenzins Koffer verletzt haben sollte, versetzte mich in Panik; ich hatte gedacht, er hätte die ganze Zeit über in dem Palazzo ausgeharrt, ruhig und schlaflos wie jene mythologischen Fabelwesen, die auf den Schätzen hocken. Doch das Schicksal jener Fabelwesen war immer unausweichlich dasselbe: Die ungesunde Habgier der Helden entriß ihnen schließlich den Schatz, nachdem ihnen mit der Klinge des Schwertes der Garaus gemacht wurde.

„Eine Rechnung? Nicht daß ich wüßte", log ich, doch diesmal war die Lüge, die bis zu diesem Zeitpunkt nur Teil eines harmlosen Versteckspiels gewesen war, beschämend für mich. „Vielleicht hat er sich ja vorgenommen, den Mord ganz allein aufzuklären."

Das Trommeln des Regens auf dem Glasdach wurde lästig wie ein stürmischer Gast, der mit dem Türknauf an die Tür hämmert und uns anfleht, ihm Aufnahme zu gewähren. Neben der Feuerstelle stand eine wacklige Anrichte aus Bakelit, deren Schubladen ich nicht besonders neugierig öffnete; wenn überhaupt, dann mit jener keineswegs verbrecherischen Neugier, die uns dazu treibt, mehr über die Menschen, die wir lieben, berauszufinden und uns auf die verbotenen Pfade ihrer Intimität vorzuwagen, trotz des Risikos, auf diesen Pfaden Dinge zu finden, die unsere Liebe untergraben und trüben könnten. In den Schubladen der Anrichte herrschte dieselbe Unordnung wie in der Mansarde, eine Unordnung, die bei jedem anderen Menschen auf meine offene Mißbilligung gestoßen wäre, aber bei Chiara fand ich sie verzeihlich, ja sogar tröstlich, denn es ließ mich leichter Zugang zu ihr finden. Zwischen Küchentüchern und Tischdecken, für die Bügelfalten ein Fremdwort war, fand ich einen Briefumschlag mit Photos. Den Inhalt erkannte ich daran, daß das Zelluloid der Negative an einer Ecke hervorsah; ich zierte mich, ihn zu öffnen, nicht so sehr aus Scheinheiligkeit oder weil ich Skrupel gehabt hatte, mich in eine Vergangenheit einzumischen, die mich nichts anging, sondern mehr aus Angst, diese Vergangenheit könnte Flecken aufweisen, für die es kein Reinigungsmittel gab. Ich hob die Lasche des Umschlags an und zog die Photos mit dem Zittern eines Spielers heraus, der ein neues Kartenspiel auspackt, dessen Karten er nie zuvor gesehen hat; es waren ländliche Motive, was den Photographien etwas Exotisches verlieh, denn Venedig ist eine Stadt, die geradezu kolonialisiert ist vom Stein, der Gräser nur in den Gärten ihrer Palazzi wachsen läßt. Die Photos waren in der Abenddämmerung aufgenommen worden, wenn das schräg einfallende Licht die Schatten verlängert, Photos im Kleinformat, nicht besonders scharf, oder von einer gespenstischen Schärfe, die sie in die Nähe jener von den Unbilden des Wetters ausgebleichten Porträts brachte, die auf dem Friedhof von San Michele die in Stein gemeißelten Nachrufe bebilderten.

Ich brauchte eine Weile, bis ich den Mann, der auf einigen

der Photos auftauchte, identifiziert hatte, denn die Nähe des Objektivs verzerrte seine lächelnden Gesichtszüge, die vor der Aufdringlichkeit der Kamera zurückwichen; außerdem hielt der Mann eine Hand hoch, mit der er das Objektiv zuhielt, wie man die Öffnung einer Wunde zuhält, in der sich das Blut sammelt. Ich brauchte eine Weile, bis ich ihn wiedererkannte, weil sein Blick nicht angsterfüllt war, sondern schalkhaft, sein Blick war weder erstarrt noch flehend, sondern völlig erfüllt vom Glück, seine Gesichtszüge waren nicht abgezehrt und wie aus Pergamentpapier, in seinem Gesicht verbargen sich nicht etwa die Spuren eines ungesühnten Verbrechens, sondern sein Gesicht war eher das eines Mannes, der sich vor Bestrafungen sicher fühlt und keine Vorsichtsmaßnahmen gegen den Tod trifft, der in irgendeiner Ecke auf ihn lauert. Fabio Valenzin entzog sich der Kamera, ohne sich dabei große Mühe zu geben, so wie wir manchmal ein Lob abwehren, wie wir uns manchmal einer zärtlichen Berührung entziehen, mit jener falschen und trägen Gegenwehr, die in Wirklichkeit eine Herausforderung darstellt für den, der uns lobt oder streichelt.

Unvermittelt verwandelte sich der Porträtierte in den Porträtierenden, und nun war es Chiara, die auf den Photos zu sehen war, ebenso ausweichend und ebenso lächelnd, der Kamera ihr Profil darbietend, Gesichter schneidend, die gespielte Verärgerung zeigten und insgeheim ihre Einwilligung zum Ausdruck brachten: Sie trug ihr Haar gescheitelt und zu einem Zopf gebunden, doch dem Zopf entwischten einige Haarsträhnen oder Stirnlocken, die ihr mit leichtem Schwung über die Wangen fielen und ihren Kiefer einrahmten. Ich vermochte den Moment nicht zu erkennen, in dem Chiara aufhörte, spontan zu posieren, um sich in ein Photomodell zu verwandeln, das einstudierte Posen ausprobierte und den Anweisungen Valenzins folgte, denn der Übergang war fließend und wirkte unbeabsichtigt, als wäre er nichts weiter als ein langsames Hinübergleiten in den Erschöpfungszustand, in jene zurückhaltende, friedfertige Haltung desjenigen, der gehorcht und beipflichtet und sich fügt. Es waren Porträts, die kaum voneinander zu unterscheiden waren, mit kaum mehr als einer anderen Art des Augenaufschlags oder mit einer anderen Neigung der Nase oder mit genau zurechtgelegten Stirnlocken, die einen Blick einrahmten, der von sinnlicher Trauer zeugt. Die Spionagetätigkeit der Kamera ließ Chiara kalt, die sich ein paar Schritte zurückzog, um ihren gesamten Körper zu zeigen, wobei sie nackt im Gras saß, in derselben Haltung wie die Frau auf dem Gemälde *La tempesta*, mit einem nach hinten abgewinkelten Bein, auf dem das gesamte Gewicht ihre Körpers ruhte, und dem anderen Bein ebenfalls abgewinkelt, aber leicht angehoben, mit einem Unterleib, der einer stummen Gitarre ähnelt, und Brüsten wie brünstige, unentschlossene Tiere. Zwischen Chiara und der Frau, die Giorgione gemalt hatte, lagen fast fünf Jahrhunderte mit ihrer ganzen Last an Tod und Verwesung, doch vor meinem geistigen Auge erblickte ich die beiden wie zwei identische Wesen aus ein und demselben Traum, gleich weit entfernt und gleich lebendig wie zwei Sühneopfer auf dem Altar ein und derselben Obsession.

„Aber mußt du deine Nase denn in alles stecken?"

Chiara war aus dem Badezimmer gekommen (ihre Nacktheit unzureichend verhüllt von einem Bademantel) und warf mir einen weder vorwurfsvollen noch zensierenden Blick zu, mit jenem müden Kummer eines Menschen, der lieber geschwiegen hätte und sich gezwungen sieht, den Tatsachen ins Auge zu blicken. Ich gab meine Zustimmung mit unendlicher Verehrung und einem unendlichen Zittern in der Stimme:

„Jawohl, in alles."

Sie sah aus wie eine Wiederauferstandene, die aus dem Jenseits zurückkehrt, in den Wasserdampf der Dusche gehüllt und gehüllt in das Licht der Mansarde, in dem sich alle Spielarten von Grün wiederfanden.

„Du findest sie bestimmt unanständig“, sagte sie.

Sie hatte die Photos auf dem Bett verstreut und schlug den Kragen des Bademantels hoch.

„Ich bin wohl nicht der rechte Mann, um über Dinge zu urteilen, von denen ich nichts verstehe. Die Unanständigkeit war wohl mehr auf meiner Seite, als ich in deinen Schubladen herumwühlte.“

Niemand hat es verdient, daß ihm ein Augenblick der Unschuld geraubt wird, um so weniger, wenn dieser Augenblick der Vergangenheit angehört oder dem Kapitel mit den bereuten Taten. Ihre Knie und das untere Ende des Oberschenkels, eine ahnungsvolle Weichheit des Fleisches, lugten verstohlen zwischen den Bademantelschößen hervor. Der Regenguß hatte aufgehört, aber die Mansarde bewahrte sich ihr Aussehen einer Höhle, die unter dem Wasserspiegel lag.

„Du willst deine Nase in alles hineinstecken, und noch gestern wolltest du lieber gar nichts wissen“, begann sie mit einer Stimme, die von Nostalgie oder Gewissensbissen zerfressen war. „Glaub mir, die Unwissenheit hat große Vorteile. Aber mach du nur.“

Sie war barfuß und rieb die Füße aneinander: Ich bemerkte ihre Zehen, die etwas von Schalentieren hatten, die sich an einen Fels klammern, winzige, fast verkümmert wirkende Zehen, die übereinander hinwegkletterten und das Zählen erschwerten. Über Venedig brach die Dämmerung herein.

„Ich glaube, ich liebte Fabio schon, als ich noch ein Kind war“, gab sie schließlich zu, und ich nickte zu ihren Worten, die meiner rückblickenden Eifersucht ihre Legitimation verschafften: „Ich liebte ihn in aller Heimlichkeit und ohne Aussicht auf Erfolg, denn ich wußte, daß jene Liebe niemals erwidert werden würde, mir war bewußt, daß Fabio gegen jedes Gefühl immun war. Sein Leben war eine beständige

Auseinandersetzung mit der Einsamkeit gewesen: Er war wie ich ein Waisenkind, aber er hatte noch nicht einmal jemanden gehabt, der ihm bei seinen Sorgen und Nöten beigestanden wäre oder ihm seine von der Einsamkeit geschlagenen Wunden versorgt hätte, und das hatte ihn von innen heraus vertrocknen und an der Oberfläche abhärten lassen, es hatte ihn für alle Gefühlsregungen unempfänglich gemacht. Irrtümlicherweise nahm ich an, daß ich ihn von dieser Krankheit heilen könnte, doch meine Anstrengungen prallten immer wieder gegen einen undurchdringlichen Panzer. Anstelle seiner Liebe wurde mir bloß ein steriler Ersatz zuteil, ein abgestandenes Gefühl, das mich unglücklich machte bis zur völligen Erschöpfung. Es war, als würde ich an Klaustrophobie leiden und müßte in einem Kaninchenbau leben und mich dabei immer von derselben verbrauchten Luft ernähren. Ich war eine Träumerin, ich glaubte, daß diese Luft mit meiner Hilfe wieder sauber werden könnte, aber das genaue Gegenteil geschah: Fabio steckte mich mit seiner Krankheit an."

Vielleicht war auch ich ein Träumer gewesen, als ich gedacht hatte, ich könnte den Einfluß, den andere Männer auf sie ausgeübt hatten, auslöschen.

„Aber was du mir da erzählst, ist ja entsetzlich", sagte ich.

„Wahrscheinlich schon." Die Abenddämmerung ließ Löcher in ihrem Gesicht entstehen und legte sich wie Rost auf ihre Stimme, bis diese zu einem Flüstern abgemagert war. „Etwas Entsetzliches, dem ich zustimmte und für das ich Verantwortung trage, denn ich war aktiv daran beteiligt, ich ließ mich darauf ein und tappte in die Falle. Fabio hat meine Liebe niemals erwidert, aber er begann mir gegenüber eine krankhafte und eifersüchtige Verehrung an den Tag zu legen, er verwandelte mich in so etwas wie sein Götzenbild." An dieser Stelle errötete ich unweigerlich, denn dieser Versuchung hatte auch ich nicht widerstanden. „Wenn er mich streichelte (und er streichelte mich fast nie: Die Berührung mit fremder Haut verbrannte ihm die Finger), schien er die Umrisse eines Kunstwerks zu erkennen, niemals sah er mich als die, die ich wirklich bin, eine Frau aus Fleisch und Blut, die manchmal vor Verlangen glüht und sich vor Trauer verzehrt."

Ich hatte Angst, daß die sterile Liebe Valenzins in mir ihre Reinkarnation finden und damit ihrem Fluch ein Nachleben verschaffen würde. Ich sah zu Boden und stieg mit den Augen ihre Beine hinauf, die Kurve entlang, die vom Knöchel zu den Waden führt.

„Dann begann Fabio, mich als Modell für seine Gemälde oder besser für seine Fälschungen zu nehmen. Er untersuchte mich stundenlang, wie ein Tierpräparator das Stück untersucht, das er ausstopfen wird, bevor er ihm die Eingeweide herausnimmt. Vielleicht mußte er mich in einen Gegenstand verwandeln, damit seine Verehrung noch vollständiger wäre, vielleicht mußte er mich nach seinem Geschmack formen, mich stilisieren oder meine Haut weißer erscheinen lassen, so wie es ein Maler aus der Renaissance getan hätte."

„Ein Maler wie Giorgione", sagte ich.

Die Abenddämmerung hatte auch meine Stimme geschwächt, wir sprachen beide ein wenig nach innen, als würden wir in uns hineinhorchen.

„Wie zum Beispiel Giorgione", bestätigte Chiara. „Aber eine ungleichgewichtige Beziehung kann man nicht immer weiter aufrechterhalten, so hartnäckig wir auch auf ihr bestehen mögen. Ich brauchte meine Vorräte an Hartnäckigkeit auf, am Ende war ich völlig erschöpft, und schließlich mußte ich kapitulieren."

Und genau jene Kapitulation dehnte sich auch auf ihre Worte aus, die sie, angestrengt wie eine Gebärende, durch ihre Lippen preßte. Als sie verstummte, wirkte sie, als wäre sie von sich selbst abgetrennt und erholte sich von einer Operation, bei der ihr alle Erinnerungen entnommen wurden. Die Photos, die verstreut auf dem Bett herumlagen, hatten ihre Aura von Obszönität verloren.

„Na, siehst du, das war alles. Ich habe dir ja gesagt, daß die Unwissenheit große Vorteile hat", sagte sie.

Ich beschloß, daß ihre Version der Tatsachen nicht gelogen sein konnte, und ich fand keinen besseren Weg, ihr dies mitzuteilen, als durch eine Umarmung. Der Frottee des von der frischen Dusche feuchten Bademantels fühlte sich an wie Moos, das sich wie weicher Samt um die Vorsprünge der Schulterblätter legte.

„Und nun ist Fabio gestorben und hat die ganze Beharrlichkeit, die ich darauf verwendete, ihn zu retten, mit sich genommen."

Da war eine verschämte Bitte um Hilfe in ihren Worten, auch wenn deren Tonfall bis dahin weder flehentlich noch angsterfüllt war.

„Wußte Gabetti davon?" fragte ich.

„Ich habe kein großes Aufheben davon gemacht, aber verbergen konnte ich es auch nicht." Chiara wand sich aus meiner Umarmung, als hätte sie eine inbrünstige Treue zu dem Toten erfaßt. „Ja, natürlich wußte er davon. Er wußte davon, und er bedauerte es: Fabio war nicht der Mann, den er sich für mich gewünscht hätte."

Ich konnte mich nicht wehren gegen das Bild Gabettis mit den blauen Augen, die mit einer harten Glasur aus Haß bedeckt waren, seinen Augen, in denen Sanftmut und Barbarei eine bewegungslose, zur wilden Grausamkeit neigende Symbiose bildeten, während Valenzin Chiara Unterricht gab in Fächern, von denen er nichts verstand. Ich hatte gesehen, wie Gabetti mit einer trunkenen Zärtlichkeit über Chiaras Schlaf wachte, aber noch weigerte ich mich, unaussprechliche und schmutzige Schlüsse daraus zu ziehen. Man hörte ein Telephon, das mich mit seinem Klingeln dazu überredete, mit meinen Überlegungen fortzufahren.

„Ich bin gleich wieder da."

Ihr Körper besaß unter dem Bademantel eine bewegende Qualität, als wäre sie aus formbarem Ton, der nur darauf wartet, von kundigen Händen bearbeitet zu werden, die ihre Eleganz und ihre Abgründe ermessen könnten. Während der Minuten, die ich allein in der Mansarde zurückblieb, beschäftigte ich mich damit, die Photos durchzusehen, die Fabio Valenzin von ihr gemacht hatte, Photos ohne jede Eleganz oder Abgründe oder auch nur ein menschliches Zittern, öde und sterile Photos, die die Gaben des Lebens nicht annehmen wollten. Die wahre Kunst erschafft das Leben neu oder interpretiert es, die schlechte Kunst dagegen begeht Verrat an ihm und sperrt es in einen Kerker, sie balsamiert es ein und mumifiziert es. Die Abenddämmerung brach über dem Oberlicht herein, und sie schwebte über mir, und sie kippte ihren zähen Morast über mich.

„Das war Gilberto. Er erwartet uns in ein paar Stunden in der Accademia." Chiara hatte ihren Kopf durch den Türrahmen gesteckt, um mir die Nachricht zu übermitteln. „Er hat gesagt, wir sollen eine Taschenlampe mitbringen, denn wegen der Überschwemmungen mußten sie den Strom abschalten, um Kurzschlüssen vorzubeugen."

VII.

So viele Jahre gingen nun zum Teufel, in denen ich vor den Lebensläufen anderer Menschen zurückgeschreckt war, so viele Jahre, in denen ich mich geweigert hatte, an der Vergangenheit meiner Gesprächspartner teilzuhaben, so viele in der Defensive verbrachte Jahre, immer auf der Hut davor, daß die anderen die grauenvollen Räderwerke ihrer Erinnerung in Bewegung setzen könnten, so viele Jahre, in denen ich dafür gesorgt hatte, der Last an Vertraulichkeiten auszuweichen, die bei der geringsten Unachtsamkeit auf uns niedergeht. Da meine Wahrnehmungen nicht vollkommen zuverlässig sind und sich nicht in Übereinstimmung mit der Wirklichkeit befinden, da mein Temperament von Natur aus schwankend ist und meine Sinne eine Neigung zum Abschweifen haben, hatte ich bis zu jenem Zeitpunkt die parteiischen Versionen als unwiderlegliche Wahrheiten hingenommen. Diese Leichtgläubigkeit hatte mich davor bewahrt, schwierige Entscheidungen zu treffen, sie hatte mich in einer Welt, in der es viel zu viele Gefahren gibt, unverletzt bleiben lassen, auch wenn sie mich im Gegenzug zu einer Art Schiff ohne Kompaß hatte werden lassen, das den Launen der Steuermänner hilflos ausgeliefert ist. Nun, nachdem ich Giovanna Zanon und Chiara zugehört hatte, entdeckte ich, daß die Wahrheit immer vom Standpunkt dessen abhängt, der sie ausspricht, ich entdeckte, daß die spezielle Wahrheit jedes einzelnen die Tatsachen verzerren kann, oder daß sie sie nicht verstehen kann oder daß sie ihre gute Wirkung zerstören kann, ich entdeckte, daß niemand unfehlbar ist oder allwissend, noch nicht einmal wohlwollend, und diese Entdeckung bestärkte mich in meinem Argwohn, der, außer einem Zustand unablässiger Verzweiflung, vielleicht auch ein Zustand perfekter Hellsichtigkeit ist.

Während Chiara sich ankleidete, ging ich im Geiste die Verpflichtungen durch, die ich seit meiner Ankunft in Venedig aufgeschoben hatte: den Besuch im Museum der Accademia, die Bergung des Rings, das Abholen meines Gepäcks, das Aufbrechen des Koffers, in dem Fabio Valenzin vielleicht seine Beutestücke aufbewahrte. Ich rekapitulierte diese Dinge ohne jede Strenge (es spielte keine große Rolle, ob man jene Pflichten aufschob, Venedig läßt die Ereignisse in der Schwebe, es läßt sie stillstehen und verwandelt sie in eine dickflüssige Substanz, schleppend wie ein Traum), und in Gedanken stellte ich mir zur Abwechslung die Probleme vor, die Chiara vor dem Kleiderschrank hatte, ihre absichtsvolle Auswahl einiger Kleidungsstücke zuungunsten anderer, die unwirsch oder beleidigt auf den Kleiderbügeln hängenblieben, ohne ihre Lust stillen oder ihr Zölibat brechen zu können. Genau wie jene abgelehnten Kleidungsstücke war auch ich voller Lust und lebte zölibatär.

„Ich hoffe, du hast dich warm angezogen", bedeutete mir Chiara, und anfangs wußte ich nicht, ob sie damit vielleicht meine ziemlich schmierige Kleidung meinte. „Gilberto wird mit dir in die dritte Runde gehen."

„Wieso in die dritte Runde?"

„Er wird dich dazu zwingen, deine Interpretation von *La tempesta* zu verteidigen, und nachher wird er sie auseinandernehmen, Punkt für Punkt, bis du keine Argumente mehr hast. Das ist seine Art, er macht die Leute gerne einen Kopf kürzer."

Aber mich hatte er schon viel früher einen Kopf kürzer gemacht, nach unserem Treffen auf der Polizeidienststelle. Ich markierte den starken Mann:

„Wer zuletzt lacht, lacht am besten", sagte ich. „Auf wessen Seite stehst du?"

Ehe sie sich versah, zog ich sie an mich heran und gab ihr einen Kuß auf die Lippen, aber nun war es nicht mehr nur ein protokollarischer Kuß oder einer auf die Mundwinkel, sondern eher ein ermittelnder Kuß, der den nicht zu deutenden Ruf ihrer Zähne suchte.

„Ich muß weiterhin einen neutralen Standpunkt einnehmen." Sie stieß ein Lachen hervor, das langsam in ein Flüstern überging, je mehr ihre Lippen den neutralen Standpunkt verloren, so wie sie nach der Dusche den Lanolingeschmack verloren hatten. „Ich komme bloß als Zuschauerin."

Ich hielt ihr Gesicht in meinen Händen wie ein gewaltiges Feuer, in dem alle Scheiterhaufen der Begierde enthalten sind, und ich küßte sie auf die Stirn, auf der sich bereits die Falten regten, ich küßte sie auf die Schläfen, die von einem verborgenen Fieber pochten, ich küßte sie auf ihre Bäuerinnenaugen (aber auf die Lider) und auf die Nase mit Schieflage und auf die Wangen, die mehr als einmal dem beharrlichen Verlauf der Tränen Aufnahme gewährt hatten. Ich buchstabierte ihr Gesicht und hatte das Gefühl, die Welt in chaotischer Reihenfolge aufzuzählen.

„Wir dürfen ihn nicht warten lassen", sagte sie. „Je länger wir brauchen, um so mehr wird er sich ärgern."

Und als wir auf dem Schiffstaxi, das uns zur Accademia brachte, durch den Canal grande fuhren, während der Motor des Bootes mit der Präzision eines Skalpells ins Wasser schnitt, glaubte ich schon, der Herr einer stillen Musik zu sein, die ich soeben von den Lippen Chiaras gelernt hatte und die von den Fassaden der Palazzi widerhallte, ebenso wie unter den Bögen der Rialto-Brücke und an den Kanalzuflüssen, wo das Wasser lauter schwappte. Wieder war Venedig den Fluten für ein Jahr entkommen, doch noch schien es sich von dem drohenden Untergang nicht erholt zu haben: Die Stadt atmete keuchend und feucht wie ein Ertrunkener, der mit den Lungen voll schlüpfriger Meereslebewesen zu neuem Leben erwacht. Nur die Kirchtürme streckten sich inmitten all der Niedergeschlagenheit in voller Höhe in den Himmel.

„Warst du schon mal in der Accademia?" fragte mich Chiara.

Sie hatte ihre Hand mit einer keineswegs neutralen Geste in meine geschoben, ihre Finger drängten sich in meine Fingerzwischenräume wie Wachs, das sich in eine Form fügt, mit einer Geste, die mir Mut machte vor meiner dialektischen Auseinandersetzung mit Gabetti. Ich schüttelte den Kopf.

„Im Vergleich zum Prado wird sie dir winzig vorkommen", sagte sie. „Insbesondere ihre bescheidenen Ausmaße haben sie vor den Touristenhorden gerettet. Sie wurde während der französischen Besatzung von Napoleon gegründet und mit säkularisierten Gemälden ausgestattet."

Ich betrachtete das Profil ihres Gesichts, das genau wie das von Venedig von den aufeinanderfolgenden Invasionen der Männer, die es verehrt und moralisch verstümmelt hatten, abgetragen worden war, sich aber doch niemals von ihnen beherrschen ließ. Die Fremden waren über Venedig hergefallen und hatten der Stadt mit ihren Klauen Kratzer zugefügt, oder sie hatten hartnäckig darauf bestanden, die Stadt vor ihrem Untergang zu bewahren, aber Venedig blieb seiner Bestimmung treu, die in nichts anderem als im prachtvollen Versinken in der Lagune bestand, damit es sich in einen Unterwasserfriedhof verwandelte mit Palazzi, die aussehen wie Mausoleen, und großen Plätzen, auf denen die Toten spazierengehen können. Gerne hätte ich Chiara von dieser Bestimmung ausgenommen, doch Venedig stellte einen unerbittlichen Gegner dar. Die Gemäldegalerie der Accademia war auf einem alten Lateranstift erbaut worden, mit jener Ungezwungenheit, welche die weltliche Architektur in Zeiten des Unglaubens befällt; mitten in die Fassade hatte man als Wucherung ein neoklassizistisches Portal eingelassen, das einem direkt neben der Kirche mit gotischem Fundament förmlich die Haare zu Berge stehen ließ. Von der Anlegestelle aus gelangte man über einen Ponton in die Accademia.

„Dahinten steht Gabetti, und er hat vor, dir eine Lektion zu erteilen“, flüsterte Chiara mir zu, als das Schiffstaxi bereits festmachte. Sie löste ihre Hand aus der meinen, als gehorche sie einem Federmechanismus. „Ich hoffe, du läßt dich nicht ins Bockshorn jagen.“

Gabetti ging über den Ponton wie ein zuvorkommender Gastgeber, der seine Gäste im Innenhof seines Palazzo empfängt, auch wenn er sich dann anschickt, ihnen zu Ehren ein Bankett mit vergifteten Speisen zu geben.

„Nun, Ballesteros, der große Augenblick ist gekommen“, begrüßte er mich; er lächelte zwar nicht, doch sein Körper verriet ein leichtes Zucken unter dem Anzug. „Hast du die Taschenlampe mitgebracht, Chiara?“

Ein Lichtstrahl fiel auf Gabetti, als er uns seine Hand reichte, um uns an Land zu helfen; er warf Chiara einen halb unterwürfigen, halb vorwurfsvollen Blick zu:

„Ist ja gut, ist ja gut“, protestierte er, ohne wütend zu werden, und hob zum Schutz seinen Unterarm. „Oder möchtest du, daß ich blind werde?“

„Du und blind?“ Chiara warf sich fast weg vor Lachen. „An dem Tag, an dem du blind wirst, werden in Venedig alle Gemälde Trauer tragen.“

Gabetti dankte ihr wortlos für das Kompliment: In seinem Blick waren keine Spuren eines Vorwurfs mehr zu finden.

„Sie sind ein Privilegierter, Ballesteros“, redete er auf mich ein, während wir über den Ponton schritten. „Sie werden *La tempesta* in einem Museum ohne Besucher zu Gesicht bekommen, in aller Heimlichkeit und bei Nacht. *La tempesta*, deren Bedeutung selbst den gelehrtesten Spezialisten verborgen geblieben ist, bietet sich Ihnen dar wie eine Jungfrau auf dem Brautbett. Was will man mehr?“

„Man will, daß du ein bißchen weniger Worte machst“, warnte ihn Chiara und brach dabei ihr Versprechen, einen neutralen Standpunkt einzunehmen.

In der Vorhalle des Museums stand das Pfützenwasser, als wäre es der Überrest einer Seeschlacht: In den letzten Tagen hatten die Museumsangestellten unter Gabettis Kommando einen heroischen Kampf gegen die Fluten ausgefochten, und es war ihnen gelungen, sie zurückzuschlagen. Der narkotisierende und befreiende Geruch des vom Regen getränkten Steins lag in der Luft; in einem entlegenen Winkel der Vorhalle häuften sich die Hinterlassenschaften der Überschwemmung wie Spuren einer bewaffneten Auseinandersetzung: Algen, aus denen ein schleimiger, zähflüssiger Saft lief, und noch manch andere Kleinigkeit, die von den Einwohnern Venedigs in den Canal grande geleitet wurde.

„Ich habe den Wächtern die Nacht frei gegeben“, sagte Gabetti mit jener unbekümmerten Arglist eines Beamten, der sich über die Bestimmungen hinwegsetzt. „Die Armen waren zu nichts mehr zu gebrauchen, sie hatten am ganzen Leib Muskelkater und einen Schnupfen, von dem sie sich nicht so schnell erholen werden. Sie bekommen einen Hungerlohn, aber wenn es ums Wasserschöpfen geht, krempeln sie die Ärmel hoch und schuften bis zum Umfallen.“

Gabetti hatte die Taschenlampe an sich genommen und beleuchtete uns den Weg und die Wände, auf denen die Pilze blühten. Wir stiegen eine Treppe hinauf, die zur Gemäldesammlung führte, und unsere Schritte hallten verstohlen, vielleicht sogar verbrecherisch von den Ecken wider.

„Soll das heißen, Sie haben das Museum ohne Bewachung gelassen?“ fragte ich mit berechtigtem Entsetzen. Im Gegensatz zu Gabetti hielt ich mich äußerst pingelig an die Vorschriften. „Das ist unverantwortlich.“

Ich suchte Chiaras Unterstützung, erhielt jedoch als Antwort lediglich ein Schulterzucken. Gabetti lachte mit einer Dreistigkeit, die nicht frei von Hochmut war:

„Es reicht ihm nicht, daß ich ihm das Privileg gewähre, sich das Museum ohne Zeugen anzusehen ...“ Und dann gab er sich der Nostalgie hin: „Jetzt, wo Fabio tot ist, gibt es in Venedig bald keine bedeutenden Diebe mehr.“

Durch eine Öffnung in der Treppe sah ich unten noch immer das Rechteck nächtlichen Lichts, das durch den Haupteingang fiel, der jedem späten Spaziergänger oder Dieb offenstand. Wir gingen durch einen Saal mit verziertem Dach, der den Gemälden aus dem *Trecento* vorbehalten war, hieratischen Jungfrauen, die byzantinische Einflüsse erkennen ließen, Triptychen, auf denen Episoden aus den Heiligenlegenden dargestellt waren, mit vergoldeten Hintergründen und kunstvollen Holzschnitzarbeiten, die die Malerei zweitrangig werden ließen und die Aufmerksamkeit auf die Rahmen lenkten. Gabetti ließ das Licht der Taschenlampe im Zickzack über jene verschwenderische Sammlung von Heiligendarstellungen wandern, wie ein Vater, der sich vergewissert, daß seine Sprößlinge schlafen. In den angrenzenden Räumen war das *Quattrocento* unter anderem mit Piero della Francesca, Andrea Mantegna und Cosmè Tura vertreten: Die Gestalten wurden ausdrucksstärker und weicher, die perspektivische Betrachtung begann ihren Einfluß zu zeigen, und der Hintergrund der Gemälde begnügte sich nicht mehr mit jener monochromen Farbgebung der Ikonen.

„Sie werden feststellen, daß wir in der Accademia die chronologische Anordnung strengstens befolgen“, dozierte Gabetti. „Wenn die Kunstgelehrten nicht solche Dummköpfe wären und gelegentlich ihren Verstand gebrauchten, wenn sie sich nicht so sehr in das Studium eines einzigen Künstlers vertieften und ihre Scheuklappen abnähmen, dann würden sie merken, daß in der Malerei nichts mit einem Schlag erfunden wird."

Er brauchte keinen Zuhörer für seine Vorträge, und wenn, dann höchstens, damit er ihn mit seinem Scharfsinn plattwalzen konnte, aber mir war bewußt, daß er für mich dozierte, um meine Schwächen kennenzulernen, wie die Fechtmeister eine Finte ausführen, damit der Anfänger in der Fechtkunst einen unbesonnenen Verteidigungsversuch unternimmt und die Flanken ungedeckt läßt. Auch das Gebäude der Accademia stand mit ungedeckten Flanken da, und jeder, der es stürmen wollte, konnte dies nach Belieben tun.

„Ich glaube wirklich nicht, daß das auf mich zutreffen könnte", sagte ich.

„Die Landschaft zum Beispiel", fuhr Gabetti fort, der mir keinerlei Gelegenheit zur Verteidigung gab, wie es dem plumpen Beginn eines wortgewaltigen Vortrags entsprach. „Die Interpreten von *La tempesta* verdrehen die Augen und rufen verzückt: ‚Ah, hier wird die Landschaftsmalerei erfunden! Hier erlangt die Natur die Hauptrolle!' Blödsinn. Die Landschaftsmalerei ist nicht etwa die Frucht einer plötzlichen Eingebung, sondern das Resultat einer langwierigen Entwicklung. Die flämischen und deutschen Maler begannen, eine Vorliebe für exotische Hintergründe zu kultivieren, und es dauerte nicht lange, bis diese Mode von den Italienern importiert wurde. Die Kunden, die bei Giotto oder Mantegna Bilder in Auftrag gaben, verlangten, daß die Modeerscheinungen bei ihren Aufträgen berücksichtigt würden, und langsam wurde jener zweitrangige Bildhintergrund immer mehr zum zentralen Gegenstand des Gemäldes. Sehen Sie sich zum Beispiel einmal diese *Pietà* von Giovanni Bellini an: Das Gemälde ist ungefähr zehn Jahre älter als *La tempesta*; die Landschaft hat darauf bereits eine Hauptrolle, die für diese Epoche völlig unangebracht erscheint."

Hinter dem kraftlosen und hageren Christus, hinter der

steinalten Jungfrau, die ihn mit einer aus den Tiefen der Zeit stammenden Trauer ansah und ihn in ihrem Schoß aufnahm und ihm den Nacken kaum ein paar Zentimeter höher hielt (wie auch ich Fabio Valenzins Nacken ein paar Zentimeter höher gehalten hatte, damit er nicht an seinem eigenen Blut erstickte), zeichnete sich am Horizont in leuchtenden Farben eine Stadt im Dürerstil ab, die ihre spitzen Türme mitten in der Vegetation emporreckte, ihre Stadtmauern mit zackigen Zinnen, ihre von der Abenddämmerung erfüllten Kirchen. Wir befanden uns in einem Saal, der nicht größer war als ein kleiner Raum, wie jener andere, in dem Giovanna Zanon mich unter dem Vorwand eingesperrt hatte, daß ich die Echtheit einer ‚Jungfrau mit Kind', ebenfalls von Giovanni Bellini, überprüfen sollte; eine Trennwand, die nicht ganz bis an die Decke reichte, stand als Sichtblockade in der Mitte des Saals und verwehrte den Blick auf *La tempesta*.

„Voilà, mein Lieber", verkündete Gabetti, der mir mit einer ein wenig clownesk wirkenden Verbeugung den Vortritt zur anderen Seite der Trennwand ließ. „Da hätten wir sie also, die Ursache Ihrer durchwachten Nächte."

Der erste Eindruck, der durch das Licht der Taschenlampe erhärtet wurde (ein Licht wie im Operationssaal, das alle Farben auffraß), war zugegebenermaßen enttäuschend: In natura gingen die feinen farblichen Übergänge von *La tempesta* verloren, und das Bild wirkte viel weniger nachgedunkelt durch die Jahrhunderte, als überzögen die Reproduktionen das Gemälde mit einer unechten Helldunkelmalerei: Das schattenhafte Grün der Bäume verwandelte sich in ein viel zu plattes Grün, und das Grün der Wolken, das auf den Farbdrucken einen Kobaltton aufwies, leuchtete phosphoreszierend wie ein Neonschriftzug; auch hatte die Frau, die ihr Kind stillte, eine bläßliche oder gar rötliche Hautfarbe, ohne jene leichte Bräunung, die einige Interpreten zu der Vermutung veranlaßt hatte, sie könnte eine Zigeunerin sein. Die

Enttäuschung und Verwunderung lösten sich in Luft auf, als Chiara sagte:

„Ein so direktes Licht ist natürlich nicht besonders geeignet, um ein Gemälde in Augenschein zu nehmen."

„Aber für die Art Prüfung, der ich Ballesteros jetzt unterziehen werde, eignet sich jedes Licht", warf Gabetti ein, der sich schon die Lippen leckte und damit die Tracht Prügel, die er sich für mich aufgehoben hatte, andeutete, „nicht wahr, mein Lieber? Stellen Sie sich vor, Sie stehen vor der Kommission, die Ihre Arbeit bewertet; stellen Sie sich vor, Chiara und ich wären zwei Professoren, die von Ihren Schlußfolgerungen nicht so recht überzeugt sind, stellen Sie sich vor, Sie müßten, um uns zu überzeugen, einen Vortrag improvisieren, in dem Sie das verborgene Thema erläutern, das Giorgione, Ihnen zufolge, gewählt hat."

Seine Stimme zog eine lange Schleppe durch die verlassenen Säle, durch jenes Labyrinth aus verwinkelten Gängen und Sackgassen, das das Museum der Accademia zu jener nächtlichen Uhrzeit darstellte. Die Taschenlampe warf ihr Licht auf die Leinwand von *La tempesta* und verwischte dabei die Farben des Bildes, und im Anschluß warf sie ihr Licht mit einem Übelkeit erregenden Schwanken auch auf mich.

„Ich komme mir zwar ein bißchen drollig vor bei so einer Räuberpistole, aber gut, wenn Sie meine Hypothese unbedingt widerlegen wollen, dann können Sie sich auf etwas gefaßt machen", wies ich ihn zurecht; hinter der Taschenlampe erriet ich, wie sich Gabettis Gesichtszüge plötzlich verhärteten. „Sie sind sich zweifellos im klaren darüber, wie sehr die Götter zu inzestuösen Beziehungen neigten: Sie waren sich der Gesetze der Vererbung und der Tabus nicht bewußt, gingen ganz nach Belieben mit ihren eigenen Töchtern ins Bett und brachten dabei ein degeneriertes Geschlecht hervor. Zeus versuchte mit allen Mitteln, die ihm zur Verfügung standen, mit seiner Tochter Aphrodite zu schlafen, doch seine Liebeserklärungen und Zaubermittel hatten nicht die erwünschte Wirkung; Aphrodite gab dem väterlichen Werben nicht nach, und so verfügte Zeus, um sie zu kränken, daß sie sich in einen Sterblichen verliebte."

Ich schwieg eine Sekunde lang, weil ich Angst hatte, daß Chiara meine Interpretation als sarkastische Anspielung verstünde, doch ich entdeckte in ihrem Antlitz kein Zeichen von Mißbilligung.

„Weiter, weiter", drängte mich Gabetti.

„Als Instrument für den Vollzug seiner Strafe wählte Zeus den schönen Anchises aus, den König der Dardaner, der, bevor ihn der Trojanische Krieg zu einem bekümmerten alten Mann machte, jung und unerfahren wie all die anderen war. Eines Nachts, während Anchises in seiner Schäferhütte in den Weiten des Berges Ida schlief, stieg Aphrodite als phrygische Prinzessin verkleidet auf die Erde hinab und legte sich zu ihm auf sein Lager, das aus Löwen- und Bärenfellen bestand. Als sie sich im Morgengrauen voneinander trennten, enthüllte Aphrodite ihm ihre wahre Identität und ließ ihn schwören, daß er über das Zusammentreffen Stillschweigen bewahren würde. Anchises grauste es, als er erfuhr, daß er die Jungfräulichkeit einer Göttin geraubt hatte, eine Verfehlung, die mit dem Tod bestraft wurde, und er flehte Aphrodite um Verzeihung an. Sie versicherte ihn, daß er nichts zu befürchten hätte, wenn er nur seinen Schwur nicht brach; sie weissagte ihm auch, daß sein Sohn berühmt und von den Dichtern besungen werden würde. Anchises aber ließ sich von der Eitelkeit hinreißen und brach schon bald seinen Eid: Ein paar Tage später spürte er, während er sich mit seinen Gefährten auf einem Gelage betrank, wie seine Zunge immer schwerer wurde. Der Wein wurde von einem jungen Mädchen mit üppigen Kurven serviert, die noch Jungfrau gewesen wäre, wenn Anchises nicht das

Recht der ersten Nacht bei ihr geltend gemacht hätte; er war zwar gottesfürchtig, doch nicht so sehr, daß er auf seine Privilegien verzichtet hätte. Einer der Tischgenossen sagte nachdenklich: ‚Findest du nicht auch, daß dieses junge Mädchen noch verführerischer aussieht als die schöne Aphrodite?' Worauf Anchises unvorsichtigerweise antwortete: ‚Da ich mit beiden geschlafen habe, erscheint mir die Frage abwegig und außerdem gotteslästerlich: Zeus' Tochter ist tausendmal besser.'"

„Aphrodites Vorhaben war von vorneherein zum Scheitern verurteilt", sagte Gabetti, der sich an die Wand gelehnt hatte und den Blick noch immer auf das Gemälde Giorgiones gerichtet hielt. „Wir Männer lieben nichts so sehr, wie unsere Trophäen vorzuzeigen, davon geht ein unwiderstehlicher Reiz aus."

Chiaras Stimme erklang aus dem Dunkel:

„Ihr wärt besser beraten, wenn ihr ein bißchen diskreter wärt."

Mir war bewußt, daß sie mir gerade ein Schweigegelübde abverlangte über das, was zwischen uns soeben geschehen war, über das wenige, was zwischen uns soeben geschehen war.

„Dieses Herumgeprahle mißfiel Zeus natürlich aufs äußerste", fuhr ich fort. „War sein Groll bis zu diesem Augenblick noch erträglich gewesen, wo es ihm doch gelungen war, daß seine Tochter sich so weit erniedrigt hatte, das Lager mit einem Sterblichen zu teilen, so weckte Anchises' Anmaßung nun seine erbitterte Wut. Zeus schleuderte einen Blitz nach dem König der Dardaner, um ihn in Asche zu verwandeln, doch er hatte schlecht gezielt und traf ihn bloß an den Beinen."

„Selbst die Götter sind fehlbar", sagte Gabetti, um meinem Vortrag seinen heiligen Ernst oder die Überzeugungskraft zu nehmen.

„Teilweise fehlbar. Der Blitzschlag traf Anchises so schwer, daß er sich nie wieder aufrecht halten konnte, ohne sich auf einen Stock zu stützen. Was Aphrodite anging, so gebar sie das Kind, das sie von dem Mann, der seinen Schwur gebrochen hatte, empfangen hatte, nannte es Aeneas und stillte es, so gut sie konnte, aber von Anchises wollte sie niemals wieder etwas wissen: So sehr der König der Dardaner auch heulte und schrie und um seine Rehabilitation flehte, Aphrodite zeigte ihm doch nur die kalte Schulter. Sie spürte keine Leidenschaft mehr für ihn, brachte ihm gegenüber sogar eine gewisse Abneigung zum Ausdruck, eine gewisse angedeutete Abneigung, da sich die Götter ja nicht den Luxus erlauben können, in ihren Herzensergießungen besonders verschwenderisch zu sein."

Gabetti nickte, aber er ließ Chiara die Schlußfolgerungen ziehen:

„Die nackte Frau wäre dann also Aphrodite, die Aeneas die Brust gibt; in ihrer Haltung zeigt sich eine gewisse Gleichgültigkeit dem Mann gegenüber, der sie beobachtet und dessen Blick sie noch nicht einmal erwidert: Dies könnte sehr wohl jene Geste ‚angedeuteter Abneigung' sein, auf die du angespielt hast." Ich bedankte mich für ihre Zustimmung mit einem bescheidenen, keineswegs hochnäsigen Lächeln. „Der Wandersmann, der sie betrachtet, ist dann natürlich Anchises; der Wanderstock oder Pilgerstab wäre das Symbol seiner Bestrafung. Vom Himmel herab entlädt Zeus seine Wut. Mir scheint, Alejandros Deutung ist ausgesprochen befriedigend. Was meinst du dazu, Gilberto?"

Gabetti hatte die Taschenlampe ausgemacht, als ob er sich der Anmerkungen wegen, die er beizusteuern sich anschickte, elend fühlte und den Schutz der Nacht benötigte.

„Befriedigend keineswegs", setzte er an. „Zunächst einmal verstößt sie gegen die narrative Logik, damit meine ich, gegen den natürlichen Ablauf des Geschehens: Wie ist es zu erklären, daß sich Anchises bereits auf den Stock stützt, wenn Zeus' Rache ihn noch gar nicht ereilt hat? Der Blitz schwebt noch in der Luft."

„Aber es gibt schließlich so etwas wie die ikonographische Synthese", wehrte ich mich, und mein Protest klang in dem verlassenen Museum wie ein einsamer Ruf. „Nur ein Beispiel: Wir sehen immer wieder Gemälde, auf denen Eva abgebildet ist, die eine Hand ausstreckt, um die verbotene Frucht vom Baum der Erkenntnis zu pflücken; sie hat die Sünde noch nicht begangen, und trotzdem versucht sie, mit der anderen Hand ihre Blöße zu bedecken: So finden der Sittenverfall und die erste Folge dieses Verfalls, die Scham, die die Nacktheit ihres Körpers in ihr hervorruft, in einem einzigen Ausdruck zusammen. Ich könnte zahlreiche andere Beispiele anführen: Besonders in der Renaissance war es ausgesprochen üblich, daß die Maler auf Geheiß ihrer Kunden zwei oder mehr einander ergänzende Szenen in einer einzigen Komposition zusammenstellten."

Die Kämpfe zwischen Boxern werden in Runden ausgefochten, und ich hatte Gabettis Schläge, die mehr zur Schau dienten, als daß sie effektiv gewesen wären, zu parieren verstanden; nun war es an mir, die Initiative zu übernehmen und ihn knockout zu schlagen. Mein Gegner reagierte mit Verzögerung; seine Stimme war jetzt weder jovial noch wichtigtuerisch:

„Ich glaube nach wie vor, daß es in *La tempesta* nicht um ein konkretes Thema geht, sondern um eine Andeutung des Gefühls: Die Faszination des Bildes geht von der Herausforderung an die Logik aus, von den merkwürdig isoliert dastehenden Figuren, von dem Sturm, der heranreift und nicht zum Ausbruch kommen will." Seine Aufzählung war abschweifend, ein rhetorischer Mechanismus, der Ähnlichkeit besaß mit dem Verfahren eines Boxers, der herumtänzelt und im Ring herumspaziert, vor einem Schlagabtausch jedoch zurückschreckt. „Aber gut, wenn Sie das Bild in eine Hieroglyphe verwandeln wollen, dann sollten Sie wenigstens dafür sorgen, daß alle Teile zueinander passen. Die zerbrochenen Säulen, die für das Bild charakteristisch sind, haben Sie noch nicht einmal erwähnt."

Diesmal hatte ich ein hemmungslos angeberisches Lächeln auf den Lippen: Chiaras Mißfallen konnte es kaum erregen, da die Nacht meine Siegesgewißheit vertuschte, so wie sie zuvor Gabettis Schäbigkeit vertuscht hatte:

„Kommen Sie mir doch nicht damit, Mann. Die zerbrochenen Säulen stellen die zerbrochene Liebe zwischen Anchises und Aphrodite dar."

Chiara mischte sich ein, sie war deutlich auf meiner Seite:

„Oder sie könnten eine Weissagung der Zerstörung Trojas sein."

„Oder das, warum nicht", pflichtete ich ihr bei. „Das würde die Existenz einer ikonographischen Synthese bekräftigen. Es wären dann nicht zwei, sondern drei Momente, die in einem einzigen Gemälde zusammengefaßt wären."

Auch wenn der Sieg mein war, stellte ich für mich fest, daß ein Geheimnis immer größer ist als seine Auflösung: Das Geheimnis bringt uns in die unmittelbare Nähe des Übernatürlichen; seine Auflösung bringt uns in die Nähe des rein mechanistischen Denkens. Ich hätte mich fast mit Gabetti angelegt, aber über unseren Köpfen glaubte ich Schritte zu hören.

„Was war das?"

Gabetti machte die Taschenlampe an und ließ ihren Lichtschein über das Oberlicht wandern, das im Dach des Saals angebracht war. Draußen herrschte eine tausendjährige und unerschütterliche Dunkelheit.

„Ein Vogel, der im Dachstuhl nistet, seien Sie unbesorgt."

Aus der Vorhalle drang ein weiteres unterdrücktes Geräusch an unsere Ohren: Der Verursacher gab sich wahrscheinlich Mühe, leise zu sein, aber seine Unkenntnis des Gebäudes ließ ihn über die Treppen stolpern und gegen die Wände stoßen. Fast konnten wir ihn keuchen hören, mehr vor Nervosität als vor Ermüdung. Ich hielt meinen Atem an, wie auch Chiara und Gabetti den ihren, alle drei betrieben wir den Unterwassersport der Angst. Gabetti zeigte vielleicht am wenigsten Furcht, aber für ihn stellte das verspätete Mittel der Furchtlosigkeit ja auch die letzte Rettung dar, nachdem er die Sicherheit des Museums so sträflich vernachlässigt hatte:

„Ich sehe mal nach, was da los ist."

Er ließ uns mit Giorgiones Gemälde allein und ebenso allein mit einem Kummer, der immer mehr zu einem Bestandteil unseres Fleisches wurde und sich im Mark unserer Knochen ausbreitete. Chiara drückte sich an mich, sie umarmte mich fast wie ein wildes Tier, krallte sich dabei in meinen Regenmantel und kuschelte ihr Gesicht an meines (der Dreitagebart dürfte die Haut ihrer Wangen gereizt haben); ein stärker werdendes Zittern erfaßte Stück für Stück ihren Körper und wurde an ihren Knien ein wenig schwächer. Gabetti war bei den Treppenstufen angelangt und suchte nach dem Plünderer: ‚Wer ist da? Wer ist da?', als ob er einen Zauberspruch aufsagte, mit dem man böse Geister vertreibt. Wieder begann er ‚Wer ist …?', aber er brachte den Satz nicht zu Ende, man hörte einen dumpfen Schlag und ein metallisches Scheppern (die Taschenlampe eierte die Treppe hinunter), und dann ging sein Körper wie ein unförmiger Sack zu Boden.

„Warte hier auf mich, ich muß ihm helfen", sagte ich, während ich Chiara in den Schutz der Mauer brachte.

Es gelang mir nicht mehr, mich von ihr zu lösen, denn das Glas des Oberlichtes zersplitterte in tausend Teile, und ein Stoffbündel warf sich auf mich, brachte mich aus dem Gleichgewicht und riß mich um. Die Alarmanlage der Accademia ertönte wie die Sirenen einer schlaflosen Industrieanlage oder ein apokalyptisches Glockenläuten. Ein Mann, der über wesentlich mehr Kraft verfügte als ich, packte mich und drückte mich mit dem Gewicht seines Körpers zu Boden; die Scherben des Oberlichts schnitten in meinen Rücken, sie drückten sich durch den Regenmantel, den Pullover und das Hemd und spickten mit ihren winzigen Splittern meine Haut, die nicht auf solche Fakirskunststücke vorbereitet war. Mein Angreifer begann, meinen Kopf auf den Boden zu schlagen, und preßte mir dabei die Finger in die Schläfen; er hatte riesige Hände wie die eines Lagerarbeiters, Hände, die vom Abladen der Waren oder vom Austeilen von Kinnhaken Hornhaut hatten, und dicke Arme, die vor lauter Muskeln fast zu platzen schienen. Jedesmal, wenn ich mit dem Kopf aufschlug, verlor ich kurzzeitig das Bewußtsein; dennoch überwand ich mich aus Respekt für Chiara (die Liebe löst in uns außer einem wilden Wettbewerbsdenken eine absurde Furchtlosigkeit aus), und ich reckte die Hände zum Hals meines Peinigers empor, um ihn zu erwürgen oder seine Atmung wenigstens für eine Weile zu hemmen.

Die Alarmanlage heulte und ließ mir fast das Trommelfell platzen, sie dröhnte in mir wie ein schmerzhaft pochender Tumor, jedesmal, wenn mein Hinterkopf wieder auf den Boden prallte, jedesmal, wenn die Scherben des Oberlichts mir meine behaarte Haut zerschnitten und sich in meine Knochen bohrten. Chiara war entsetzt geflohen, vielleicht um Hilfe zu holen oder um Gabetti zu helfen, vielleicht aber auch aus purem Selbsterhaltungstrieb. Wenn ich einen Augenblick lang Zeit gehabt hätte, meinen Bewußtseinszustand zu analysieren, hätte ich festgestellt, daß mich nur der Haß im Vollbesitz meiner Kräfte bleiben ließ. Mein Angreifer zeigte dagegen keinerlei Anzeichen von Ermüdung und schien bloß darauf bedacht zu sein, seine Arbeit zu Ende zu bringen, bevor der Lärm der Sirenen die Polizei alarmieren konnte.

„Du Schwein, ich bring dich um“, flüsterte er mir in einem italienischen Kauderwelsch ins Ohr.

Sein Mund roch nach Eukalyptusbonbons, und sein Haar hing in einer ziemlich proletenhaften und leicht dauergewellten Mähne herab, wie das eines syrischen Soldaten. Auch sein Ohr hatte proletenhafte Züge, wie ich feststellen konnte, als ich hineinbiß: Im Ohrläppchen hingen mindestens zwei Ohrringe, und auch weiter oben bemerkte ich ein paar, die ihm wie Metallschellen oder winzige Reifen das Knorpelgewebe durchlöcherten. Ich biß zu mit dem Appetit eines Kannibalen und hörte seinen Schrei, als wäre er Rotwild, das in ein Fangeisen tritt, während mir das unverhoffte und warme Blut in den Mund lief, während die Knorpelstücke seines Ohrs zwischen meinen Backenzähnen knirschten und das Ohrläppchen zwischen meinen Schneidezähnen abriß (die Ohrringe schmeckten ein bißchen nach Eisen, aber es war sehr schwer, den Geschmack des Metalls vom rohen Geschmack des Fleisches zu unterscheiden). Das viele Blut lief mir aus dem Mund, es überflutete meinen Gaumen und verstopfte mir den Rachen, es verätzte meine Speiseröhre mit seinem Äthylengehalt und ließ mich in einen Siegesrausch verfallen. Der Mann, dem ich Gewalt angetan hatte, schrie noch immer, sein Geheul machte mehr Lärm als die Alarmanlage des Museums und hörte erst auf, als er sich, von mir ablassend, mit der Amputation des Ohrläppchens abfand. Mit einem Strecksprung erreichte er das Oberlicht und hangelte sich durch die Luke hoch; ich stellte mir vor, wie er auf der Flucht eine Blutspur hinter sich herzog, die nicht so schnell wieder verschwinden würde, da in Venedigs Straßen bereits kein Schnee mehr lag, der sie hätte aufsaugen können. Auf dem Boden liegend atmete ich die heimlich eindringende Luft ein und spuckte den blutigen Fleischfetzen aus, der zwischen meinen Zähnen hängengeblieben war. Als ich aufstand, stürzte ich mich fast auf *La tempesta*; ich berührte das Bild mit den Fingern (allerdings ohne ihm einen einzigen Kratzer zu verpassen) und atmete den Geruch der Ölfarbe ein, die trotz ihres Alters von fast fünf Jahrhunderten immer noch frisch war, fast unnatürlich frisch. Die Alarmanlage war verstummt.

„Bist du verletzt?“

Meine Augen sahen bei Dämmerung mittlerweile fast besser als bei Tageslicht und erlaubten mir, die Gesichtszüge Chiaras zu erkennen, die noch immer vor Angst verzerrt waren. Ich war stolz auf mich, aber ich hatte nicht einmal mehr die Kraft, um mich aufzuplustern.

„Nur ein paar Kratzer“, sagte ich und lenkte damit ein wenig von dem Blut ab, das mir die Haare verklebte. „Und dein Vater?“

Für die verwandtschaftliche Beziehung, die sie verband, gab es keinen Ausdruck, aber die Vaterschaft war vielleicht noch immer das Band, das andere Bindungen auf sich vereinte oder sittsamer erscheinen ließ.

„Es geht ihm schon wieder besser. Er hatte für ein paar Minuten das Bewußtsein verloren, aber er ist mit dem Schrecken davongekommen.“

„Ein Schrecken, bei dem wir fast unser Leben gelassen haben“, schnaubte ich. „Ist die Polizei schon da?“

Ich klopfte mir die Scherben vom Regenmantel. Der Fußboden begleitete meine Schritte mit einer messerscharfen Musik.

„Die ruft er ja gerade an, damit sie nicht kommt.“

Und es entstand ein schuldhaftes Schweigen. Ich gab meiner geschwächten Verwunderung Ausdruck:

„Was soll denn das heißen, damit sie nicht kommt? Zwei Männer dringen in die Accademia ein, wahrscheinlich in der Absicht, ein Gemälde zu stehlen, sie greifen uns an und randalieren, und ihr wollt der Polizei nichts davon erzählen?“

Kaum zu glauben, daß jene Lippen, die Gabetti in Schutz nahmen, dieselben sein sollten, die ich vor ein paar Stunden geküßt hatte.

„Verstehst du das denn nicht? Wenn die Zeitungen davon erfahren, daß die Accademia heute nacht nicht bewacht gewesen ist, veranstalten sie eine Hetzkampagne gegen Gilberto und verlangen, daß er abgesetzt wird. Stell dir nur einmal die Unmengen Schmutz vor, die sie über ihn verbreiten würden.“

„Nicht mehr, als er verdient hat“, antwortete ich kühn.

Außerhalb des Saals, in dem mir Gewalt angetan worden war, bewahrte sich das Museum nach wie vor jenen unberührten Anblick eines Tempels ohne Gläubige. Aus einem entfernten Büro vernahm ich, wie Gabettis Stimme, die sich auf Täuschung und Anmaßung verstand, die Polizisten überzeugte und ihnen riet, den Kontrollgang nicht bis in die Umgebung der Accademia auszudehnen. ‚Die Alarmanlage ist irrtümlich losgegangen‘, entschuldigte er sich mit dem Kichern eines kleinen Sünders. Ich spürte, daß seine Worte für mich Abschiedsworte waren und mich zugleich verbannten, ich spürte, daß sein Lachen mein Verschwinden feierte, ich spürte mit wachsendem Bedauern, daß ich für ihn und möglicherweise auch für Chiara aufgehört hatte zu existieren.

„Dich kann man ja keine Minute allein lassen. Die haben ja ein richtiges Schlachtfest mit dir angestellt, du siehst ja aus, als hätten sie dich gekreuzigt.“

Tedeschi hatte mir befohlen, ich sollte mich bäuchlings auf das Bett legen, das er zu seiner Ruhestatt erklärt hatte, das herrschaftliche Bett, das, weil es noch nie saubergemacht worden war, aussah, als stünde es in einem Schweinestall, mit Laken, die aus Holland gewesen und die immer mehr zu Sackleinen mutiert waren, starrend vor Dreck und getrockneten Urinflecken. Auch dort, in dem herrenlosen Palazzo, den sich Fabio Valenzin als Bühnenbild für seinen Tod ausgesucht hatte, gab es keine Elektrizität; Tedeschi leuchtete sich mit einer Petroleumlampe, die seine Gesichtszüge stumpfsinnig erscheinen ließ und eine ölige Helligkeit auf den Laken verbreitete, in der die Flecken gleichförmiger und die Oberfläche weicher aussahen.

„Na los, zieh das Hemd hoch, laß mich deine Wunden mal ansehen."

Das Hemd war nur noch ein Stoffetzen, in den die Messerstiche der Scherben eingedrungen waren, ein Lumpen, dessen zerrissene Stellen mit den Wunden auf meinem Rükken übereinstimmten und der wie eine zweite Haut an den Krusten klebte. Ohne besonders viel Rücksicht streifte Tedeschi mir das Hemd ab, verlieh dabei einigen Blutungen neues Leben und goß anschließend einen Schluck billigen Wein über das aufgerissene Fleisch.

„Vorsicht, das brennt jetzt ein bißchen."

Aber seine Warnung kam zu spät, denn der billige Wein sickerte bereits in die Wunden und desinfizierte sie mit seinem Alkoholgehalt, der fast so hoch wie der von Cognac war, und mit den solidarischen Keimen, die Tedeschi durch seinen Speichel in ihm verteilt hatte. Mit einem Tuch, das von Prophylaxe wahrscheinlich noch nie etwas gehört hatte, rieb er mich ab, und mit den dreckigen Pfoten zog er mir die Glassplitter heraus. Ich biß in das Kopfkissen und ließ ihn in mir herumgraben, auch wenn ich Zweifel am Erfolg seiner Behandlung hatte.

„Also, ich dachte, du wärst bei Giovanna Zanon und würdest richtig geil mit ihr rumbumsen, und da kommst du mir plötzlich von wer weiß woher und siehst aus wie ein Stück rohes Fleisch", sagte Tedeschi.

Einen spärlichen Rest an Humor hatte ich mir bewahrt:

„Und wie hätte ich deiner Meinung nach ausgesehen, wenn ich tatsächlich mit dieser Hexe rumgebumst hätte? Die hat doch bestimmt eine Gerte im Schrank, mit der sie ihre Liebhaber auspeitscht."

„Na und? Ausgepeitscht zu werden, während du gerade gebumst wirst, ist immer noch angenehmer als ausgepeitscht zu werden ohne alles, meinst du nicht? Aber im Ernst, Ballesteros, du solltest dich nicht überall einmischen; in solchen Fällen ist das Beste: abwarten und Tee trinken."

In den Stuckverzierungen an der Decke schliefen aufgeplusterte Tauben, die Flügel unter den Kopf gesteckt, wie verstümmelte Monster, die auf den Schuß warten, der sie aufschreckt und ihnen ihre ursprüngliche Anatomie wiedergibt.

„Du hast auch nicht bloß herumgesessen", brummte ich. „Gabettis Tochter Chiara hat mir erzählst, du hättest ihr hinterherspioniert. Findest du es etwa gut, den Koffer unbewacht zu lassen?"

Tedeschi war mit der Reparatur des Rückens fertig und schüttete mir einen weiteren Schluck Wein über die Wunden am Hinterkopf.

„Ich habe hinter niemandem herspioniert, die Leute sind nur ein bißchen empfindlich: Dieses junge Ding hat anscheinend gedacht, ich wäre ein Vergewaltiger oder so was, und ist nicht stehengeblieben, bis es mich abgehängt hatte. Ich habe mich auch am Palazzo von Giovanna Zanon herumgetrieben, um nachzusehen, ob es ein Lebenszeichen von dir gibt. Aber nichts da, sobald du einen geilen Arsch siehst, sind dir deine Pflichten egal." Tedeschis Grobheit ärgerte mich ganz besonders, weil ich den ganzen Tag über nicht in den Genuß eines solchen Anblicks gekommen war. „Und wir müssen da noch einer Verpflichtung nachkommen, oder meinst du etwa, ich würde ganz alleine den Kanal saubermachen?“ Der billige Wein hatte das geronnene Blut wieder verflüssigt, und Tedeschi suchte in den behaarten Hautpartien nach Rissen. „Oh, Scheiße, der Typ hat dir den Kopf ja regelrecht zerhackt. Tut das nicht weh?“

„Was glaubst du denn, du Blödmann.“ Rhetorische Fragen machten mich schon immer rasend. „Aber er hat auch etwas abgekriegt, ich glaube, er wird so bald keine Ohrringe mehr tragen.“

Der Nachgeschmack des abgerissenen Ohrs lag mir noch immer auf der Zunge. Wir hatten mit unseren Stimmen eine Taube geweckt, die uns mit Augen wie aus flüssigem Pech anstarrte.

„Und du hast ihn nicht erkennen können?“

„Ach was. Man konnte überhaupt nichts sehen, Gabetti hatte die Taschenlampe mitgenommen.“ Ich spuckte eine Fleischfaser aus, die sich zwischen zwei Backenzähnen verfangen hatte: Ich war mir nicht sicher, ob es ein Essensrest oder ein Überbleibsel meiner Auseinandersetzung war. „Aber dieses Individuum war mir völlig unbekannt, ich habe ihn noch nie gesehen. Ein Typ mit Armen wie Baumstämme; sein Atem roch nach Eukalyptusbonbons, er hatte Ohrringe und lange Haare, eine leicht dauergewellte Mähne wie ein Prolet aus der Dorfdisko, mit Gel zurückgekämmt und an den Seiten ausrasiert.“

Tedeschi hatte mir ein kleines dolchartiges Stück Glas aus dem Nacken gezogen und zeigte es mir, als wäre es ein Goldnugget.

„Du wirst dir auch lange Haare wachsen lassen müssen, damit man die Narben am Hinterkopf nicht so sieht“, lautete sein schonungsloser Kommentar. „Dieses Individuum habe ich schon einmal gesehen, er tauchte immer zusammen mit einem anderen auf, der genauso kräftig gebaut ist, nur daß er einen Bürstenhaarschnitt trägt.“

Er entließ mich mit einem Klaps auf die Wangen aus der

Unfallchirurgie. Als ich mich auf dem Bett aufsetzte, hatte ich das Gefühl, von innen frisch genäht worden zu sein, und die Nähte wären kurz vorm Aufplatzen.

„Der mit dem Bürstenhaarschnitt war wahrscheinlich der, der sich an der Treppe mit Gabetti angelegt hat." So wie dem Kranken die Gebrechen seines Nächsten Trost spenden, so freute ich mich darüber, daß Gilberto Gabetti ebenfalls eine Tracht Prügel abbekommen hatte. „Und woher kennst du dieses Komikerduo?"

Das Schlafgemach ließ dieselbe unwohnliche und verfallene Pracht erkennen, die ich bereits bei Tageslicht festzustellen Gelegenheit hatte, doch darüber hinaus erzeugte die Petroleumlampe darin die Düsternis einer Grotte oder eines Weinkellers. An einer Wand hingen vier oder fünf auf Haken gespießte Tauben, deren Tod durch die abgerissenen Hälse auf den Boden troff.

„Sie haben sich hier einmal mit Valenzin getroffen, um Geschäftliches zu besprechen", erinnerte sich Tedeschi. „Normalerweise verzichtete er zwar auf meine Anwesenheit, aber damals bat er mich zu bleiben und für alle Fälle den Karabiner zu laden. Im Umgang mit Berufskillern machte sich Valenzin ein bißchen in die Hose; der gesamte Wagemut, den er bei seinen Betrügereien hatte, löste sich vor einem Berg Muskeln in Luft auf. Diese Typen waren die Handlanger irgendeines Pfeffersacks, glaub bloß nicht, daß sie aus eigenem Antrieb gekommen waren, sie waren beschränkter als ein Orang-Utan. Sie benutzten genau wie Valenzin eine ziemlich vage Ausdrucksweise, sie sprachen die ganze Zeit von einem ‚Teil', wenn sie sich auf den Gegenstand ihrer Transaktionen bezogen, konkreter wurden sie nur, wenn sie sich über Zahlen unterhielten und über das System der Ratenzahlung. Das ‚Teil' kann jedenfalls kein kleiner Fisch gewesen sein, sie hantierten da nämlich mit ziemlich viel Nullen, ein Vermögen, es verschlug einem regelrecht den Atem. Als die Killer schließlich weg waren, sagte Valenzin zu mir: ‚Wenn das hier vorbei ist, höre ich auf, Vittorio. Im Ernst, ich höre auf.' Aber er sagte das ohne das Vergnügen, das ihn normalerweise vor einem großen Fischzug erfaßte, er sagte es sogar mit schlechtem Gewissen, ich weiß nicht, ob ihn die Aussicht auf einen vergoldeten Ruhestand dazu bewegte oder sein von Skrupeln geplagtes Gewissen. Obwohl ich das eigentlich nicht glaube, Valenzin kümmerte sich normalerweise nicht um solche Kleinigkeiten."

Ich dagegen wußte, daß er bei der Liebe durchaus Skrupel gekannt hatte, ich wußte, daß ein innerer Widerwille ihn mit dem Makel der Sterilität befleckte.

„Und du hast niemals herausgefunden, worum es bei diesem großen Fischzug ging?" fragte ich mit jener niedergeschlagenen Verzweiflung von jemand, der alle Teile eines Puzzles in der Hand hält, aber nicht intelligent genug ist, um es zusammenzusetzen. „Hast du nie erfahren, ob er ihn wirklich ausgeführt hat?"

„Ich habe nicht den leisesten Schimmer." Tedeschi bleckte seine verfaulten Zähne. „Wer weiß, vielleicht hatte Valenzin ja irgendeinen faulen Trick vor, und der Pfeffersack schickte ihm seine Berufskiller, um mit ihm abzurechnen. Aber eigentlich kann ich mir nicht vorstellen, daß Valenzin so blöd gewesen sein soll, sich mit diesen Typen alleine zu treffen, vor allem, wenn er versucht hatte, sie aufs Kreuz zu legen. Man muß sich wohl auch fragen, was sie dazu veranlaßt haben mag, so stümperhaft in die Accademia einzubrechen: Im Schlägeverteilen waren sie ja vielleicht unschlagbar, aber um ein Museum zu überfallen, hatten sie nicht ausreichend Neuronen, man kann doch nicht da auftauchen und die Oberlichter kaputtschlagen und einen Höllenlärm veranstalten. Während ich auf dich gewartet habe, bin ich ein bißchen eingeschlummert, und die Alarmsirenen haben mich geweckt, auch die Tauben sind bei dem Radau scheu geworden, die Ärmsten, sie werden bald nachts nicht mehr schlafen können."

Valenzins Koffer dagegen verharrte in seiner Lethargie zusammengekauert unter dem Bett neben dem Nachttopf, den Tedeschi aufs neue gefüllt hatte.

„Hast du nicht versucht, ihn aufzumachen? Könnte sein, daß wir da drin eine Antwort finden."

„Aber sicher habe ich das versucht." Er schnalzte mit der Zunge, um seinem Ärger Ausdruck zu verleihen. „Mit dem Dietrich, mit dem Hauptschlüssel, mit dem Stemmeisen, ich habe es sogar mit dem Gaskocher versucht, indem ich ihn zum Schweißbrenner umfunktionierte: nichts, aber auch gar nichts. Damit habe ich ihm bloß die Hülle ein bißchen versengt, aber ich habe es dann vorgezogen, keine drastischeren Maßnahmen zu ergreifen, nicht daß ich nachher die Ware beschädige." Er machte eine mißtrauische oder zumindest hellsichtige Pause. „Wenn es überhaupt eine Ware gibt. Vielleicht hat Valenzin das ‚Teil', das ihm den Ruhestand vergoldet hätte, ja am Ende gar nicht bekommen, oder vielleicht hat Valenzin das Vorhaben wegen moralischer Bedenken fallenlassen, und deshalb haben es diese Dumpfbacken auf eigene Faust versucht."

Der Lichtkegel der Petroleumlampe malte einen hellen Kreis auf die Holzdielen des Fußbodens, während die langen Schatten ihrer Flamme bis an die Wand reichten und die Luft mit dickem schwarzem Rauch geschwängert wurde. In Venedig fließt das Verbrechen durch unterirdische Flußbetten, es ist wie ein Magma, das seine Hitze brüderlich verteilt, auch wenn es seine Temperaturen zu dosieren versteht: Von der Bestechung über den Raub bis hin zum Mord hatten alle Venezianer, die ich kennengelernt hatte, Teil an seiner Wärme. Diese niederschmetternde Überzeugung entmutigte mich, sie hinterließ in mir dieselbe Niedergeschlagenheit, die auch Jahwe ergriffen haben muß, als er in Sodom nicht einmal zehn Gerechte fand, die des Erbarmens würdig gewesen wären.

„Ich weiß, was mit dir los ist: Du bist über beide Ohren verknallt in die Kleine von Gabetti, und es ärgert dich irrsinnig, daß sie nicht völlig auf deiner Seite ist“, frotzelte Tedeschi. „Junge, jetzt kapier doch endlich: Du bist gerade erst angekommen, mit Gabetti steckt sie wegen allem möglichen unter einer Decke.“

„Gabetti ist ein notorischer und sattsam bekannter Straftäter“, sagte ich und wiederholte die Ausdrücke, die ich heute morgen aus Inspektor Nicolussis Mund gehört hatte. „Ich bin gespannt, was er sich für Tricks einfallen läßt, um die Polizei davon abzuhalten, den Raubüberfall zu untersuchen.“

Tedeschi zuckte die Schultern. Die Petroleumflamme ließ auf seinem Gesicht vielsagende Narben sichtbar werden, die aussahen wie eine Röntgenaufnahme seiner Seele.

„Wenn er es wirklich mit üblen Tricks versucht, werden wir schon davon erfahren“, sagte er mit jenem wortkargen Phlegma, das den Menschen vom Land eigen ist, denen die Erfahrung gezeigt hat, daß die Zeit Veränderungen im menschlichen Verhalten auslöst, so wie sie die Früchte reifen läßt und die Ernten zerstört. „Es kommt darauf an, daß sich niemand beobachtet fühlt. Du darfst es nicht so eilig haben, sie werden uns ihre Karten schon ganz von alleine zeigen.“

Sie hatten sie mir ja bereits gezeigt, zwar nur teilweise, aber bei soviel Exhibitionismus konnte ich mich dennoch des Eindrucks nicht erwehren, daß sie alle mit einem und demselben gezinkten Kartenspiel spielten und dabei ihre Einsätze machten und blufften, um das Blatt, das sie wirklich in der Hand hatten, zu verheimlichen. Tedeschi schlug mir vor, dem Spiel als passiver Zuschauer beizuwohnen, doch einige Wendungen des Spiels verlangten das Eingreifen eines Zuschauers, der den Hintergedanken oder den Hinter-Hintergedanken der Gegner zuvorkommen könnte. Vielleicht war ich die für diese Arbeit am wenigsten geeignete Person, vielleicht hatten mich die zahlreichen Jahre akademischer Nachlässigkeit und Willfährigkeit immun werden lassen gegen die Scharfsinnigkeit mancher Lügen, gegen die Doppeldeutigkeit mancher Darstellungen. Ich berichtete Tedeschi von den Entdeckungen, die ich im Laufe des Tages gemacht hatte, den Ungenauigkeiten und Widersprüchen, die sich von einigen Augenzeugenberichten herleiteten, ich erzählte ihm den Inhalt des belauschten Gesprächs zwischen Dina und Nicolussi, von Chiaras Kummer und Giovanna Zanons Intrigen.

„Sie und ihr Ehemann haben mich eingeladen zu einem Maskenball, den sie morgen anläßlich der Eröffnung des Karnevals veranstalten." Ich unterdrückte ein Schaudern, als ich mir vorstellte, wie ich in der schmuckvollen Verkleidung des Pestdoktors aussehen würde, die sich auch Valenzins Mörder ausgesucht hatte. Um die Angst zu vertreiben, riß ich Witze: „Immerhin werde ich so herausfinden können, ob sie wirklich eine Peitsche im Schrank versteckt."

Tedeschi stürzte den letzten Schluck Wein hinunter, der nach der Verschwendung zu Heilungszwecken noch in der Flasche war; auch er hatte sich im Bett aufgerichtet und knöpfte sich das Hemd auf.

„Also gut, zunächst werden wir mal versuchen, diesen Ring wiederzufinden. Ich konnte schon immer gut tauchen."

Er hatte einen sonnengegerbten Oberkörper, kein Gramm Fett zuviel, und nur die kunstvolle Handschrift der Muskeln zeigte sich darauf. Ich schämte mich ein wenig für meine beginnende Fettleibigkeit und die Rettungsringe: Mein Bauch war fast genauso unförmig und schwabbelig wie meine Lebenserfahrung. Tedeschi lehnte sich aus dem Fenster und überblickte den kleinen Platz, dessen einziger Mieter jene geizige Laterne war, in deren Innerem sich ein Insektenfriedhof befand. Auf dem Kanal, der seine Suppe aus Fäkalien braute, herrschte Ruhe.

„Wo ist er ungefähr reingefallen, sagst du?"

„Direkt vor dem mittleren Balkon, mitten in den Kanal."

Ich erinnerte mich an die Flugbahn des fallenden Rings (mein Gedächtnis beharrte auf diesem Bild und verlangsamte es), wie er die Kurve eines verlöschenden Meteoriten beschrieb, bevor ihn der Kanal verschluckte. Tedeschi beugte sich über den Fenstersims, um die Lage zu peilen; seine Haut schien gegen die Kälte immun zu sein, sie war wie mit einer unsichtbaren Schicht aus Walfett überzogen. Mir hingegen drang die feuchte Luft wie Joddampf in die Wunden auf meinem Rücken und ließ mich am ganzen Körper zittern; ich wickelte mich fester in den Regenmantel, den ich nach meiner Auseinandersetzung in der Accademia in die Lumpensammlung geben könnte.

„Dann gehen wir am besten rüber."

Er streifte sich die Gummistiefel ab, die mit einer dicken Schmutzkruste überzogen waren, und entledigte sich der Hose; er trug keine Unterhose, und der Phallus pendelte wie billiger Schmuck zwischen seinen Oberschenkeln. Wir gingen durch das *piano nobile* mit seinen perspektivisch kleiner werdenden Türen, die des Nachts ununterscheidbar aussahen und sich wie ein Gang in alle Ewigkeit fortzusetzen schienen; die Spiegel gaben unser Abbild nicht wieder, womöglich hatten sie ihre abbildende Funktion aufgegeben, um die Verbrechen, die in jenem Palazzo vereinbart und ausgeführt wurden, zu übersehen. Wie leicht und opportun es doch ist, die Augen zu schließen, wie angenehm, das Wachs sich den Gehörgängen anpassen zu lassen, wie gut es tut, sich umzudrehen und gleichgültig zu sein, wie nett, den Auseinandersetzungen aus dem Weg zu gehen und alle Verantwortung von sich zu weisen. Wir waren auf den kleinen

Platz getreten und bewegten uns, eng an die Hauswand des Palazzo gepreßt, auf dem schmalen Grat, den sich Fabio Valenzin entlanggeschleppt hatte, als das Blut aus dem Einschußloch in seiner Brust floß. Bevor er ins Wasser sprang, sah Tedeschi mich prüfend an:

„Du spielst ja wohl nicht mit dem Gedanken abzuhauen?"

Ich begriff, daß ich mich weder wankelmütig noch unentschlossen zeigen durfte, nachdem ich ihn in eine so unerhörte Geschichte verwickelt hatte. Die Fenster des Albergo Cusmano waren mit Fensterläden verschlossen (ein Fenster mit geschlossenen Fensterläden ist wie ein blinder Spiegel oder ein Mann, der einem den Rücken zudreht): Ich stellte mir mein Gepäck in einem jener verschlossenen Zimmer vor, geöffnet und möglicherweise starr vor Kälte; auch stellte ich mir Dina vor, die auf dem Rücken im Bett lag, mit der schwärzesten Stelle der Nacht auf ihrem Schamhügel: Wahrscheinlich hatte sie den Diebstahl des Koffers schon bemerkt, und ihre Augen waren vor Schlaflosigkeit weit aufgerissen; das waren sie auch am Abend vor dem Mord an ihrem Ehemann gewesen (ein Erstickungstod überdeckt einen Tod durch Vergiftung, so wie der Schnee die Obszönität des Bluts überdeckt), aber damals hatte das Gefühl der Anspannung ihr Mut gemacht, jetzt löste das Gefühl der Anspannung wahrscheinlich nur Hilflosigkeit bei ihr aus und jene unheilbare Trauer, die Tiere befällt, die in Käfigen eingesperrt sind.

„Ich und abhauen? Niemals."

Das Wasser reichte Tedeschi bis an die Brustwarzen und ließ sie steif werden; seine Füße versanken wahrscheinlich im Schlamm auf dem Kanalgrund, dessen scheußliche Konsistenz ich ein paar Nächte zuvor bereits unter den meinen gespürt hatte. Er tauchte unter und gewöhnte so seine Augen an die Undurchsichtigkeit jener flüssigen Region; als er schlamm- und algenbedeckt wieder auftauchte, um seine

Sauerstoffreserven zu erneuern, erinnerte er mich an jene hinduistischen Büßer, die zwecks Reinigung ihrer Sünden im Ganges baden und mit denselben Sünden und zusätzlich mit einem Überzug aus Dreck wieder nach Hause gehen. Die Tauchvorgänge wiederholten sich sieben- bis achtmal und wurden immer kürzer, weil seine Lungen genau wie meine Hoffnungen (oder Ängste), der Ring könnte wieder auftauchen, immer schwächer wurden; vielleicht war er dem Zerren der Strömung zum Opfer gefallen (doch in jenem Kanal war die Strömung ein seltener Gast), vielleicht war er bis in die Adria gerollt, um sich symbolisch mit den Wogen zu vermählen. Oder vielleicht hatte es den Ring auch niemals gegeben.

„Na endlich, da hab ich ihn endlich, den verdammten Sausack!" murmelte Tedeschi, während er plötzlich von seiner Höhlenexpedition zurückkehrte.

Er trug ihn zwischen seinen verfaulten Zähnen: Es war ein goldener Ring, hochkarätig und immer noch glänzend, obwohl er mitten im Müll genistet hatte. Tedeschi kletterte mit jenem triefenden Frohlocken von Bronzestatuen ans Ufer, wenn ein Archäologe sie vom Meeresgrund birgt, und spuckte den Ring vor meine Füße: Es war ein prächtiges Juwel, fast ein bißchen protzig, mit einem selbst für den Daumen viel zu großen Siegel und einer sehr sauber gearbeiteten Prägung. Als ich in die Knie ging, um ihn mir aus der Nähe anzusehen, hatte Tedeschi ihn bereits in seine sehnigen Hände genommen; ich bemerkte, daß ihm die Nägel vor lauter Schürferei in dem Wasserlauf abgebrochen waren. Angestrengt las er die Inschrift, die um das Siegel lief:

„*Moriatur anima mea cum philistiim*. Verstehst du, was das zu bedeuten hat?"

Tedeschis Nacktheit wirkte nicht obszön, da es keine begehrlichen oder vorwurfsvollen Blicke gab, die aus dem Verborgenen auf ihn gerichtet waren. Ich staubte meine entlegenen Lateinkenntnisse ab und übersetzte mehr an den phonetischen Entsprechungen mit dem Spanischen entlang als mit wirklich exakter Gewißheit:

„‚Möge meine Seele mit den Philistern sterben', oder so ähnlich, aber ich glaube kaum, daß uns die Übersetzung sehr viel weiterhilft", sagte ich.

„Wieso denn nicht? Mußtest du in der Schule etwa nicht die Bibel lesen?" fragte er mich mit einer Art hermeneutischem Glücksempfinden. „Das hat Samson geschrien, bevor er den Löffel abgab; Dalilah, die alte Schlampe, schnitt ihm die Haare ab und lieferte ihn den Königen der Philister aus, die ihm die Augen ausstachen und ihn an einen Mühlstein ketteten. Nachher fesselten sie ihn an die Säulen des Palastes, damit die Leute sich über ihn kaputtlachten, aber Samson vertraute sich Gott an und erlangte seine alte Kraft wieder: Er riß die Säulen um, und der Palast begrub die Philister unter sich. Sieh dir die Szene auf dem Siegel an: der Bezug ist vollkommen eindeutig."

Er hielt mir den Ring hin, damit ich das Reliefbild inspizieren konnte, das die Illustration der Inschrift darstellte: Auf einer Steinmauer standen zwei zerbrochene Säulen, fast ein wenig stilisiert wirkende Säulen ohne Sockel, die exakt genauso aussahen wie die Säulen, die auf *La tempesta* hinter dem einsamen Wanderer zu sehen sind. Ich war erregt von einem Gefühl innerer Unruhe, von einer Art düsterer Befürchtung, die sich in meinen Verstand mischte.

VIII.

Man benötigt eine numismatische Geduld, um ein Puzzle zu lösen, man muß zwischen den fast unendlich vielen Kombinationsmöglichkeiten auswählen und die abgebissenen Umrisse jedes einzelnen Teils an die richtige Stelle legen. Die Übereinstimmungen zwischen den Teilen sind manchmal so minimal, daß sie fast nicht wahrnehmbar erscheinen, manchmal spüren wir, daß ein einziger Fehler diese Übereinstimmungen zerstören könnte, aber diesen Gedanken verscheuchen wir und fahren fort mit unserer Heldentat (denn mit der Zeit glauben wir, je weiter wir vorankommen, ein gewisses intellektuelles Heldentum zu verkörpern), bis wir, wenn wir die Landkarte der Teile fast schon geordnet haben, herausfinden, daß das Zusammenpassen der Teile nicht alles ist, sondern daß das Bild, das dabei herauskommt, auch noch wahrheitsgetreu und nicht beliebig sein muß, daß sich die Übereinstimmungen, die anfangs minimal und fast nicht wahrnehmbar waren, mit der Zeit mit einem inneren Zusammenhang füllen müssen, bis sie ein vollständiges sinnhaftes Bild ergeben. Die Achtung vor den Gesetzen der Geometrie nutzt uns gar nichts, wenn wir am Ende unserer Aufgabe auf Brüche im Bild stoßen: Wir sind dann Opfer einer unerträglichen Last (zu viel Energie haben wir verschwendet), und der getrübte Blick hindert uns daran, unsere Schritte zu rekapitulieren, wir bevorzugen es, das gesamte Gebäude, das wir auf falsche Grundlagen gebaut haben, mit einem Handstreich vom Tisch zu fegen. Der Ärger und die Verzweiflung legen uns die Zerstörung nahe, auch wenn wir es nachher bereuen, wenn der Fußboden von Teilen übersät ist, die ihre ursprüngliche totale Unordnung wiedererlangt haben.

Mir geschah etwas ganz Ähnliches: Ich hatte die Methoden der akademischen Forschung aufs genaueste befolgt, um das Thema von *La tempesta* zu erhellen, ich hatte angestrengt versucht, seine Ränder zueinander passen zu lassen und dabei fünf Jahre auf die Komposition einer nach den Grundsätzen der Logik unwiderlegbaren Argumentationskette verwendet, aber zwei Tage in Venedig hatten mir bewiesen, daß die Logik für das Leben nichts taugt, genausowenig wie der Verstand für die Kunst taugt, denn die Kunst ist eine Religion des Gefühls. Zwei Tage in Venedig hatten fünf Jahre Arbeit widerlegt, hatten auf meinen theoretischen Grundsätzen herumgetrampelt und mich in eine Wüste der Orientierungslosigkeit verbannt. *La tempesta*, das Gemälde, das ich seziert und mit numismatischer Geduld wieder zusammengefügt hatte, war nicht bloß das Objekt ästhetischen Genusses oder der Kampfplatz, auf dem die Spezialisten ihre Meinungsverschiedenheiten austrugen: Es war auch Gegenstand von Verehrung oder Verwirrung für diejenigen, die es für ihr moralisches Eigentum hielten, oder die, im Gegenteil, das Gefühl hatten, daß man es ihnen weggenommen hatte, worüber sie erbost waren; es war auch der Kampfplatz, auf dem jene Männer und Frauen ihre Auseinandersetzungen austrugen, die Bühne, auf der ihre Schimären und sehnlichsten Wünsche und Frustrationen ihren Ausdruck fanden.

Der Fund des Ringes legte einige Betrachtungen nahe, die mich, ohne daß ich darüber bereits Gewißheit erlangt hatte, zu der Annahme neigen ließen, daß *La tempesta* kein lediglich aus Symbolen zusammengesetztes Konstrukt war. Vielleicht lagen auf diesem Gemälde auch die im engsten Sinne materialistischen Raubgedanken im Widerstreit, die nicht im geringsten metaphorische Habgier, die Überlebens- und die Raubtierinstinkte. Vielleicht waren jene Instinkte und jene Habgier und jene Raubgedanken so unbezähmbare und zerstörerische Triebe, daß einer von den Streitenden dazu bereit gewesen war, sich selbst zu opfern in der Absicht, seine

Gegner mit ins Verderben zu ziehen, so wie es Samson getan hatte: ‚Möge meine Seele mit den Philistern sterben'.

„Valenzins Mörder wollte keine Spuren hinterlassen", dachte ich auf dem Rückweg zum Palazzo laut. Der Ring schien in meiner Hand zu pochen wie ein glühender Stein. „Er hat gerade auf sein Opfer geschossen, das zu seinen Füßen im Todeskampf liegt, aber anstatt ihm den Gnadenstoß zu geben, vergewissert er sich lieber, daß es keinen Gegenstand oder kein Dokument bei sich trägt, der oder das ihn in die Angelegenheit verwickeln könnte. Dann entdeckt er am Ringfinger des Opfers einen äußerst wertvollen und außerdem sehr großen Ring, der von der Polizei nicht übersehen worden wäre. Der Mörder weiß, daß ihn dieser Ring verraten wird, möglicherweise hat er ihn selbst dem Opfer geschenkt, vielleicht aber spielt das Motiv des Siegels auch vage auf eine Angelegenheit an, die sie beide betrifft, und nun sucht er in seiner Hektik nach einem Weg, um ihn loszuwerden. In seinen Händen war der Ring so heiße Ware, war sein Besitz mit solchem Risiko verbunden, daß er ihn auch nicht eine einzige Minute in seinem Besitz haben wollte: Er weiß, daß Venedigs Kanäle ein sicheres Lager sind, das alle möglichen Geheimnisse verschluckt, und so geht er auf den Balkon, um ihn von dort aus wegzuwerfen. Währenddessen gelingt es Valenzin taumelnd gerade noch, ein paar Schritte zu tun und den kleinen Platz zu erreichen, um Hilfe zu rufen, aber seine Stimme und die Beine versagen ihm den Dienst, in Wirklichkeit ist er bereits eine wandelnde Leiche."

Tedeschi brauchte ein bißchen, bis er meine Rekonstruktion der Vorfälle nachvollziehen konnte; die unbeantworteten Fragen trübten seine Laune:

„Und warum machte ihn der Ring so verdächtig?"

„Hier bewegen wir uns bereits im Gebiet der Hypothesen, allerdings im Gebiet der ziemlich wahrscheinlichen

Hypothesen“, versetzte ich, darauf achtend, daß er meine Erläuterungen nicht anmaßend fand. „Die zerbrochenen Säulen haben, wie ich bereits sagte, etwas mit den Säulen zu tun, die Giorgione gemalt hat. Zu dieser Übereinstimmung addierst du noch den so stümperhaft ausgeführten, fast ein wenig verzweifelt wirkenden Überfall der beiden Gorillas auf die Accademia: Vielleicht schritten sie auf Befehl ihres Herrn und Meisters zur Durchführung einer Tat, die Valenzin nicht ausgeführt hatte. Ich glaube, Valenzin war mit dem Raub von *La tempesta* beauftragt worden; außerdem glaube ich, daß der Ring ein Geschenk seines Kunden war, eine kleine Aufmerksamkeit im Vergleich zu dem, was er bei der Übergabe erhalten würde, aber in jedem Fall eine kleine Aufmerksamkeit, die Valenzin an seine Verpflichtung erinnern sollte.“

„Eine Verpflichtung, der er nicht nachkam und die ihn das Leben kostete“, folgerte Tedeschi, der sich vor Entmutigung krümmte. „Dann befürchte ich sehr, daß der Koffer leer ist. Trotzdem hat der Dieb die Schlüssel mitgenommen, daran besteht kein Zweifel: Valenzin hat sich niemals von ihnen getrennt; als wir uns hier verabredet hatten, ließ er sie rasseln, um sein Kommen anzukündigen.“

Tedeschis Blickt irrte umher wie der von jemand, der ein paar Prämissen besitzt, aber die Schlußfolgerungen nicht zu ziehen versteht. Diese Aufgabe maßte ich mir an:

„Vielleicht enthält der Koffer ja irgendein anderes Beweisstück, das auf die Personen zurückfällt, die ihn beauftragt haben. Valenzin hielt sich mit großer Gewißheit den Rücken mit dem einen oder anderen Schriftstück frei.“

Die Lampe brauchte mittlerweile ihren Petroleumvorrat auf und ließ einen Rauch mit narkotischer Wirkung aufsteigen, der uns den Atem raubte und uns am Sprechen hinderte. Die Flamme hauchte flackernd ihr Leben aus, mit einem abschließenden Rasseln, das in der Nacht immer schwächer wurde wie das leise Pfeifen von verströmendem Gas. Durch die Balkonfront des *piano nobile* drang ein mattes, spitz zulaufendes Licht, Dolchstöße des Mondes, die auf dem von den Tauben verunreinigten Boden immer länger wurden, bis sie an die Wand an der hinteren Seite des Raumes reichten und die Spiegel beleckten, in denen nur noch das Abbild von Toten zu sehen war, in denen Valenzin vielleicht Gelegenheit gehabt hatte, sich zum letztenmal zu betrachten, mit jenem Weichzeichnereffekt, der sich auf unseren Netzhäuten bildet, wenn das Blut sie mit seiner Totenklage trübt. Die Nacht breitete sich erbarmungslos aus; so würde auch Fabio Valenzin sie wahrgenommen haben, als wäre sie eine um sich greifende Blindheit, in der sich der schadhafte Blasebalg eines Atmens versteckte.

„Wo willst du übernachten?" fragte mich Tedeschi, der ahnte, daß ich das nicht im Palazzo tun würde. „Bei Gabetti?"

„Ich fürchte, da bin ich jetzt nicht mehr willkommen." Eine rastlose Trauer ließ meine Worte schwer werden: „Wer zuviel weiß, ist niemals willkommen. Ich gehe zurück zum Albergo Cusmano."

„Dann wären wir also Nachbarn", freute sich Tedeschi. Ihm schien die Nacht keine Furcht einzujagen. „Laß mich wissen, wenn die Witwe einen Anschlag auf dich vorhat."

„Ich werde es dich wissen lassen, mach dir keine Sorgen", sagte ich, ohne eine Ahnung zu haben, was für einen Anschlag er meinte.

Über den kleinen Platz wehte ein herkunftsfreier Wind, ließ Wellen auf dem Kanal entstehen und taufte mit seinem Naß meine Wunden unter dem Regenmantel. Der leuchtende Neonschriftzug, der den Albergo Cusmano ankündigte, hatte sein Brummen zugunsten eines Knisterns aufgegeben, das klang wie auf dem elektrischen Stuhl, als hätte er sich schließlich den Kurzschlüssen ergeben; auch die Tür gab auf meinen

Stoß hin nach, man brauchte ihren Widerstand nicht zu brechen. Unverhoffte Unordnung veränderte das Aussehen des Foyers der Pension: Die auf dem Teppich hin- und hergeschobenen Möbel, die auf dem Kopf liegenden Stühle, die verstreut herumliegenden Tabellen, auf denen Dina den phantasmagorischen Aufenthalt der Gäste festhielt, verliehen ihm das Aussehen einer betrunkenen Dachkammer. Ich räumte die Hindernisse aus dem Weg und überwand dabei jenen Widerwillen, den die Rückkehr an den Ort des Verbrechens in einem auf Keimfreiheit bedachten Dieb auslösen muß, wenn er die Verwüstung feststellt, die von einem anderen Kollegen nach ihm angerichtet wurde, der weniger sorgfältig war, vielleicht auch wütender und mordlustiger.

„Dina!“ schrie ich, von plötzlichem Entsetzen gepackt.

Ich lief die Treppe drei Stufen auf einmal nehmend hinauf, gehetzt von einer düsteren Vorahnung; die Treppenstufen besaßen die Konsistenz von Schlamm, was meinen Aufstieg erschwerte. Vom ersten Treppenabsatz aus sah ich von weitem schon die angelehnten oder weit offen stehenden Türen auf dem Flur, die eine ebenso gründliche Durchsuchung erkennen ließen wie die, der das Foyer unterzogen worden war, aber ich hielt mich nicht damit auf, die Verwüstungen zu begutachten, die jene Durchsuchung angerichtet hatte, denn vielleicht war Dina das Opfer anderer, weniger leicht wiedergutzumachender Zerstörungen geworden, vielleicht hatte jener späte Dieb seine Wut an ihr ausgelassen, als er bemerkt hatte, daß ihm jemand zuvorgekommen war.

„Dina! Hörst du mich denn nicht?“

Ich erwartete keine Antwort, ich häufte lediglich Wörter auf, die als Gegenmittel für meine Furcht dienen könnten, Wörter, die ihren Tod verzögerten oder ihre Wiederauferstehung bewirken konnten, Wörter in der Funktion eines Responsoriums oder einer Beschwörung, um das Gewissen zu beruhigen oder die Schuldgefühle zu vertreiben. Kaum ein paar Stunden zuvor hatte ich sie mir noch vorgestellt, wie sie rücklings auf dem Bett lag, hatte die schwärzeste Stelle der Nacht auf ihrem Schamhügel vermutet und ihre Augenlider in Alarmbereitschaft, doch ich hatte die Starrheit ihres Blickes nicht zu interpretieren gewußt; nun stellte ich mir jenen Blick mit einem Gerinnsel des Todes auf beiden Netzhäuten vor, wie sie jenen postumen Glanz ausschwitzen, der nach dem Ersticken oder dem Tod durch Erwürgen auftritt. Ich schaltete das Licht ein, um diese Befürchtungen bestätigt zu finden. Erleichtert stellte ich fest, daß sie lebte, daß ihre byzantinischen Augen durch die flackernden Lider ein stummes Weinen vor Wut oder Verzweiflung aussandten.

„Ich hatte schon gedacht, man hätte dir etwas Schlimmeres angetan. Mein Gott, Dina, ich binde dich sofort los."

Draußen schlug der Wind gegen die Fensterläden und ließ sie an die Rahmen klopfen wie einsame Wanderer, die Unterschlupf suchen und Mildtätigkeit einfordern. Dina war mit Heftpflaster geknebelt worden; ihre Hand- und Fußgelenke waren, ebenfalls mit Heftpflaster, an die Rückenlehne und die Füße eines Stuhls gefesselt. An der rechten Schläfe hatte sie eine Beule, deren Ausdehnung bis an den Bluterguß in der Nähe der Augenbraue reichte, aber sie wies keine weiteren Anzeichen von Gewaltanwendung auf. Obwohl der Stuhl auf der Seite lag und Dinas Rock ein Akkordeon aus Falten bildete (eine Sekunde lang konnte ich ihre weißen und cellulitischen Oberschenkel sehen, vielleicht rieben sie ja in der Höhe des Schritts aneinander) und ihr die hochhackigen Schuhe von den Füßen gerutscht waren, wußte ich genau, daß ihr niemand die Schuhe ausgezogen, noch sie umgekippt, noch ihr Kleid geschürzt hatte; sie ganz allein hatte in der Absicht, sich zu befreien, diese Unordnung angerichtet. Ich stellte den Stuhl auf und streichelte ihr zärtlich über die Wunde an der Schläfe; ihre Klagen waren weiterhin stumm (ihre Schluchzer fielen in die Falle des Knebels), aber zahlreicher, als hätte sich die in der Einsamkeit aufgestaute Anspannung schließlich gelöst. Ihr Gesicht war rot angelaufen, und ihre Nasenflügel waren vor lauter Anstrengung, Atem zu holen, geweitet wie die Nüstern eines Pferdes. Ich lief ins Bad, um eine Schere zu holen, mit der ich die Fesseln durchschneiden konnte.

„Nur einen Moment noch, Dina, du bist nicht mehr allein."

Der Mann, der sie gefesselt hatte, war umsichtig und erbarmungslos vorgegangen, er hatte ihre Hand- und Fußgelenke mehrmals mit Heftpflaster umwickelt, was ihren Blutkreislauf behindert hatte und einen bläulich verfärbten, kreisförmigen Abdruck hinterlassen, denselben Abdruck, den auch die Gummizüge eines BHs auf dem Rücken hinterlassen oder ein Siegelring auf dem Ringfinger. Kaum wußte sie, daß sie frei war, riß sich Dina die Reste des Heftpflasters ab, als wären es Enthaarungspflaster; ihre Haut rötete sich sofort, doch der Schmerz kam nicht über ihre Augen hinaus, die Tränen anästhesierten ihn. Sie umarmte mich mit einer kindlichen Kraftlosigkeit; die Schluchzer, die sich ihrer Brust wegen des Knebels nicht entringen konnten, fanden ihren Widerhall in ihren Brüsten, die in einer weichen und asymmetrischen Bewegung bebten. Ich fühlte mich wie jemand, der zugleich der Schuldige an diesem Erzittern war und sein Empfänger:

„Ganz ruhig, das Schlimmste hast du schon überstanden, ich bin bei dir, du bist in Sicherheit", sagte ich und reicherte den Balsam meiner Worte mit dem Balsam meiner Finger an, mit denen ich ihr den Schweiß von der Stirn strich und die Panik von ihren Lidern streifte. „Jetzt wird dir keiner mehr wehtun."

Ein bißchen mußte ich ihr schon noch wehtun, da ein paar Haare unter dem Knebel festgeklebt waren, obwohl sie die Haare zu einem Zopf gebunden und den Nacken frei hatte. Behutsam schnitt ich die Haare durch, um ihr kein Loch in die Frisur zu schneiden, und ließ sie das Heftpflaster dann selbst abreißen: Auch ihre Wangen entzündeten sich augenblicklich, und die Haut ihrer Lippen riß ab, und sie bedeckten sich mit dem Schmutz eines Blutes, das nicht so schnell versiegen würde.

„Ich dachte, ich würde ersticken, ich dachte schon, niemand würde kommen und mir helfen." Sie redete mit jener Gier und jenem Genuß und jener Erstarrtheit, mit der man nach einem monatelangen oder jahrelangen Schweigen redet. „Wie kann ich dir nur dafür danken, es war ja so schrecklich."

Sie strich die Falten ihres Rockes glatt und betrachtete erschüttert die zerfetzten Kniestrümpfe, die ihr auf die Fersen heruntergerutscht waren, aber als sie feststellte, daß ich noch heruntergekommener aussah, ging es ihr wieder besser. Der Wind schlug gegen die Fensterläden und pfiff durch die Ritzen.

„Jetzt mal ehrlich", sagte ich, vielleicht ein bißchen herrisch. „Wer hat dich auf den Stuhl gefesselt. Derselbe, der auch die ganze Pension auf den Kopf gestellt hat?"

Heimlich betrachtete ich die Lücke, die Valenzins Koffer zwischen Wand und Schrank hinterlassen hatte, eine Lücke, die ein bißchen wie ein Kaninchenbau ausgesehen hatte und nun jene entweihte Verlassenheit von leeren Betnischen erkennen ließ.

„Ist er gekommen, um den Koffer zu holen?"

Dina sah mich noch immer verständnislos an, erstaunt oder bestürzt, und ihr Blick wurde immer nachdenklicher, bis er nicht mehr von unterwürfiger Dankbarkeit, sondern von Verachtung geprägt war, so als würde sie mir meine Schäbigkeit aus Müdigkeit verzeihen, obwohl sie mir noch nicht wirklich vergeben hatte.

„Dann hast du ihn also mitgenommen", sagte sie mit einer allzu nüchternen Würde, in demselben bitteren Tonfall, den ich bereits in ihrem Gespräch mit Nicolussi bemerkt hatte, als ich die beiden vom Hauseingang aus belauschte. „Deinetwegen hätte ich sterben können, und nun verlangst du von mir, ich soll dir die Wahrheit erzählen."

„Ich bitte dich, Dina, beschreib mir, wie der Typ ausgesehen hat, der dich so zugerichtet hat." Wieder streichelte ich ihr die von dem Schlag verbeulte Stirn, aber diesmal wich sie vor mir zurück, als hätte sie einen Elektroschock abbekommen. „Sag es mir, es ist wichtig."

Sie sah mich unendlich angeekelt oder unendlich mitleidig an; vielleicht verabscheute sie mich ja bis ins kleinste Detail, vielleicht hatte sie ja die Ausdünstungen des billigen Weins gerochen, den Tedeschi dazu benutzt hatte, meine Wunden zu desinfizieren.

„Oh je, dich haben sie ja auch ganz schön in die Mangel genommen."

Ich nickte und ließ dabei meinen Kummer und meine Solidarität größer erscheinen, als sie es in Wirklichkeit waren. Menschen, die ich gerade erst kennengelernt hatte, hatten mich zum Empfänger von trügerischen oder zumindest doch berechnenden Vertraulichkeiten gemacht, sie hatten annähernd falsche Geschichten erfunden und sich meine Naivität oder Unbedarftheit zunutze gemacht; nun war ich gewarnt, ich wollte die Wahrheit erfahren und mit der ganzen Geheimniskrämerei aufräumen. Die Wahrheit – so stellte ich schließlich fest – gedeiht besser in der Lakonie, die Beredsamkeit ist schmückendes Beiwerk, das sich schützend vor uns stellt und die Lügen unbemerkt bleiben läßt. Dina ließ sich, überwältigt von der Erschöpfung oder von den Gewissensbissen, aufs Bett fallen: Auch sie hatte mich angelogen, auch sie hatte mich durch die Mangel ihrer Aussagen gedreht, die ich mir lieber nicht angehört hätte. Die Sprungfedermatratze auf ihrem Bett empfing die Last ihres Körpers mit einem von widerstandsloser Selbstaufgabe zeugenden Seufzer; das Geräusch kam mir bekannt vor, denn ich hatte es gleich nach meiner Ankunft in Venedig durch die Trennwände hindurch gehört, mit meinen vor Verlangen in Flammen stehenden Sinnen.

„Ich konnte sein Gesicht nicht sehen, er trug eine Karnevalsmaske", sagte sie flüsternd und verschränkte die Arme, um das Zittern, das sie von neuem befiel, zu unterdrücken.

„Das Maske des Pestdoktors", pflichtete ich ihr bei. „Du hast nicht zufällig darauf geachtet, ob er eine ziemliche Proletenfrisur hatte?"

Sie hüllte sich in Schweigen, in ein unerforschliches Schweigen, das möglicherweise das Vorspiel eines Weinkrampfes oder eines Wutanfalls darstellte:

„Aber mit welchem Recht verlangst du eigentlich, daß ich dir das alles erzähle?" Das Zittern der Brüste hatte sich auf den Rest ihres Körpers übertragen, wie sich die Wellen eines versinkenden Steines auf der Wasseroberfläche ausbreiten. „Ich rufe jetzt sofort die Polizei."

Sie versuchte, sich im Bett aufzurichten, aber ich hielt sie an den Schultern fest und schüttelte sie durch: Der Gedanke, daß auch meine Hände zur Gewaltanwendung imstande wären, entsetzte mich.

„Du rufst die Polizei? Und was willst du ihnen erzählen? Daß du mit Nicolussi unter einer Decke steckst, wie bei dem Mord an deinem Mann? Daß ihr gemeinsam beschlossen habt, ein Beweismittel zu unterschlagen, aber auf eine günstige Gelegenheit wartet, um es aus dem Ärmel zu ziehen?" Eine Erregung, die große Ähnlichkeit mit Fieber besaß, schüttelte mich, und meine Worte klangen grob und beleidigend, als hätte ich sie im Groll ausgesprochen. „Wirst du ihnen erzählen, der Spanier sei euren Machenschaften zuvorgekommen? Ich glaube nicht, daß du in deiner Situation irgend jemanden anrufen solltest."

Dina hatte ihre byzantinischen Augen geschlossen, um besser in sich horchen oder meine Anwesenheit ausblenden zu können, sie hatte die maßvollen Lippen zu einem Strich zusammengepreßt, der vorgab, uneinnehmbar zu sein.

„Bitte laß mich los."

Ihre Stimme klang fast wie versteinert, als wäre sie wie ein Fossil aus einer archäologischen Grabungsstätte geborgen worden, eine Stimme, die zugleich flehentlich war und sich in einer Ohnmacht verlor. Ich drang in sie:

„Wir müssen einander vertrauen, Dina, wir haben keine andere Wahl." Ich lockerte den Griff meiner Hände, die einen Augenblick zuvor noch aggressiv gewesen waren, ich lockerte ihren Griff und ließ sie auf ihren Schultern verwaisen, ein wenig nachlässig und in einer leeren Geste, so wie es die Quacksalber und die Priester zu tun pflegen. „Verzeih mir, wenn dir meinetwegen ein Leid hätte zugefügt werden können: Als ich den Koffer mitnahm, dachte ich nicht über die Auswirkungen meiner Tat nach. Auf jeden Fall wäre dir diese üble Geschichte nicht erspart geblieben, egal, was ich getan hätte. Dieses Individuum, wer auch immer das war, hätte dir so oder so einen Besuch abgestattet. So ist der Koffer wenigstens in Sicherheit."

Ich schämte mich dafür, daß ihr Leid umsonst gewesen sein könnte, sollte der Koffer am Ende nichts weiter enthalten als zerknüddelte Hemden und Unterhosen mit braunen Schleifspuren; mich beschlich die Ahnung, daß auch Tedeschi umsonst für einen leeren Behälter leiden könnte. Als Dina die Augen wieder aufschlug, beobachtete ich, daß sich ihre Augen leicht zuckend von einer in die andere Ecke bewegten, so wie sich die Augen einer Taube bewegen, wenn man ihr den Hals umdreht.

„Und die Stunden, die ich in panischer Angst verbracht habe, zählen die gar nichts? Weißt du eigentlich, was es heißt, stundenlang auf einen Stuhl gefesselt zu sein, ohne um Hilfe rufen zu können? Ich war soweit, daß ich sterben wollte."

Auf ihre Lippen, die von dem Heftpflaster völlig zerfetzt waren, trat aus allen Rissen gleichzeitig ein sparsames Blut, das Ähnlichkeit mit Grünspan hatte, der möglicherweise seit langem bestehende Rachegelüste verriet. Ihr Zorn war nutzlose, aber er dürstete danach, mit jemandem geteilt zu werden.

„Natürlich zählen sie, Dina", sagte ich. „Und gerade weil sie zählen, müssen wir dafür sorgen, daß sie sich nicht wiederholen. Du mußt mir erzählen, wie das alles passiert ist."

Sie erzählte und erzählte, anfangs stockend wegen des Entsetzens, das uns befällt, wenn wir uns einen soeben geträumten Albtraum in Erinnerung rufen, später dann (je mehr die letzten Überreste jenes Albtraums verschwammen) wütend und mit einem unterschwelligen Rachedurst. Nach Fabio Valenzins Begräbnis hatte sie noch auf dem Friedhof mit Nicolussi vereinbart, daß sie die ‚zufällige' Entdeckung des Koffers auf den nächsten Tag verschieben wollten. Zurück in der Pension schaltete Dina das Radio im Foyer an und hörte die Nachrichten, die in den mehr oder weniger spröden Bericht der Vorfälle eine hagiographische Skizze über Fabio Valenzin einflochten. Kein Zeichen von Unordnung ließ sie den Diebstahl des Koffers argwöhnen. Als sie die Lücke zwischen der Wand und dem Schrank bemerkte, war ihre erste Reaktion nicht etwa Panik gewesen, sondern eher Verwunderung, als ob jemand die Stellung der Möbel leicht verändert hätte. Nach und nach wurde aus dieser anfänglichen Verwunderung das schlimmere Gefühl des Schwindels: Flucht war ihr erster Gedanke, ein gewisses Gefühl der Beklemmung lähmte sie. Auch traute sie sich nicht, Inspektor Nicolussi anzurufen, der vielleicht schon wieder in die Polizeidienststelle zurückgekehrt war, denn die verschwiegene Verbindung, die zwischen ihnen bestand (verschwiegener noch als der Ehebruch oder die unstatthafte Beziehung), ließ solche plötzlichen Kontaktaufnahmen nicht empfehlenswert erscheinen; sie war daran gewöhnt, alleine mit ihrer Schuld zurechtzukommen, und so versuchte sie, sich mit optimistischen oder beschönigenden Argumenten zu beruhigen: Der Inhalt jenes Koffers spielte für sie am Ende gar keine Rolle, sein Verschwinden befreite sie von einer Last, die sie gar nicht aus freien Stücken auf sich genommen hatte. Ein Glockenläuten, das aus dem Foyer kam, unterbrach ihre Gedankenspiele; die Trägheit des Optimismus überzeugte sie davon, daß es sich um einen unverhofften Gast handelte (ich selbst, zum Beispiel), der sie von ihren Schuldgefühlen und ihrer Entmutigung ein wenig ablenken würde. Sie hatte sich kaum mehr als ein winziges Stückchen in die Dunkelheit des Flurs beugen können, als sie auch schon einen Schlag auf die Schläfe erhielt, einen außerordentlich effektiven, möglicherweise mit dem Griff einer Pistole ausgeführten Schlag, der sie in die Kellergewölbe der Bewußtlosigkeit hinabstieß. Es war ein sanfter und schmerzfreier Stoß und so schnell, daß er keine Zeit ließ für Neugierde, Angst oder Protest.

„Das Aufwachen war weniger sanft", sagte Dina. Sie hatte sich mit der Hand an die verwundete Schläfe gefaßt und betastete ihre Beule. „In meinem Kopf hämmerte es, und wegen des Knebels konnte ich kaum atmen; auch bewegen konnte ich mich nicht, aber das Gefühl der Atemnot und des Gefesseltseins war relativ erträglich, verglichen mit dem Lärm, der aus den anderen Zimmern zu mir drang. In diesem Moment wußte ich, daß derjenige, der mich überwältigt hatte, ebenso auf der Suche nach dem Koffer war, und ich befürchtete schon, er würde das Scheitern seiner Suche an mir auslassen: Schlimmer als zu sterben ist das Warten auf den eigenen Tod, ihn sich vorzustellen und nicht abwenden oder deinen Vollstrecker nicht erweichen zu können. Ich hatte das Zeitgefühl verloren, ich wußte nicht, ob ich seit Stunden oder Minuten ohnmächtig war oder ob jene Durchsuchung ewig dauern würde, so kam es mir nämlich vor. Schließlich wurde es still und jene Vogelscheuche stand vor mir: Sie trug einen Umhang mit Kapuze, aus der bloß diese Porzellanmaske hervorlugte, der Vogelschnabel und zwei im Schatten liegende Löcher, durch die man die Augen kaum erkennen konnte. Es war ein monströser Anblick."

Und sie sprach schlafwandlerische Worte, in einem sachlichen Tonfall, der sich auf eine so furchterregende Vergangenheit zu beziehen schien, daß seine Nachwirkungen bis in die Gegenwart reichten. Ich drehte den Griff, der das Fenster geschlossen hielt, und gab den hölzernen Fensterläden einen Stoß, damit der Wind endlich aufhörte, sein Recht auf Einlaß einzufordern.

„Und was hatte er für eine Stimme?" fragte ich.

Meine eigene verwehte in der Nacht wie die Asche eines eingeäscherten Körpers, wenn sie den Unbilden der Witterung ausgesetzt ist.

„Wenn er wenigstens etwas gesagt hätte; einen Fluch oder eine Verwünschung oder ein beleidigendes Wort hätte ich seinem Schweigen vorgezogen", sagte Dina. „Er kam zu mir und drückte mir die Pistole auf die Stirn, genau zwischen die Augenbrauen. Ich hörte seinen keuchenden Atem, ich wollte ihn anflehen und auf die Knie fallen, ich wollte schluchzen und ihn um Vergebung bitten, aber ich konnte nur lautlos schluchzen, weinen und den Kopf hin- und herschütteln, bis ich das Gefühl des Metalls auf meiner Haut nicht mehr spürte. Er nahm den Lauf der Pistole weg, vielleicht kam er sich in diesem Augenblick großzügig vor, und musterte mich durch seine Maske hindurch, bis er schließlich kapierte, daß ich auch nicht wußte, wo der Koffer geblieben war. Ich habe immer noch das Gefühl, ihn schnaufen zu hören."

Wie einen beschädigten Blasebalg, fügte ich in Gedanken hinzu. Dasselbe Keuchen mit seiner verborgenen und treibenden Melodie mischte sich mit dem Geräusch des Windes und sickerte in meinen Organismus (doch meine Sinne hatten Schaden genommen), es war das rasselnde Geräusch einer Stadt, die den Schlaf ermordet hatte, der einmütige und beschwerliche Atem Venedigs, der unterirdisch durch die Kanäle waberte, in den steinernen Grotten wieder auftauchte, in den Bogengängen, in denen die Feuchtigkeit lauerte, in den schmalen Gassen, die Ähnlichkeit mit Klippen besaßen, in den von Nachlässigkeit und Gespenstern überfüllten Grabstätten, in der würdevollen Einsamkeit der unbewohnten Palazzi und den Kirchen ohne Gläubige. Die Nacht war vielgestaltig und vielfältig, und sie verschwor sich gegen mich: Eine fast kosmische Furcht hatte mich ergriffen, doch ich stellte fest, daß diese Furcht die beste Verteidigung gegen die traurigen Gefühle und den körperlichen Verfall darstellte.

„Es klingt mir noch immer in den Ohren“, sagte Dina ohne Hoffnung auf Besserung.

Bald würde es Tag werden: Obwohl noch keine Spur von Licht zu sehen war, hatte die Luft bereits jene frisch enthüllte Kälte angenommen, wie ein Messer vor dem Zustechen. Als Belohnung oder mindestens im gerechten Gegenzug hätte ich Dina das rechnerische Ergebnis der widersprüchlichen Enthüllungen kundtun müssen, zu dem die jüngsten Vorfälle mich hatten kommen lassen, aber ich nahm lieber die Abkürzung:

„Hast du diesen Ring schon mal gesehen?“

Dina begutachtete ihn flüchtig, mit der müden Trägheit, die Experten bei ihren Schätzungen erkennen lassen.

„Das ist der Ring, den Valenzin an dem Abend trug, an dem er umgebracht wurde, stimmt's?“

Ich antwortete ironisch:

„Na so was, ich wußte gar nicht, daß du hellseherische Fähigkeiten hast.“

„Habe ich auch nicht, Valenzin war hier, bevor du gekommen bist.“ Sie versuchte mit einem erschöpften Gesichtsausdruck zu lächeln, aber ihr Gesicht verzog sich vor Schmerz. „Er hatte ein Zimmer mit Telephonanschluß gemietet, das er fast nie benutzte. Manchmal wartete er stundenlang darauf, daß das Telephon klingelte. Manchmal nahm er den Hörer nicht einmal ab, ein paar Klingelzeichen konnten das vereinbarte Signal zum Handeln sein.“

Ich stellte mir Fabio Valenzin bei diesem angespannten Warten vor, das seinen Aktionen vorausging, und hörte dabei das schlaflose Wachsen seiner Bartes, hörte die allmähliche Verwandlung seiner Herzschläge (doch Chiara hatte mir versichert, daß er gegen Gefühlsregungen immun war, daß er in einem Panzer aus Gefühlskälte steckte), bevor das Telephon wie ein Schuß oder eine Herde in Stampede losdröhnte. Ich stellte ihn mir vor, wie er unbeweglich vor dem Spiegel stand, wie er vielleicht in seinem Spiegelbild nach Anzeichen für eine Veränderung suchte, die ihn in einen neuen, zur Liebe fähigen Menschen verwandeln würde, wie er sich vielleicht in seinem Zynismus bestätigt fand, wie er die Gewissensbisse, die ihn zu schwächen begannen, von sich wies, wie er ebenso jede Gefühlsregung, die seine Pläne gefährden konnte, von sich wies.

„Und er hat dir nicht erzählt, von wem er ihn bekommen hat?“

„Wir haben kaum miteinander geredet“, sagte Dina. Ihre Stimme nahm eine tieftraurige Färbung an. „Ich brachte ihm eine Tasse Kaffee aufs Zimmer, ich glaube, der Kaffee tat ihm gut oder machte ihm das Warten erträglicher. Valenzin bedankte sich sehr höflich bei mir, aber auch nicht überschwenglich, er redete nur das unbedingt Notwendige und fast ein bißchen widerwillig, aber an jenem Abend wollte er nicht, daß ich das Zimmer verlasse, er wirkte traurig oder erschöpft, als ob er seinen Tod ahnte, und diese Trauer verlieh ihm so etwas wie eine gedankenverlorene Redseligkeit. Er suchte in mir keine Gesprächspartnerin, sondern bloß eine Zuhörerin für seinen Monolog."

Doch die Wahrheit gedeiht besser in der Lakonie, die Beredsamkeit ist schmückendes Beiwerk, das sich schützend vor uns stellt und die Lügen unbemerkt bleiben läßt, vielleicht auch eine Arznei, die uns im Angesicht der Vorahnungen Kraft gibt.

„Er spielte an diesem Ring herum, während er sprach, er war ihm ein bißchen zu eng, und er versuchte erfolglos, ihn weiter zu machen. Ich erinnere mich noch an seinen makabren Kommentar: ‚Nur gut, daß ich keine Erben hinterlasse. Man schneidet den Toten nämlich die Finger ab, um ihnen die Ringe abzuziehen', sagte er, und mich erschreckte nicht so sehr die grausige Vorstellung, sondern jene Überzeugung, die seine Worte erkennen ließen; er wirkte wie eine Verurteilter, der im Innenhof herumläuft und bereits ahnt, was nach seiner Aburteilung geschehen wird. ‚Warum verhalten wir uns den Toten gegenüber nur so undankbar, warum nur nehmen wir vor ihren Leichnamen das Verhalten von Geiern an?' fragte er mich, aber er wartete meine Antwort nicht ab, vielmehr suchte er meine Einwilligung oder Zustimmung. Er erzählte mir eine Anekdote über den Tod von Giorgione, den Maler aus der Renaissance."

„Das ist keine Anekdote", unterbrach ich sie beckmesserisch, „es existieren Briefe und andere Belege dafür. Giorgione steckte sich mit der Pest an, und die Mäzene und Auftraggeber wandten sich von ihm ab, dieselben, die seine Anwesenheit so oft dazu benutzt hatten, ihren Festen Farbe zu verleihen. Als sie erfuhren, daß er gestorben war, schickten sie ihre Diener in die Werkstatt des Künstlers, um die Gemälde abzuholen, die sie in Auftrag gegeben hatten, aber niemand kümmerte sich darum, ihm ein anständiges Begräbnis auszurichten. Man nimmt an, daß Giorgiones sterbliche Überreste mit denen von Tausenden von Unbekannten auf eine entlegene Insel geschafft und dort verbrannt wurden. Aber Valenzins Klagen waren übertrieben: Gabetti hat ziemlich ehrenvolle Exequien für ihn bezahlt."

„Vielleicht bezog er sich mehr auf das Schicksal seiner weltlichen Besitztümer", erwiderte Dina. „Wir haben uns wie Geier vor seinem Leichnam verhalten, indem wir uns den Koffer streitig gemacht haben."

Mir war klar, daß sie in diesem Augenblick einen Vorwurf aussprach, auch wenn ihr Tonfall sachlich und distanziert gewesen war. Die ersten zaghaften Sonnenstrahlen zeigten sich, aber das Licht besaß die Konsistenz von gelöschtem Kalk und legte sich mit einer Art seherischer Hellsichtigkeit auf die dadurch älter wirkenden Gegenstände, mit derselben seherischen Hellsichtigkeit, die Fabio Valenzin in seinen letzten Äußerungen gezeigt hatte.

„Und was hat er sonst noch gesagt?"

„Sonst nichts mehr, denn dann klingelte das Telephon." Dina ließ langsam bereits den Überdruß erkennen, den ein offizielles Verhör in uns auslöst. „Er muß auf ein Zeichen gewartet haben, denn die ersten beiden Klingelzeichen wartete er ungerührt ab, das dritte dagegen brachte ihn ein bißchen aus der Fassung, vom vierten ganz zu schweigen, es war ein übertriebenes und nicht verabredetes Klingeln. Er griff überstürzt und Böses ahnend zum Hörer, als ob eine von seinen Vorahnungen gerade eintreten würde; seine Antworten waren einsilbig, aber zustimmend einsilbig, und sie wiesen keine Spur von jener kühlen Entschlossenheit auf, die man von einem Profi erwarten darf. ‚Ich komme sofort', sagte er zum Schluß, bevor er auflegte; er hatte die Fassung verloren, er gab mir nicht mal Anweisungen für den Fall, daß er einen Anruf erhielt, während er weg war. Er sagte mir natürlich auch nicht, wo er hinging. Aber jetzt wissen wir ja, daß er in diesen Palazzo ging."

„Und daß er dort ein Stelldichein mit dem Tod hatte", sagte ich in demselben gedankenverlorenen Tonfall, den Dina bei ihrer Schilderung der Ereignisse jener Nacht verwendet hatte. „Und daß er dieses Stelldichein hatte, ohne Widerstand zu leisten, als ob er sich in sein Schicksal fügen würde."

Ich setzte mich zu ihr auf eine verwaiste Matratze, die mein Gewicht ohne einen einzigen Seufzer entgegennahm.

„Ich kann mich daran erinnern, daß ich Mitleid mit ihm hatte, weil er in einer so ungemütlichen Nacht vor die Tür mußte", fuhr Dina fort. „Kaum hatte er die Pension verlassen, erhielt er auch schon einen zweiten Anruf, vielleicht war es das Zeichen, auf das er gewartet hatte: zwei Klingelzeichen und dann nichts mehr."

„Und warum bist du ihm nicht hinterhergelaufen, um ihm davon zu erzählen?"

„Er bezahlte mich dafür, daß ich auf den Koffer aufpaßte und ihm ein Zimmer mit Telephonanschluß zur Verfügung stellte, Botengänge gehörten nicht zu meinen Aufgaben", antwortete sie rasch. „Außerdem bist kurz danach du aufgetaucht; ich habe schließlich nicht so viele Kunden, daß ich mir den Luxus erlauben kann, sie zu vernachlässigen."

Ich nickte zustimmend, erst fast ein bißchen stolz, doch dann wurde ich bissig:

„Du solltest dir vielleicht auch nicht den Luxus erlauben, sie mit der Geschichte von dem Mord an deinem Ehemann zu erschrecken und dir dabei ihre Gutgläubigkeit zunutze zu machen." Dina machte ein beschämtes Gesicht, in dem sich fast ein Weinen andeutete. „Ich hatte schließlich genug um die Ohren, da konnte ich es wirklich nicht brauchen, auch noch die Sünden von anderen Leuten zu erfahren. Priester sein ist nicht mein Fall, verstehst du?"

Dina musterte mich mit einer Art amüsierter Zerknirschung, als bemitleidete sie mich dafür, daß ich meine Eignung für das Priesteramt einfach nicht erkennen wollte. Es kann schon sein, daß das Zölibat sichtbare Spuren hinterläßt.

„Aber ich wollte dich nicht noch mehr verwirren", sagte sie. Aus ihren Worten sprach zugleich Aufrichtigkeit und Unterwürfigkeit, eine ausgesprochen ausgewogene Mischung. „Vielleicht habe ich ja egoistisch gehandelt, ich weiß es nicht, aber ich wollte dich unbedingt auf meiner Seite haben, ich wollte unbedingt, daß du aus meinem Mund hörtest, was aus einem anderen Mund verzerrt geklungen hätte. In Venedig funktioniert nichts mit so sorgfältiger Präzision wie der Transport von Verleumdungen und das Reden hinter vorgehaltener Hand."

Venedig hatte mir beigebracht, daß die Verleumdungen sich ausbreiten wie ein Krebsgeschwür (die Anspielung in einem einzigen Satz und die Düngung durch ein wenig Speichel, der die Zahnräder schmiert oder unseren Ohren schmeichelt, ist ausreichend); ebenso hatte mir die Stadt vor Augen geführt, daß die Wahrheit immer nur zum Teil richtig und außerdem widerlegbar ist, da sie vom Standpunkt desjenigen abhängt, der sie ausspricht, die Wahrheit eines einzelnen kann die Tatsachen verfälschen oder sie nicht verstehen oder sie zu seinem eigenen Nutzen umdeuten.

„Und meinst du etwa, deine Version hätte die Wahrheit nicht schon zur Genüge entstellt? Daß du mit Nicolussi unter einer Decke stecktest, hast du verschwiegen. Wer sagt mir denn, daß ihr beiden den Mord an Valenzin nicht gemeinsam geplant habt? Wer sagt mir denn, daß ihr nicht Theater spielt, um einen armen Naivling wie mich zu verhexen."

Ein heißes Gefühl stieg mir den Hals hinauf und glich dabei das von Fieber und Schlafmangel herrührende Frösteln und die feuchtkalte Luft der Morgendämmerung aus. Die

Niedertracht meiner Worte erschreckte mich, als ich die allzu eindeutigen Zeichen von Gewaltanwendung bemerkte, die Dina aufwies, die wunden Stellen, die das Heftpflaster an ihren Hand- und Fußgelenken hinterlassen hatte, die dicke Beule, die ihre Augenbraue anschwellen ließ und ihr Augenlid wie eine obszöne Wimperntusche befleckte. Worte sind Wurfgeschosse und verletzend, sie wirken unblutig, wenn der Mund sie formt, doch kaum sind sie entsandt worden, werden sie spitz wie Projektile und durchlöchern unseren Gesprächspartner wie ein Sieb.

„Du behandelst mich sehr ungerecht, du mußt nicht so wütend werden“, sagte Dina, die von neuem in lautes Schluchzen verfiel.

Sie richtete sich im Bett auf, um sich nicht zu verschlukken, und drückte mich fest an sich, wobei sie die Distanz, die für die Aufrechterhaltung des ehelosen Zustands notwendig war, überwand. Der Kontakt mit ihren Brüsten verlieh meinem Verlangen neue Nahrung, doch es handelte sich um ein nicht allzu übertriebenes Verlangen, ein mattes und fast am Boden liegendes Verlangen, das mit jener unterschiedslosen wollüstigen Begierde, die mich überfallen hatte, als ich sie zum erstenmal sah, nichts mehr zu tun hatte. Ich streichelte Dinas schwarzen Pullover, der ihre Brüste quetschte und quälte, doch ich tat dies ohne den Anspruch, sie mir zu unterwerfen.

„Du kannst hierbleiben, wenn du möchtest“, flüsterte sie mir zu. „Ich würde sterben vor Angst, wenn ich hier alleine zurückbleiben müßte mit der Erinnerung an das, was geschehen ist.“

Ich küßte Dinas verletzte Augenbraue ebenso wie ihr geschwollenes Lid und den Augenwinkel, an dem dieses Lid seinen Ursprung hatte, auf jene Stelle, an der sich die Altersfältchen versammeln, die Unebenheiten, welche die Zeit mit unbeirrbarer Verschwiegenheit nach und nach auf ihr niederschrieb. Ich küßte sie auf die Falten ihrer Stirn und auf die malträtierten Wangenknochen, an denen die Haut erste Anzeichen des Herabhängens und der Erschlaffung zeigte, ich küßte sie auf ihre nach Eisen oder oxidiertem Blut schmeckenden Lippen, auf ihre Lippen, die sich mit einer diensteifrigen Nachlässigkeit öffneten (wenn ich mir den Widerspruch erlauben darf), als würden sie auf ihre Verhaltenheit verzichten, und ich ergänzte das stumme Forschen des Speichels mit Hilfe meiner Hände. Dina hatte weiche, asymetrische Brüste (so stellte ich sie mir vor unter dem Pullover, der sie einengte) und Brustwarzen mit verschwommenen Umrissen wie Samenkörner, die kurz vor dem Aufkeimen stehen: In der Stille hörte ich, wie sie sich aufrichteten und hart wurden, in der Stille hörte ich, wie ihre Umrisse immer deutlicher wurden, bis sie eine aufgerichtete Rauheit annahmen, während das Fleisch, auf dem sie wuchsen, seine Weichheit behielt. Ich umfaßte Dinas Brüste mit beiden Händen und gab mir dabei Mühe, die Berührung weder ungehobelt noch verworfen wirken zu lassen, doch meine Hände erwiesen sich für die Forschungsreise ungeeignet, denn sie bewahrten das Gedächtnis einer anderen Forschungsreise, der sie nach wie vor treu waren, meine Hände hielten nach wie vor fest an der Berührung eines anderen, weniger schwellenden Körpers, anderer, mehr halbmondförmiger Brüste, die sie noch nicht einmal gestreift hatten (oder nur durch Glas hindurch berührt hatten), der Brüste Chiaras, die nach außen strebten wie die Seiten eines Buchs, das aus dem Leim geht. Auch meine Lippen setzten der Promiskuität Widerstand entgegen, sie zogen es vor, sich auf die Erinnerung an andere, nach Lanolin schmeckende Lippen zu berufen und dem unverständlichen Ruf anderer Zähne zu folgen und sich die laue Wärme eines anderen Speichels zu bewahren, der sie so fruchtbar gestreift hatte. Ich löste mich von ihr, um die Distanz wiederherzustellen, die für den ehelosen Zustand erforderlich ist, mit jenem Gefühl des Scheiterns, das uns Niederlagen vermitteln, wenn sie nicht auf dem Schlachtfeld beendet werden.

„Bedaure, Dina, aber ich muß jetzt gehen, ich finde, wir sollten das nicht tun“, entschuldigte ich mich.

Ich verspürte auch so etwas wie eine zukünftige Nostalgie wegen der Liebschaften, in deren Genuß ich niemals kommen würde, wegen der Frauen, die mich meiner Empfindlichkeit wegen zurückweisen oder hintanstellen würden, wegen der unausweichlich vielen Nächte, die ich alleine würde ertragen müssen, erdrückt von dem Gewicht meines Rückgrates, aus dem kein Gott die Güte haben würde, eine Rippe zu entfernen.

„Was ist denn los mit dir?“

„Nichts. Vielleicht bin ich wirklich zum Priester geboren.“

Als ich mich bewegte, flammte der Schmerz, der von meinen Verletzungen herrührte, wieder auf und dazu noch der Schmerz, der von dem Muskelkater herrührte, der sich allmählich in meinen Gliedern breitmachte. Doch meine physischen Schmerzen bildeten die Entsprechung eines anderen, vielleicht noch erniedrigenderen Schmerzes.

„Morgen wird die Polizei die Pension durchsuchen“, teilte Dina mir mit. Auch ihre Worte waren verletzend und wirkten wie Wurfgeschosse. „Ich glaube, ich werden ihnen erzählen, daß du es warst, der den Koffer mitgenommen hat.“

Dinas Rock war hochgerutscht bis zum Ursprung der Oberschenkel, die nach oben hin einen immer größeren Umfang hatten und im Schritt aneinanderrieben: Ich stellte mir vor, wie ihre warme, mehlige Beschaffenheit an dieser Stelle in eine noch ausgefranstere Oberflächenstruktur überging.

„Das habe ich auch wirklich verdient, weil ich mich in Sachen einmische, die mich nichts angehen“, sagte ich, während ich mich bereits auf den Weg machte.

‚In Venedig kommen die Naturgewalten nicht zum Ausbruch, das Leben hängt an einem seidenen Faden und trotzt allen physikalischen Gesetzen, und dieses unmittelbar Bevorstehende, das seinen Abschluß nicht findet, löst Beklemmung und Unruhe in uns aus', hatte Chiara zu mir gesagt, als sie die Thematik von *La tempesta* mit den Gewohnheiten verglich, welche die Funktionsweisen einer Stadt bestimmten, die ein beinahe sich selbst entfremdetes Leben führte, mit dem Rücken zur Vernunft. Beklemmung und Unruhe empfand ich plötzlich, als ich die Tür meines Zimmers aufstieß, obwohl es wohl angebrachter wäre, von dem Zimmer zu sprechen, das Dina mir zugewiesen hatte, denn übernachtet hatte ich ja noch nicht darin. Beklemmung und Unruhe empfand ich, als ich mein Spiegelbild im Badezimmerspiegel sah, in einem kümmerlichen und finsteren Spiegel, der seine Quecksilberschicht eingebüßt hatte und möglicherweise nur noch die Namen der vorübergehenden Toten notierte; Beklemmung und Unruhe empfand ich, als ich mich aus dem Fenster lehnte und mich erneut dem von Tedeschi bewachten Palazzo und, ein bißchen weiter hinten, dem leicht nach rechts geneigten Kirchturm von San Stéfano gegenübersah, der sich wie ein Leuchtturm den Wellen ergibt; Beklemmung und Unruhe empfand ich insbesondere, als ich auf der Matratze des Bettes mein Gepäck wiedersah, das noch immer zusammengelegt und ordentlich gefaltet war, mit jener peniblen Genauigkeit, die wir Ehelosen auf das Einsammeln der uns umgebenden Dinge verwenden. Und es waren dieselbe Beklemmung und dieselbe Unruhe, die es in uns auslöst, ein Totenzimmer zu betreten und die Unbeweglichkeit einiger Gegenstände zu überraschen, die ihr ehemaliger Besitzer eine Sekunde vor seinem Tod noch zurechtgelegt hat. Meine Kleidung war steif vor Kälte, gestärkt von einer Feuchtigkeit, die sie unangenehm und rauh werden ließ, als hätten die beiden Nächte, die sie an diesem Ort verbracht hatten, ausgereicht, um sie ihre Anschmiegsamkeit verlieren und sie sich in Leichentücher verwandeln zu lassen. Um jene Gedanken in die Flucht zu jagen, gab ich mich der Illusion hin, daß es jene Nächte nicht wirklich gegeben hatte und daß sie nichts weiter als Emanationen eines Albtraums waren, der nur in meiner Vorstellung stattgefunden hatte: Es war eine ephemere, wenn auch überzeugende Illusion, denn in Venedig ist die Zeit aus ihrem Dienst entlassen, sie verlangsamt sich und steht still, sie ist eine zähflüssige Substanz, so wie die Träume.

Auch die Laken fühlten sich an wie Leichentücher oder wie Schnee, eine eiskalte Rauheit, die in dem Maße abnahm, in dem mein Körper seine Temperatur auf sie übertragen konnte. In meinen Händen spürte ich noch immer das Schlagen eines doppelten Herzens, das Gewicht von Brüsten, die sich mir nie wieder darbieten würden und auf die ich verzichtet hatte aus einer Regung der Treue heraus, die mir schon jetzt überflüssig vorkam: Wenn es etwas gibt, was uns Ehelose auszeichnet, dann ist es unsere asketische Haltung der Liebe gegenüber (wir Ehelosen beherbergen in uns alle einen postumen Heranwachsenden), eine Haltung, die uns das sublimieren läßt, was eigentlich als reine Physiologie aufgefaßt werden müßte. Noch schmerzhafter war es festzustellen, daß mich dieser Akt der Sublimierung nicht von allem Physiologischen frei machte: Nach wie vor erstanden mir meine Erektionen, und nur allzu häufig mußte ich mir einsam und allein Erleichterung verschaffen oder sie unterdrücken, was ab einem bestimmten Alter zu einer wahren Qual werden kann. Schon immer hatte ich die Männer beneidet, die sich der Liebe als einem Vorüberziehen von Körpern, das zu nichts verpflichtet und unbestraft bleibt, stellen, eine Abfolge von Episoden, die weder von den Sinnen erfaßt noch von den Gewissensbissen bis ins Unendliche in die Länge gezogen werden: Vielleicht weil ich ein verfeinerter Mensch bin, vielleicht weil ich unter Gewissenskonflikten leide, hänge ich einer leidbetonten Liebesauffassung an, die ärgerliche Verzichtserklärungen und unausweichliche Bürden mit sich bringt. Bäuchlings warf ich mich auf das Bett, das seine leichentuchähnliche Beschaffenheit allmählich verlor, um das Anschwellen möglicher Erektionen zu unterdrükken und zugleich den Heilungsprozeß der immer noch eiternden Narben zu begünstigen, die meinen Rücken zierten. In meiner Faust hielt ich Fabio Valenzins Ring fest umklammert, der mir langsam die günstigen Eigenschaften eines Amuletts zu haben schien. *Moriatur anima mea cum philistiim* lautete seine Inschrift.

Noch immer pflanzten sich die Geräusche durch die Wände fort: Ich konnte Dinas Waschungen mit dem Gehör verfolgen, das Quietschen der Wasserhähne und das Rauschen der Spülung, auch konnte ich ihr unruhiges Herumwälzen auf dem Bett hören (das Bettgestell verriet, daß sie von Schlaflosigkeit verfolgt wurde), und diese Herausforderung an meine akustischen Fähigkeiten, die mir von der Nacht beschert wurde, vergrößerte meine Schutzlosigkeit und meine Einsamkeit noch, die nun bereits keine vergänglichen Impressionen mehr waren, sondern Auswirkungen eines unwiderrufbaren Urteils. Der Überfall von Unbekannten auf das Museum der Accademia, mein dialektisches Streitgespräch mit Gabetti, das doppelte Lottchen Chiara, die undeutlichen Anspielungen Giovanna Zanons, die allgegenwärtige und lauernde Gegenwart eines Mörders unter dem Schutz einer Maske, der Besitz eines Koffers, der sich weigerte, seinen Inhalt preiszugeben, der ganze Haufen an halb ausgesprochenen und monströsen Enthüllungen, der mich den ganzen Tag über hin- und hergerissen hatte, stürzte nun über mich herein und wob dabei sein Spinnennetz aus Sorgen. Im bewußtlosen Schlaf erblickte ich schließlich die einzige Möglichkeit meiner Rettung: Mir schien, daß ein bißchen Ruhe eine wohltätige Distanz schaffen und inmitten von so viel Ungewißheit wie ein Wegweiser wirken würde.

Ich sollte mich irren. Der Traum zerriß mich vollends mit zusammenhanglosen Visionen, die mein Befinden deutlich verschlechterten (aber vielleicht leiden ja alle Träume unter Zusammenhanglosigkeit, und nur die Phantasterei desjenigen, der sie geträumt hat, verleiht ihnen einen Anstrich von Verständlichkeit): Es gelang mir, in chaotischer Reihenfolge die Landschaft von *La tempesta* zu erblicken, diesmal jedoch ohne Figuren und von dem Sturm, der sich auf dem Gemälde ankündigt, hinweggerafft; es gelang mir, den gereinigten Geruch der Erde, die soeben eine Ladung Flüssigkeit abbekommen hat, und das fast wie ein Baum rauschende Wachsen des Unkrauts im Schutz der Feuchtigkeit wahrzunehmen, ein Geräusch, das etwas von einem keuchenden Atem und einem gedämpften Hecheln hatte, ein Geräusch, dessen Grundlage die Melodie eines kaputten Blasebalgs bildete, der, je weiter ich mich der Stelle näherte, die auf Giorgiones Gemälde am rechten Ufer des Flußlaufs die Frau einnimmt, immer größer wurde: Hinter einem Busch versteckt und zusammengeknüllt lag dort das Leinentuch, das der Frau als Pelerine gedient hatte, als Schutz gegen ihre Nacktheit und als Teppich, der das Kitzeln des Grases gedämpft hatte. Ich bückte mich, um jenes Tuch aufzuheben, das sich steif anfühlte, und hörte das leise Knistern des Stoffs in meinen Händen, das eine so große Ähnlichkeit besaß mit dem kaum hörbaren Knistern von Schnee, wenn man ihn betritt, das eine so große Ähnlichkeit besaß mit einer Jungfräulichkeit, die man verletzt, und einer Unschuld, die man bestraft: In diesem Moment entdeckte ich mitten auf dem Tuch einen Blutfleck mit verschwommenen Umrissen, einen noch immer warmen Fleck, der meine Hände und meinen Blick beschmutzte. Ich erwachte aus dem Traum, als würde ich aus einem sumpfigen Morast auftauchen.

„Ruhig, Ballesteros, erschrecken Sie nicht.“

Ich erkannte Inspektor Nicolussis vom Nikotin gealterte und für einen waschechten Venezianer zu südländisch klingende Stimme. Er mußte mich bereits eine ganze Weile im Schlaf beobachtet oder sich überlegt haben, wie er mich wekken sollte, denn er hatte sich einen Stuhl ans Kopfende meines Bettes gezogen und es sich darauf bequem gemacht, während er gierig eine Zigarette rauchte. Meine Augen tränten nicht so sehr wegen des Qualms, sondern mehr wegen des im Traum erblickten Karminrots, das noch immer meinen Blick verschleierte. Aus den angrenzenden Zimmern drangen die Geräusche einer polizeilichen Durchsuchung zu mir, oder besser gesagt einer fingierten polizeilichen Durchsuchung. Nicolussi streichelte sich den wuchernden Bart, den er wahrscheinlich ein paar Stunden vorher rasiert hatte und der sich trotzdem schon wieder auf seinen Wangen zeigte.

„Dina hat mir bereits von Ihren Abenteuern erzählt“, sagte er. Mit der Glut der fast erloschenen Zigarette zündete er sich eine neue an, aber diese komplizierten Handbewegungen hielten ihn nicht davon ab, mich genauestens zu beobachten: Durch den Zigarettenqualm hindurch beobachtete er mich, der Versuchung zu zwinkern widerstehend, um die Ausscheidung von Flüssigkeit aus den Tränendrüsen nicht anzuregen: „Ich gebe Ihnen fünf Minuten Zeit, um mir mitzuteilen, wohin Sie Fabio Valenzins Koffer gebracht haben. Kommen Sie nicht auf krumme Ideen, ich bin nicht zum Scherzen aufgelegt.“

Als er sich auf dem Stuhl zurücklehnte, konnte ich den Griff seiner Pistole erkennen, die ihr Nest in seinen Achselhöhlen gebaut hatte; sein Regenmantel sah vor lauter Frühaufstehen mitgenommen aus und schrie förmlich nach einer sofortigen Pensionierung. Nicolussi verhängte sein Ultimatum mit einem priesterlichen Gleichmut, als redete er über eine winzige atmosphärische Veränderung, doch ich wußte bereits, daß dieser Gleichmut bloß vorgetäuscht war, ich wußte, daß Nicolussi zahlreiche Pflichtverletzungen auf dem Kerbholz hatte. Einer seiner Untergebenen betrat den Raum, ein Grünschnabel, der gerade erst zur Polizei gekommen war und Hausdurchsuchungen wahrscheinlich mit der Jagd nach Fabelwesen verwechselte.

„Wir haben nichts Verdächtiges gefunden, Herr Inspektor", informierte er uns. „Haben Sie noch weitere Befehle?"

„Warten Sie unten auf mich, ich komme gleich nach", sagte Nicolussi. Als der Grünschnabel verschwunden war, drängte er mich: „Sehen Sie, Ballesteros, ich möchte Ihnen den Urlaub nicht verderben, ich weiß ja, wie sehr ihr Touristen den venezianischen Karneval liebt, also zwingen Sie mich nicht dazu, Sie einzusperren."

Durch das Fenster drang ein genesender, blasser Lichtstrahl, der die Wände beleckte und auf dem Waschbecken sein Leben aushauchte, indem er seine Krankheitskeime hineinspie. Venedigs katakombenhafte Stille war durch ein babylonisches Stimmengewirr ersetzt worden, das auf dem Markusplatz entstand und im Anschluß durch die der Zivilisation abgeneigten Stadtbezirke waberte. Ich stellte mir Valenzins Mörder inmitten der Touristenmassen vor, wie er in dem bunten Durcheinander von Verkleidungen und der undurchdringlichen Anonymität der Masken untertauchte, wie er seinen Atem mit dem von anderen Menschen verschmelzen ließ, die, ohne es zu wollen, seine Mittäter wurden und ihm ihre Zustimmung erteilten. Um diese Vision in die Flucht zu schlagen, sagte ich:

„Mich einsperren und danach aus Mangel an Beweisen wieder freilassen, so wie Sie es schon mit Tedeschi gemacht haben? Vergessen Sie nicht, daß die Existenz jenes Koffers einer rechtlichen Grundlage entbehrt."

Nicolussi bemühte sich um sicheres Auftreten, aber er hatte auf dem Stuhl herumzurutschen begonnen:

„Ich weise Sie noch einmal darauf hin, daß ich nicht geneigt bin, mich auf Ihre Spielchen einzulassen.“

„Sie sollten eigentlich auch nicht geneigt sein, irgendwelche Forderungen zu stellen“, antwortete ich trocken und etwas irritiert. „Wenn Sie mich unter Druck setzen sollten, werde ich verlangen, vor einem Richter auszusagen, dann könnte ich ihm von Ihrem Techtelmechtel mit Dina erzählen.“

„Sie wissen gar nichts“, brummte er. Doch sein Gesicht hatte die Farbe gewechselt, und nur sein wuchernder Bart und der Qualm seiner Zigarette überdeckten seinen Ärger. „Erzählen Sie mir bloß keine Geschichten.“

„Viel weiß ich nicht, auf manche Gebiete möchte ich mich lieber nicht vorwagen, jeder muß ja mit seinem eigenen Gewissen leben, aber ein paar Kleinigkeiten weiß ich ganz genau: Sie haben sich in Dina verliebt und ein paar Unregelmäßigkeiten begangen, die ich jetzt nicht aufzählen möchte.“ Der kalte und dreiste, an Erpressungen irgendwie gewöhnte Klang meiner Stimme erschreckte mich. „Sie haben nach dem Mord an Dinas Ehemann Beweise unterschlagen, vielleicht haben Sie ihr sogar bei der Ausführung des Mords geholfen.“

Nicolussi stieß durch die Mundwinkel eine Rauchwolke aus und blähte seine Backen so sehr, daß sein Kopf wie ein unter Druck stehender Dampfkessel aussah. Der Qualm breitete sich aus und legte sich über seine glänzenden Pupillen, die unbewußte Ausscheidung von Tränen, die seinem Blick einen fiebrig-feuchten Farbton verlieh. Der Rauch einer Zigarette übertüncht einen fiebrigen Blick, wie ein Tod durch Ersticken einen Vergiftungstod überdeckt, wie der Schnee die Obszönität von Blut überdeckt. Dina hatte zaghaft mein Zimmer betreten; auf einem Tablett brachte sie mir ein Frühstück, das mich vor dem Hungertod retten würde: Der gastfreundliche Geruch der gebratenen Eier ließ mich vor Glück fast vergehen.

„Warum hast du ihm davon erzählt?" fuhr Nicolussi sie mit einer Strenge an, die einen Moment lang die Vorherrschaft vergessen ließ, die Dina über ihn ausübte. „So viel Vertrauen bringst du also einem Fremden entgegen, den du fast überhaupt nicht kennst?"

Dina hatte sich die verletzte Augenbraue verbunden; außer der Beule an der Stelle, wo der Bluterguß aufgetreten war, hatte sie nun auch noch schwarze Ringe unter den Augen, die ihre Traurigkeit noch tiefer wirken ließen

„Sie hat mir gar nichts gesagt", warf ich angesichts von Dinas Benommenheit ein. „Ich habe rein zufällig eine Unterhaltung von euch mit angehört. Das war gestern morgen, vor der Beerdigung auf San Michele. Ich war gekommen, um mein Gepäck zu holen, aber meine Neugierde war stärker, und da habe ich statt dessen Valenzins Koffer mitgenommen. Ein unhandliches Ding, unmöglich aufzukriegen."

Als sich Dina vorbeugte, um das Tablett auf meinem darniederliegenden Körper abzustellen, erkannte ich mit einem Gemisch aus Mitleid und einem Gefühl von Verlust die Streifen, die das Heftpflaster wie Armbänder einer unverdienten Sklaverei auf ihren Handgelenken hinterlassen hatte. Auch die Weichheit ihrer Brüste erkannte ich trotz des Pullovers, der sie gefangen hielt, wieder; in diesem Moment überwog das Gefühl von Verlust, doch das Mitleid wechselte den Empfänger: Ich bemitleidete mich selbst.

„Sie meinen wohl, daß Sie ihn nicht aufgekriegt haben", verbesserte mich Nicolussi mit einem gewissen Mißmut; er geriet mehr und mehr aus der Fassung. „Wenn Sie sich nicht überall eingemischt hätten, wüßten wir jetzt vielleicht schon, was der Koffer enthält."

Ich hätte gerne gelächelt, aber bei so viel Engstirnigkeit verlor ich den Mut, und das Lächeln geriet mir zu einer Art erschöpfter Grimasse:

„Ich bitte Sie, Nicolussi, erzählen Sie doch keinen Unsinn.

Wenn ich mich nicht überall eingemischt hätte, würde der Koffer sich jetzt im Besitz dieser Vogelscheuche befinden, die der Pension einen Besuch abgestattet hat. Das Vögelchen wäre damit schon lange über alle Berge; nur meinetwegen hat es ihn immer noch nicht."

Der Inspektor erhob sich schwankend unter dem Gewicht der Selbstvorwürfe. Das von der Straße hereinkommende Licht wurde von seinem Gesicht kaum in seiner Ausbreitung behindert, es leuchtete durch es hindurch und ließ es durchsichtig erscheinen.

„Sie werden mir doch wohl nicht irgendein mieses Geschäft vorschlagen wollen?"

Diesmal mußte ich unfreiwillig anmaßend grinsen.

„Es ist seltsam, diese Worte ausgerechnet von Ihnen zu hören. Von mir verlangen Sie Ehrlichkeit, und dafür bekomme ich von Ihnen Heuchelei. Meinen Sie nicht, daß Ihnen langsam die moralische Autorität abhanden gekommen ist, um Skrupel zu zeigen?" Ich machte eine Pause, damit er den Vorwurf verdauen konnte. „Ich schlage Ihnen keineswegs ein mieses Geschäft vor, obwohl ich eigentlich nicht verstehe, wieso ein Mann mit Ihrem Vorstrafenregister nicht in ein solches einwilligen sollte. Ich verlange bloß von Ihnen, daß meine Mitarbeit sich weiterhin anonym gestaltet, ich möchte nicht, daß mein Name in irgendeinem Bericht steht, ich möchte nicht mehr verhört werden oder in irgendeinem Prozeß aussagen müssen."

„Aber solche Unregelmäßigkeiten kann ich mir nicht erlauben ...", sagte er.

„Sie haben bereits viel schlimmere zugelassen, jetzt werden Sie bloß nicht kleinlich", unterbrach ich ihn. „Sie haben Beweise verschwinden lassen und Straftaten verheimlicht. Ich kann verstehen, daß Sie berechtigte, sogar ehrenwerte Gründe für Ihr pflichtvergessenes Handeln haben, ich kann verstehen, daß Sie aufgrund Ihrer Gefühle Ihre Beamtenpflichten hintanstellen, ich kann verstehen, daß Sie möchten, daß Dina unbestraft bleibt: An Ihrer Stelle würde ich genauso handeln. Aber machen Sie keinen Unsinn, spielen Sie nicht den Märtyrer: Ich werde Ihnen den Koffer übergeben, vorausgesetzt, Sie halten mich aus den polizeilichen Ermittlungen heraus."

Ich schwieg mit dem ein wenig beschämenden Gefühl, gelogen zu haben, wenn auch nur durch eine winzige Auslassung: Ich war immer überzeugter, daß der Inhalt von Valenzins Koffer trivial und wenig aufschlußreich war, wahrscheinlich waren es schmutzige Hemden und Unterhosen mit braunen Schleifspuren; außerdem war ich überzeugt davon, daß die Kühnheit, die der Mörder darauf verwendete, ihn wiederzubekommen, nicht so sehr mit dem Interesse daran zusammenhing, ein Indiz aus dem Weg zu räumen, das den Verdacht auf ihn lenken könnte, sondern mit jener Sucht nach Hygiene, von der Straftäter nach der Verübung ihrer Taten befallen werden und die ihre Schritte auf die steilen Pfade ihres Verbrechens treibt, um ihre Fußspuren und selbst die verbrauchte Luft ihres Atems auszulöschen: eine Sucht, die qualvoll für sie ist, die ihnen den Verstand raubt und dafür sorgt, daß sie sich selbst verraten.

„Alejandro verlangt nur, was recht und billig ist", meinte Dina und kam Nicolussi damit zuvor.

Dina hatte mich bei meinem Vornamen genannt, zur Verblüffung von Inspektor Nicolussi, der mich unerschütterlich erschüttert (wenn ich mir den Widerspruch erlauben darf) ansah, ungefähr so wie ein Ehemann, der den Ehebruch seiner Frau mit ihrem Geliebten selbst dann duldet, wenn dieser in seiner Gegenwart geschieht. Die Schamröte verschleierte mein Gesicht.

„Das beste wird sein, er denkt darüber nach, während ich frühstücke und meine Morgentoilette erledige", sagte ich, darauf bedacht, daß das Zugeständnis weder einschränkend noch herrisch klang.

„Er wird darüber nachdenken“, bekräftigte Dina, während sie Nicolussi an den Schultern aus dem Raum hinausgeleitete.

Als ich wieder allein war, führte ich mir das Frühstück mit einer Gefräßigkeit zu Gemüte, die vor anderen Leuten unanständig gewesen wäre. Ich hörte, wie sich ihre Schritte auf dem Gang entfernten und die Treppe hinaufstiegen: schweigsam und kriechend die von Nicolussi; entschlossener und mit den Hacken auftretend die von Dina. Obwohl ich ihre Unterhaltung noch nicht verstehen konnte, erlaubten mir die unterschiedlichen Klangfarben ihrer Stimmen, ihre Redebeiträge voneinander abzugrenzen: Nicolussi hielt eher Monologe und erläuterte seine Bedenken; Dina unterbrach ihn von Zeit zu Zeit mit einer Anmerkung, die diese Bedenken zerstreute, einer höchst zutreffenden Anmerkung, die Nicolussis schwankende Äußerungen unterminierte. Als ich versuchte, mich im Bett aufzurichten, stach mir Fabio Valenzins Ring in die Seite und stanzte mir sein Siegel ein. Während die Haut sich wieder glättete (in weniger als einer Sekunde, so schnell wie der Wind eine in den Sand geschriebene Nachricht verwischt), erinnerte ich mich daran, daß Dina von seiner Existenz wußte: Der Gedanke daran, daß sie ihn Nicolussi gegenüber erwähnen könnte und daß diese Erwähnung ausreichen könnte, um seine Neugier zu erregen und ihn Nachforschungen anstellen zu lassen, versetzte mich in Panik; es versetzte mich in Panik, daß er mir im Zuge seiner Nachforschungen die Bezüge, die ich zwischen jenem Ring und dem Mord an Valenzin hergestellt hatte, entlocken könnte, Bezüge, die durch Giorgiones Gemälde ihre Erklärung fanden.

In dem Bad auf dem Flur nahm ich eine für meine Begriffe ungewöhnlich gründliche Dusche (die Sinnlichkeit des Wassers befindet sich im Widerstreit mit dem Zölibat) und ließ mich von dem aus dem Boiler herabprasselnden heißen Wasser ermüden; da ich zu Allegorien neige, gab ich mich dem Wunsch hin, daß die Körperhygiene eine mehr innerliche Fäulnis von mir abwaschen würde. Auf den Kacheln des Bads kondensierte der Wasserdampf, als würden dort unreine Gedanken blühen: In meinem Gedächtnis befanden sich nach wie vor die Photos von Chiara, die nackt für Fabio Valenzin posiert hatte, in derselben Körperhaltung wie die Frau im Zentrum von *La tempesta*, auf meinen Lippen spürte ich noch immer den nicht zu deutenden Ruf ihrer Zähne, auf meinen Fingern nach wie vor die flüchtige Berührung ihres Rückens, die stumme Berührung ihres Unterleibs und die noch immer heiratsfähige Berührung ihrer Brüste. Überstürzt drehte ich die Wasserhähne zu, bevor der Wasserdampf mir den Atem rauben konnte; da ich zu Allegorien neige, gab ich mich dem Glauben hin, daß ich durch das Unterbinden der Wasserstampede auch die Wucht der Begierde eindämmen würde. Doch die Begierde läßt sich keine Schranken auferlegen.

„Einverstanden, Ballesteros. Sie geben mir den Koffer, und ich lasse Sie dafür in Ruhe."

Ich erschrak wegen der Anwesenheit Nicolussis, der seine Wankelmütigkeit unterdessen überwunden und sich wie ein Wächter meiner Keuschheit direkt neben dem Bad postiert hatte. Eine warme Wasserdampfwolke breitete sich im Flur aus; ich benutzte das Handtuch, um meinen Rücken zu bedecken, der nach meinem Handgemenge von Narben bedeckt war.

„Unter einer Bedingung", bemerkte er und wandte den Blick aus Scham oder Mitleid von meinen edleren Teilen ab: „Verlassen Sie Venedig so schnell wie möglich. Es ist sehr schwer, die Journalisten auf Distanz zu halten."

„Machen Sie sich keine Sorgen. In dieser Stadt hält mich nichts."

Das war eine schändliche Lüge: Venedig hatte mich in zu viele Dinge verwickelt, die Stadt hatte mich in ein kompliziertes Gewebe aus Ungewißheiten verstrickt, dessen Lösung meine Anwesenheit erforderte, auch hatte sie mir die vielleicht noch ungesündere Ungewißheit der Liebe beschert und den ernstzunehmenden Beweis für meine Einsamkeit. Ich schloß mich in meinem Zimmer ein, um meine Morgentoilette zu beenden und mich mit unendlicher Langsamkeit anzuziehen wie jene Schauspielerinnen, die großes Vergnügen daran finden, sich herauszuputzen, während eine Schar von Verehrern um ihre Kabine herumschleicht und auf eine günstige Gelegenheit wartet, um über sie herzufallen. Der Spiegel über dem Waschbecken ließ mich nach und nach das Gesicht eines Wiederauferstandenen erkennen, je weiter sich der Rasierapparat durch meinen Bart kämpfte. Nicolussi wurde unruhig:

„Machen Sie voran. Wir haben nicht den ganzen Morgen Zeit."

Er ging vor mir hinab ins Foyer und schwankte dabei wie ein Atlantide, der Urlaubspläne hegt, weil er keine Lust mehr hat, so viele eigene und fremde Schuld zu tragen. Dina war schon vorher hinuntergegangen und gestaltete die Wartezeit der Novizen etwas angenehmer, die Nicolussi zu jener fingierten Hausdurchsuchung als Helfershelfer mitgebracht hatte: zwei stämmige, unzweifelhaft dämliche Burschen in Uniform, die auf Dinas Geplauder einsilbig antworteten. Die Nähe ihres Vorgesetzten ließ sie eine erwartungsvolle Haltung einnehmen, die Nicolussi enttäuschen mußte:

„Sie bleiben hier auf dem Posten. Rufen Sie auf der Dienststelle an, damit Sie in sechs bis sieben Stunden abgelöst werden."

Wahrscheinlich waren sie zur Polizei gegangen, um nicht von ihrer aufregenden Jugend Abschied nehmen zu müssen, und der Auftrag, eine Aufgabe im Sitzen auszuführen, beugte ihr moralisches Rückgrat; auch wenn Nicolussi jene Aufgabe mit einer dem Protokoll entsprechenden Trägheit verteilt hatte, so ließ sich doch in seiner Stimme die Sorge eines Mannes erkennen, der nur widerwillig Aufgaben delegiert, der unerbittliche und unablässige Kummer eines Mannes, der liebt, ohne es sich anmerken zu lassen. Dina und Nicolussi würdigten sich kaum eines Blickes, und wenn, dann nur eines so flüchtigen Blickes, wie er den Umständen strengster Geheimhaltung entsprach. Als wir schon auf dem kleinen Platz standen, hob ich den Kopf und ließ meinen Blick über die Fassade des Palazzo wandern, in der Hoffnung, an einem seiner Fenster den wachenden Schatten Tedeschis zu erblicken. Nicolussi gegenüber verkündete ich:

„Wundern Sie sich nicht, wenn der Koffer leer ist. Ich glaube, Valenzin ist für etwas getötet worden, das er nicht mehr tun konnte."

Als ich über das gelbe Absperrband stieg, das um den Palazzo gespannt war, und die Tür aufstieß, schnalzte Nicolussi mit der Zunge.

„Wieso bin ich darauf bloß nicht vorher gekommen", murmelte er vorwurfsvoll.

„Machen Sie sich keine Vorwürfe. Es ist immer wieder dasselbe: Wir verlegen etwas und suchen es an den entlegensten Stellen, aber am Ende taucht es immer direkt vor unserer Nase auf."

Die Tauben peitschten die Stille und bildeten am wolkenlosen Himmel regelrechte Trauben, wobei sie mit ihren schlagenden Flügeln die Fresken eines Epigonen Tiepolos abblättern ließen. Nicolussi griff sich mit der Hand unter die Achsel, wo seine Pistole sich ihr Nest gebaut hatte.

„Und den Koffer haben Sie die ganze Zeit über unbewacht gelassen?"

Der Taubenkot krachte unter unseren Schritten wie alter Blätterteig.

„Ums Bewachen hat sich Tedeschi gekümmert: Er fühlt sich zum Cerberus berufen“, sagte ich mit einem gewissen Stolz, damit Nicolussi meine Umsichtigkeit würdigen konnte. „Und er ist mit einem Karabiner bewaffnet, der Garibaldi gehört haben könnte, wehe, wenn ihm einer zu nahe kommt“, witzelte ich, aber Nicolussi machte keine Zugeständnisse an die Heiterkeit, er hielt die Pistole fest in beiden Händen und richtete den Lauf auf die Spiegel, die ihre reproduzierende Funktion an den Nagel gehängt hatten. „Keine Panik, Tedeschi, ich bin's!“

Meine Stimme hallte im spiralförmigen Hohlraum der Treppe wider und irrte durch das *piano nobile* wie ein Hotelgast, der gerne die Heimeligkeit jedes einzelnen Schlafgemaches ausprobieren möchte. Nicolussi meinte spöttisch:

„Sieht ganz so aus, als würde Ihr Partner keine Antwort geben.“ Er spannte den Hahn seiner Pistole und schob mich zur Seite. „Lassen Sie mich vorgehen.“

Der Palazzo bewahrte sich noch immer das Aussehen einer verlassenen Schießbude, das ihm die Nacht verlieh. Fast bewegte ich mich auf Zehenspitzen und machte dabei Nicolussis gebeugten Gang nach; unser Atem war einer, dieselbe Nervosität und dasselbe Rasseln (und das, obwohl ich nicht rauchte). Ich vermißte den Geruch nach Exkrementen, den Tedeschi verbreitete.

„Das Vögelchen ist ausgeflogen“, sagte Nicolussi, indem er die Pistole wieder ins Halfter steckte. Ein ärgerlicher, von der Erschöpfung gezeichneter Gesichtsausdruck zeichnete sich auf seinem Gesicht ab. „Fürs nächste Mal empfehle ich Ihnen, daß Sie bei der Auswahl Ihrer Freunde ein bißchen vorsichtiger sind.“

Die Schlafkammer, die Tedeschi als Wohnung oder Feldlager benutzte, wies jene Verlassenheit von Tempeln auf, die ihre Denkmäler preisgeben mußten. Es tat mir weh, mir den Verrat einzugestehen:

„Sie werden ihn doch wohl nicht umgebracht haben, so wie Valenzin?“

„Aber sicher, Mann, aber sicher“, stimmte mir Nicolussi barsch zu. „Und nachdem sie ihn umgebracht haben, haben sie ihn zerstückelt und seine Einzelteile in dem Koffer verstaut und in den Kanal geworfen. Hören Sie doch auf, Ballesteros. Tedeschi ist mit der Beute über alle Berge.“

IX.

„Eigentlich sollten wir uns von objektiven Grundsätzen leiten lassen", sagte Inspektor Nicolussi in einem müden, ironischen Tonfall. Er sprach, als wollte er einen Mann aus vergangenen Zeiten beschwören, einen Mann in weiter Ferne, der bereits gestorben war und der als Toter in seinem Körper weiterlebte und in seinen Lungen Zysten bildete. Ich war mir nicht sicher, ob ich mir diesen Versuch eines Rückblicks anhören wollte, aber mich dem Zuhören entziehen konnte ich auch nicht, und außerdem war es fürs Desertieren bereits zu spät: Nicolussi reihte die Wörter aneinander, als wollte er ein Gebet sprechen. „Eigentlich sollten wir uns in diesem Beruf vor Gefühlen in acht nehmen, unsere niederen Instinkte können ruhig außer Kontrolle geraten, sie spielen keine so große Rolle, aber Gefühle sollte man tunlichst vermeiden. Bestechlichkeit wird geduldet, immer vorausgesetzt, ein gewisser Anschein von Ehrenhaftigkeit bleibt gewahrt; Fahrlässigkeit wird kaum geahndet, vorausgesetzt, sie dringt nicht nach außen: Manchmal werden Fahrlässigkeit und Korruption sogar von ganz oben unterstützt, damit unser Korpsgeist nicht erlischt. Aber wir dürfen nicht wankelmütig werden, denn Zögerlichkeit existiert nicht in unserem Verhaltenskodex: Wenn einer von uns fromme Neigungen zeigt, gerät sein Ansehen sofort ins Trudeln, und er wird bis an sein Lebensende unter dem Stigma des Wankelmütigen zu leiden haben." Nicolussi verstummte, ein Opfer seiner Selbstvergessenheit oder einer plötzlichen Amnesie; als er seinen Monolog wieder aufnahm, wirkte er wie ein Redner, der sich bei seiner eigenen Rede langweilt: „Ich bin als Polizist durch die harte Schule von Neapel gegangen, ich war auf der Karriereleiter gut vorangekommen, indem ich die Objektivität und die niederen Instinkte in ein ausgewogenes Verhältnis gebracht hatte, ohne mich den Gefühlen zu überlassen: Das ist die einzige Art, wie man im Süden überleben kann; wenn man sein Leben nicht zu organisieren versteht, ist man am Ende entweder verrückt geworden oder man liegt mit einem Loch in der Schläfe in einem Straßengraben; jedes Jahr habe ich um meine Versetzung nach Venedig gebeten, während ich Auszeichnungen und Narben sammelte. In diese Stadt hier schicken sie dich erst, wenn sie der Meinung sind, daß sie dich völlig ausgelutscht haben; es ist die zweifelhafte Belohnung, die denen vorbehalten bleibt, die einen Kuraufenthalt oder eine Frühpensionierung benötigen: Nur wenn man uns ansieht, daß wir schlechte Gewohnheiten entwickeln oder abgespannt sind, wenn sie den Eindruck haben, unsere Hand könnte zittern, dann schicken sie uns hierher. Unser Auftrag in Venedig ist mehr dekorativer Natur und nicht gerade effektiv: Wir passen auf die Touristen auf, kümmern uns um belanglose Beschwerden, patrouillieren vor den wichtigsten Baudenkmälern, schleppen Bettler und Spitzbuben weg, verweigern oder bewilligen internationalen Straftätern ein Visum oder Aufenthaltsgenehmigungen, kommt ganz darauf ein, wieviele Devisen ihre Hehlerei einbringen könnte ...“ Seine Stimme hatte einen zynischen oder betrübten Klang, oder auch einen zynisch betrübten Klang angenommen, und ich erlaubte mir, auf das, was ich für eine maßlose Übertreibung hielt, mit einem Lächeln zu antworten. „Nein, im Ernst, es gibt unausgesprochene Anweisungen, die uns dazu anhalten, mit bestimmten Kriminellen nachsichtig umzugehen, bei wenig orthodoxen Verhaltensweisen beide Augen zuzudrücken, wenn diese Verhaltensweisen zum Wohlstand Venedigs beitragen könnten. Mit den gebürtigen Venezianern haben wir gewöhnlich keine Schwierigkeiten, wie alle vom Aussterben bedrohten Arten sind sie darauf bedacht, ihr gewohntes Ambiente beizubehalten, und das gewohnte Ambiente der Venezianer ist die Diskretion, sie überleben zurückgezogen von ihrer Umwelt in winzigen Reservaten, die aus Gewohnheiten bestehen, an denen auch die Touristenflut niemals etwas ändern konnte; in Mestre, auf der *terra ferma*, dem Festland, das auf der anderen Seite des Ponte della Libertà anfängt, sieht es schon ganz anders aus: Dort läuft das Leben noch nach anderen, weniger eingespielten Regeln ab, dort wird noch gemordet, geraubt und vergewaltigt, aber Mestre gehört nicht mehr in meinen Zuständigkeitsbereich. Die Venezianer haben dem Verbrechen abgeschworen, zumindest in ihren spontansten Lebensäußerungen, ihr Bewahrungsinstinkt rät ihnen, die Gesetze nicht zu brechen", sagte er. Ich dachte: ‚Aber nur in ihren spontansten Lebensäußerungen. In Venedig bewegt sich das Verbrechen in unterirdischen Bahnen, es ist ein Magma, das seine Hitze solidarisch aufteilt, auch wenn es seine verschiedenen Temperaturen dosiert verabreicht.' „Auf der anderen Seite richten sich unsere Handlungen immer nach derselben Anweisung: Es empfiehlt sich, die Öffentlichkeitswirkung von Verbrechen zu begrenzen, es empfiehlt sich, daß der Aufruhr den vegetativen Rhythmus der Stadt und ihrer Einwohner nicht durcheinanderbringt, unter anderem deswegen, weil jeder Aufruhr den Touristen einen Schreck einjagen würde. Ich war gerade angekommen, als Dina ihren Ehemann umbrachte, aber ich hatte bereits Zeit gehabt, jene Weisung in mich aufzunehmen: Ohne die strengen Mechanismen der Objektivität zu durchbrechen, mußte ich dafür Sorge tragen, daß die Untersuchung nicht noch mehr Staub aufwirbeln würde als in Venedig üblich, wenn man nicht diskret vorgeht." Nicolussi hielt mich wohl für einen guten Zuhörer oder für aufnahmefähig und erzählte weiter: „Aber ich rechnete nicht mit meiner eigenen Schwäche, ich verließ mich auf meine Erfahrung und auf die Gewohnheiten, die ich in meinen zahlreichen

Berufsjahren angenommen hatte: Die Objektivität verlangt einen keimfreien und professionellen Umgang mit den einer Tat Überführten, aber ich setzte mich über diese Anforderungen hinweg, Dinas Leid ging mir zu nahe, zuletzt machte ich mir sogar die Beweggründe zu eigen, die Dina zu ihrem Handeln geführt hatten, ich bekam Mitleid mit ihr, als ich die Hölle kennenlernte, durch die sie gegangen war; zum ersten Mal in meiner Laufbahn ließ ich mich von Gefühlen leiten und nicht von Neutralität oder niederen Instinkten, und ich wollte sie vor einer unverdienten Strafe schützen." Seine Vertraulichkeiten wiesen jetzt bereits keinen zynischen Klang mehr auf, nur einen leidenden Tonfall, der von plötzlichen Anflügen von Nostalgie durchbrochen war. Auch ihm war es nicht schwergefallen, sie sich mit vor Schlaflosigkeit geweiteten Augen vorzustellen (wobei die Reinheit des Entsetzens durch die gesenkten Lider ein wenig schwächer erschienen wäre), wie sie sich an die schamlose Berührung der Hände erinnerte, die ihre Brüste geknetet hatten, an die scharfe Berührung von Schneidezähnen, die ihre Brustwarzen verletzt hatten, an das Gefühl, einen glitschigen Tintenfischpenis zu berühren, der zusammenschrumpfte, nachdem er sein Gift injiziert hatte. „Als erstes verstand ich ihr großes Unglück, dann verliebte ich mich in sie, ich verliebte mich ohne jede Hoffnung darauf, daß diese Liebe auf fruchtbaren Boden fallen oder erwidert werden würde, es war eine Liebe, die sich nicht einmal offen zeigen durfte; jeder Außenstehende hätte sie als einen Akt der Bestechung bezeichnet. Ich verfälschte die Begleitumstände des Verbrechens, unterschlug Beweismittel, machte mir in sträflicher Art und Weise die Nachlässigkeit der Richter zunutze, und es gelang mir, daß sie die Strafe gering ausfallen ließen. Mein Puls raste."

Er versank wieder tief in Gedanken, die nur durch die Hustenanfälle unterbrochen wurden: Wenn er aufhörte zu rauchen, auch wenn es bloß für einen Moment war, krampfte sich seine Brust zusammen und erinnerte ihn an seine Abhängigkeit. Er hatte mich zum Essen eingeladen in eine *trattoria* im Bezirk von Dorsoduro, ganz in der Nähe des Zattere, einer Promenade, von der aus man La Giudecca in der Ferne durch spinnwebfeine Nebelbänke erkennen konnte, die die Umrisse der Insel verschwimmen ließen, bis sie den Umrissen eines gestrandeten Walfischs glichen, bucklig und von Möwen attackiert, die sich von seinem Aas nährten. Wir hatten uns nach Dorsoduro vorgekämpft, auf der Flucht vor der aufgekratzten Menschenmenge, die die Umgebung von San Marcos mit ihrer Anwesenheit beleidigte, auf der Flucht auch vor der aufgesetzten Vulgarität, die sich seit der Eröffnung des Karnevals der Stadt bemächtigt hatte. Mit einer kurzen Aufwallung von Nostalgie erinnerte ich mich an Tedeschi, der die Touristen verabscheute und sie mit Schimpfwörtern begrüßte; doch Tedeschi hatte Verrat an mir begangen, er war jetzt nicht mehr jener Drache, der die mythologischen Schätze bewachte, sondern war wieder zu jenem kleinen Gauner, den er in sich trug, geworden.

„Quälen Sie sich nicht, Nicolussi", sagte ich. Langsam begann ich einen hemmungslosen Drang zu verspüren, sein Vertrauen zu erwidern, um auch meinerseits die Geheimnisse mit ihm zu teilen, die in den Lagerräumen meiner Seele zu verschimmeln begannen. „Wer hätte nicht schon einmal die Pflichten der Neutralität verletzt?"

Der Arzt verletzt sie, wenn er seine Patientin abhorcht und sich plötzlich dabei überrascht, wie er sie lüstern streichelt, der Priester verletzt sie, wenn er einer treuen Gläubigen die Beichte abnimmt und sich genießerisch ihre Sünden erzählen läßt, der Hochschullehrer verletzt sie, wenn er in den Tutorien seine Schülerinnen empfängt und den plötzlichen Duft ihrer Jugend einatmet. Ich dagegen hatte sie nicht verletzt, ich bin ja nur wissenschaftliche Hilfskraft und verfüge nicht über Tutorien (außer wenn ich Professor Mendoza zu vertreten habe), oder besser gesagt, nur in Gedanken hatte ich sie verletzt.

„Wie sollte ich mich denn Ihrer Meinung nach nicht quälen?“ Nicolussi beantwortete meine Fragen mit neuen Fragen. „Mehr als fünf Jahre lang habe ich in derselben Gewißheit leben müssen: Ich liebe eine Frau, aber meine Liebe ist eine verbotene Liebe. Ich sollte aus dieser armseligen Stadt verschwinden.“

Er rieb sich seinen stacheligen Bart, als wollte er ihn ausradieren oder geschmeidiger machen.

„Tun Sie das, Nicolussi“, riet ich ihm mit jener Leichtigkeit, die uns das Wissen verleiht, daß wir fremd sind. „Bitten Sie um die Versetzung, oder suchen Sie sich eine andere Arbeit, weit weg von hier, und nehmen Sie Dina mit.“

Seine Lippen verzogen sich zu einem niedergeschlagenen oder zustimmenden Lächeln. In diesem Moment fühlte ich mich Nicolussi brüderlich verbunden, denn ich begriff, daß er ein Feigling war, daß das Leben in der Ehelosigkeit seine Entscheidungskraft untergraben und ihn mit dem Pech der Niederlage besudelt hatte. Durch den Kanal von La Giudecca fuhren nacheinander fast ein halbes Dutzend Gondeln und bildeten dabei einen Festzug; auf ihnen drängten sich Japaner, die, auf den mit Plüsch bezogenen Sitzen kauernd, in einheitlicher Verzückung (so einheitlich wie ihre Gesichtszüge) einem der Gondolieri lauschten, der mit der Stimme eines leiernden Grammophons Seemannslieder und Arien schmetterte. Der Nebel verschlang sie gütigerweise, bevor der ganze Kitsch bei mir ein Würgen auslösen konnte.

„Ich glaube, ich sollte Ihnen auch einige Dinge erzählen“, flüsterte ich. „Nach allem, was geschehen ist, bin ich Ihnen eine Erklärung schuldig.“

Tedeschis Desertion hatte mich verwundbarer gemacht und meine Gewißheiten, meine wenigen Gewißheiten in ihre

Einzelteile zerlegt. Inspektor Nicolussi hatte einen Haftbefehl gegen ihn erlassen, aber da kein anderer Wohnsitz oder Aufenthaltsort von ihm bekannt war als der Palazzo, dessen Bewachung ihm oblag, waren die Chancen, den Koffer wiederzufinden, verschwindend gering und sehr vom Zufall abhängig: Die Bordelle der untersten Kategorie (in denen Tedeschi Beweise seiner Heldentaten geliefert hatte) wurden auf den Kopf gestellt, und in den Fischersiedlungen, die auf den Inseln der Lagune überlebt hatten, wurden Ermittlungen angestellt, doch über Tedeschi waren nur widersprüchliche oder verjährte Auskünfte zu erhalten.

„Na los, ich bin ganz Ohr", ermutigte mich Nicolussi. „Ich bedaure allerdings, daß der letzte Verbündete, den Sie sich ausgesucht haben, Tedeschi war. Mittlerweile wird das Schlitzohr die heiße Ware aus dem Koffer schon an den Mann gebracht haben."

„Also, ich bin der Auffassung, daß der Inhalt jenes Koffers wertlos ist."

Der Zattere bevölkerte sich mit Tauben, die mitten im Nebel reglos in der Luft verharrten wie Ausstellungsstücke eines Tierpräparators. Mit einem gewissen Vergnügen an Präliminarien hielt ich Nicolussi den aus dem Kanal geborgenen Ring hin und lieferte ihm eine Schilderung der Vorfälle, von dem Moment an, in dem Valenzin sich darauf einließ, *La tempesta* für einen Kunden zu rauben, der ihren Pakt mit dem Geschenk dieses Juwels besiegelte, bis zum Höhepunkt, den, nachdem Valenzin seiner Verpflichtung nicht nachgekommen war, der Mord darstellte. Auch den darauffolgenden Überfall auf die Accademia unterschlug ich nicht: Der gefoppte Kunde hatte wahrscheinlich seine gedungenen Mörder geschickt, um einen Auftrag zum Abschluß zu bringen, bei dem sie sich tölpelhaft anstellten, obwohl sie unerwartete Hilfe von Gabetti erhalten hatten, der an jenem Abend seine Großzügigkeit hatte unter Beweis stellen müssen und deshalb den Museumswärtern freigegeben hatte.

„Schlagen Sie in einem Heraldiklexikon die Herkunft des Wappens und der Inschrift nach, die in den Ring geprägt sind, und der Fall ist gelöst", prophezeite ich mit einem Optimismus, für den ich mich heute schäme. „Oder finden Sie einen muskulösen Typen mit Dauerwelle und einem angeknabberten Ohr: Ich wette mit Ihnen um jeden Betrag, daß sich hinter ihm oder seinem Kumpel die Vogelscheuche unter der Maske des Pestdoktors verbirgt, dieselbe Vogelscheuche, die Valenzin ermordet und den Albergo Cusmano auf der Suche nach dem Koffer auf den Kopf gestellt hat."

Nicolussi drehte den Ring in den Händen, hielt ihn in das gefangene Licht, das sich durch den Nebel stahl, und las dabei unter Schwierigkeiten Samsons nachgelassenen Leitspruch, *Moriatur anima mea cum philistiim.* Nachdem er seine Untersuchung beendet hatte, ließ er ihn nachlässig auf dem Tisch liegen, als wäre es wertloser Ramsch; das Aufflammen eines Streichholzes verlieh seinen skeptischen Äußerungen einen rauhen Klang:

„Mir will nicht in den Kopf, warum ein so begabter Dieb wie Valenzin es nicht geschafft haben soll, *La tempesta* zu stehlen. Sie haben mich doch selbst darauf hingewiesen, daß die Sicherheitsvorkehrungen in der Accademia unzureichend sind."

„Vielleicht hätte er es ja geschafft, wollte es aber gar nicht", sagte ich. „Und wenn er plötzlich moralische Bedenken bekommen hat?"

Ich wußte, daß Valenzin in *La tempesta* ein Spiegelbild seiner eigenen Existenz gefunden hatte (vielleicht besaß er ja wie ich eine Neigung zu Allegorien), eine ästhetische Darstellung, die seinen Kummer zum Ausdruck brachte: man kann nicht bis in alle Ewigkeit eine asymmetrische Beziehung aufrechterhalten, so sehr wir uns auch für ihre

Aufrechterhaltung einsetzen mögen. Vielleicht hatte Fabio Valenzin aus Treue zu Chiara von seinen betrügerischen Absichten Abschied genommen.

„Moralische Bedenken?" Nicolussi ließ sich den ersten Zug an seiner Zigarette genüßlich auf der Zunge zergehen, als käme er aus einer Beatmungsmaschine. „Ein Mensch wie Valenzin, der zum Fälscher geworden ist, nachdem er als Maler gescheitert ist, besitzt keine moralischen Bedenken. Da sehe ich ihn schon eher in der Opferrolle: Wahrscheinlich sah er sich selbst als unverstandenen und von einem ahnungslosen Publikum verschmähten Künstler, den dieses, ohne seine Qualitäten rechtzeitig zu erkennen, in die Gefilde der Verbrechens verstoßen hat." Der Rauch, den er ausstieß, enthielt Luftlöcher und war um die schädlichen Substanzen leichter, nachdem sich diese in den Reusen seiner Bronchien verfangen hatten. „Mehr noch, ich glaube noch nicht einmal, daß ihm bewußt war, daß er Straftaten beging. Selbstverständlich wußte er, daß seine Beschäftigung mit dem Gesetz im Widerstreit lag, aber nicht mehr als die Umgehung der Steuergesetze. Wer würde solche kleinen Betrügereien nicht begehen, wenn er die notwendigen Sicherheitsvorkehrungen getroffen hat. Gemälde zu fälschen oder mit Kunstgegenständen zu handeln, beides war aus seinem spezifischen Blickwinkel nur unter technischen Gesichtspunkten ein Vergehen, sogar gewissermaßen ein nicht reales, denn schließlich kam ja niemand dadurch zu Schaden. Valenzin zog keine Unschuldigen in Mitleidenschaft, er schröpfte die Armen nicht, er war weder ein Erpresser noch ein Mafioso. Ich bezweifle stark, daß moralische Bedenken für ihn eine Rolle spielten."

Nicolussi kramte in seiner Brieftasche und zog ein paar abgegriffene Geldscheine heraus, die das blindenschriftartige Relief der Banknoten verloren hatten – ehrenwert verknitterte Geldscheine, wie sie Valenzin für seine Transaktionen niemals benutzt hätte. Er bezahlte das Essen und erhob sich vom Tisch, als würde er von einer wichtigen Entscheidung gedrängt, die er nicht aufschieben wollte.

„Ich werde Ihnen etwas zeigen, das Sie interessieren wird."

Ich ging ihm folgsam hinterher in Richtung der Anlegestelle des Zattere; das Wasser des Kanals hauchte sein Leben an der Freitreppe aus, die zur Chiesa dei Gesuati hinaufführte, mit einem leisen Klatschen, welches das Gedeihen der grünen Moosschicht und die Zunahme der Miesmuscheln auf dem Marmor beförderte; die Fassade der Kirche sah mitten in dem Dunst aus wie eine riesige, den Gesetzen der Symmetrie streng gehorchende Sternkoralle. Der Anlegesteg schaukelte wie eine Boje, die von den Wellen angegriffen wird.

„Ich war überrascht, daß Sie noch nie etwas von Fabio Valenzin gehört hatten", sagte mir Nicolussi mit starr auf die Westspitze von La Giudecca gerichtetem Blick: Dort stand hoch aufgerichtet ein riesenhaftes Gebäude aus rotem Backstein, das irgendwie gotisch wirkte, zugleich aber einer Fabrik ähnelte, was mich einigermaßen verwirrte. „Ein Kunstexperte wie Sie sollte die bekanntesten Fälscher eigentlich kennen."

„Solche Kenntnisse gehören an der Universität nicht zum Lehrplan", entschuldigte ich mich. „Ich kenne den Ungarn Elmyr de Hory aus dem Film, den Orson Welles über ihn gemacht hat, und einen Holländer, der irgendwann in den vierziger Jahren Vermeer gefälscht hat."

„Hans van Meegeren." Nicolussi versetzte mich mit jenen unverhofften Beweisen seiner Bildung in Erstaunen. „Beide wurden gefaßt; beide waren gerissen, doch ihr Hochmut ließ sie simple Fehler machen. Hory ließ sich von ein paar erpresserischen Jünglingen hereinlegen; sie ließen ihn im Akkord schuften, und irgendwann vergaß er beim Signieren eines gefälschten Mattisse in der Eile das *e*: Das war sein

Ende. Van Meegeren trieb seine Waghalsigkeiten noch ein Stückchen weiter: Er bediente sich für seine Vermeerfälschungen der Gesichter Rodolfo Valentinos und Greta Garbos."

Ein Vaporetto mit aufgeblendeten Scheinwerfern näherte sich uns wie ein tagblindes Tier, das um die Küste eines untergegangenen Kontinents herumstreift.

„Sie sind ein Experte auf diesem Gebiet."

„Ach was, ach was", sagte Nicolussi mit kalkulierter Bescheidenheit. „Ich habe mich bloß informiert. Und wissen Sie auch, warum so stümperhafte Individuen wie Hory und van Meegeren berühmter sind als Valenzin? Weil sie Fehler machten, und weil der ganze Lärm nach ihrer Verurteilung ihre Talente aufbauschte. Valenzin dagegen konnte man unmöglich bei einer Lüge ertappen. Und das, wo es jetzt technische Neuerungen gibt, die es in der Nachkriegszeit noch nicht gab: die Radiokarbonmethode, die Infrarotstrahlen, die Erstellung von Brechungsindizes, aber gut, das kennen Sie ja alles."

„Ja, ja, die technischen Errungenschaften", sagte ich zustimmend, um seine gelehrten Betrachtungen nicht zu übergehen, aber eigentlich interessierte mich vor allem, wo wir hinfuhren. Der Vaporetto hielt an der Anlegestelle, um uns einsteigen zu lassen. „Sagen Sie mal, Nicolussi, was zum Teufel wollen Sie mir eigentlich zeigen?"

La Giudecca stellte, einbalsamiert in eine milchige Aura, den Spiegel dar, in dem sich Venedig selbst betrachtete: Abgesehen von einigen Kirchen nach Entwürfen Andrea Palladios zeigte sich das Profil der Insel vom Handwerk und von den einfachen Arbeitern geprägt, mit Wohnblöcken, in deren zu Wäscheplätzen umfunktionierten Innenhöfen die Kittel und die Schürzen und die Overalls aus Jeansstoff aufflammten. Nicolussi ließ die Lebendigkeit wieder als Mieterin im Haus seines Blickes wohnen.

„Nur die Ruhe, Ballesteros; Sie werden es gleich sehen. Wir fahren zur Stucky-Mühle, einem großen Mühlbetrieb, der vor Jahrzehnten pleite gemacht hat und damit viele Menschen zur Erwerbslosigkeit verurteilte. Dinas Eltern zum Beispiel." Er schwieg ein paar Sekunden lang, um der Frau, die er liebte, Tribut zu zollen oder sich an sie zu erinnern. „Sehen Sie die Mole dahinten? Da fahren wir hin."

Ihrer Zerstörung überlassen und vom Wasser bedrängt wie ein Schiffswrack raubte mir die Stucky-Mühle mit ihren Ausmaßen eines kafkaesken Schlosses die Worte; der rote Backstein, der im Nebel so grau aussah, daß er düster wirkte, verkleidete einen riesigen, von zahlreichen Fenstern mit zerbrochenen Scheiben durchlöcherten Turm mit insgesamt sieben Stockwerken, schattenhaft wie eine Festung, die der Marquis de Sade gemietet hatte, um sich darin seinen grausamen Handlungen hinzugeben.

„Interpol war ihm schon ein paar Jahre lang auf den Fersen, aber sie erreichten auch nicht mehr als eine unbedeutende Strafe, weil er mit einem falschen Paß oder einem gefälschten Visum erwischt worden war." Vor jenem architektonischen Delirium schaudernd hörte ich Nicolussi kaum zu. „Er wurde der Fälschung beschuldigt, aber Valenzin hatte zwischen sich und seinen Mittelsmännern ein ganzes Netz an Pseudonymen gespannt, hinter denen er seine wahre Identität verbarg."

„Sie kannten doch seine wahre Identität, Nicolussi", unterbrach ich ihn ein wenig irritiert. „Seine wahre Identität und seine Geschäfte, Sie selbst hätten ihn vor Gericht bringen können."

Der Vaporetto hielt mehrere Male an, bevor er die Anlegestelle von Sacca Fisola erreichte, an deren Fuß die Stukky-Mühle in die Höhe wuchs. Die Kinder von La Giudecca angelten im Schatten ihrer Fassade Flundern, sorglos wie die Vögel und die Lilien aus dem Evangelium.

„Ich habe Ihnen doch gerade schon gesagt, daß ein Straftäter, der Devisen bringt, in Venedig nicht angerührt werden darf." Er hatte sich auf die Reling gestützt und war tief versunken in die Betrachtung der Gischt, die der Vaporetto auf seinem Weg aufwirbelte. „Außerdem hätte man Zeugen gebraucht, die ihn beim Malen der Fälschungen und bei der Übergabe an seine Kunden beobachtet hatten. Und was konnte man von diesen Kunden schon erwarten? Keiner davon hätte es riskiert, seinen Namen zu nennen und zuzugeben, daß er das eine oder andere Gemälde von Valenzin gekauft hatte, um in den Genuß einer steuerlichen Vergünstigung zu kommen. Ganz zu schweigen von den Museen oder den öffentlichen Einrichtungen, die ein Vermögen für diese Fälschungen ausgegeben haben: Glauben Sie, die hätten etwas zugegeben? Und die wohlhabenden Familien, die enorm viel Geld investiert haben ... Glauben Sie, die hätten den Betrug anerkannt, damit ihre ganze Investition den Bach runtergeht? Fälschungen verhalten sich genau wie Börsenkurse: Solange die Verschwörung des Schweigens hält, steigen die Kurse; es gibt zu viele ineinander verwobene Interessen, als daß sich diese Verschwörung auflösen könnte. Stellen Sie sich Valenzin einmal vor einem Tribunal vor, wie er seine Schuld auf die Zwischenhändler abwälzt, die ihm beim Verkauf geholfen haben, auf die Spezialisten, die seine Fälschungen für echt erklärt haben, auf die Museen, die sie gekauft haben ... Das wäre ein Riesendurcheinander gewesen."

Schließlich legte der Vaporetto an, direkt neben der Einmündung eines Kanals, aus dem eine ölige, stinkende Flüssigkeit strömte, in der sich der faulige Geruch mit den Verbrennungsgasen der Treibstoffe mischte. Die Stucky-Mühle, die Ende des vergangenen Jahrhunderts von einem deutschen Unternehmer errichtet worden war, stellte eine neugotische Fassung der Hölle dar; obwohl sie verlassen war, schien aus ihren Mauern doch noch ein Stöhnen von gequälten Seelen zu dringen. Nicolussi nutzte ein Loch im Stacheldrahtzaun, um auf ein mit Gestrüpp und Trümmern gespicktes Grundstück zu gelangen. Ratten so groß wie Katzen besprangen sich und paarten sich zwischen dem Müll und verbissen sich in der Trance des Orgasmus ineinander. Ich unterdrückte ein erneutes Schaudern.

„Wir verfolgten Fabio Valenzins Winkelzüge seit ein paar Monaten“, sagte Nicolussi. Weniger zimperlich als ich teilte er Fußtritte unter den Ratten aus und brachte damit ihre ehelichen Unterjochungsversuche durcheinander. „Aber das Laboratorium haben wir erst nach seinem Tod entdeckt.“

„Das Laboratorium? Was für ein Laboratorium?“

Wir hatten jetzt die seitliche Mauer der Fabrik erreicht; Nicolussi drückte einen Verschlag auf, der in ein Kellergewölbe führte. Eine äußerst steile Treppe, wie aus einem Gemälde von De Chirico, führte hinab ins Dunkel.

„Steigen Sie hinunter und machen Sie sich selbst ein Bild.“

Der schmale Gang, durch den wir in den Keller gelangten, zwang uns dazu, uns zu ducken, damit wir auf unseren Scheiteln nicht den gehenkten Atem der Fledermäuse spürten, die von der Decke hingen: Sie hatten sich jene Räumlichkeiten wegen ihrer Backofentemperatur als Hotel ausgesucht. Ich äußerte meine Verwunderung:

„Ich hatte hier mit mehr Feuchtigkeit gerechnet.“

„Valenzin hatte für alles gesorgt: elektrischer Strom und die Heizung auf Volldampf, damit der Trocknungsprozeß schneller ablief.“

Nicolussi betätigte einen Schalter, und ein paar Halogenleuchten flammten auf, mit denen man eine ganze Pferderennbahn hätte erleuchten können. Die Fledermäuse kreischten einstimmig und klumpten sich über unseren Köpfen zu einer Masse aus Häuten zusammen, wobei sie auf der Suche nach dem Ausgang aneinanderstießen. Ein Öltank lieferte den Brennstoff für mehrere Öfen, von denen eine ätzende Hitze ausging. In der Mitte der Krypta waren zwei Staffeleien aufgebaut, auf denen je eine Leinwand und ein Tafelbild standen, auf deren Oberflächen unter einer undefinierbaren Schicht Bilder aus dem *Cinquecento* in mehr oder weniger schlampiger Ausführung zu erkennen waren; auf einem Aluminiumtisch hatten sich wie Kosmetikbehälter auf einer Schminkkommode Fläschchen mit den unterschiedlichsten Substanzen versammelt: Leinöl, Terpentin, Farben und Pigmente, die eine schier unendliche Bandbreite abdeckten, Kopaivabalsam, Asphalt, Firnisse, alkalische Lösungen und vieles andere mehr, was aufzuzählen langweilig wäre. Auch ein antiker Ofen zum gleichzeitigen Erhitzen mehrerer Reagenzien und andere alchimistische Werkzeuge standen herum.

„Ich verstehe das nicht, Nicolussi."

„Dann strengen Sie sich mal ein bißchen an. Sie sind doch Kunsthistoriker, oder?" schnaubte der Inspektor. „Sehen Sie nur: Diese Holztafel und diese Leinwand da sind echt. Valenzin besorgte sie sich, vermutlich unter Mithilfe von Tedeschi, bei Raubüberfällen auf ländliche Kirchengüter; die Gemälde an sich sind wertlos, aber den Malgrund konnte er für seine Fälschungen benutzen, wenn er ihn erst einmal von der ursprünglichen Schicht Ölfarbe befreit hatte. Sehen Sie?" Er streckte einen Finger aus und steckte ihn in das schmierige Zeug, das auf der Oberfläche des Malgrunds klebte. „Er strich sie mit einer alkalischen Lösung ein, ließ sie ein paar Tage lang einweichen und trug die aufgeweichte Ölfarbe nachher mit dem Spachtel ab. Er arbeitete immer auf Leinwänden und Holztafeln aus der Epoche, damit ihn das Radiokarbon nicht verriet. Auch eine Methode, um die Überprüfung mit Infrarot-Strahlen zu überstehen, hatte er gefunden: Er kochte die mit den Alkaloiden abgelöste

Schicht Ölfarbe auf dem Ofen und trennte so ihre einzelnen Bestandteile voneinander; so erzeugte er ein feines Pulver, das, gemischt mit Leinöl, Farben und Ruß, eine fünfhundert Jahre alte Ölfarbe ergab. Was sagen Sie dazu? Ganz schön gerissen, der Bursche, was?"

Ich nickte stumm vor Staunen und mit stummem Entsetzen. Nicolussi lehrte mich noch weitere Kunstgriffe des Fälscherhandwerks: Um die Krakelüren vorzutäuschen, trug Valenzin direkt auf die Leinwand einen Firnis auf, den die Restauratoren häufig verwenden und der den Bildern einen unverwechselbaren goldenen Glanz verlieh; noch während der Firnis trocknete, malte er bereits wieder darauf und bewirkte so, daß der Firnis nachher beim Trocknungsprozeß haarfeine Risse in der Ölfarbe entstehen ließ, kleine Spalten, die einem System aus Arterien und Venen in Miniaturausführung glichen. Für die Leinwandgestelle und die Rahmen verwendete er einfaches Holz, das er mit Terpentin und Asphalt altern ließ und dem Wurmfraß aussetzte; Nicolussi deutete in eine Ecke des Kellerraums: In einem Glaskasten krabbelten Hunderte von Maden herum und rekelten sich genüßlich auf einem Bett aus Holzspänen.

„Das Ergebnis seiner Arbeit setzte er dem Licht der Scheinwerfer aus, doch selbst so brauchte es zum Trocknen noch mehrere Monate", teilte er mir mit. „Ein Ölgemälde kann durchaus jahrelang feucht sein, obwohl es dem Anschein nach in ein paar Tagen getrocknet ist: Man bräuchte bloß mit einem in Terpentin getränkten Wattebausch darüberzureiben, um seine Farben verschwinden zu lassen. Aus diesem Grund wollte Valenzin möglichst sicher sein, daß jede Spur von Feuchtigkeit ausgemerzt war, bevor er seine Ware in Umlauf brachte."

Die Halogenscheinwerfer brannten auf meiner Haut ebenso wie die Gewißheiten, die ich mir über wandelbare Untergründe hatte verschaffen können. Einige Leinwände in unterschiedlichen Größen – diese hier sahen zeitgenössisch aus – lehnten mit dem Rücken an einer Wand im hinteren Teil des Raumes.

„Natürlich machte Valenzin, bevor er sich an eine Aufgabe von solcher Tragweite begab, Skizzen und Vorarbeiten, bis er seinen Pinselstrich an den des Künstlers angepaßt hatte, mit dem er wetteifern wollte. Er hatte seine Lehrjahre mit dem Fälschen von surrealistischen Malern zugebracht, so daß sein Strich äußerst exakt war, sehr gut geeignet, um die Maler der Renaissance nachzuahmen."

Genau wie die Gemälde Chiaras waren auch Fabio Valenzins Skizzen technisch meisterhaft ausgeführt, erstaunlich in ihrer Behandlung des Lichts und in ihrer Kompositionstechnik, mit einer Virtuosität gemalt, wie man sie nur im Umgang mit den großen Meistern erlernt, doch die Originalität verlangt, daß dieser Umgang eine aktive Auseinandersetzung ist. Ich ging seine Skizzen eine nach der anderen durch: Valenzin ahmte mit größter Genauigkeit die Madonnen Giovanni Bellinis nach, die unbeweglichen Menschenmengen Carpaccios, die Landschaften Giorgiones. Die wahre Kunst stellt das Leben dar oder interpretiert es, die bastardisierte Kunst dagegen verrät es und sperrt es in einen Kerker, sie balsamiert es ein und mumifiziert es. Unter den Skizzen entdeckte ich drei oder vier Entwürfe der Frau, die sich im Mittelpunkt von *La tempesta* befindet, mit einem nach hinten abgewinkelten Bein, auf dem das gesamte Gewicht ihres Körpers ruht, und dem anderen Bein ebenfalls abgewinkelt, aber leicht angehoben, mit einem Unterleib, der einer stummen Gitarre ähnelt, und Brüsten wie brünstige, unentschlossene Tiere; Valenzin war jener leicht pastose Farbauftrag gelungen, der Giorgione zum besten Maler von nackter Haut machte, doch beim Gesicht der Frau angelangt, war er der Treue dem Original gegenüber müde geworden: Ich erkannte das leicht ins Blonde spielende, braune Haar und die wie Schneckenhäuser oder Hieroglyphen aussehenden Ohren, das spitzbogenförmige Kinn und den Hals, der für die Aufgabe des Küssens wie geschaffen war, ich erkannte die nachdenklichen Lippen und die Nase mit einem leichten seitlichen Knick (doch die Asymmetrie wirkt sich nicht negativ auf die Schönheit aus), ich erkannte die auf höchst diskrete Weise patrizischen Jochbeine und Chiaras Augen einer Bäuerin, makellos in ihrem Schmerz, die mich mit einer sinnlichen Trauer betrachteten. Nicolussi näherte sich mir von hinten und legte mir die Hand auf die Schulter:

„Und Sie glauben im Ernst, daß ein solches Individuum irgendwelche moralischen Skrupel gehegt haben könnte?“

X.

Der Nebel war undurchdringlich geworden wie dichtes Laub, als wir nach Venedig zurückkehrten, er besaß einen kompakten Aggregatzustand, der die Entfernungen verschluckte und die Palazzi der Riva degli Schiavoni mit einer Art tödlichem Würdeschleier umgab, der ihr Versinken vorwegnahm und sie auf ihre zukünftige Berufung zu Mausoleen vorbereitete. Es war ein Nebel, der sich horizontal auf die Erde zubewegte (wenn ich mir den Widerspruch erlauben darf) wie übereinanderliegende Substrate einer Asche, die bei der Berührung mit Wasser opak wurde wie Generationen alter Laubschichten, die, wühlte man in ihnen herum, die welke Zärtlichkeit des Todes spüren lassen. Ich wagte es nicht, den Kopf zu wenden, damit ich die Stukky-Mühle nicht sehen mußte, wie sie einer Steilküste gleich in der grauen Ferne verschwand. Es war bereits Nacht geworden, und der Vaporetto verfolgte seinen Weg mit jenem nachlässigen Orientierungssinn, den die entschwundenen Seelen besitzen, wenn sie sich die Landschaften aus einem vergangenen Leben zurückerobern, die bereits zurückgelassenen Schauplätze einer Vergangenheit, die nur noch in ihrer Erinnerung existiert. Auch wagte ich es nicht, die jüngst vergangenen Geschehnisse noch einmal zu rekapitulieren: Ich ließ es zu, daß meine Überlegungen von dem uns umgebenden Nebel getränkt wurden, um nicht weitere Pläne zu schmieden und um auch dem Ansturm von unlösbaren Rätseln etwas entgegenzuhalten. Das Wasser roch nach Karawanen von Leichen, und das Licht der Laternen, die die Riva degli Schiavoni säumten, vermochte nicht das Netz des Nebels zu zerreißen. Nicolussi schleuderte seinen Atem auf Valenzins Ring und rieb ihn danach am Ärmel seines Regenmantels, als wollte er ihn zum Glänzen bringen.

„Ich werde die heutige Nacht damit verbringen, die Herkunft dieses Ringes zu klären. Und was wollen Sie machen? Werden Sie im Albergo Cusmano schlafen?“

„Das ist schließlich mein Hotel, nicht wahr?“ sagte ich. „Obwohl, mir fällt gerade ein, daß ich zu einem Maskenball eingeladen bin. Eine Feier der besseren Gesellschaft. Ich hatte es bereits völlig vergessen.“

Der Motor des Vaporetto hatte sein heftiges Zittern gegen ein sanftes Schnarchen eingetauscht, als ob sich eine Nebelsträhne zwischen seinen Schiffsschrauben verfangen hätte.

„Sieh mal einer an. Eben erst gelandet und schon auf Du und Du mit der Aristokratie. Und wer ist der Gastgeber?“

„Die Gastgeberin, muß man wohl sagen. Giovanna Zanon, Gabettis Ex. Sie ist mit dem Besitzer einer Hotelkette verheiratet.“

Ich entdeckte einen scherzhaften Unterton in Nicolussis Stimme:

„Um Gottes willen, Giovanna Zanon, mehr brauche ich gar nicht zu wissen. Ich habe schon gesehen, wie sie auf dem Begräbnis Ihren Arm genommen hat, ganz schön dreist. Sie sind sich wohl schnell näher gekommen, was?“

Wir gingen in Richtung des Platzes vor San Marcos, das vom Nebel in ein Krankenhausgebäude für Tuberkulosekranke verwandelt wurde. Die Basilika hatte das plebejische Aussehen eines Schuppens angenommen, in dem die Ernte gelagert wird, und die goldenen Kuppeln glichen Heuschobern voller Stroh.

„Ganz und gar nicht“, antwortete ich grundlos verärgert. „Sie nahm mich mit in ihren Palazzo, um mich eine Expertise erstellen zu lassen.“

Sie hatte mich auch mitgenommen, um ihre Haßgefühle auf mich zu übertragen und mich gegen Chiara aufzuhetzen, doch ich hatte die Intrigen zu überstehen verstanden, man braucht bloß den Kopf nicht umzudrehen, man braucht bloß die Geschehnisse nicht zu rekapitulieren.

„Verdammt schade für Sie", teilte mir Nicolussi voller Mitleid mit. „Böse Zungen behaupten, sie wäre im Bett eine Wucht. Anscheinend hat sie ziemlich viel trainiert, als sie noch mit Gabetti verheiratet war. Was mag bloß dran sein am Ehebruch, daß wir ihn mit viel größerer Begeisterung betreiben als die Ehe?"

„Fragen Sie mich nicht, ich bin alleinstehend, und darauf bin ich auch stolz", stellte ich mich unwissend, ohne dadurch weniger verärgert zu sein.

Der Vaporetto sank langsam der Anlegestelle entgegen, als liefe er zähneknirschend in den Hafen der Ehe ein. Auf dem Markusplatz stand eine fadenscheinige Menge Touristen, die den Tauben Futter gab (eine sehnsuchtsvolle Erinnerung an Tedeschi, der es vorzog, ihnen den Hals umzudrehen, überkam mich), sie machten Photos voneinander (doch der Nebel würde ihnen ein geisterhaftes und menschenleeres Panorama bescheren, wenn sie den Film entwickeln ließen) und klatschten erschöpft zum Takt eines Orchesters, das nichts weiter als eine Gruppe von Aufschneidern war, die von der Stadtverwaltung mit den Devisen bezahlt wurden, die ihr der nachlässige Umgang mit den Straftatbeständen einbrachte. Wie der Hotelbesitzer Taddeo Rosso mit gegenüber angedeutet hatte, war das, was vom venezianischen Karneval übrig war, ein blasses Abbild oder ein künstliches Gebilde, mit dem man Touristen anlockte; das allererstaunlichste aber war, daß die vom Rummel angelockten Touristen darauf hereinfielen und sich um jeden Preis vergnügen wollten in einer Stadt, die für das Vergnügen so gut wie gar keine Voraussetzungen besitzt.

„Ich bin auch alleinstehend, Mann, jetzt kommen Sie wieder auf den Teppich", sagte Nicolussi. „Aber im Ernst, diese

Giovanna Zanon hat es faustdick hinter den Ohren. Auf der Dienststelle war sie als eine der besten Kundinnen von Valenzin bekannt."

„Mir hat sie ein Tafelbild von Bellini gezeigt, dessen Echtheit ich ihr bestätigen sollte. Ich dachte sofort, daß es sich um das Gemälde handelte, das aus Madonna dell'Orto entwendet wurde, aber nachdem wir uns Valenzins Labor angesehen haben, würde ich die Hand nicht mehr dafür ins Feuer legen."

Nicolussis schiefer Gang blieb im Nebel und inmitten der verkleideten Touristengruppen unbemerkt. Gelegentlich erkannte ich unter den immer zahlreicher werdenden Masken die raubvogelhafte Silhouette des Pestdoktors wie die flüchtige Reminiszenz eines Albtraums.

„Wie so viele Neureiche frönt auch Giovanna Zanon der Sammelleidenschaft, die ihr Mann ohne einen Mucks unterstützt", sagte Nicolussi. „Es würde mich nicht wundern, wenn sich Valenzin einen Scherz mit ihr erlaubt hätte."

Noch immer lagen die Pontons über dem Markusplatz, die mich vor drei Tagen willkommen geheißen hatten, obwohl das Hochwasser bereits wieder zurückgegangen war und Venedig wieder einmal einen Aufschub seines Untergangs gewährt hatte. Wie Überbleibsel dieser Amnestie standen die Pfützen mit Salzwasser auf den Fugen zwischen den Steinplatten und trugen zur Zersetzung des Gesteins bei. Nicolussi blieb stehen, als wir die Mercería betraten.

„Der Albergo Cusmano liegt fast direkt auf dem Weg zur Dienststelle. Ich begleite Sie, nicht daß Sie sich verlaufen."

„Nein, lassen Sie nur, Nicolussi, ich glaube, ich gehe ein bißchen spazieren." Ich wies seine Herzlichkeit und seine Begleitung zurück, weil ich nicht nachdenken wollte; sein Geplauder reizte meine Aufmerksamkeit, und gespannte Aufmerksamkeit fördert die Entstehung von Gedanken. „Wenn das so weitergeht, werde ich Venedig verlassen, ohne etwas gesehen zu haben. Was soll ich meinen Freunden zuhause denn erzählen?"

„Wenn Sie ihnen bloß ein Drittel von dem erzählen, was hier während Ihres Aufenthalts alles passiert ist, werden sie Sie schon für einen Spinner halten. In Venedig geschehen Dinge, die unsere Sinnesorgane überall sonst auf der Welt niemals akzeptieren würden."

Ich sah nicht, wie er fortging, denn der Nebel verschluckte ihn, kaum daß er sich ein paar Meter von mir entfernt hatte. ‚In Venedig geschieht alles, ohne wirklich zu geschehen', dachte ich, indem ich Chiaras Orakel wiederholte oder in meine eigenen Worte faßte, ‚die Drohungen schweben unentschlossen in der Luft, und den Blitzen gelingt es nicht, den Regen auszulösen, das Leben hängt an einem seidenen Faden, und die Zeit verläuft langsamer, wie auf dem Gemälde *La tempesta*.' Vielleicht hatte Valenzin Chiara, als er sie in derselben Stellung porträtierte, die auch Giorgione gewählt hatte, um der Frau auf seinem Gemälde Unsterblichkeit zu verleihen, in einer Anwandlung von bewundernder Ehrerbietung unantastbar machen und sie in eine Region der Unberührbarkeit entrücken wollen. Ich begriff, daß meine Aufgabe im genauen Gegenteil davon bestehen mußte: Wollte ich Chiara retten, mußte ich sie dem Leben wieder zuführen, mußte ich die Distanz zwischen der ideellen und der praktizierten Liebe wahren, die Distanz zwischen der Verehrung und der Neigung der Sinne zum Überströmen, ein Vorsatz, dessen bloße Formulierung mir schon eine Tonnenlast Niederlage auf die Schultern lud. Ich lief durch Gassen, die sich langsam leerten, und begegnete dabei sporadisch Touristen, die ihr Gesicht mit Masken bedeckten, um ihre Langeweile zu verbergen; vor jeder Straßenecke, an der ich abbog, wurde ich von derselben Angst geschüttelt, hinter der Mauerecke könnte schon mein Henker auf mich warten, verschanzt hinter seiner Verkleidung als Pestdoktor, mit der präzisen Kugel, die den Ausgleich für meine Einmischung schaffen würde. Warum nicht aufgeben? Warum nicht kehrtmachen und den Vaporetto nehmen, der mich zum Flughafen Marco Polo bringen würde? Warum nicht das unerreichbare Unternehmen der Liebe aufgeben?

Ich lief ziellos im stummen Getöse des Nebels umher, stieß auf Kanäle, die wie flüssiger Asphalt glänzten, der bald hart werden und die ganzen Lichtreflexe, die sich auf seiner Oberfläche gezeigt hatten, in Fossilien verwandeln würde. Ich lief ziellos umher, allerdings geleitet von jenem dunklen Heimweh, das die Tiere in ihren Stall oder Pferch zurückfinden läßt, jene intuitive Kompaßnadel, die wir alle in uns tragen, wenn wir ein Zusammentreffen erzwingen wollen. Der Stadtbezirk Cannaregio bevölkerte sich um diese Uhrzeit mit Katzen ohne Stammbaum, die etwas von entthronten Prinzen hatten; sie betraten und verließen die heruntergekommenen Palazzi in einem wirr miauenden Durcheinander und pflanzten sich dort fort, ohne zu ahnen, daß es möglich sein könnte, zwischen ideeller und praktizierter Liebe zu unterscheiden. Noch mehr als eine Stunde irrte ich ziellos umher, über schmale Stege, die mich dazu zwangen, mein Gleichgewicht aufs genaueste zu halten, damit ich nicht ins Wasser fiel. Im Gegensatz dazu war ich überrascht von den Ausmaßen des Platzes vor Madonna dell'Orto; wahrscheinlich wäre er mir im hellen Tageslicht und ohne die vorhergehende Müdigkeit des Herumirrens nicht so weitläufig vorgekommen.

Ich drückte gegen die Pforte der Kultstätte, ohne mir Hoffnungen darauf zu machen, daß sie geöffnet sein könnte. Aber sie war es doch: Am anderen Ende des Mittelschiffs mühte sich Chiara, die auf das Gerüst in der Apsis geklettert war, mit dem Restaurieren der Tintorettos ab. Mit einer Pinzette zupfte sie Schuppen der abgesprungenen Farbe ab; der Malgrund war von einer Art Schuppenflechte befallen, gegen die nur ein harziger Lack half. Die Figuren auf dem ‚Jüngsten Gericht' wanden sich in extrem verkürzten Stellungen, als würde Chiara sie entlausen und dabei kitzeln. Der Scheinwerfer, der ihr Licht spendete (kein Halogenscheinwerfer, wie ich zu meiner Beruhigung feststellte), verwischte die Technik der Helldunkelmalerei und ließ die olivgrünen Töne, die Tintoretto der Haut der Verdammten unterlegt hatte, verblassen.

„Da bist du ja endlich. Wir haben uns große Sorgen um dich gemacht, Gilberto und ich", sagte sie zu mir, als ich in den Lichtkegel trat, den der Scheinwerfer auffächerte. „Du haust einfach so ab, ohne zu sagen wohin, und läßt uns beide hängen."

Ich flüchtete mich in den Sarkasmus:

„Ihr hättet ja die Polizei rufen können, damit sie mich findet." Und dann korrigierte ich mich mit einer theatralischen Geste: „Oh, Verzeihung! Ich hatte ja ganz vergessen, daß ihr die Polizei nicht gerne in der Nähe der Accademia haben wolltet, damit sie nichts von dem versuchten Überfall erfährt. Verzeihung, Verzeihung, ich bin aber auch wirklich taktlos."

Chiara sah mich mit einer entwaffnenden Mischung aus verletztem Stolz und Zärtlichkeit an: Das Licht des Scheinwerfers ließ ihren Schatten im spitzen Winkel länger werden und auf Tintorettos Bild fallen, bis er schließlich zum Chor der Glückseligen gehörte, die um Christus herumstanden und dabei die Male ihrer Martyrien vorzeigten.

„So wenig Verständnis hatte ich von dir nicht erwartet, Alejandro." Sie bediente sich einer fürsorglichen Stimme, die mir ein mieses Gefühl vermittelte. „Du kannst dir gar nicht vorstellen, wieviel Staub es aufwirbeln würde, wenn ein paar Leute erführen, was gestern in der Accademia passiert ist. Gilberto hat unter den Wichtigtuern jede Menge Feinde."

„Die wird er bestimmt nicht ohne jeden Grund haben“, flüsterte ich.

Sie biß sich auf die Unterlippe, um vor Wut nicht noch mehr zu zittern. Ich hatte diese Lippe geküßt, auch ihre Oberlippe, und war in den Genuß ihres meditativen Geschmacks nach Lanolin gekommen. Ihre Wangen waren errötet, doch ich konnte die Schäden, die die Röte auf ihrem Gesicht angerichtet hatte, kaum in Augenschein nehmen, da sie mir den Rücken zuwandte. Mit Hilfe eines Spachtels verrührte sie auf einem Absatz des Gerüsts ein sirupähnliches Gemisch, das sie auf die Nahtstellen des Gemäldes auftrug.

„Sicher, grundlos hat er sie bestimmt nicht. Die Politiker meinen, die Accademia gehöre in ihren Zuständigkeitsbereich und sie könnten über ihre Bestände nach Belieben verfügen. Mehr als einmal wollten sie schon Gemälde zu europäischen Wanderausstellungen beisteuern, Gemälde, die überhaupt nicht transportiert werden durften, weil sie regelrecht auseinanderfielen und dringend eine Restauration benötigten. Gilberto mußte sich ganz allein gegen die öffentliche Meinung und gegen die Politiker stemmen, um mehr als bloß ein Bild vor dem endgültigen Verfall zu retten. Und nachher haben ihm genau dieselben Politiker dann ihre Unterstützung verweigert, um ihn unter Druck zu setzen. Während des Zweiten Weltkriegs entwendeten die Nazis eine ganze Reihe Kunstwerke aus der Accademia; Gilberto beantragte, daß bei den deutschen Behörden ein schriftlicher Antrag auf Rückführung gestellt würde, aber seinem Antrag wurde nicht stattgegeben. Die Accademia ist in ihrer Kategorie das Museum mit den geringsten Subventionsleistungen; diese Aasfresser aus dem Kultusministerium wollen, daß er wegen Vernachlässigung seiner Pflichten zurücktritt. Aber Gilberto wird durchhalten. Begreifst du jetzt, warum es nicht ratsam gewesen wäre, den Raub anzuzeigen?“

Ich nickte, nickte bescheiden. Ich hatte die Eingangstüre offengelassen, und der Nebel schlich sich auf Zehenspitzen in die Seitenschiffe wie einer von jenen halb verhungerten Gläubigen, die sich die Messe immer auf den hintersten Bänken anhören und nie eine milde Gabe in den überquellenden Klingelbeutel fallen lassen. Chiara trug denselben ein bißchen maskulinen und weiten Arbeitspullover, den ich bereits bei unserem ersten Treffen an ihr bemerkt hatte: Seine flach abfallende Fasson ließ ihre Brüste verschwinden und auch die Schulterblätter und die Schlüsselbeine, die die Querspanten ihres Körpers darstellten.

„Unser Etat ist einfach nicht hoch genug, um die Hochwasserschäden zu beseitigen", fuhr sie fort; ihre Stimme alterte zusehends und wurde ein wenig rauh; es war dieselbe Stimme, die ich bei anderen Gelegenheiten an ihr bemerkt hatte, mit einem winzigen Keim Unausgeglichenheit zwischen den Stimmbändern, „und ebensowenig, um die Kunstwerke instand zu halten und zu konservieren. Gilberto mußte Mäzene um private Spenden bitten, ich mußte umsonst Gemälde restaurieren, die sonst den Winter nicht überlebt hätten. Aber ich beklage mich nicht, was ich tue, gefällt mir, es ist meine Pflicht und meine selbstgestellte Aufgabe. Tintoretto, mein Schutzheiliger, tat genau dasselbe: Er arbeitete, ohne eine Gegenleistung zu erhalten, er starb im Ruin und ohne sich einen Arzt leisten zu können, aber dafür trug er zum Ruhme Venedigs bei."

In ihrer Entschlossenheit lag ein auf alles verzichtender Geist der Selbstverleugnung, jene Aufopferungsbereitschaft, von der Heilige und Fanatiker verzehrt und zu den altruistischsten oder abscheulichsten Dingen getrieben werden.

„Aber du kannst wirklich stolz auf dich sein. Du hast die Räuber ganz allein in die Flucht geschlagen, Gilberto könnte dich glatt als Museumswärter unter Vertrag nehmen."

Ich war noch aus ein paar anderen Anlässen stolz auf

mich: Ich hatte Chiaras Widerstand gebrochen und sie ihre Neutralität während unseres Aufenthalts in der Accademia mir zuliebe aufgeben lassen.

„Ich hoffe, du hältst mich nicht für hochnäsig, aber ich muß dir gestehen, daß ich mich viel mehr darüber freue, daß es mir gelungen ist, meine Interpretation von *La tempesta* zu verteidigen. Du hast es ja gesehen: Gabetti, ich meine Gilberto, konnte mich nicht widerlegen, und das, wo er mich einer eingehenden Prüfung unterzogen hat."

„Besonders brillant war er nicht, da hast du recht", sagte sie. „Vielleicht findet er dich sympathisch und wollte dir gegenüber Nachsicht walten lassen, oder vielleicht hat er gespürt, daß ich eine erniedrigende Szene nicht gerne gesehen hätte, und sich nicht getraut, mich herauszufordern."

Sie erkannte mir meine Verdienste ab wie jemand, der einer Blume die Blütenblätter auszupft, mit der sorglosen Geste eines Botanikers, die die Verstümmelung darum nicht weniger sträflich erscheinen läßt. Ich erwiderte:

„Aber du hast doch selbst anerkannt, daß meine Erklärung befriedigend war. Anchises, Aphrodite, Aeneas, der Zorn des Zeus, die Anspielung auf den Trojanischen Krieg. Oder bist du jetzt etwa anderer Meinung?"

Der Nebel fiel über die Kapellen am Seitenschiff her, er mischte sich unbefugt unter den Stein und griff ihn bis aufs Mark an. Chiaras unnatürliche Haltung auf dem Gerüst ließ die Verrenkungen und verdrehten Perspektiven, unter denen Tintorettos Kompositionen litten, vernachlässigbar erscheinen.

„Es war vom intellektuellen Standpunkt aus eine zufriedenstellende Erklärung", präzisierte sie und legte dabei einen verächtlichen Nachdruck auf das Adjektiv. „Aber es sind bereits andere intellektuell schlüssige Erklärungen vorgelegt worden, halt dich bloß nicht für einen Pionier: Der Blitz könnte auch für die Verdammung Gottes stehen, der Adam und Eva aus dem Paradies verstößt; Kain wird gestillt an den Brüsten Evas, die ihn ‚unter Schmerzen geboren hat', wie es der biblische Fluch besagt; der einsame Wanderer könnte Adam sein, der den Stock in der Hand hält, der die Müdigkeit und das Alter repräsentiert, die ihn quälen, nachdem er die Frucht des verbotenen Baums genossen hat. Die beiden zerbrochenen Säulen wären dann ein Sinnbild des Todes: ‚Aus Staub bist du geschaffen, zu Staub wirst du vergehen.' Ich improvisiere jetzt ein bißchen, aber es gibt bestimmt noch fünfzig andere, genauso plausible Interpretationen." Sie griff diese Zahl einfach so aus der Luft, um meiner Hypothese, an die ich meine Jugend verschwendet hatte, ihre Größe zu nehmen. „Doch die Kunst, die für ihren Genuß intellektuelle Gedankengebäude erforderlich macht, ist keine wahre Kunst. Ein Gemälde, das erklärt werden muß, ist kein gutes Gemälde: Es kann ein Musterbeispiel für Virtuosität sein, eine klar berechnete Hieroglyphe, niemals aber ein gutes Gemälde; wenn wir seine Codes einmal verstanden haben, können wir es in Sprache übersetzen, aber es wird uns dennoch nicht berühren. Wahre Kunst gibt es nicht ohne Gefühle, und glücklicherweise berührt uns *La tempesta* ganz von selbst, ohne auf mystische Dinge zurückgreifen zu müssen. Es ist vielleicht nicht gerade ein Musterbeispiel für Virtuosität, aber es berührt uns."

Ich war voller Verachtung und gereizter Enttäuschung:

„Nach diesem simplen Dreisatz wäre ja jede Stümperei Kunst, Hauptsache, wir vergießen ihretwegen ein Tränchen."

„Du hast mich nicht verstanden, Alejandro", erwiderte sie. Mit einem Zerstäuber trug sie eine Art Lack auf die Nahtstellen auf, die sie zuvor mit jener an Sirup erinnernden Mischung gekittet hatte. „Die Kraft des Gefühls kann ergänzen, was auf einem Kunstwerk fehlt, sie kann es verändern und reiner machen. Denk nur an Tintoretto: Er widmete sich seiner Arbeit mit einem so gewaltigen Glauben, daß wir durch und durch gerührt davon sind; uns mit unserer modernen

Sensibilität kommt das vielleicht ein bißchen einfältig vor, oder, wie du es genannt hast, zügellos, ein wenig vorsintflutlich oder gar beschränkt, aber die Freimütigkeit macht seine Kunst origineller als die jedes anderen seiner Zeitgenossen. Das Geheimnis besteht im Glauben: Heutzutage neigen wir dazu, methodische Maler mit großem Sachverstand hochzuschätzen, ungläubige Maler, die akademische Studien betrieben haben und gewisse Grundkenntnisse besitzen; wir glauben, ein Künstler müsse eine fast wissenschaftliche Ausbildung besitzen, damit unsere gebenedeite Intelligenz mit ihm zufrieden ist. Na und, mir sind ein bißchen barbarischere Kunstformen lieber: Ich habe noch nie gesehen, daß jemand von einem Gemälde Leonardos gerührt war; dagegen habe ich schon eine Menge Frauen gesehen, die vor einer Madonna von Tintoretto auf die Knie gesunken sind."

Ich bewunderte sie uneingeschränkt, glühend und nahm jene Erleuchtung, die ihre Worte in mir bewirkten, mit jedem Molekül meines Fleisches auf.

„Und ich kenne eine Frau, die vor seinem Grabstein auf die Knie sinkt", sagte ich schier hingerissen.

Auch in ihrer Widersprüchlichkeit bewunderte ich sie: Sie selbst litt als erste unter ihrer Verteidigung der als Religion des Gefühls verstandenen Kunst, denn ihre vom technischen Standpunkt her makellose Malerei wies (wie ich festgestellt hatte, als ich in ihr Atelier auf dem Dachboden hinaufgestiegen war) mimetische Schwächen auf, jene nachahmende Form der Mittelmäßigkeit. Ich bewunderte sie mit der Mittelmäßigkeit auf ihren Schultern, auch mit jenem in Ansätzen vorhandenen Wahnsinn oder Fanatismus, der sie dazu brachte, sich für eine Stadt aufzuopfern, die ihr ihre schlaflosen Nächte niemals danken würde. Langsam begann ich, die praktizierte Liebe der ideellen vorzuziehen.

„Das reicht für heute", beschloß Chiara und schaltete den Scheinwerfer aus, der uns Licht spendete. „Gehen wir."

Sie stieg das Gerüst im Dunkeln hinunter und vermied so meine spionierenden Blicke, die bewundernd gewesen wären, zugleich aber auch begehrlich, denn die Hose des Jogginganzugs verschwand nach wie vor in der Ritze zwischen ihren Pobacken mit jenem geschmeidigen Widerstand (wenn ich mir den Widerspruch erlauben darf), den abgetragene Kleidungsstücke häufig aufweisen. Das Licht des Scheinwerfers hatte dafür gesorgt, daß die Flamme eines Grablichtes, das auf dem Seitenaltar brannte, unter dem die Gebeine Tintorettos ihre Ruhestatt hatten, unsichtbar geblieben war; jetzt, da mich die Dunkelheit behinderte und meine Augen tränen ließ, gewann die Flamme die Qualität eines winzigen Brandes inmitten der Kirche, die eine einzige unter dem Nebel begrabene Wüste darstellte. Ich ging rüber zum Gerüst, um Chiara in Empfang zu nehmen.

„Was machst du denn da, werd bloß nicht unverschämt." Sie versuchte ohne größeren Eifer, sich aus meiner Umarmung zu befreien. Der Terpentingeruch ihrer Kleidung verwirrte mich ein wenig. „Siehst du denn nicht, daß wir in einer Kirche sind?"

„Aber hier werden keine Gottesdienste abgehalten, Gott wird schon nicht böse werden."

Meine Zögerlichkeit überwindend zupfte ich an ihrem Ausschnitt, um sie auf die Stelle zu küssen, wo sich die beiden Schlüsselbeine treffen, wo sich der Knochen nach innen biegt und eine konkave Stelle entstehen läßt, die sich wie eine Scheide um die Lippen legt, denen sie ihre Aufwartung macht. Chiara wollte sich wehren, aber mein Speichel und meine Zunge, die ihre wirbellose Beschaffenheit dazu nutzte, ihre Zähne zu zählen und die Unebenheiten ihres Gaumens entlangzugleiten, dienten mir als Knebel; der Genuß des Speichelflusses wurde ergänzt durch den Genuß der Gotteslästerung.

„Los, gehen wir nach Hause, sonst werden wir exkommuniziert."

Ich merkte, wie ihre Körpertemperatur unter dem Jogginganzug und dem Pullover anstieg, ich bemerkte das golden schimmernde Erbeben ihrer nicht wirklich mageren Oberschenkel, und ebenso bemerkte ich das schlaffe Herabsinken ihrer Arme, das mich an das Erschlaffen der Tauben erinnerte, als Tedeschi ihnen den Hals umdrehte. Sie bekam ihre Lust jedoch in den Griff und streckte die Hand nach dem Korb aus, in dem sie ihr Handwerkszeug aufbewahrte. Ich schmiegte mich im Gehen an sie und beharrte weiter darauf, den Verlauf des Speichelflusses zu bestimmen, ich umfaßte ihre Hüfte und biß in ihr Haar, die Liebe ist allesverschlingend und ein kleines bißchen kannibalisch. Dem Grablicht, das im Hintergrund verschwand, gelang es, sie mit einem schwachen Licht zu umgeben, gerade genug, um sie aus der Dunkelheit hervortreten zu lassen. Ich drängte sie in die Richtung der Kapelle, in der dem Schriftzug zufolge eine ‚Jungfrau mit Kind' von Giovanni Bellini gestanden hatte, bis sie geraubt worden war. Ich mußte unbedingt noch meinen Verdacht bestätigt finden:

„Weißt du, daß sich dieses Gemälde in Giovanna Zanons Palazzo befindet? Dein Freund Fabio Valenzin hat es gestohlen."

Die Wand der Kapelle schwitzte ein Wasser aus, das von irgendwoher aus dem Untergrund durchsickern mußte, möglicherweise aus den Grabkammern, die im Fundament der Kirche eingelassen worden waren. Es war ein eisenhaltiges Wasser, das denselben jahrtausendealten Geschmack hatte wie Chiaras Haut. Ich schob ihren Pullover hoch, um meine Hände überquellen zu lassen, jede Hand wie eine Gußform, in die sich ihre Brüste einzupassen hatten.

„Er hat es nicht gestohlen, diese alte Hexe hat bloß eine Fälschung", flüsterte sie mir zu. „Fabio war äußerst geschickt."

„Eine Fälschung? Und was ist mit dem Original?"

Ich sprach ganz in der Nähe ihrer Lippen, um ihren Atem und die makellose Weißheit ihrer Zähne in mich aufzunehmen. Ihre Brustwarzen richteten sich auf, als wären sie die Blasen eines siedenden Metalls.

„Soll ich es dir zeigen? Kann ich dir wirklich vertrauen?"

Anstelle einer Antwort preßte ich mich noch enger an sie, damit sie Gelegenheit hatte, mein unversehrtes Rückgrat zu bemerken, das regelrecht versessen darauf war, eine Rippe zu spenden. Auch in den Gewölben von Madonna dell'Orto trafen der Nebel und das Gestein in einer geologischen Osmose aufeinander.

„Also los, komm mit."

Mein Argwohn war verflogen, und die Nacht mit ihren beunruhigenden Häuserecken und dem stummen Geraune der Gespenster, die sie bewohnten, erschreckte mich nicht mehr. Chiara verschloß die Türe mit einem schweren Riesenschlüssel, den sie im Korb in einer Tasche aus geschmeidigem Leder aufbewahrte. In der Fondamenta della Sensa, direkt neben Tintorettos Wohnhaus, das Chiara und Gabetti sich als Wohnstatt hergerichtet hatten, jaulte eine Katzenversammlung den Mond an, der nicht mehr auf sie herabschien.

„Du hast bestimmt gemerkt, daß die Feuchtigkeit in Madonna dell'Orto verheerende Folgen für die Gemälde hat", sagte Chiara zu mir. „Ich habe ‚Das Jüngste Gericht' vor zehn Jahren selbst restauriert, und du siehst ja, in was für einem Zustand es sich jetzt befindet. Wenn die Restauration wirklich eine Wirkung zeigen sollte, müßte man es von der Wand abnehmen und an einen trockenen Ort bringen, solange das Material durchhärtet, aber wegen seiner Ausmaße ist das unmöglich. Der Trocknungsprozeß kann mehrere Monate dauern", gab sie mir überflüssigerweise zu verstehen, denn während meines Besuchs in Valenzins Laboratorium hatte ich mich bereits mit diesen Fristen vertraut gemacht, „wenn man den Prozeß unterbricht, treten die fehlerhaften Stellen in der Ölfarbe bald wieder verstärkt auf. Bei der Leinwand des ‚Jüngsten Gerichts' habe ich mich schon damit abgefunden, die Restauration von Zeit zu Zeit wiederholen zu müssen; aber bei der ‚Jungfrau mit Kind', die sich viel leichter transportieren läßt, konnte ich zuhause arbeiten."

Wir stiegen die steilen Stufen hinauf, die mich bei meiner Ankunft dazu gezwungen hatten, die Schuhe auszuziehen, da sie von der *acqua alta* erobert worden waren: Chiara setzte sich an die Spitze des Aufstiegs, bis sie am Treppenabsatz des Parterre angelangt war, wo sich in einer Reihe die Schlafgemächer befanden, die Tintoretto als Atelier gedient hatten; sie blieb stehen, beugte sich über das Treppengeländer und schrie:

„Gilberto! Bist du schon da?" Sie wartete eine Antwort ab, während sie ihre nachdenklichen Lippen bearbeitete und das Gummi löste, das ihre Haare in einen Zopf sperrte; der von dem Gummi ausgeübte Druck hatte seine Spuren hinterlassen, eine doppelte Wellung oder Konkavität, durch welche die Ähnlichkeit ihrer Haarmähne mit einem Musikinstrument noch verstärkt wurde. „Wahrscheinlich ist er noch in der Accademia und läßt die Schäden der vergangenen Nacht beseitigen. Also, jedenfalls, wie ich schon sagte: Ich wollte die Madonna von Bellini mitnehmen, aber ich hatte nicht mit dem Widerstand der Denkmalschutzbehörde gerechnet, in der einige von Gilbertos erbittertsten Gegnern sitzen. Sie behaupteten, daß sich das Gemälde in einem sehr schlechten Zustand befinde, was seinen Transport unmöglich mache, einen Transport von kaum mehr als einhundert Metern! Aber indem sie mir die Erlaubnis verweigerten, rächten sie sich an dem Mann, der sich so oft schon über ihre Ignoranz lustig gemacht und sie daran gehindert hatte, nach Belieben über die Bestände der Accademia zu verfügen, wenn sie diese einer großen Retrospektive zur Verfügung stellen wollten."

Tintorettos Atelierräume bewahrten im Putz der Trennwände einen letzten Rest Licht, einen undeutlichen Widerschein, der in der Luft zu schweben schien und ektoplasmatische Formen aus dem Jenseits annahm. Chiara hielt mir einen Verschlag auf, der sich im hintersten Winkel des Ganges versteckt hatte. Auf dem Fußboden lagen ein paar steinerne Kacheln.

„Diesen Raum hatte sich Tintoretto speziell für seine Studien und Forschungsarbeiten eingerichtet", sagte Chiara zu mir. „Niemand durfte ihn betreten, bis auf die engsten Verwandten."

Sie sprach mit dem Stolz eines Nachlaßverwalters, so als käme es ihr zu, jene strikte Zutrittsregelung beizubehalten oder sie erneut einzuführen; ich beglückwünschte mich dazu, daß ich auserlesen worden war. Chiara betätigte einen Schalter; die Jungfrau und das Kind von Bellini, voneinander nur durch jene Daumenbreite getrennt, die sich zwischen Liebe und Erotik befindet, zürnten dem aufflammenden Licht.

„Ich bekam einen Wutanfall, als sie mir mitteilten, daß sie mir die Erlaubnis verweigerten. Bis Fabio eines Nachts mit einem Bündel unterm Arm bei mir auftauchte. ‚Wollen mal sehen, ob sich deine Laune durch dieses kleine Geschenk bessert', begrüßte er mich, er war manchmal ein bißchen unberechenbar. Ich riß die Verpackung ab, und vor mir stand, zu meiner Überraschung, das Gemälde von Bellini. Es gelang mir nur unter großen Mühen, eine Erklärung von ihm zu erhalten: ‚Ein Kunde hat mich beauftragt, es zu stehlen, aber ich dachte mir, es wäre nett, ihm eine Fälschung unterzujubeln. Ich bin schon lange nicht mehr aktiv; bei soviel Tatenlosigkeit werde ich mit der Zeit aus der Übung kommen.'" Chiara versuchte zu lächeln, doch auf ihren Lippen lastete eine unerforschliche Melancholie. „Ich hatte mich von der Überraschung kaum erholt, da drehte er mir schon wieder den Rücken zu und wollte gehen. Ich fragte ihn: ‚Und was ist, wenn ich mit dem Restaurieren fertig bin?' Fabio zuckte die Schultern, nichts schien ihn aus der Ruhe bringen zu können: ‚Dann läßt du es eben trocknen. Um die Rückführung kümmere ich mich schon.' – ‚Aber der Betrug wird bei deinem Kunden auffliegen', entgegnete ich; ich war mir nicht sicher, ob ich bei dieser Räuberpistole mitmachen wollte. ‚Und was soll er machen? Soll er mich etwa anzeigen? Er wird einmal schlucken, und dann wird er den Mund halten müssen. Außerdem, wer weiß, wo ich mich dann aufhalte.' Mit Erklärungen ging Fabio immer äußerst sparsam um." Zum Abschluß klang ihre Stimme belegt und entrückt, als dächte sie laut nach: „Seinen Aufenthaltsort kennen wir ja jetzt."

Ich sah mir die Bildtafel genau an und bemerkte dabei die typischen Anzeichen bellinischen Stils, die ich, in Unkenntnis der trügerischen Virtuosität Valenzins, zuvor bereits auf der Fälschung von Giovanna Zanon erkannt hatte. Chiara wartete nicht auf mein Urteil:

„Ich werde es wohl selbst zurückbringen müssen." Ihre Melancholie verwandelte sich in einen Zorn, der mir ungerecht vorkam, denn Valenzin hatte sein Versprechen ja nicht mit Absicht gebrochen. „Er hat Dinge schon immer gerne unvollendet gelassen."

„Und woher weißt du, daß das hier das Original ist? Du solltest wissen, daß Valenzin auch auf das kleinste Detail achtete."

Ihr Zorn verflüchtigte sich und wich einer gewissen hochnäsigen Herablassung:

„Das sagst du ausgerechnet mir, die ich mein Handwerk bei ihm gelernt habe." Erneut verspürte ich nachträgliche Eifersucht. „Es ist merkwürdig, daß wir Restauratoren und Fälscher dieselbe Ausbildung haben und mit denselben Tricks arbeiten. Fabio war ein Meister seiner Zunft, aber selbst in seinen besten Arbeiten waren für ein geübtes Auge verräterische Hinweise zu finden: Den natürlichen Alterungsprozeß der Farben kann man nicht einfach so herbeizaubern, im Laufe der Jahrhunderte entstehen chemische Reaktionen, die ihre chromatische Beschaffenheit beeinflussen, manchmal kommt es sogar vor, daß direkt nebeneinanderliegende Farbfelder, die fünfhundert Jahre lang perfekt voneinander abgetrennt waren, plötzlich ineinander übergehen. Wie du sicher verstehen wirst, kann man eine chemische Reaktion nicht durch ein paar Pinselstriche mit Leinöl ersetzen: Die Farben der Fälschung werden immer flächiger wirken. Und genau das, was für einen Laien unbemerkt bleibt, entdecke ich sofort."

„Du bist eine Expertin", sagte ich und schlang meinen Arm dabei um ihre Hüfte. „Wenn mich Giovanna Zanon das nächste Mal um ein Gutachten bittet, mußt du mir die Erlaubnis geben, diese Weisheiten vor ihr abzuspulen."

„Willst du sie etwa beeindrucken?"

Sie drehte ihren Rücken brüsk zur Seite, doch ihre nicht wirklich mageren Oberschenkel akzeptierten die Gefangenschaft zwischen meinen, unsere Körpertemperaturen tauschten sich in einer chemischen Reaktion aus, die keiner Unterstützung durch die Jahrhunderte bedurfte.

„Irgendwie werde ich mich wohl trösten müssen, wenn es mir nicht gelingt, dich zu beeindrucken."

Einen Augenblick lang erblickte ich mich von weitem, wie einen Zuschauer in der Ferne, der verblüfft Zeuge seiner eigenen Verdoppelung wird: Das die letzten Jahre lang aufrechterhaltene ehelose Dasein hatte mich daran gehindert, Übung in den Praktiken der Liebe zu erlangen, doch nun entdeckte ich, daß deren Befolgung nicht so sehr von der Übung, sondern mehr vom Instinkt abhing, es gibt Wissensgebiete, deren Lehren sich mit den Genen weiter vererben und im Blut transportiert werden, zusammen mit den Leukozyten. Ich wagte mich mit einer Hand unter den Gummizug ihres Pullovers vor, aber es war nun nicht mehr die Bauernpranke, die den zu flachen Hintern von Giovanna Zanon inspiziert hatte, sondern eine makellose und flammensprühende Hand, fast so makellos und flammensprühend wie meine eigene Seele. Auch war Chiaras Hintern keineswegs unsympathisch, und die Fettpartien waren nicht abgesaugt worden, dieses Fleisch hier besaß keine spürbaren Knochen und wurde immer weicher, versteckte seine Muskulatur und wurde deutlich geschmeidiger, je weiter sich die Pobacken von ihrem Ursprung entfernten, je mehr sie ihr Dasein als mit dem Rücken in Verbindung stehende Halbinseln vergaßen und das schwere Gewicht von eigenständigen Inseln annahmen. Ich streichelte ihr Becken, auf dem die Haut ganz dünn war, und ihre schwellenden Hüften, um an jenen bebenden Oberflächen zu verweilen, die sich meinem Zugriff entzogen und der Cellulitis eine Schlafstatt boten. Bei uns zuhause nannten wir solche Stellen Patronengurte oder Polster, und Chiara trug Waffen auf beiden Seiten ihres Körpers.

„Nimm die Finger weg, das ist mir peinlich, ich habe hoffnungslose Cellulitis."

„Von wegen Cellulitis, für meinen Geschmack bist du gerade richtig."

Chiara stellte den Korb auf den Boden, machte den Strahler aus und drängte mich in den Flur, wobei sie hinter sich den Verschlag zuzog, damit Bellinis Madonna nicht Zeuge von Szenen wurde, die von Keuschheit weit entfernt waren. Ich ließ meinen Kopf auf ihr Brustbein sinken, um mich von ihrem Herzklopfen, das dem einer ängstlichen Taube ähnelte, berauschen zu lassen.

„Wir gehen besser hoch in die Mansarde, komm mit."

Sie nahm mich bei der Hand; es war angenehm, ihr die Initiative zu überlassen, mich der Verantwortung zu entziehen und mich von Chiara in ihr Atelier auf dem Speicher des Hauses führen zu lassen. Die Luft wurde stickiger, bis sie wieder jene amphibische Konsistenz besaß, die mich bei meinem ersten Besuch zum Keuchen gebracht hatte. Während sie angestrengt versuchte, den Schlüssel im Schlüsselloch unterzubringen, biß ich noch einmal in ihr Haar, auf dem sich nach wie vor der Abdruck des Haargummis und der hartnäckige Geruch von Terpentin feststellen ließen. Die Nacht glich einer zähen, tintigen Masse, doch durch das Oberlicht sickerte noch immer eine grünliche und schwankende Helligkeit wie aus einer anderen Welt. Ausgebreitet und bestens verpackt in eine Plastikhülle lag auf dem Bett oder der Lagerstatt ein Kostüm des Pestdoktors; die Maske reckte ihre Nase zur Decke, wie die Toten ihre Fingernägel ausstrecken, mit postumem Stillschweigen.

„Verdammt, hab ich mich erschreckt, wie kommt das Ding denn da hin?" schrie ich auf, während mir ein Schauer über den Rücken lief.

Chiara lachte ein leicht hysterisches, vielleicht auch ein wenig rebellisches Lachen.

„Das hat heute nachmittag ein Diener von Giovanna Zanon für dich abgegeben, zusammen mit diesem Briefchen hier." Sie zog einen Umschlag aus Seidenpapier, mit Wasserzeichen und aufgedruckten geschwungenen Buchstaben, aus der Plastikhülle. „Du hast mir ja gar nichts davon erzählt, daß du auf ihren Maskenball gehen würdest, langsam stelle ich fest, daß du zu den Leuten gehörst, die Aufrichtigkeit verlangen und im Gegenzug nichts zu bieten haben."

Das Briefchen enthielt ein paar schriftliche Turteleien, die mir die Schamesröte ins Gesicht trieben; Giovanna Zanon hatte eine steile Schrift mit skelettiert hervorstehenden gotischen Zacken, was hervorragend zu ihrer Anatomie paßte. Abgesehen von den Turteleien teilte sie mir auch eine ungefähre Uhrzeit mit, zu der ihr Chauffeur mich mit einem

Motorboot abholen würde. Das Poster von *La tempesta* war kaum mehr als ein schattiges Rechteck über dem Bett, wie die Einmündung in einen schmalen Gang, der in seinem Inneren stürmische Gefühle verbirgt, schwankende Gefühle, die entfesselt zu werden drohten.

„Was soll ich dir denn noch alles bieten, ich liege dir doch schon zu Füßen?“ gelang es mir zu stammeln; die Aufrichtigkeit schützte mich nicht vor kitschigen Wendungen. „Jetzt sag doch.“

Chiara verbannte das Kostüm aus dem Bett, indem sie es mit jener Bewegung des Handrückens wegfegte, die wir uns für Kakerlaken und sonstiges Geschmeiß aus dem Tierreich aufheben. Dabei kamen die zerwühlten und nicht gestärkten Laken zum Vorschein, Laken aus völlig zerschlissenem Leinen, die nicht etwa knistern würden, wenn sie einen Körper bedeckten, die Bettlaken und der Schnee erholen sich augenblicklich von den Fußabdrücken und vom Blut, aber die Augen eines gedemütigten Menschen werden niemals wieder dieselben. Chiara hatte sich auf eine Ecke der Matratze gesetzt, und ich machte mir neben ihr Platz.

„Du erzählst nie etwas von dir“, hielt sie mir vor. „Den ganzen Tag treibst du dich herum, und dann kommst du einfach so zurück, ohne ein Wort zu sagen.“

„Aber was soll ich dir denn erzählen?“

Ich zeichnete mit der Hand die Umrisse ihres Kopfes nach, ohne ihn zu berühren, und beschrieb dabei einen imaginären Heiligenschein; ihre Haare richteten sich auf, von der Elektrostatik angezogen wie von einem Magnet.

„Was du so treibst. Du weißt schließlich schon fast alles von mir, da ist es doch wohl nur recht und billig, wenn ich auch etwas von dir wissen will.“

Ich drehte ihr Gesicht ein wenig zur Seite, bis sie mir im Halbprofil gegenübersaß. Mit den Fingern scheitelte ich ihr Haar und hielt es zwischen Daumen und Zeigefinger in die

Höhe, indem ich einen Zopf simulierte, aus dem ich ein paar Strähnen oder Locken entschlüpfen ließ, die mit einem leichten Schwung auf ihre Wangen herabfielen.

„Fabio Valenzin ist von denselben Gestalten ermordet worden, die heute nacht in die Accademia eingebrochen sind“, sagte ich, in den Anblick jenes Gesichts versunken, das Giorgione gemalt haben könnte. „Er hatte mit ihnen die Übergabe von *La tempesta* vereinbart, aber er kam der Vereinbarung nicht nach, oder vielleicht wollte er ihnen auch eine Fälschung unterjubeln.“

Nach und nach erstickte ein trauererfülltes Zittern ihr Atmen, verletzte ihren Blick, setzte ihre Schönheit herab, während ich ihr einen schlichten und ergreifenden Bericht der Vorfälle lieferte, der bruchstückhaften Wahrnehmung folgend, die ich von all diesen Dingen besaß: das Auffinden des Rings, der Besuch der Vogelscheuche in Dinas Pension, der Verlust des Koffers und das Verschwinden Tedeschis, die Entdeckung des Laboratoriums in der Stucky-Mühle, all das bildete nach wie vor ein Puzzle aus verworrenen Vorfällen, das eines Bindemittels bedurfte, von dem es zusammengehalten würde. Je weiter ich mit meiner Erzählung voranschritt, desto mehr spürte ich, wie Chiara sich einschüchtern und von düsteren Gedanken beherrschen ließ. ‚Wenn wir über einen toten Freund reden‘, hatte sie zu mir gesagt, ‚sprechen wir eigentlich immer über unseren eigenen Tod, über jenen Teil von uns selbst, den der andere mit sich nimmt und der mit ihm verschwindet. Wir weinen nicht um unseren Freund, sondern um all das, was dieser Freund uns raubt. Die Toten leben von unserem eigenen Tod.‘ Und es waren bereits zu viele Leichen und tödlich erkrankte Menschen, deren Dahinsterben nach und nach Spuren auf ihr hinterließ: nicht nur Valenzin, auch Gabetti, der jene Aufopferungsbereitschaft in ihr befördert hatte und sie unter einer Glasglocke fernab von allen krankheitserregenden Keimen vor der Welt isolieren wollte; auch Venedig, das sie bei seinem endgültigen Untergang mit sich reißen würde.

„Du mußt weggehen aus dieser beschissenen Stadt. Komm mit nach Spanien, dort wüßte man eine gute Restauratorin wie dich zu schätzen. Du hättest Arbeit in Hülle und Fülle."

Ich legte sie flach aufs Bett und half ihr, sich von dem Pullover zu befreien; ihr Unterleib war jetzt keine stumme Gitarre mehr, eher schon eine Geige mit bis zum Reißen gespannten Saiten. Ich näherte mein Ohr ihrem Bauchnabel, um mir das Uhrwerk ihres Körpers anzuhören, die unterirdische Stadt ihrer Eingeweide.

„Was du von mir verlangst, ist Wahnsinn", flüsterte sie. „Ich gehöre hierher."

Ich streichelte ihren Bauch, der war wie ein Klangkörper oder eine Erdhalbkugel, in der die unendlichen Wechselfälle des Weltalls Platz hätten. Chiaras Bauch besaß jene sanfte Rundung, die die Natur den Frauen verliehen hat und die manche von ihnen durch Bauchmuskeltraining auszumerzen versuchen; er besaß jene leicht gewölbte Glätte der fruchtbaren Tage, jenes tiefe und religiöse Fieber des Eisprungs.

„Glaubst du etwa immer noch, die Rettung Venedigs hinge von dir ab, wie damals, als du ein kleines Mädchen warst?"

Ich streifte ihr die Hose des Jogginganzugs und den Schlüpfer herunter, die an der Ferse gemeinsam ein faltiges Akkordeon bildeten. Bevor ich sie zudeckte, blieb mein Blick an dem Flaum auf ihrem Schamhügel hängen, der recht spärlich war und ganz leicht ins Blonde spielte, genauso wie ihr Haar; ich erinnere mich daran, daß mich diese Übereinstimmung ein wenig aus der Fassung brachte: Ich hatte gedacht, Schamhaar wäre immer schwarz und ausgesprochen dicht.

„Ich kann nicht fortgehen, Alejandro." Sie hatte sich mit ihrer Antwort Zeit gelassen, damit ich besser an sie herankam. „Würdest du etwa nach Venedig kommen?"

Ihre Oberschenkel waren unbehaart und verströmten, als sie sich öffneten, eine seidige und fast nahrhafte Wärme. Ich streichelte mit meiner Hand ihre Außenseite, an der die beginnende Cellulitis störende Mulden und winzige Beulen hinterließ.

„Aber das wäre doch keine Lösung", sagte ich. „Du mußt von hier fliehen."

„Sei jetzt still, du lenkst mich ab."

Sie schloß ihre Augen einer Bäuerin und vergrub den Kopf im Kopfkissen, ihre Kehle bog sich nach hinten und enthüllte dabei eine Architektur aus Sehnen, die ich mit der Zunge abzählte. Ihre Brüste, die halbmondförmig und kaum wirklich bemerkenswert waren, bildeten eine Sektion ihrer Rippen; ich versuchte sie zusammenzudrücken, aber ich schaffte es nicht: Nur ihre Brustwarzen steuerten, als wären sie Blasen eines siedenden Minerals, ihr Volumen bei, zu einem Körper, der von der Hüfte aufwärts wesentlich schwächer gebaut war als von der Hüfte abwärts. In eitler Verzückung bemerkte ich, daß die linke Brustwarze länger brauchte, um hart zu werden (doch die Asymmetrie wirkt sich positiv auf die Schönheit aus), vielleicht war sie aber auch verstümmelt worden oder litt unter einem angeborenen Defekt. Ich drang voller Unwissenheit in sie ein, mit einigen Schwierigkeiten, doch das Verlangen nahm mich an der Hand und leitete meine Blindheit; von innen war ihr Fleisch ein Magma, das keinerlei tastende Selbstvergessenheit mehr zuließ, die Unterscheidung zwischen einer flüchtigen Berührung und einer anderen rauhen oder vertraulichen Berührung war nicht mehr angemessen, es war dieselbe membranartige Wärme, die dazu diente, mich in sich aufzunehmen, ein und derselbe feuchte Druck, der mich in die von ihrem Fieber besetzten entlegenen Winkel geleitete. Ich brach mein Schweigen, um ihr jene zärtlichen Worte ins Ohr zu flüstern, die man unter solchen Umständen benutzt, und betrachtete ohne mit der Wimper zu zukken ihr Antlitz, das war wie ein riesiges Flammenmeer oder ein unentwirrbares Geflecht aus Haaren, die ihr im Gesicht klebten, weil sie schwitzte, doch sie machte ihre Augen nicht einmal auf, als sich der bevorstehende Orgasmus ankündigte und ihr Unterleib seine straffe Haltung zugunsten wilder Konvulsionen aufgab (doch die Schönheit ist entweder konvulsiv, oder es gibt sie gar nicht) und ihre Lippen sich öffneten, um ein Stöhnen auszustoßen. Ich erinnere mich daran, daß ich in dem schwindelerregenden Moment, in dem ich meinen Samen in jenen weichen Hort spritzte, die Hoffnung hegte, es möge kein unfruchtbarer Samen sein, daß ich mir absurderweise wünschte, daß er sich mit ihren Zellen vereinigen möge und daß die beiden sich gemeinsam fortpflanzen und sich neun Monate lang gegenseitig unterstützen sollten; es waren die Gedanken eines Predigers, die sehr rasch anderen, eher düsteren Gedanken wichen, wie zum Beispiel dem an Gabetti, der sich in irgendeinem Winkel seines Hauses verschanzt hatte, der Gedanke an seine blauen Augen, die mit einer harten Glasur aus Haß bedeckt waren, seine Augen, in denen Sanftmut und Barbarei eine bewegungslose, zur wilden Grausamkeit neigende Symbiose bildeten. Ich kam langsam wieder zur Ruhe, in zeitlicher Übereinstimmung mit Chiara, die mich nun endlich ansah und lächelte, ihr Gesicht mit den Händen bedeckte und es dann wieder zeigte, um noch einmal zu lächeln, als ob sie dem soeben Vorgefallenen keinen Glauben schenkte, sich zugleich aber unbändig darüber freute.

„Komm mit nach Spanien“, sagte ich beharrlich.

„Ach, Alejandro, ich bitte dich, bring mich nicht ins Grübeln, mich hält hier zuviel.“

Ich küßte sie auf ihre Vulva, die aussah wie eine schläfrige Seerose und nach Algen schmeckte, weniger salzig als vielmehr schleimig. Ich kauerte mich an sie, paßte mich ihrer Körperhaltung an und zwang sie dazu, ihre Beine wie ein Fötus anzuwinkeln. Mit den Armen umfaßte ich ihren Unterleib, der nun, nachdem er meinen Samen empfangen hatte, wieder eine stumme Gitarre war.

„Wer hält dich denn hier? Etwa Gabetti? Früher oder später lassen die Kinder ihre Eltern allein. So spielt das Leben."

Über dem Oberlicht brach der Himmel Venedigs vom Nebel und von den Gespenstern durchlöchert zusammen. Daß Chiara Gabetti stets bei seinem Vornamen nannte, während ich auf dem Nachnamen beharrte, ließ mich bereits Anzeichen für eine Spaltung zwischen uns argwöhnen.

„Ich werde Gilberto niemals allein lassen." Ihre Stimme hatte einen unnachgiebigen Tonfall angenommen, so als wäre sie von Tragik ergriffen. „Ihm verdanke ich meine ganze Existenz."

„Aber wenn er dich wirklich liebt, dann dürfte er dich nicht aufhalten."

Sie gab mir stolz und befriedigt zur Antwort:

„Mich hält niemand auf. Höchstens ich selbst, und das mit dem größten Vergnügen."

Ich verabscheute jenen Mann, der sich eines friedlichen Lebensabends versichert hatte, während mein Rückgrat viele Meilen von dort entfernt auch weiterhin ohne entnommene Rippe auskommen müßte. Ich klammerte mich an Chiara, als wollte ich wie ein Fötus in ihrem Unterleib leben.

„Und als du dich in Valenzin verliebt hast?" bedrängte ich sie. „Hat Gabetti dich da etwa nicht aufgehalten?"

„Fabio habe ich geliebt, seit ich ein kleines Mädchen war, das habe ich dir doch schon gesagt." Möglicherweise verbarg sich in ihren Worten ein Bodensatz aus Mißmut. „Und ich kämpfte darum, seine Krankheit zu heilen, ich kämpfte darum, ihn an mich heranzuziehen, aber ich bin gescheitert. Ich wollte erreichen, daß er seinen Straftaten abschwor und in Venedig, bei mir und Gilberto bliebe, aber ich hatte meine Kräfte überschätzt, das Verbrechen war bereits ein Teil seiner selbst, es hatte sich wie ein Geschwür in seiner Seele ausgebreitet. Fabio war nicht dazu in der Lage, Gut und Böse zu unterscheiden, ebensowenig wie er zwischen Kunst und Wirklichkeit zu unterscheiden vermochte; für ihn waren sie Teile ein und derselben Täuschung." Sie bediente sich aschener Worte, so als hätte sie den Deckel von einer Graburne genommen und der ganze aufgewirbelte Staub aus der Vergangenheit nähme ihr den Atem. „Ich habe seinetwegen sehr viel gelitten, das habe ich dir ja schon gesagt, also stell in dieser Hinsicht bitte nicht leichtfertig Vermutungen an."

Und in jenem Moment begriff ich, daß diese Asche sie von innen heraus verbrannt hatte und daß sie einer langen Rekonvaleszenz bedurfte, bevor sie wieder neue Triebe zeigen würde. Auch begriff ich, daß ich meinen Samen und meine Liebe einer Frau zum Opfer gebracht hatte, die sie, selbst wenn sie sich Mühe gab, nicht würde fruchten lassen, denn ihr Körper und ihre Seele stellten Brachland dar, sie erholten sich von einem viel zu intensiv gelebten Schmerz. Nun befiel mich rückwirkend nicht etwa Eifersucht, sondern die viel weniger weit hergeholte Gewißheit, daß ich zu spät gekommen war, die unheilvolle Gewißheit, enteignet und nutzlos geworden zu sein, und darüber hinaus die Vorahnung einer von der schonungslosen Erinnerung an Chiara mit Leid erfüllten Zukunft, eine lebenslängliche Strafe, die mich dazu zwingen würde, mich an die Beschaffenheit ihres Gesichtes zu erinnern, an die Landkarte ihrer Haut, an die flüchtigen Spuren, die die sinnliche Lust in ihrem Blick hinterlassen hatte, an die bleibenderen Spuren, die das Leid in ihrem Blick eingekerbt hatte, in jenen abgelegenen Winkeln, die der Medizin der Zärtlichkeit nicht zugänglich sind. Das vorausschauende Wissen darum, daß ich Chiara soeben verloren hatte, nachdem ich sie gerade erst zum ersten und zum letzten Mal besessen hatte, löste Beklemmung in mir aus, und zu wissen, daß dieser Verlust den Trost des Vergessens nicht in sich barg, bedrückte mich: Die Momente, die ich, getrieben von meinen Sinnen, an ihrer Seite verbracht hatte, würden beharrlich und zahlreich auch in der Zukunft Bestand haben. Zu meinem Unglück bin ich überempfindlich.

„Wärst du doch nur früher gekommen, Alejandro", sagte sie zu mir. „Würde ich doch nur genug Mut aufbringen, um von vorne zu beginnen."

Ich preßte mich noch stärker an ihren brachliegenden Unterleib, den ich mir üppig und empfänglich für meine Gaben vorgestellt hatte, ich preßte mich mit jenem Ungestüm an sie, das den Trennungen vorausgeht. Obwohl uns das Oberlicht vor den Unbilden der Witterung schützte, fühlte ich mich, als würde der Nebel in meinen Organismus eindringen, so wie er zuvor in das Gestein von Madonna dell'Orto eingedrungen war, in einem Osmosevorgang, an dessen Ende meine Vernichtung stand.

„Wirst du mir verzeihen können?" fragte Chiara noch immer; ihre Stimme war bereits vernichtet, oder zumindest war sie nicht zu gebrauchen für eine Rettungsaktion.

„Aber natürlich, es ist doch nicht deine Schuld."

Die Tränen brannten in meinen Augen, und die Narben auf meinem Rücken, die vom Glück narkotisiert worden waren, erhoben erneut Anspruch auf ihre Hauptrolle.

„Und was wirst du jetzt tun?"

„Nicolussi hat mir nahegelegt, Venedig zu verlassen, dafür wird er meinen Namen aus den Nachforschungen heraushalten", gab ich zurück. „Mein Plan war, ihm nicht zu gehorchen und hierzubleiben, bis der Mord an Valenzin aufgeklärt und der Koffer wieder aufgetaucht ist." Ich machte eine Pause, um nachzudenken, es war schließlich auch nicht gerade wünschenswert, daß die Enttäuschungen mich in den Zynismus trieben. „Naja, eigentlich zögerte ich meine Abreise deinetwegen hinaus. Ich nehme an, das hat jetzt sowieso keinen Sinn mehr."

„Aber du bist doch hierhergekommen, um deine Studien abzuschließen. Du darfst nicht aufgeben wegen ..."

Ich knebelte ihre Lippen mit meiner Hand, bevor sie weitere unbedeutende oder nüchterne Argumente beisteuerte, die meinen Aufenthalt in der Stadt rechtfertigen könnten: Jene Lippen hatten mich geliebt, und ich ertrug es nicht, daß sie mich nun mit Mitleid beflecken sollten.

„Was denn aufgeben?" Die Enttäuschung machte mich spröde und ließ mich altern. „Giorgione und sein verdammtes Bild sind mir schnurzpiepegal. Ich bedauere lediglich, daß ich meine Jugend mit Dummheiten vertan habe. Und was habe ich dafür bekommen? Gar nichts, ich bin ein einziges Desaster und ein Schwachkopf obendrein, ich bin neunundzwanzig Jahre alt und habe noch nicht einmal die Frau an meiner Seite gefunden. Wenn ich ein bißchen Glück habe und mich den Launen meines Chefs aussetze, werde ich einen Beamtenposten in der Universität erhalten; dann kann ich mit anderen dasselbe Spiel treiben, das man auch mit mir gespielt hat: dann werde ich meine Untergebenen triezen und erniedrigen können. Tolle Aussichten."

Chiara kuschelte sich in meinen Armen zusammen wie ein frierendes Tier. Wahrscheinlich klangen meine Klagen für sie wie ein Vorwurf:

„Wenn ich doch nur etwas für dich tun könnte."

Ich küßte sie aufs Ohr, auf jenes Labyrinth aus Knorpel, das eine versteckte hieroglyphische Nachricht enthielt.

„Wenn jeder von uns beiden etwas für den anderen tun könnte, wären alle Probleme gelöst. Aber manche Sachen hängen eben nicht von unserem Willen ab. Mach schon, ruh dich jetzt aus, ich möchte hören, wie du schläfst, bevor ich mich auf den Weg zum Maskenball mache."

„Willst du wirklich hingehen?"

„Ich muß mich noch von Giovanna Zanon und ihrem Ehemann verabschieden, an Höflichkeit will ich es nicht mangeln lassen“, sagte ich mit unverblümtem Sarkasmus. „Aber sei ganz unbesorgt, von dir werde ich mich zuallerletzt verabschieden, dann ist meine Erinnerung an dich auf dem Weg nach Spanien frischer.“

Das wäre sie auch, frisch und präzise, und nach meiner Ankunft zuhause würde ich sie in winzige und genau kalkulierte Portionen einteilen (die Erinnerung läßt abstrakte Überlegungen nicht zu): An einem Tag würde ich mich an ihre Haare erinnern, die aussahen wie die gerissenen Saiten einer Geige; an einem anderen an ihr leicht hysterisches Lachen; wieder an einem anderen an ihre beginnende Cellulitis, die sich störend an den Außenseiten ihrer Oberschenkel zeigte. Ich würde mich an die Photos und die Skizzen erinnern, die Fabio Valenzin von ihr angefertigt hatte, an eine nach der anderen; ich würde mich an ihren Atem erinnern, der sich mit dem meinen überkreuzte, und ich würde mich auch an ihre Worte aus Asche erinnern, an ihre zertrümmerten und erschöpften Worte, und ebenso würde ich mich erinnern an das stets wandelbare Gefühl beim Betasten ihrer Haut (nur nicht von innen, da war es immer dasselbe und unveränderliche Gefühl), ich würde mich erinnern an die Male, an denen meine Augen sie, mit ihrer Einwilligung oder ohne ihr Wissen, andächtig angesehen hatten, und ich würde mich an Gabettis Augen erinnern, die bei einer gemeinsamen Andacht mit meinen kollidierten. Ich rechnete mir aus, daß dieser Erinnerungskatalog mich bis zur Pensionierung beschäftigen würde und daß seine Pflege mich noch stärker zur Gedankenverlorenheit, zur Misanthropie und zum ehelosen Leben neigen lassen würde. Ich würde mich, wenn das überhaupt möglich ist, mit noch größerer Klarheit daran erinnern, wie sie nach und nach in den Schlaf hinübergleitet, wie ihre Atmung einen ruhigen Rhythmus annimmt, indem sie sich ihrem Pulsschlag anpaßt, der verschwommenen Landkarte der Bettlaken. Eine ganze Weile rührte ich mich nicht, stützte ihren Unterleib mit dem Arm, deckte ihren Rücken, bis ich die Tätowierung ihrer Rückenwirbel mitten auf meiner Brust hatte, unterstützte ihre embryonale Körperhaltung und stützte mit meinen Oberschenkeln die Weichheit der ihren ab, ihrer nicht wirklich mageren Oberschenkel, die keinerlei Knochen spürbar werden ließen. Ich vernahm den gedämpften Lärm des Motorbootes, das mich im Auftrag Giovanna Zanons abholen kam, und trennte mich von Chiara, wobei ich mich hütete, sie in ihrer sanften Ruhe zu stören. Noch bewahrte die Matratze den Abdruck meines Gewichts ein paar Minuten lang, während ich mich ankleidete und mir den Umhang des Pestdoktors um die Schultern zog, genauso lange, wie das Kopfkissen benötigte, um sich meiner Gedanken zu entledigen, und die Bettlaken, um sich von meiner Gegenwart zu erholen. Bevor ich ging, salbte ich sie mit einem Kuß direkt unterhalb ihres Haaransatzes, damit meine Lippen den Geschmack des Schweißes auf ihrer Stirn in die Sammlung ihrer Erinnerungen aufnähmen: Er hatte einen eisenhaltigen Geschmack, so als wäre er Wasser, das durch die Wände einer Kirche sickert, nur daß er warm war und wirkte wie der Eiter der Trauer.

Der Chauffeur und Bedienstete Giovanna Zanons wurde ungeduldig und drückte mitten im Nebel auf die Hupe. Ich eilte ihm entgegen, noch ohne mir die Maske aufzusetzen, die meine Verkleidung vervollständigte. Fast lief ich im Hauseingang Gabetti über den Haufen; sein Schatten lehnte, wenn auch aufrecht, an der Wand, mit jener Verärgerung, die pünktliche Menschen erkennen lassen, um anderen Menschen, die weniger pünktlich sind, aus ihrer Verspätung einen Vorwurf zu machen.

„Guten Abend, Ballesteros“, begrüßte er mich. „Es gehört sich nicht, die Leute warten zu lassen.“

Er zeigte in die Richtung des Motorbootes, das auf dem Kanal schaukelte und dabei ein asthmatisches Knattern von sich gab, aber in seinen Worten war zuviel Groll, als daß er lediglich auf Giovanna Zanons Chauffeur anspielen konnte: Auch er hatte bereits auf mich gewartet, um mich abzupassen und mir meine Niederlage auf den Kopf zu zu sagen. Noch einmal sahen wir uns herausfordernd an, um die Grenzen unseres Gebietes abzustecken, wie als wir uns gegenseitig bei der heimlichen Betrachtung Chiaras überrascht hatten. Seine Gestalt war straff und wie aus Pergament, doch seine Augen mit den blauen Pupillen ließen ihn weniger langlebig wirken. ‚Ich habe Gilberto so manche Nacht hindurch weinen hören, während Valenzin Chiara Unterricht gab in Fächern, von denen er nichts verstand‘, hatte Giovanna Zanon zu mir gesagt.

„Allzu lange haben Sie ja nicht warten müssen“, entschuldigte ich mich. „Und außerdem, Sie haben gewonnen: Chiara wird auch weiterhin die Stütze Ihres Alters sein.“

Gabetti lächelte mit widerwärtigem Vergnügen:

„Aber selbstverständlich, mein lieber Freund. Haben Sie etwa wirklich gedacht, sie würde mit Ihnen gehen, mit einem dahergelaufenen Fremden?“

Schier platzend vor Stolz schien er mir den Weg zur Tür zu weisen. Ich wagte mich in den Nebel vor, um nach dem Motorboot zu suchen, bevor er mir zu seinem dialektischen Sieg als Trinkgeld noch ein wenig Schadenfreude und Zorn geben konnte.

XI.

„Ich habe schon gedacht, du würdest überhaupt nicht mehr kommen." Giovanna Zanon war hinunter in die Empfangshalle gelaufen, um mich zu begrüßen. Sie war als Domino verkleidet, in einem ausgesprochen luftigen Gewand mit langer Schleppe, das ihr bis an die Knöchel reichte, und einer Art schwarzen Robe oder Pelerine, die einen starken Kontrast zu der blonden und gepuderten Perücke bildete, deren Korkenzieherlocken sich fließend auf ihren Schultern ausbreiteten; als Gastgeberin der Feier hatte sie sich erlaubt, die Gesichtmaske durch einen Augenschutz zu ersetzen, der den faltigen Blätterteig in ihren Mundwinkeln sichtbar werden ließ, ebenso wie die fleischfressende Bedrohung durch ihre Zähne. „Aber tu mir den Gefallen und verbirg dein Gesicht hinter der Maske: das lustige am Karneval ist ja gerade die Anonymität. Ich hoffe, du bist nicht wieder so unleidlich wie beim letztenmal; du hast noch nicht einmal eine Adresse hinterlassen, wo man dich hätte erreichen können."

Aus dem *piano nobile* drangen Stimmen in die Empfangshalle, hohles und schamloses Gelächter, das unpassend war, und eine seltsam abgehackte Musik, wie eine Totenmesse, die im Rhythmus einer Polka interpretiert wurde. Giovanna Zanon hatte die Kerzenkronleuchter anzünden lassen.

„Es ist Ihnen jedenfalls nicht besonders schwergefallen, mich zu finden."

„Ich brauchte bloß ein paar logische Schlußfolgerungen zu ziehen." Sie hatte meinen Arm genommen; ihre Hand, die in einem fingerlosen Handschuh steckte, ließ die nackten Finger mit lackierten Fingernägeln erkennen. „Angesichts der Tatsache, wie sehr dich dieses Flittchen Chiara in ihren Bann geschlagen hatte, brauchte man wirklich nicht gerade schlau wie ein Luchs zu sein, um sich vorzustellen, daß du in ihrer Nähe wärst. Ich ließ das Kostüm bei Gilberto abgeben, und wie ich sehe, habe ich recht behalten."

Als wir die Stufen, die ins *piano nobile* führten, hinaufgingen, ließen wir das kleine Zimmer hinter uns, in dem der gefälschte Bellini aufbewahrt war. Das philippinische Dienstmädchen war in einem Colombina-Kostüm wie ein Denkmal oder eine Pappfigur auf dem Treppenabsatz postiert worden, mit einer Schürze über dem rüschenbesetzten Rock, der durch untergelegte Polster bauschig wirkte; sie verneigte sich zwar auch jetzt noch, wenn ihre Herrin vorüberging, doch sie tat dies mit der steifen Bewegung eines Roboters.

„Dieser Herr hier ist der letzte Gast, den wir erwartet haben, Isabella", gab sie ihr zu verstehen. „Du kannst die Tür jetzt zusperren und dich in der Küche nützlich machen."

Das Dienstmädchen stürzte hastig die Treppe hinunter, wobei sie über die Spitzen an ihrem Rock stolperte. Giovanna Zanon ging mir beim Festzurren der Maske zur Hand.

„Weißt du eigentlich, daß du sehr gut damit aussiehst? Jetzt machst du nicht mehr so einen unbedarften Eindruck."

Sie hatte einen maurischen, ebenfalls sehr luftigen Schleier an ihrer Augenmaske befestigt, der die Straffung der Haut an ihren Wangen verdeckte und die Falten am Hals, die das Skalpell nicht besser hinbekommen hatte.

„Von diesem Augenblick an sind wir beide uns vollkommen fremd", sagte sie zu mir; noch immer strahlten ihre Augen durch die Augenmaske einen tatarischen Glanz aus, als wären sie aus Essig. „Wer weiß, welche Begegnungen die Nacht noch für uns bereithält."

„Begegnungen der anderen Art vielleicht", warnte ich sie; ich erkannte meine eigene Stimme fast nicht wieder, die ausgehöhlte Maske ließ sie ziemlich finster klingen, was gut zu meiner Laune paßte. „Ich wollte Ihnen nur sagen, daß ich heute nicht für Anzüglichkeiten zu haben bin."

Giovanna Zanon kicherte lüstern in sich hinein; der Gazeschleier reichte nicht aus, um ihren Atem zu bremsen: Sie hatte irgendeinen süßen und klebrigen Likör getrunken, gut möglich, daß sie betrunken war oder irgendwie lasziv.

„Mein armer Kleiner, er ist also heute nicht für Anzüglichkeiten zu haben." Sie schlug meine Kapuze hoch und betrachtete mich mit billigendem Blick. „Bestimmt hattest du Pech in der Liebe. Dabei hatte ich dich doch gewarnt: Das kleine Waisenkind ist Gilbertos Privateigentum. Aber im Karneval vergißt man all seine Sorgen, du wirst schon sehen."

Giovanna Zanon setzte den Aufstieg ins *piano nobile* fort; unter dem langen Gewand konnte man ihre schlaksigen Beine und einen für meinen Geschmack übermäßig verspielten Schlüpfer erkennen.

„Natürlich sind all unsere Gäste angesehene Persönlichkeiten", informierte sie mich, „nur daß sie eben den heutigen Tag nutzen, um sich schadlos zu halten und den Respekt voreinander zu verlieren. Auf diesem Fest ist restlos alles erlaubt, also wundere dich nicht, wenn dir das eine oder andere unstatthafte Angebot gemacht wird." Sie drehte sich ruckartig um; ihr Schlüpfer war auch von vorne zu erkennen, ihr Schamhaar sah schwarz und ausgesprochen buschig aus, wie ein vulgärer Überredungsversuch. „Ich will hoffen, daß du mir die Ehre des ersten Tanzes erweist."

„Ich glaube kaum, daß Ihr Gatte damit einverstanden sein wird", hielt ich ihr entgegen, ohne meinen Unwillen zu verbergen.

„Mein Gatte?" Wieder kicherte Giovanna Zanon in sich hinein; es war ein Gelächter, dessen Dreistigkeit sich immer weiter in die Länge zog, bis es schließlich in eine Art heitere Mattigkeit überging: Möglicherweise hatte sie die süßen Liköre mit einer *line* Kokain angereichert. „Taddeo ist ein ausgesprochen verständnisvoller und anständiger Mann. Oder wußtest du etwa nicht, daß zwei anständig verheiratete Menschen wie wir nur in der Opernloge nebeneinander schlafen?" Sie verbesserte sich sofort: „Also gut, seit La Fenice abgebrannt ist, nicht mal mehr das."

Der Saal, in dem die Feier stattfand, übte einen gewissen metaphysischen Druck auf mich aus: Der Fußboden hatte ein Schachbrettmuster, und die Wände waren mit demselben bordeauxroten Samtstoff bespannt, mit dem auch die Diwane auf dem Motorboot überzogen waren, das mich hierher gebracht hatte (ich zögerte keinen Moment lang, die Wahl der Dekoration, die so heißblütig wirkte und an ein Bordell erinnerte, Giovanna Zanon zuzuschreiben); die Deckenbemalung zeigte mythologische und tierische Kopulationsszenen (den Raub der Europa, den goldenen Regen Jupiters, an dem sich Danae erfrischt, Pasiphaë, die Minos gerade Hörner aufsetzt), die mit der Stimmung dieses geselligen Abends keineswegs im Widerstreit lagen. Einige Musiker, die als Teufelchen oder *mattaccini* verkleidet waren, spielten auf Saiteninstrumenten Melodien, zu denen niemand tanzte, eine wilde Mischung aus schrägen Tönen, irgendwo zwischen Requiem und Cancan, die mich anfangs verwirrt hatte und nun immer stärker in eine Stimmung empfänglicher Träumerei versetzte. Wenn sie ein Stück beendet hatten, erhoben sie sich von ihren Hokkern, legten die Instrumente auf den Boden und feuerten Schleudern ab, die als Munition Eierladungen enthielten. Die Eier verwandelten sich in Wurfgeschosse und klatschten auf den Boden, wo sie ihren schleimigen Glibber hinterließen, auf die samtbespannten Wände, die plötzlich aussahen, als wären sie von Tàpies oder Pollock veredelt worden, und auf die Gäste, die sich mit hastigen Bewegungen duckten, um ihnen auszuweichen, wobei sie gelegentlich schon einmal auf den glitschigen Überresten auf dem Fußboden ausrutschten. Giovanna Zanon wurde von einem Ei auf ihre Büste getroffen; das Eiweiß durchtränkte den dünnen Stoff des Kleids und ließ die Brüste aus Silikon und die Flecken auf dem Dekolleté deutlich hervortreten, während ihr das Eiweiß wie flüssiges Wachs auf den Bauch tropfte. Einer der Gäste stürzte sich auf sie, drängte sie an die Wand und begann das klebrige Zeug mit hochgeklappter Maske abzuschlecken, bis er sich das Gesicht verschmiert hatte, mit jener aus Ackerbau und Viehzucht bekannten Gier, die man bei Tieren an der Tränke beobachten kann. Giovanna Zanon lachte und stieß spitze, hysterische Schreie aus, schrie um Hilfe, hielt den Angreifer aber am Hinterkopf fest, so wie sie mich an der Stirn festgehalten hatte, während sie mir ihre Verleumdungen einflüsterte. Angewidert wandte ich mich ab, aber wo ich den Blick auch hinwandte, überall fand ich ähnliche Szenen vor.

„Das ist eine alte Tradition des Karnevals; der *mattaccino* schleudert Eier in die Menge, die es sich gerne gefallen läßt, eingekleistert zu werden."

Ich erkannnte die unterwürfige und alberne Stimme Taddeo Rossos, des Hotelkettenbesitzers, der die Siestas in der Oper gemeinsam mit Giovanna Zanon verbrachte. Sein Wasserspeierprofil wurde unterstrichen von einer Maske, zu der eine dunkelrote Knollennase gehörte; er hatte Rouge aufgelegt und sein faschistoides Schnurrbärtchen eingewichst, um die Enden anzuspitzen. Seine Verkleidung machte keine weiteren farblichen Zugeständnisse: Die weiße Halskrause und die damit kontrastierende Weste, die enge lange Unterhose und die Pluderhosen aus schwarzem Samt verliehen ihm das Aussehen einer Leiche.

„Jetzt sind wir Kollegen", sagte er zu mir. „Sie sind der Pestdoktor und ich bin *Il Dottore*."

Er hieb sich auf den Wanst, der durch ein Baumwollpolster noch fetter wirkte, während er mir überschwenglich die Hand schüttelte. Auch er hatte dicke Eiflecken auf der Weste und gab ohne ersichtlichen Grund ein Lachen wie ein Lachsack von sich, das beim Erreichen seiner Lippen bereits erschöpft war. Er sprach langsam und gestelzt, als hätte man ihm eine Überdosis Beruhigungsmittel verabreicht; im Lärm der Orgie war seine Stimme kaum zu hören, aber aus seinen Armbewegungen schloß ich, daß er mir genaueste Auskünfte über die Herkunft seiner Gäste erteilte: Da tummelten sich lokale und internationale Größen, der eine oder andere Minister im Ruhestand, ein paar ziemlich moribund wirkende Leinwandstars, Unternehmer mit Vorstrafenregister, heruntergekommene Marquisen, einige sodomitische Modeschöpfer und diverse Jünglinge und nuttige Jungfrauen, die extra für diese Gelegenheit angemietet worden waren und sich eindringliche Blicke auf ihre Ware gefallen ließen.

„Das geht natürlich alles auf meine Rechnung", führte Taddeo Rosso aus. „Sie können sich das Mädchen oder den Knaben aussuchen, der oder das Ihnen am meisten zusagt, und mit ihnen anstellen, was immer Sie wollen."

Das Orchester aus Teufelchen nahm gerade ein weiteres Lied zum Hexensabbat in Angriff, als ihnen schließlich der Vorrat an Eiern ausging. Die nuttigen Jungfrauen bedeckten ihr Gesicht mit *morette,* ovalen Masken, die nicht ganz bis ans Kinn reichten, die Gesichtszüge sonst aber verhüllten; sie trugen alle dieselbe groteske Uniform mit tief ausgeschnittenem Mieder, in dem ihre Brüste offen zugänglich waren; wie die Tabakverkäuferinnen in den Cabarets hatten sie einen Bauchladen um den Hals, den sie zwischen den Gästen spazierentrugen. Anstelle von Tabak hatten sie Kokain und Marihuana im Angebot.

„Danke, im Moment nicht, vielleicht später." Mit diesen Worten zog ich mich zu Taddeo Rossos größter Enttäuschung aus der Affäre.

„Nur keine falsche Bescheidenheit, so was bekommt man nicht alle Tage geboten!"

Er verstreute den Inhalt eines Döschens, ungefähr ein Gramm Kokain, zwischen den Brüsten eines jungen Mädchens, die unter jener doppelten Müdigkeit litten, die auch die beiden Buckel eines Kamels häßlich erscheinen läßt, wenn ihre Vorräte erschöpft sind. Anstatt das Kokain durch die Nase zu ziehen, puderte sich Taddeo das Gesicht damit ein und beschmutzte die Brüste des Mädchens mit dem Rouge auf seinen Wangen.

„Und, wie gefällt Ihnen die Feier?“

„Sie ist wunderbar.“ Mit der Maske fiel es mir leichter, mich zu verstellen. „Meinen Glückwunsch zu Ihrem guten Geschmack.“

Das Kokain versetzte ihn in einen angenehmen, leicht albernen Zustand. Giovanna Zanon ließ sich von dem Individuum verfolgen, das sich an dem Eierbrei auf ihren Kleidern ergötzt hatte, und an der Verfolgung beteiligten sich allmählich auch andere Gäste, die, vom Alkohol und den Drogen angeschlagen, mit einer Plumpheit von Dickhäutern durch die Gegend liefen. Man hörte, wie jemand mit einem Wasserfall aus Kotze die Kacheln goß.

„Sie sollten eigentlich Giovanna dafür beglückwünschen.“ Bescheiden gab Taddeo Rosso seiner Anerkennung Ausdruck. „Ich stelle nur die historische Grundlage zur Verfügung, sie kümmert sich um die Dramaturgie. Ist es nicht ein großes Glück, mit einer solchen Frau verheiratet zu sein, was meinen Sie?“

Das Schauspiel der Verworfenheit anderer Menschen versetzte mich in eine Art Apathie. Der unwiderstehliche Drang zu fliehen befiel mich, so wie uns im Traum manchmal der unwiderstehliche Drang befällt, den Wirrwarr, der sich drükkend auf unsere Intelligenz legt, aufzulösen.

„Wieso, wie ist Sie denn?“ fragte ich ihn.

„Naja, so einfallsreich eben.“ Während er das sagte, geleitete er mich in eine Ecke des Saals, die weiter weg vom Orchester lag, um uns noch stärker zu Komplizen zu machen. „Eines Tages glaubt man einfach, alles ausprobiert zu haben; und in jenem Moment eine Frau wie Giovanna kennenzulernen ist ein wahrer Segen."

Er lugte durch den Spalt einer angelehnten Tür, hinter der ein halbes Dutzend Kellner in Reih und Glied standen, allesamt verkleidet als Pulcinella, der windige Gaukler aus der *commedia dell'arte*: Weiße, bauschige Hemden, unter deren Rücken sich ein falscher Buckel wölbte, hoch aufragende Hüte, kegelstumpfförmig wie abgeschnittene Büßerhauben, sowie Gesichtsmasken mit einer langen, gebogenen Nase bildeten ihre Tracht. Taddeo Rosso schnalzte mit den Fingern, und die Kellner verteilten sich im Saal mit Servierbrettern voller Schnittchen und Getränke.

„Die Mägen müssen immer gefüllt sein, damit die Stimmungskurve nicht abfällt", erklärte Taddeo Rosso. „Sie machen sich ja keine Vorstellung davon, wie schwer es war, diesen Schwachköpfen etwas beizubringen: Sie hatten keine Ahnung vom Kellnern."

In der Tat ließen die Kellner eine gewisse Tolpatschigkeit erkennen: Sie näherten sich mit ihren Servierbrettern viel zu direkt und störten durch ihre Beharrlichkeit die sexuellen Annäherungsversuche und das Balzverhalten der Gäste; vereinzelt waren Kellner zu beobachten, die aus purer Boshaftigkeit oder aus Klassenbewußtsein ein Glas Wein in den Ausschnitt eines weiblichen Gastes schütteten oder sich von hinten an eine der Damen drängten, damit diese die proletarische Stoßkraft ihrer Männlichkeit zwischen den Gesäßhälften spüren konnte.

„Ich dachte, sie gehören zum Stamm Ihrer Bediensteten."

„Aber nein, aber nein, Giovanna und ich kommen mit ganz wenigen Dienern aus", sagte er, als wollte er sich nicht so wichtig nehmen. „Diese traurigen Gestalten da habe ich aus der Gosse gezogen: Das sind alles arbeitslose Fischer und Gondolieri; wenn ich professionelle Kellner genommen hätte, wäre ich doppelt soviel Geld losgeworden." Für den

Besitzer einer Hotelkette wirkte ein solcher Geiz pittoresk. „Sie können sich gar nicht vorstellen, was Sie sich heute alles von der letzten Küchenschabe gefallen lassen müssen; die Gewerkschaften haben sie einer regelrechten Gehirnwäsche unterzogen, ich frage mich, wie es unser Land so jemals zu etwas bringen soll. Aber wir unterhielten uns gerade über Giovanna."

Die kalte Platte mit den Jünglingen und den nuttigen Jungfrauen verlor deutlich an Spannkraft, je später es wurde. Giovanna Zanon hatte ihr Herumgehopse ein wenig gemäßigt und verhielt sich mehr wie eine gewöhnliche Gastgeberin, indem sie einen Kreis von Gästen um sich versammelte, denen sie die Regeln eines schlüpfrigen oder esoterischen Spiels erklärte.

„Sie sagten, daß Sie in Ihrem Alter bereits glaubten, alles ausprobiert zu haben."

Taddeo Rosso strich sich mit lächelndem oder dekadentem Gesichtsausdruck über die spitzen Enden seines Schnurrbärtchens; der Koks rieselte an ihm herab wie Schuppen und suchte in den Falten seiner Halskrause Zuflucht. Das leere Gerede des Magnaten ermüdete mich, und langsam befiel mich ein heftiges Gefühl der Erschöpfung.

„Na, Sie sind mir vielleicht einer!" schalt er mich. „Aber ich habe nicht etwa gemeint, woran Sie denken. Bevor ich Giovanna kennenlernte, nahmen mich meine Geschäfte vollkommen in Anspruch; gemeinsam mit ihr habe ich andere Seiten des Lebens entdeckt. Früher habe ich meine Aktiengewinne beispielsweise in Schweizer Bankkonten angelegt und Immobilien gekauft; Giovanna hat mein Interesse für die Kunst geweckt."

„Davon konnte ich mich vor ein paar Tagen selbst überzeugen. Großartig, diese Madonna von Bellini", versetzte ich und gab mir Mühe, mich nicht durch meinen spöttischen Ton zu verraten.

„Und dabei ist das nichts weiter als ein Vorzeigestück! Vielleicht würden Sie ja auch gerne einmal einen Blick auf meine Gemäldesammlung werfen. Das Sammlertum war in meiner Familie bislang nicht sehr verbreitet, aber dank Giovanna werden meine Nachkommen später einmal ein Vermögen an Kunstwerken erben."

Er verfiel in ein peinliches Grübeln, als er sich daran erinnerte, daß er noch immer keine Nachkommen besaß. Giovanna Zanon, die mit dem Erläutern der Spielregeln des Gesellschaftsspiels, das sie vorgeschlagen hatte, fertig war, befahl den Gästen, sich im Salon und den angrenzenden Räumlichkeiten zu verteilen. Ein Kellner rempelte mich von hinten mit dem Getränketablett an, wobei er einen klirrenden Scherbenhaufen aus zerbrochenem Glas hinterließ.

„Sie verdammter Tölpel!" fuhr Taddeo Rosso ihn an. „Passen Sie doch auf."

Der beißende Gestank von abgestandenem Schweiß stieg mir in die Nase, als wäre er aus jüngster und trauter Vergangenheit herbeigeschafft worden. Ich drehte mich um und fand meine Vermutungen bestätigt; die das Tablett ungeschickt haltenden sehnigen Hände und das verfaulte Gebiß, das unter der Pulcinella-Maske hervorsah, erleichterten die Identifikation des Kellners. Irgend jemand hatte den Kerzenkronleuchter im Salon gelöscht, und in dem von der Dunkelheit verursachten Durcheinander konnte ich mit Tedeschi entwischen.

„Daß du ein Verräter bist, hätte ich nicht gedacht", hielt ich ihm vor. „Aber da sieht man es mal wieder, man darf niemandem trauen. Was hast du mit dem Koffer angestellt? Du hältst die Polizei ganz schön auf Trab."

Zu meiner Überraschung schien Tedeschi verärgert; er wich meinem Drängen mit einer heftigen Bewegung aus, fast mit einer Verrenkung.

„Der einzige Verräter hier im Raum bist du, du Mistkerl."

Sein Dialekt war für mich schwer zu verstehen. „Wir hatten vereinbart, daß wir niemandem erzählen, was wir wissen. Aber es war ja klar, daß du dein Wort brechen würdest. Vom Palazzo aus sah ich dich höchst vertraulich mit der Besitzerin der Pension plaudern und dachte mir: ‚Sieh mal einer an, dieser Typ wird singen wie ein kleines Vögelchen.' Nur gut, daß ich mich dünnegemacht habe."

Nach dem Herumtrampeln der Gäste war ein von Gelächter und Flüstern durchbrochenes Schweigen entstanden. Giovanna Zanon hatte die Kerzen auf einem Leuchter angezündet und lief damit wie eine Schlafwandlerin durch den Saal; als sie ein paar Vorhänge zur Seite schob, entdeckte sie das Versteck eines Gastes, der sich weigerte, die Bestrafung anzunehmen, die die Spielregeln für ihn vorsahen.

„Nichts da, nichts da, jetzt geht's ans Ausziehen", fiel ihm Giovanna Zanon ins Wort. „Dir bleibt nichts anderes übrig."

Das Opfer der strengen Strafe war ein gebrechlicher Greis, möglicherweise ein Würdenträger im einstweiligen Ruhestand, der als Pantalone verkleidet war; das angeklebte Spitzbärtchen, die türkischen Pluderhosen, die roten Kniestrümpfe und das rote Wams verliehen ihm das Aussehen eines Satyrs, wovon jedoch immer weniger übrigblieb, je weiter er sich auszog. Es war ein wenig grausig (und außerdem peinlich), ihn in seiner ganzen Nacktheit zu sehen, seine vom Rheuma knotig gewordenen Beine, die ausgemergelte und von weißem Flaum bedeckte Brust.

„Die Unterhosen auch", erinnerte ihn Giovanna Zanon.

Der Greis mußte sich an der Wand abstützen, um nicht das Gleichgewicht zu verlieren. Er hatte ein lang herabhängendes und keineswegs ehrwürdiges Glied, das bei den anderen Gästen, die sich ein weniger offensichtliches Versteck gesucht hatten, Gelächter erregte. Giovanna Zanon blies die Kerzen aus und rief:

„Neues Spiel, neues Glück!"

Die Gäste suchten sich unter geschäftigem Herumgelaufe und Zusammenstößen neue Verstecke, während es dem an Parkinson oder Geilheit leidenden Greis nicht gelang, das Streichholz anzuzünden, das die Flammen des Kerzenleuchters wieder in Brand stecken sollte, damit das Spiel weitergehen konnte. Tedeschi geleitete mich durch einen Gang, der die Schatten und den Hall vervielfältigte, bis wir eine *loggia* oder einen Säulengang erreichten, von dem aus der Garten des Palazzo zu erkennen war, wie eine Richtstätte, auf der sich die enthaupteten Standbilder häuften; unter der Epidemie des Nebels zeichnete sich der verschwommene Stadtplan Venedigs ab. Er deutete auf die Lagune jenseits des Friedhofs von San Michele, jenseits des Horizontes, den man kaum erkennen konnte.

„Du findest mich auf Torcello, dort warte ich auf dich", sagte er zu mir. „Aber komm bloß nicht auf die Idee, jemanden mitzubringen, ich muß dir was Wichtiges zeigen."

Ein Dutzend Fragen drängte sich mir auf, aber ich war nicht entschlossen genug, sie der Reihe nach zu formulieren; außerdem näherte sich jemand dem Säulengang. Es gelang mir gerade noch zu stottern:

„Die Insel Torcello." Ich prägte mir den Namen ein, den ich noch nie gehört hatte. „Und wo treffen wir uns?"

„Ich finde dich schon, keine Angst."

Tedeschi entledigte sich seines Umhangs und der Pulcinella-Maske und sprang mit einem Satz über die Balkonbrüstung; das sanfte Knistern von zertretenen Pflanzen dämpfte seinen Sprung. Seine Schritte verloren sich in den schummrigen Gassen; der Nebel erholt sich, genau wie der Schnee, sofort von den Fußstapfen. Nur die Laternen trauten sich, die Nacht von Zeit zu Zeit mit runden Lichthöfen zu erhellen, die sich in der Ferne allmählich abnutzten wie die Ränder einer gefälschten Münze, wenn sie durch viele Hände geht. Ich atmete die feuchte Luft Venedigs ein, um die Klarheit der Gedanken und die Erinnerungen, aber auch die namenlose Angst, die mich allmählich ergriff, zu betäuben. Chiara mußte ganz in der Nähe schlafen, sie hatte meine Abwesenheit wohl dazu genutzt, das gesamte Bett zu beherrschen, sie liebte es, diagonal im Bett zu liegen und sich in den Laken zu wälzen wie ein sich rekelnder Welpe; wahrscheinlich hatte sich Gabetti, als er sie nicht in ihrem Zimmer angetroffen hatte, gewundert und war in die Mansarde hinaufgestiegen, vielleicht wachte er nun mit einer trunkenen Zärtlichkeit über ihren Schlaf, schließlich war er ja der Wächter dieses Schlafs und nicht ich, ein dahergelaufener Fremder.

„Was ist los, warum spielst du nicht mit?"

Giovanna Zanon hatte sich mir von hinten genähert, mit derselben Vorsicht, die wohl auch Gabetti bei seinen klammheimlichen Beobachtungen walten ließ. Die Verkleidung als Domino und die Perücke mit den Korkenzieherlocken rückten sie, im Zusammenspiel mit dem Nebel, in die körperliche Nähe jener Schreckgespenster, die in grauer Vorzeit den Pilgern auflauerten, um ihnen eine Messe abzuschwatzen, die sie vor dem Fegefeuer retten sollte, oder um sich von ihnen betatschen zu lassen, womit sie sich für die Enthaltsamkeit im Jenseits schadlos hielten.

„Ich war auf der Suche nach Ihrem Gatten", log ich. „Als das Licht gelöscht wurde, habe ich ihn aus den Augen verloren. Er hatte mir versprochen, er würde mir seine Gemäldesammlung zeigen. Seit er mit Ihnen verheiratet ist, hat er mir erzählt, ist er wohl ein großer Kunstliebhaber geworden."

„Liebhaber ist gar kein Ausdruck." Sie sprach stets halb mitleidig, halb verächtlich von Taddeo Rosso. „Aber ich trage für seinen blinden Eifer keinerlei Verantwortung; ich habe ihm lediglich nahegelegt, in Kunst zu investieren, denn die verliert niemals ihren Wert. Taddeo ist ein Kind und möchte alles für sich haben, also begann er Gemälde als pure Renommierstückchen zu kaufen, so wie andere Abziehbilder kaufen. Außerdem steckte er mit seinem blinden Eifer seinen ganzen Freundeskreis an, du kannst dir ja nicht vorstellen, was für ein Konkurrenzdruck unter den Millionären herrscht. Dank Taddeo blühten Valenzins Geschäfte."

Das Spielchen im Saal bezog mit der Zeit immer mehr neue Opfer oder Nutznießer ein und weitete sich auch auf andere Räumlichkeiten des Palazzo aus, wo es zu einem wilden Kopulieren wurde, das wegen der Masken völlig anonym ablief.

„Aber Valenzin war ein Betrüger, das wußten Sie doch ganz genau", sagte ich.

Giovanna Zanon hatte sich an mich gepreßt, sie ließ sich lieber betatschen und hatte für Messen nicht so viel übrig; durch den Schleier hindurch war ihr Atem noch immer von einer süßlich trunkenen Schwere, und die Eireste hatten auf der Gaze ihres Überwurfs eine getrocknete Kruste hinterlassen wie Spuren von einem heftigen Erbrechen. Ich unterdrückte meinen Ekel.

„Darauf habe ich Taddeo schon hingewiesen, und ich empfahl ihm dringend, nicht auf den Gedanken zu kommen, Bilder zu kaufen, die weniger als hundert Jahre alt waren, ganz besonders, wenn es sich dabei um Bilder aus dem Umkreis der Surrealisten handelte. Wir verlangten von Valenzin eine Dokumentation für jedes Bild, das er uns verkaufte."

Wie ein schläfriger Rauch quoll der Nebel auf und hüllte die Stadt sanft ein. Die Jesuitenkirche, die kaum fünfzig Meter von Giovanna Zanons Palazzo entfernt lag, wirkte leicht verschwommen, als betrachtete man sie durch ein beschlagenes Fernrohr.

„Und wie sieht so eine Dokumentation bei einem Gemälde aus?" forschte ich nach.

„Das kommt ganz auf seine Herkunft an. Wenn man es auf einer Versteigerung kauft, ist immer ein Echtheitszertifikat dabei, das von mehreren Experten unterzeichnet wird." Hier erinnerte ich mich daran, daß Gabetti im Sommer zweiundsechzig in einem Auktionshaus gekündigt worden war, weil ihm Fabio Valenzin eine ganze Sendung falsche Modiglianis untergejubelt hatte. „Wenn man das Gemälde von einem Privatmann kauft, muß ein Experte seine Echtheit bestätigen."

„Und wenn es gestohlen wurde?" fragte ich beharrlich und mit wachsendem Vergnügen. „Valenzin hatte auch einige Diebstähle auf dem Kerbholz."

„Nichts ist leichter zu bekommen als eine Dokumentation über ein gestohlenes Gemälde!" Giovanna Zanon lachte grimmig. „Die Zeitungen posaunen gerne alles heraus und veröffentlichen Photos für den Fall, daß so ein Bild einer reinen Seele in die Hände fällt, die es zurückgeben möchte. Valenzin pflegte seine Raubzüge mit einer umfassenden Pressemappe zu belegen: Er war eitel und gefiel sich darin, die öffentliche Wirkung seiner Fischzüge zu verfolgen." Ihr Atem, der mir viel zu nahe kam, drang durch die Öffnungen meiner Maske und schlug sich auf ihr nieder; ich mußte daran denken, daß die alten Venezianer sich wahrscheinlich so oder so ähnlich mit der Pest angesteckt haben mußten, daß sie wahrscheinlich so oder so ähnlich deren giftige Dämpfe eingeatmet hatten. „Und dann haben gestohlene Gemälde noch einen weiteren Vorteil: Sie kommen einen viel billiger zu stehen als auf legale Weise erworbene, da der Räuber seine Ware dringend loswerden muß und keine Mittelsmänner in Erscheinung treten."

Die Feier hatte jenen Grad an Sättigung oder Überdruß erreicht, der so manchen den Auszug in die Diaspora antreten läßt; in der *loggia* hatte ein nacktes weibliches Pärchen seine Zelte aufgeschlagen (möglicherweise waren es zwei von den nuttigen Jungfrauen, die Taddeo Rosso unter Vertrag genommen hatte), das sich ineinander verknotete und mehr schläfrig als lustvoll aneinander herumfummelte.

„Und trotzdem hatten Sie Zweifel, ob Bellinis *Madonna* echt sei“, sagte ich. „Sie haben mich sogar hierher gebracht, um von mir meine Meinung als Experte zu hören.“

Giovanna Zanon schob ihre Hände unter meine Kapuze, griff meinen Hals mehr lüstern als schläfrig und begann mit ihren Fingern mein Genick zu massieren; sie tat mir weh, als sie mir mit den lackierten Fingernägeln eine der Krusten abriß, die sich als Erinnerung an meine Auseinandersetzung in der Accademia zwischen den behaarten Hautpartien verbargen.

„Kleines Dummerchen, wo ich dich doch eigentlich verführen wollte“, schnurrte sie. „Du kamst mir so unverdorben und verlassen vor ...“

Ein wenig forsch schüttelte ich ihre Arme ab; das ehelose Dasein prägt wahrscheinlich den Charakter, aber noch mehr tut dies die Erinnerung an eine andere Haut.

„Sicher, und die ganzen Unverschämtheiten über Chiara bildeten wohl auch einen Teil der Verführung, was?“

Auf dem Gang, der zur *loggia* führte, näherten sich zwei Männer, die in ein Gespräch versunken waren, von dem ich nur Bruchstücke verstand, da es darin um Vertraulichkeiten und um stillschweigend vorausgesetzte Dinge ging; aus ein paar vereinzelten Äußerungen schloß ich aber, daß es sich um eine delikate Angelegenheit handeln mußte, um irgend etwas am Rande der Legalität, vielleicht um Bestechungsgelder oder um einen Ehebruch. Eine der Stimmen besaß eindeutig das unterwürfige Timbre Taddeo Rossos; der andere Mann dagegen besaß eine Stentorstimme mit despotischen Zügen, die Einwände gegen die wankelmütigen Äußerungen seines Gesprächspartners geltend machte und von Zeit zu Zeit einen Kraftausdruck fallen ließ. Die Stimme gehörte einem Mann, dessen Körperbau fast ebenso übertrieben war wie seine Verkleidung: Der Dreispitz, der lange, nach achtzehntem Jahrhundert aussehende Rock und das Hemd mit den rüschenbesetzten Manschetten wurden von einer würdevoll blassen Gesichtsmaske ergänzt. Seine affektierte Art ließ vermuten, daß er dem nudistischen Spielchen, das Giovanna Zanon veranstaltet hatte, ausgewichen war.

„Du solltest Ruhe bewahren", konnte ich Taddeo Rosso hören. „Und die beiden an die kurze Leine nehmen, die führen sich ja auf wie Elefanten im Porzellanladen."

Der andere stimmte ein wenig mürrisch zu. Taddeo Rosso spielte auf ein paar kräftig gebaute Typen an, die ihre Köpfe in die *loggia* reckten, wobei sie jene halb zurückhaltende, halb aufdringliche Distanz wahrten, die man von Leibwächtern erwartet, damit ihre Gegenwart auf den Schauplätzen des öffentlichen Lebens nicht indiskret wirkt, aber dennoch die gewünschte Wirkung zeigt. Beide waren als Harlekine verkleidet, sie hatten enge Leibchen mit Rautenmuster an, die vor lauter Muskeln fast aus den Nähten platzten, und trugen ein Filzhütchen auf dem Kopf, an dessen Spitzen Schellen befestigt waren; auf ihren Masken mit fast affenartigen Gesichtszügen prangten buschige Augenbrauen. Ich hätte sie für geklonte Versionen ein und desselben Grundmodells gehalten, wenn einer von den beiden nicht einen Bürstenhaarschnitt gehabt hätte, der andere dagegen eine prächtige Mähne, die an einen syrischen Krieger oder einen Proleten aus der Dorfdisko erinnerte, leicht dauergewellt und an den Seiten ausrasiert. Ich wurde von derselben leichten inneren Unruhe erfaßt, die mich bereits ergriffen hatte, als mir Tedeschi den Ring mit dem Bild der Säulen gezeigt hatte; dann bemerkte ich das verstümmelte Ohr des Harlekins mit der langen Mähne, und die leichte Unruhe nahm in mir die Form eines wimmelnden Ameisenhaufens an, ein Gefühl, das dem der Lähmung unmittelbar vorausging. Ich beugte mich über das Geländer, um abzuschätzen, ob ich bei einem Sprung die Möglichkeit hätte, unverletzt zu bleiben.

„Hast du etwas?“ fragte mich Giovanna Zanon.

Die Narben auf meinem Rücken, die ich schon für verkrustet gehalten hatte, begannen von neuem zu bluten.

„Ach, nichts. Wer ist der Mann da bei deinem Gatten?“

Getrieben von jener pathetischen Bedrängnis eines Mannes, der Verbündete braucht, hatte ich sie geduzt, was ich bisher im Umgang mit Giovanna Zanon strengstens vermieden hatte, aber sie faßte es als Zeichen des Wankens oder des Zugeständnisses auf.

„Daniele Sansoni“, informierte sie mich. „Einer von den Millionären, die sich mit Taddeo den Rang des Mannes streitig machen, wer die meisten Gemälde besitzt. Ein weiterer guter Kunde von Valenzin.“

Ich stützte mich auf eine der Säulen, auf denen das Dach der Galerie ruhte; mir wäre es gleichgültig gewesen, wenn sie nachgegeben und mich zerquetscht hätte, vorausgesetzt, sie hätte bei diesem Zusammenbruch nur auch die anderen unter sich begraben: *Moriatur anima mea cum philistiim.*

„Er ist im Exportgeschäft reich geworden und leidet unter Größenwahn“, fuhr Giovanna Zanon fort. „Er hat mehr als ein Dutzend Adelstitel gekauft und sich ein Wappen machen lassen, das er auf seine Visitenkarten drucken und auf seine Jackentaschen sticken läßt. Stell dir mal vor, wie geisteskrank er sein muß, er glaubt sogar, mit Samson verwandt zu sein, dem Samson aus der Bibel.“

Sansonis Schergen oder Leibwächter verlustierten sich damit, die beiden nackten Mädchen wiederzubeleben, die, nachdem sie ihr lesbisches Nümmerchen aufgeführt hatten, einer Ohnmacht zum Opfer gefallen waren und an ihrer eigenen Kotze zu ersticken drohten. Sie weckten sie mit Ohrfeigen, die klangen wie Peitschenhiebe.

„Also gut, ich muß jetzt gehen, mir wird es sonst zu spät."

Es kam mir so vor, als stiegen die geköpften Statuen von ihren Sockeln und gruppierten sich im Kreis um den Palazzo, als handelte es sich um eine Razzia der Polizei, aber der Nebel rief sinnlose Traumbilder in mir hervor, und meine Sinnesorgane hatten Schaden genommen.

„Warte, ich möchte ihn dir vorstellen", kam mir Giovanna Zanon zuvor. „Du solltest seine Gemäldesammlung sehen: Er interessiert sich ausschließlich für Bilder mit verfallenen Gemäuern und kaputten Säulen, vielleicht erinnern sie ihn ja an seinen angeblichen Ahnherrn. Den größten Teil hat er von Valenzin gekauft, und jetzt befürchtet er, es könnte sich um Fälschungen handeln: Mit Expertisen könntest du bestimmt ganz ordentlich Kohle aus ihm herausholen." Ich versuchte, eine Entschuldigung vorzubringen, aber Giovanna Zanon schrie bereits: „He, Taddeo! Sansoni sollte unseren spanischen Freund hier einmal kennenlernen, er ist Professor für Kunstgeschichte und erkennt eine Fälschung auf einen Kilometer Entfernung."

Die übertriebene Darstellung meiner Verdienste lenkte Sansonis Aufmerksamkeit auf mich, und natürlich die seiner beiden Totschläger, die sich gegenseitig ansahen und von ihren Wiederbelebungsversuchen bei den Mädchen abließen. Taddeo Rosso reagierte langsam, aber dafür mit weit ausholenden Gebärden, die an unser gemeinsames Gespräch erinnerten, bevor wir unglücklicherweise durch die plötzliche Finsternis getrennt worden waren; das Polster war ihm verrutscht und sah zwischen den Knöpfen der Weste hervor, was ihm eine noch größere Ähnlichkeit mit einer Vogelscheuche gab. Während wir, unter Ausschluß von Sansonis Leibwächtern, vorgestellt wurden, ließ mich eine beträchtliche Angst starr werden: Die beiden hielten sich diskret im Hintergrund und hatten ihre Daumen unter die breiten Gürtel geschoben, die ihre Taille betonten.

„Sie sind also darauf spezialisiert, Fälschungen zu erkennen", sagte Sansoni; er hatte nicht nur eine Stentorstimme, sie klang auch ziemlich verrutscht: Er ließ sie aus dem Mundwinkel kommen, so wie manche Raucher den Rauch entströmen lassen. Ein mit Gold überzogener Schneidezahn verlieh seinem Gebiß Würde.

„Eigentlich nicht", stotterte ich. „Um ehrlich zu sein, ich beschäftige mich mehr mit der Forschung."

„Aber er hat ein unfehlbares Auge", mischte sich Taddeo Rosso ein. „Er hat uns die Echtheit des Bellini im Kleinen Zimmer bestätigt."

Sansoni zog sich den Dreispitz tief ins Gesicht, damit er nicht verrutschte; an der Hutkrempe hing ein Band mit dem Phantasiewappen seines Nachnamens.

„Ich hätte da vielleicht einen kleinen Auftrag für Sie, wissen Sie?" Er sah mich abschätzend an. An der Schieflage seiner Lippen konnte man erkennen, daß der kleine Auftrag ausgezeichnet bezahlt werden würde. „Unter der Voraussetzung, daß Sie zuverlässig sind und einen Moment Zeit haben."

Ich war so erstarrt, daß ich den Mund kaum aufbekam. Giovanna Zanon füllte die Lücke in meiner Rede auf:

„Ich verbürge mich für ihn." Sie hatte mich am Arm genommen, um ihrer mütterlichen Fürsorge Nachdruck zu verleihen. „Und Zeit hat er mehr als genug: Der arme Kerl hat die ganze Reise umsonst unternommen; er ist hierher gekommen, um das Gemälde von Giorgione in Augenschein zu nehmen, *La tempesta,* aber Gabetti hat nichts Besseres zu tun, als ihm Steine in den Weg zu legen."

Der Harlekin mit der Proletenmähne, der bis dahin in die Aufgabe vertieft gewesen war, an seiner Nagelhaut zu knibbeln, schreckte zusammen, was seinem Gebieter nicht verborgen blieb. Die drei Meter Höhe, die mich vom Garten trennten, ließen mich eine zukünftige Diagnose von Brüchen und Prellungen erahnen, vorausgesetzt daß ich nicht unglücklich aufkommen und mir schlimmere Verletzungen zuziehen würde, aber meine weitere Anwesenheit auf der *loggia* stellte mir auch keine günstigeren Diagnosen in Aussicht.

„Worin besteht denn nun das Geheimnis des Bildes? Wir würden gerne etwas mehr darüber erfahren", sagte Taddeo Rosso gerade leicht albern, als der langhaarige Harlekin seinem Herrn und Meister etwas ins Ohr flüsterte.

Während ich mich noch in jener unentschlossenen Stimmung befand, die unseren entschiedensten Körperbewegungen vorausgeht, konnte ich die Kerben sehen, die ich in dem Proletenohr hinterlassen hatte; die Wunde begann langsam wieder zuzuwachsen, aber er würde eine häßliche weißliche Narbe zurückbehalten, weil die Wunde genäht worden war. Sansoni biß die Kiefer zusammen, als er die vertraulichen Mitteilungen seines Schützlings hörte, eine Gebärde, die es nicht angezeigt erscheinen ließ, die Flucht weiter aufzuschieben. Ich wälzte mich über die Brüstung des Balkons (Tedeschis Wendigkeit, der sie mit einem Satz überwunden hatte, stand mir nicht zu Gebote) und spähte in den Nebel, der mein Totenbett oder mein Leichentuch darstellen sollte.

„Das ist er! Wußt ich's doch, Boß! Wir müssen ihn kriegen, egal wie!"

Die Luft verwechselte mich eine Sekunde lang mit einem riesigen Vogel, blähte meinen Umhang auf, um meine Flugbahn zu begünstigen, und drang mit Höchstgeschwindigkeit durch die Löcher meiner Maske, wobei sie mir ihren Auftrieb zuteil werden ließ und die Gesetze der Schwerkraft außer Kraft setzte, wie es in Träumen gewöhnlich geschieht, doch sofort danach entzog sie mir ihre Unterstützung wieder und ließ mich Hals über Kopf in einen Ligusterstrauch im Garten stürzen. Ich fiel der Länge nach auf das Astwerk und richtete mich sofort auf, ehe ich die Schmerzen der Prellungen spüren konnte; als ich zu laufen anfing, saßen mir bereits die Schatten der beiden Harlekine im Nacken: Die Rauten auf ihren Kostümen brachten unverhofft ein wenig Farbe in das Dunkel der Nacht. Als ich am Springbrunnen mit dem gekachelten Sockel vorbeikam, riß ich mir die Maske des Pestdoktors vom Gesicht und warf sie in das Becken; durch die leeren Augenhöhlen drangen Luftblasen, die aussahen wie luftgefüllte Tränen, während das Porzellan langsam im Laubwerk auf dem Grund versank. Der Nebel taufte mein Gesicht und versöhnte mich wieder mit meinen eigenen Gesichtszügen. Ich schlich mich an der Seite des Palazzo vorbei und drängte mich in eine Gasse, die zu eng für mich war; ich nahm an, daß die beiden Killer von Sansoni sich seitlich durch sie hindurchzwängen mußten, damit ihnen ihre breiten Schultern nicht allzusehr im Weg wären. Die Laternen gaben ein ziemlich spärliches Licht, kaum heller als ein Lichtspalt in der gleichförmigen Jalousie des Dunstes; jedesmal, wenn sich der Weg vor mir gabelte, bog ich nach rechts ab: Ein besonders tief verankerter Aberglaube sagte mir, daß ich mich so vom Mittelpunkt des Labyrinthes wegbewegte. Der Umhang schränkte meine Bewegungsfreiheit ein und schrubbte um die Häuserecken, als wollte er eine handfeste Erinnerung an deren abblätternden Putz mitnehmen. Ich lief quer über kleine Plätze, die in einer Art akustischer Phantasmagorie in ihrem Herzen all die Echos und hallenden Geräusche der Stadt auf einmal wiedergaben; ich ging durch Arkaden, deren niedrige Decken mich dazu zwangen, gebückt zu gehen, über abgebrochene Brücken, die wie Sprungbretter für Selbstmörder in die Nacht ragten; die Müdigkeit ließ mich schon nachlässig werden, als ich am Ende eines schmalen Durchgangs die Molen von Fondamenta Nuove zu erkennen glaubte. Hinter mir waren keine Schritte mehr zu hören, und fast dachte ich schon, ich hätte meine Verfolger abgehängt. In diesem Moment hörte ich hinter meinem Rücken ein Klappern und spürte einen heißen Atem auf meinem Hinterkopf.

„Hast du etwa wirklich geglaubt, du könntest uns abhängen, Spacko?“

Diese Mischung aus Rotwelsch und mit Eukalyptusbonbons bekämpftem Mundgeruch kannte ich. Sansonis Leibwächter nahmen mich am Schlafittchen und brachten mich zur Mole; wie ich hatten auch sie sich ihrer affenartigen und zottigen Masken entledigt, aber ihre Gesichtszüge konnten mit den Masken mithalten und übertrafen sie glatt an Häßlichkeit. Eine blaue Kälte drang mir ins Blut und kühlte seine Glut; ich ahnte, daß sie mich zusammenschlagen würden und unzählige grausame Dinge mit mir vorhätten, doch meine Neugierde, ihre Foltermethoden kennenzulernen, war größer als die Furcht, die das unmittelbare Bevorstehen dieser Folter in mir hervorrief.

„Erst mal werden wir dich einweichen“, sagte der Prolet mit der syrischen Kriegermähne.

In Anbetracht der Tatsache, daß ich ein leidlicher Schwimmer bin, schien mir das eine relativ harmlose Vorbestrafung zu sein. Nachdem sie mich ein bißchen durchgeschüttelt hatten, warfen sie mich in die Lagune und feierten mein Eintauchen mit großem Gelächter. Die eisige Kälte des Wassers, das säuerlich nach Industrieabwässern schmeckte, drang mir in die Knochen; ich wollte den Kopf aus dem Wasser heben, um nach dem ersten Untertauchen Luft zu holen, doch ich stellte fest, daß mir das nicht gelang: Der Umhang war jetzt, da er sich vollgesaugt hatte, schwer wie ein Mühlstein und zog mich in die Tiefe, als wäre meine Anwesenheit auf irgendeinem Tiefseefriedhof oder in anderen unterseeischen Gefilden gefragt. Ich trat Wasser und versuchte, mich dabei von dem Umhang zu befreien, indem ich nach den Schnallen tastete, mit denen er an meinem Hals festgezurrt war, doch diese Schnallen waren zu kompliziert, sie hatten Haken und Ösen und waren doppelt gesichert. Gedämpft und wie aus Jahrhunderten Entfernung drang das

Gelächter meiner Henker, die sich über die Hafenmole gebeugt hatten, zu mir, und die Rauten auf ihren Kostümen verschwammen zu einer einzigen unförmigen Farbenmasse. Zu den ersten Erstickungsanzeichen gehörte, daß ich einen Druck auf den Schläfen verspürte, der stärker wurde und sich schließlich in einen stechenden Kopfschmerz verwandelte, und daß meine Finger steif wurden und ihren Tastsinn verloren, während die Lungen in ihren Kammern Wasser aufnahmen, das sie in eine entlegene, vielleicht vorsintflutliche Vergangenheit zurückversetzte, als sie noch Kiemen waren und keine Lungen und als das Meer noch eine Art Gebärmutter darstellte, in der sich die neuen Formen des Lebens herausbildeten. Es war schaurig und angenehm, die Stufenleiter der Evolution langsam herabzusteigen, es war bedrückend und befreiend, sich aufzulösen und der lebenslänglichen Strafe der Erinnerung zu entkommen, dem Verstand und dem Gedächtnis abzuschwören, dem Ruf des Meeresgrundes Folge zu leisten und jene letzte Reserve Luft, die einem noch am Gaumen klebt, auszustoßen. Hände, die es darauf angelegt hatten, meinen Todeskampf in die Länge zu ziehen oder meine evolutionäre Rückentwicklung hinauszuzögern, brachten mich zurück an die Oberfläche, sie zogen mich, ohne sich abzustützen, herauf auf die Mole, sie preßten meinen Brustkorb, bis sie das Wasser, das in ihn hineingeströmt war, herausgepumpt hatten. Im Halbschlaf der Bewußtlosigkeit bemerkte ich, wie mir jemand den Mund öffnete, bis die Kiefer fast auseinandersprangen, und in der Mundhöhle eine vom Nikotin und vom Teer fast verbrannte Luft hinterließ, einen Wüstenwind, der die Schmiede meiner Lungen aufs neue belebte und sie von den launischen Unterwasservisionen befreite. Mit mengenmäßig nicht zu erfassender Müdigkeit und Dankbarkeit erkannte ich den wuchernden Bart Nicolussis, der mir über die Lippen scheuerte.

„Da sind wir ja gerade noch rechtzeitig gekommen“, sagte er und fügte, während er mir einen Klaps auf die Wange verpaßte, hinzu: „Willkommen unter den Lebenden.“

XII.

An die Stunden unmittelbar nach meiner Rettung erinnere ich mich nur noch bruchstückhaft, meine Erinnerungen sind wie eine Anhäufung von unzusammenhängenden Eindrükken, die ich kaum voneinander zu unterscheiden vermag. Nicolussis Worte drangen abgehackt zu mir, so wie wohl die schönfärberische Diagnose des Chirurgen, der ihn gerade unter Narkose operiert hat, zu einem Kranken dringen mag, in einem zusammenhanglosen Gewirr, das in dem Dämmerzustand die Wirkung eines Singsangs besaß, ein raunendes Geflüster, in dem mein Gehör nur ganz selten einmal eine Stimme erkennen konnte, in jenen winzigen Zeiträumen, in denen die Ohnmacht der Hellsichtigkeit ein Waffenstillstandsangebot machte. Mir ist vage bewußt, daß ich in ein Motorboot getragen und auf eine hölzerne Bank gelegt wurde; mir ist vage bewußt, in eine Decke eingewickelt und mit Ausdauer leicht geohrfeigt worden zu sein, während sich das Motorboot in Bewegung setzte und eine Sirene die Nacht mit ihrem Geheul durchlöcherte; ferner ist mir noch vage im Bewußtsein, daß ich fast wie von selbst eine schleimige Flüssigkeit erbrach, in der sich das Lagunenwasser mit meinen Magensäften vermischte. Nicolussi hatte meinen Kopf zwischen seine Hände genommen, damit ich nicht an meinem eigenen Erbrochenen erstickte, so wie ich Fabio Valenzins Kopf gehalten hatte, mit einer Hand unter seinem Genick, als das Blut bereits zwischen seinen Zähnen hervorsprudelte. Zum Lärm der Bootssirene gesellten sich nun kreisende Lichter, deren intervallartiges Aufleuchten mich blendete und betäubte und dazu zwang, meinen Sinnen stark zu mißtrauen, während Nicolussi seine ebenso unverständlichen Worte über mir ausschüttete, vermutlich Anfeuerungen, die mir Mut machen sollten, die ich mich aber nicht einmal anstrengte zu verstehen, ganz zu schweigen davon, daß ich etwa auf sie eingegangen wäre, ein Raunen, das mich einlullte und schläfrig machte.

Inmitten meiner Ohnmacht wurde für mich schließlich das Jaulen der Sirene zum Weinen eines Kindes. Wieder spazierte ich durch die Landschaft von *La tempesta*, die von allen Personen verlassen worden war, ich ging über die Brücke, die über den Bach führte, und folgte am Bachufer dem Kind, das der Bach auf seinen Fluten wegtrug, ein neugeborener Säugling, der in ein Leintuch mit Blutflecken – möglicherweise von dem Blut, das seine eigene Mutter während der Geburt vergossen hatte – eingewickelt und in einem Bastkorb ausgesetzt worden war. Die Strömung war reißend, ungewöhnlich reißend für einen so kleinen Bach, der durch ein Tal fließt, und der Bastkorb hielt sich nur mit Mühe über Wasser, die Fluten zeichneten Strudel, um den Hindernissen der spitzen Steine aus dem Weg zu gehen, und sie schäumten zwischen den Pflanzen am Ufer. Ich überholte das Körbchen, um es an der Stelle, wo das Flußbett schmaler wurde, aus dem Wasser zu fischen, ohne mir nasse Füße zu holen. Das Säuglingsgeschrei war entsetzlich und klang dringend; wenn er nicht bald damit aufhören würde, könnte er womöglich ersticken, es war das Schluchzen eines Waisenkindes und zeugte von Entkräftung, vielleicht war es auch purer Hunger, oder vielleicht schrie der Säugling nach einer Mutter, die ihn mit einer sinnlichen Trauer stillen würde. Ich kauerte mich ins Gras und sah das Körbchen auf mich zukommen, ich versuchte, die Gesichtszüge des Säuglings zu erkennen und ihnen aufgrund von Ähnlichkeiten mögliche Erzeuger zuzuordnen, aber in jedem einzelnen Gesichtszug verbarg sich eine überstürzte Abfolge von Ähnlichkeitsbeziehungen, in jedem einzelnen Gesichtszug versammelten sich die patrizischen

Züge Chiaras und die jüdischen Merkmale Gabettis und die ausgemergelten Gesichtszüge Fabio Valenzins, wie auch meine eigenen Gesichtszüge, die sich gleichzeitig oder rasch hintereinander mit den anderen abwechselten. Ich streckte meine Arme in einer Anwandlung väterlicher Gefühle nach dem Bastkörbchen aus, aber da verschluckte es das wirbelnde Wasser auch schon an einer tiefen Stelle des Baches, und zusammen mit dem Bastkorb verschluckte es auch den Säugling und seine Schreie, und nur ein Rosenkranz aus Luftblasen, die aussahen wie luftgefüllte Tränen, blieb als stummes Zeugnis des Untergangs übrig. Ich eilte zwar, das Laubwerk auf dem Grund des Bachs zu durchwühlen, doch von dem Säugling fand ich keine Spur, dagegen stießen meine Hände auf einen Gegenstand aus kaltem Prozellan, der von einer entsetzlichen Weißheit war, die Maske des Pestdoktors.

Ich erwachte in einem Raum ohne Fenster, dessen Wände mit Kork tapeziert waren. Direkt vor mir offenbarte mir ein gläserner Mond, was sich im angrenzenden Zimmer abspielte: Die Gäste von Taddeo Rossos und Giovanna Zanons Maskenball gingen nacheinander über eine Bühne und posierten im Profil und *en face* vor Nicolussis Untergebenen, sie ließen Photos von sich machen, die sich in ihrer Polizeiakte wiederfinden würden und eines Tages vielleicht dazu dienten, ihre Grabsteine zu schmücken. Auf den Gesichtern der Gäste waren deutliche Spuren des Besäufnisses und der perversen Spielchen zu erkennen, und ein Erstaunen, das nicht an wirkliche Verärgerung heranreichte, weil die Ausschweifungen der Feier sie in einen nebulösen Zustand der Schlaffheit versetzt hatten, ließ diese Spuren noch deutlicher werden. Nicolussi nahm ihre Aussagen auf, während er an einem Kunststofftisch saß, der aussah, als wäre er für chirurgische Eingriffe gedacht gewesen. Die Leuchtstoffröhren des angrenzenden Zimmers verbreiteten ein dürftiges Licht, das, nachdem es durch das Glas gedrungen war, bläulich anlief.

„Mach dir keine Sorgen, sie können uns nicht sehen“, ließ mich Dina wissen. „Das Fenster ist verspiegelt.“

In diesem Moment stellte ich fest, daß ich nackt war: Irgendwer hatte mir die nassen Kleider ausgezogen, vielleicht Dina selbst, und hatte mich auf ein schwarzes Plüschsofa gelegt, das die Polizei gewiß für ihre psychoanalytischen Sitzungen oder für ihre Folterakte verwendete. Schamhaft zog ich eine Decke über mich, aber es war bereits zu spät: Dina dürfte ausreichend Zeit gehabt haben, meine eher schmächtigen Schultern einer genauen Untersuchung zu unterziehen, meine unversehrte Rückenpartie, der noch keine Rippe entnommen worden war, ebenso wie mein mickriges und unter die Vorhaut geschlüpftes Geschlechtsteil, das wenige Stunden zuvor seiner Berufung zum ehelosen Leben zuwidergehandelt und seiner Unerfahrenheit abgeschworen hatte. Dina lächelte verständnisvoll, als ich Anstalten machte mich zuzudecken.

„Ich habe dir saubere Sachen mitgebracht“, sagte sie. „Und hier hast du einen Kräutertee; trink das, es wird dir guttun.“

Sie schraubte den Verschluß einer Thermoskanne auf und goß einen Teil ihres Inhalts in eine Plastiktasse; der medizinische Geruch der Kräutertees versetzte mich für einen Augenblick zurück in die Zeit meiner Kindheit, in der meine Mutter, die nicht an die Wirkung von Antibiotika glaubte, meine Erkältungen mit Malvenblütentee bekämpfte. Ich machte Dina Platz, damit sie sich auf das Sofa setzen konnte; immer noch war ihr Hintern weich und asymmetrisch, auch wenn ihn der Rock abschnürte, aber Erregung rief er nun nicht mehr in mir hervor, mehr das vage Gefühl, eine Mutter zu besitzen.

„Habe ich lange geschlafen?“ fragte ich mit einem Kraftakt, dessen Anliegen es war, mir das Geschehen der vorangegangenen Stunden ins Gedächtnis zu rufen.

„Fünf oder sechs Stunden, schätze ich. Der Tag hat wahrscheinlich schon lange begonnen."

In jenem Raum, der gegen die Helligkeit der Außenwelt abgeschottet war, gab es keine Möglichkeit, dies zu überprüfen. Der Kräutertee besaß einen ökumenischen Geschmack, so als vereinte er in sich die unzähligen Bestandteile der Botanik. Er war mit Honig gesüßt und besänftigte, als er meine Kehle hinablief, das Ekelgefühl.

„Er ist übergeschnappt, vollkommen übergeschnappt", sagte Dina, die ihr Kinn hob und mit ihm in Richtung des Bildschirms aus Glas deutete.

Sie klang zwar ein wenig mutlos, doch ihre Stimme hatte einen stolzen Unterton.

„Wen meinst du? Nicolussi?"

Dina nickte zögernd, als wäre sie in Gedanken versunken. Der blaue Fleck an ihrer Augenbraue war nicht mehr so stark verfärbt, aber seine Ausläufer reichten bis an die Schläfe und an die Wangenknochen wie eine bläßliche Lepraerkrankung. Nicolussi verhörte Taddeo Rosso und Giovanna Zanon, die ihm mit furchtlosem Widerwillen ins Gesicht sahen wie Roboter, die auf das Zucken der Lider verzichtet hatten; die Nachlässigkeit ihrer Verkleidung hätte sie als Bettler mit einem merkwürdigen Sinn für schräge Klamotten durchgehen lassen. Giovanna Zanons Gesicht entgleiste zusehends: Die kosmetischen Tinkturen und die stützenden Maßnahmen des Skalpells waren auf einmal alle von ihr abgefallen und brachten dabei ein neues Gesicht hervor, auf dem sich die Falten und die schlaffen Stellen häuften; nur ihre in altem Essig schwimmenden Augen überlebten dieses Schauspiel. Auf ein Zeichen Nicolussis hin schaffte einer seiner Untergebenen die Bildtafel von Giovanni Bellini herbei, von der ich wußte, daß es sich um eine Fälschung handelte, die

‚Jungfrau mit Kind', gemalt von Fabio Valenzin. Giovanna Zanon zeigte kaum eine Reaktion, aber ihr Ehemann gestikulierte wild herum, was Nicolussi sichtlich Vergnügen bereitete. Die Worte, die im anliegenden Raum gesprochen wurden, drangen nicht zu uns, und die Szene spielte sich stumm und unter zahlreichen Gesten ab wie ein Film, dessen Handlung man in- und auswendig kennt.

„Er ist übergeschnappt", wiederholte Dina noch einmal mit undurchschaubarem Vergnügen. Sie hatte sich vom Sofa erhoben und der Scheibe genähert, bis sie sie mit den Händen berühren konnte. „Bevor er dir zu Hilfe eilte, hatte er den Palazzo einkesseln und alles, was da kreuchte und fleuchte, festnehmen lassen. Die Zellen auf der Polizeidienststelle platzen aus allen Nähten."

Ihr Atem schlug sich auf dem Glas nieder, verdunstete aber sofort und verlangte nach einer neuen Lieferung Atemluft. Dina preßte ihre maßvollen Lippen auf den Glasmond und hinterließ darauf ihre doppelte Spur, die von winzigen Rissen gemasert war. Fast gleichzeitig massierte sich Nicolussi den Hinterkopf. Ich fragte mich, ob er das Kitzeln eines imaginären Speichels gespürt hatte, so wie Chiara einige Nächte zuvor meine Anwesenheit auf dem Balkon gespürt und auf mein zärtliches Streicheln reagiert hatte, indem sie sich wie ein Welpe, der sich reckte und streckte, im Bett herumgewälzt hatte. Ich erinnerte mich an die flüchtige Berührung ihres Rückens, an die wagemutige Berührung ihrer Oberschenkel, an die unterschiedslose Berührung ihres Inneren, doch das stellte nur einen kurzen Vorgeschmack auf die Strafe dar, die über mich verhängt worden war.

„An dieser Feier haben äußerst einflußreiche Personen teilgenommen", sagte Dina. „Und er hat die ganze Bande festnehmen lassen, egal ob schuldig oder unschuldig."

„Egal ob schuldig oder unschuldig? Das wird ihn bestimmt teuer zu stehen kommen. Diese Leute werden sich nicht eher zufriedengeben, bis sie ihn aus dem Fenster gestürzt haben."

„Ich nehme an, das war genau seine Absicht."

Der hochmütige Unterton, den ich anfangs an ihrer Stimme bemerkt hatte, nahm nun eindeutig die Form von unmißverständlicher Freude an. So erfuhr ich, daß Nicolussi, nachdem er das Siegel auf dem Ring und Daniele Sansonis Vorliebe für den Adel kombiniert hatte, bei der Justizbehörde einen Durchsuchungsbefehl erwirkt und einen Sturmangriff auf den Palazzo von Taddeo Rosso und Giovanna Zanon organisiert hatte, der den Methoden der venezianischen Polizei gründlich zuwiderlief, die bisher üblicherweise von Großzügigkeit und Trägheit bestimmt gewesen waren. Dina kam mir plötzlich eleganter vor, und das, obwohl sie auf die hochhackigen Schuhe verzichtet hatte; unter ihrem schwarzen Pullover richteten sich ihre Brüste auf, als hätten sie in einem Jungbrunnen gebadet.

„Verstehst du denn nicht?" sagte sie. „Sie werden ein Verfahren gegen ihn einleiten, wahrscheinlich werden sie ihn degradieren und ihm einen Posten in einer anderen Stadt suchen. Wir werden uns endlich nie wieder verstellen oder hinter verschlossenen Türen treffen müssen."

Ich freute mich aufrichtig für die beiden, besonders aber für Nicolussi, der seine Liebe nun endlich nicht mehr bloß im stillen erdulden müßte und endlich das Gewicht seines unversehrten Rückgrats los war. Trotzdem dauerte es nicht lange, bis diese anfängliche Freude zu einer Verlassenheit wurde, als ich mir Gedanken über meine eigene, wesentlich weniger erfreuliche Zukunft machte: Gegen mich würde niemand ein Verfahren einleiten oder mich degradieren, niemand würde mir einen anderen Posten suchen, der mich von der unablässigen Erinnerung an Chiara erlösen würde, an das Gespenst Chiaras, das wie ein chronischer Tumor in meinen Rippen und in meinem Gedächtnis hauste.

„Du weißt ja gar nicht, wie sehr mich das freut, Dina. Im Ernst", sagte ich, aber meine Stimme klang verstaubt und steinalt, als wäre sie belastet von dem Gepäck ganzer Jahrhunderte.

„Und du bist der Grund für das alles gewesen", lobte sie mich. „Ich weiß ja nicht, worüber ihr euch gestern unterhalten habt, nachdem ihr aus der Pension gegangen seid, aber Tatsache ist, daß er zu einem anderen Mann geworden ist."

Es trieb mir die Schamesröte ins Gesicht, daß sie mir unverdiente Verdienste zuschrieb. Ich hatte nichts anderes getan, als mir Nicolussis rückblickenden Monolog anzuhören, aus Höflichkeit oder aus Sympathie hatte ich mich seinem Kummer gegenüber empfänglich gezeigt, ohne es zu wagen, ihn in seinen Entscheidungen zu beeinflussen. Aber vielleicht hatte Nicolussi, als er mich zum Mitwisser seines Geheimnisses machte, ja auch nicht so sehr mein aktives Eingreifen gesucht, sondern meine stillschweigende Zustimmung; vielleicht suchen wir, wenn wir Vertrauliches preisgeben, immer bloß die Achtung und die Passivität unserer Vertrauensperson.

„Was ist los mit dir? Warum bist du denn so traurig?" fragte mich Dina.

„Traurig? Ach was, Unsinn, höchstens ein bißchen melancholisch. Es sieht ganz so aus, als würde diese Geschichte langsam ihrem Ende entgegengehen."

Ihre byzantinischen Augen musterten mich, ohne die Gründe für mein Leid wirklich zu verstehen. Ich war versucht, sie ihr zu erläutern, um im Gegenzug von ihr ein wenig Achtung und Passivität zu erhalten, aber ein gewisses Ehrgefühl hinderte mich daran, Schwäche zu zeigen. Das ehelose Dasein verlangt das Erlernen der unterschiedlichsten Formen der Arroganz, und eine davon (vielleicht die schwierigste) besteht darin, Abwehrkräfte gegen das Mitleid der anderen zu entwickeln, selbst auf die Gefahr hin, einen gewissen Autismus auszuprägen.

„Du wirst noch heute nach Spanien zurückkehren können. Aldo hat mich darum gebeten, dir einen Flug mit der ersten Maschine zu reservieren."

„Aldo? Wer ist denn Aldo?"

„Na, wer schon? Er hat schließlich auch einen Vornamen, ich brauche mich ja jetzt nicht mehr zu verstellen."

Ich deutete ein Lächeln an, das mir unbeabsichtigt ein wenig zynisch geriet.

„Entschuldige, aber ich hatte mich bereits an seinen Nachnamen gewöhnt", sagte ich. Ich war empört darüber, daß sie ohne meine Zustimmung beschlossen hatten, mich abzuschieben. „Aber meint er denn, der Fall sei schon gelöst? Ich glaube kaum, daß Sansoni und seine Gorillas einfach so ein Geständnis ablegen. Und was wird aus dem Koffer von Fabio Valenzin? Soweit ich weiß, ist er noch nicht wieder aufgetaucht." In Wirklichkeit bedrückten mich nicht so sehr Nicolussis Zwangsmaßnahmen als vielmehr die Gewißheit der Strafe, die mich erwartete, sobald ich Venedig verließ. „Nicolussi wird mich hier gut brauchen können. Er hat jetzt ein paar schwere Tage vor sich."

Dina schüttelte den Kopf und wies damit meine Einwände zurück:

„Deine Anwesenheit würde nur noch mehr Schwierigkeiten bedeuten, Alejandro", gab sie mir zu verstehen. „Was sollen diese Eskapaden eigentlich? Wolltest du dich nicht aus den Ermittlungen heraushalten? Genau das versucht Aldo nämlich, dich herauszuhalten. Du solltest nicht vergessen, daß er dir das Leben gerettet hat, also bist du ihm ja wohl etwas schuldig."

Von ihren Vorwürfen ein wenig beschämt, senkte ich den Blick. Im angrenzenden Raum war Nicolussi mit Taddeo Rosso und Giovanna Zanon fertig, nachdem er sie einem Verhör unterzogen hatte, das wahrscheinlich alle Rechte der Angeklagten verletzt hatte; er schien gegen Müdigkeit immun zu sein wie jene Ärzte im Feldlazarett, die im Akkord arbeiten und ohne Rücksicht auf hygienische Maßnahmen die Metzeleien flicken, die das Schießpulver angerichtet hat. Während ihm eine neue Ladung Festgenommener geliefert wurde, verkürzte er sich die Wartezeit damit, seinen Regenmantel abzuklopfen, bis er eine Zigarettenschachtel fand, die seinen Heißhunger überlebt hatte; er nahm sich eine Zigarette, von deren zylindrischer Form kaum noch etwas übrig war, und entzündete sie an der Flamme eines Feuerzeugs, das ihm einer seiner Untergebenen hinhielt. Eine Qualmwolke staute sich vor seinem Gesicht wie eine provisorische und wabernde Maske.

„Dann war es also einer von diesen Typen da, der mich auf den Stuhl gefesselt und mir so übel mitgespielt hat", murmelte Dina. „So ein paar Arschlöcher."

Daniele Sansoni hatte das Verhörzimmer in Begleitung zweier uniformierter Polizisten betreten, die der Aufmerksamkeit nach, mit der sie ihn behandelten, seine Diener hätten sein können. Nicht ganz so bedächtig waren dagegen die Polizisten, die seine Gorillas zu bewachen hatten; sie schubsten sie in die richtige Richtung und brachten ihnen nicht einmal einen Stuhl, damit sie ein bißchen zur Ruhe kamen. Nicolussi hielt lustlos einen langen Vortrag, wahrscheinlich betete er Sansoni gerade seine Rechte herunter, die er, Nicolussi, soeben mit Füßen getreten hatte. Er schüttelte das Zigarettenpaket über dem Kunststofftisch aus; der Siegelring mit dem Emblem der kaputten Säulen fiel zwischen die Tabakkrümel. Daniele Sansoni steckte die Vorwürfe des Inspektors weg, ohne sich von seinem Hochmut zu verabschieden; man hatte ihm zwar seine Maske abgenommen, doch sein Gesicht ahmte die würdevolle Blässe des Porzellans nach. Aus seinem schiefen Lächeln sah am

Mundwinkel der goldene Schneidezahn hervor, als der Untergebene, der Nicolussi vorhin Feuer gegeben hatte, den Dreispitz auf den Tisch fallen ließ, den Sansoni sich für den Maskenball ausgesucht hatte, daran das Hutband, auf dem das zu seinem Nachnamen gehörende Phantasiewappen prangte, das mit dem Emblem auf dem Siegelring übereinstimmte.

„Ein Geständnis werden sie bestimmt von heute auf morgen nicht ablegen, aber wenn sie die Beweise entkräften wollen, die gegen sie vorliegen, werden sie ganz schön ins Schwitzen kommen, meinst du nicht?“

„Da hast du wahrscheinlich recht.“

Und dennoch zeichnete sich in einem entlegenen Winkel meines Unbewußten bereits, ohne eine konkrete Gestalt anzunehmen, eine andere Version der Geschehnisse ab, die der von mir selbst aufrechterhaltenen widersprach. Die plötzliche Erinnerung daran, daß mich Tedeschi zu einem Treffen auf die Insel Torcello bestellt hatte, wo vielleicht die endgültige Lösung des Rätsels auf mich wartete, versetzte mich in größte Aufregung. Nicolussi war mit seinem Vortrag zu Ende und rauchte den Rest seiner Zigarette mit detektivischer Freude oder ebensolchem Hochmut; in seinem Blick fand sich jetzt kein Rest von Kummer mehr, und auch keine Anzeichen des Zögerns, die ihn von seinen Wünschen fernhalten könnten. Daniele Sansoni und seine Gorillas wahrten dagegen jene stumme Haltung von Angeklagten, die sich ganz den Kenntnissen ihrer Anwälte überlassen. Keiner der drei ließ sich dazu herab, seine jeweilige Aussage zu unterzeichnen, aber das Schweigen benötigt keine Unterschriften, die seine Beredsamkeit besiegeln. Die Festgenommenen waren bereits auf dem Weg in ihre Zellen, als sich Nicolussi lächelnd zur Glasscheibe umdrehte, mit jener ein wenig jungenhaften Berauschtheit, mit der ein Schauspieler das Objektiv der Kamera sucht. Kurz darauf stand er bei uns.

„Du warst wunderbar, Aldo." Dina sprach jetzt nicht mehr in jenem bitteren oder vorwurfsvollen Tonfall mit ihm, der ihre Gespräche getrübt hatte, als Nicolussi noch unter moralischen Bedenken litt. „Aber du solltest ein bißchen weniger rauchen."

Sie begann, die ersten Anzeichen jener organisatorischen Euphorie zu zeigen, die manche Frauen kurz vor ihrer Hochzeit befällt, eine Euphorie, die sich an den Gewohnheiten anderer festbeißt und an den eigenen ausgelebt wird. Sie umarmten sich ohne Umschweife, Dinas Brüste wurden fest an die Brust des Inspektors gepreßt, der möglicherweise gerade hörte, wie sie unter dem schwarzen Pullover hart wurden und feste Formen annahmen.

„Ziehen Sie sich an, Ballesteros", rief mir Nicolussi zu, ohne sich von Dina zu trennen. Er ließ mir noch nicht einmal Zeit, ihm dafür zu danken, daß er mir das Leben gerettet hatte. „Ich möchte, daß Sie mich zur Accademia begleiten."

Ich protestierte ängstlich:

„Sie hatten mir versprochen, daß Sie mich aus den Ermittlungen heraushalten würden."

„Und ich werde mein Versprechen halten. Und genau deswegen, weil ich es um jeden Preis halten möchte, ist es für mich wichtig, daß Gabetti gegen Sansoni und seine Totschläger aussagt, wegen des Versuchs, *La tempesta* zu stehlen", sagte er. „Heute nachmittag wird der Richter sie verhören, und ich kann meine Verdächtigungen nicht allein auf den Fund des Siegelrings stützen. Wenn wir wenigstens den Koffer hätten ..."

Seine Worte klangen nicht vorwurfsvoll, aber doch ein bißchen tadelnd.

„Gabetti wird nicht mit uns zusammenarbeiten", versuchte ich ihn zu überzeugen. „Er hat damals den Mund gehalten, um sich nicht den Nachstellungen der Presse auszusetzen.

Seine Gegner, von denen er anscheinend eine ganze Menge besitzt, würden sofort seinen Kopf verlangen, wenn bekannt würde, daß er das Museum unbewacht gelassen hat."

Nicolussi lächelte spöttisch oder herablassend:

„Dieses Detail wird nicht bekannt werden, dafür sorge ich schon, darauf können Sie sich verlassen." Er benutzte mir gegenüber einen fast didaktischen Tonfall, als würde er mir gerade Berufsgeheimnisse verraten. „Aber in der bewußten Nacht ging im Museum die Alarmanlage los, das wird Gabetti nicht bestreiten können: Er rief sogar auf der Polizeidienststelle an, um die Streife, die sich schon auf den Weg machen wollte, von ihrem Vorhaben abzubringen. Nichts ist natürlicher, als daß sich ein sorgfältiger Polizist wie ich noch einmal vergewissern möchte, daß tatsächlich nichts passiert ist, und deshalb eine Routinekontrolle durchführt. Sie müssen mir dabei helfen, ihn zu überzeugen."

Dina drückte meinen Arm und bat mich so um meine Einwilligung. Ihre unmittelbare Nähe war einschüchternd und überzeugend, sie machte mir zugleich Mut und unterjochte mich; kein Wunder, daß Nicolussis Puls raste, nachdem er sie kennengelernt hatte. Ich zierte mich:

„Aber Sie sind schließlich kein sorgfältiger Polizist. Und ich dürfte Ihnen keine große Hilfe sein: Gabetti kann mich nicht leiden."

„Hatte er Sie nicht unter seine Fittiche genommen?" Nicolussi zündete sich eine weitere Zigarette an. Noch weigerte er sich, seine Laster quantitativ einzuschränken. „Nach dem Mord an Valenzin hat er Sie in Schutz genommen."

„Ich nehme an, das hat er aus Korpsgeist getan", verteidigte ich mich. „Es ist in unserer Zunft üblich, uns solche Unterstützung zu gewähren, in weiser Voraussicht, daß wir sie eines Tages wieder zurückverlangen können. Aber die Vorzeichen haben sich geändert, er würde mich jetzt wohl am liebsten nie wieder sehen."

Nicolussi verzog den Mund zu einem verhalten ärgerlichen Grinsen:

„Dann tun wir halt so, als hätten Sie den Raubüberfall angezeigt", sagte er. „Dann wird ihm nichts anderes übrig bleiben, als mit uns zusammenzuarbeiten, um einen Skandal zu vermeiden."

Ich nickte und fügte mich in die Rolle des Judas, die ich in dieser Komödie spielen sollte: In jedem Menschen existiert eine von der Psychologie noch kaum erforschte Neigung, die darin besteht, keine andere Begründung für sein Handeln zu haben als die, daß wir genau das tun, was wir nicht tun sollten, so als wäre die Gewißheit der Sünde oder des Irrtums, die eine Handlung mit sich bringt, eine sich einmischende, unwiderstehliche Kraft, die uns dazu zwingt, diese Handlung auszuführen. Genau diese merkwürdige Neigung, die vielleicht keine weitere Analyse zuläßt, ließ mich die Niederträchtigkeit begehen:

„Sie können auf mich zählen, Nicolussi."

Während ich die Kleider anzog, die Dina mir aus der Pension mitgebracht hatte (die Kleider, die ich noch nicht einmal auseinandergefaltet hatte und die rauh und steif wie ein Leichentuch waren), befiel mich bereits jene Niedergeschlagenheit, die ihren Schatten auf die Seele der Verräter wirft, sobald diese ihr verbrecherisches Tun vollbracht haben und sich auf der Flucht vor den Vorwürfen ihrer Umwelt in die Vorwürfe versenken, die ihnen ihr eigenes Gewissen macht, wenn sie sich selbst ihre eigene Schuld vorhalten und sich von dem Gespenst des Mannes zugrunde richten lassen, auf den sie mit dem Finger gezeigt haben. Und außer der Niedergeschlagenheit auch noch der Widerwille vor meiner eigenen Verworfenheit: Indem ich Gabetti verriet, trieb ich nicht bloß seine Absetzung voran, sondern betrog auch Chiara, die ihre Funktion als Schutzengel von Venedig nur so lange ausüben konnte, wie Gabetti in Amt und Würden blieb. Nicolussi schmuste auf dem Gang mit Dina, zur Verblüffung seiner Untergebenen; auf der Polizeidienststelle lag jene provisorische Stimmung in der Luft, die man vor Umzügen spürt.

„Warte in der Pension auf mich, Dina“, sagte Nicolussi.

Eine morgendliche und desinfizierende Sonne drehte sich am Himmel, es war vielleicht das erste Mal, daß seit meiner Ankunft in Venedig die Sonne schien. Auf dem Campo di San Stefano war im Schatten des Kirchturms ein Marionettentheater aufgebaut worden, auf dem zur Unterhaltung der Touristen das lustige Liebesgeplänkel zwischen Pierrot und Colombina aufgeführt wurde. Wir gingen auf einer Holzbrücke über den Canal grande, die die Stadtbezirke San Marcos und Dorsoduro wie eine japanische Reminiszenz miteinander verband (aber in Venedig wirkt nichts Exotisches fremd). Nicolussi hatte jetzt keinen schiefen oder seitlich gewandten Gang mehr, seine Schritte waren sorgloser, ja sogar träger geworden, wie die von Fußgängern, die nichts Besseres zu tun haben, als ihre Schuhsohlen abzulaufen. Die Palazzi am Canal grande, in Reih und Glied, als erwarteten sie eine Inspektion, machten sich gegenseitig die Plätze auf der spiegelnden Wasseroberfläche streitig, die sie besser aussehen ließ, indem sie ihnen die ein bißchen schwerfällige und langweilige Schönheit einer bestimmten bürgerlichen Architektur nahm. Das Kielwasser eines Vaporettos ließ jenes steinerne Blendwerk zerschellen.

„Es tut mir furchtbar leid, daß Ihre Ferien so schrecklich danebengegangen sind“, sagte Nicolussi. „Vielleicht haben Sie ja noch etwas Zeit, um in einer anderen Stadt ein paar Tage Urlaub zu machen.“

„Es handelte sich nicht um einen Ferienaufenthalt, sondern um eine Studienreise“, korrigierte ich ihn ein bißchen gereizt. „Aber es braucht Ihnen nicht leid zu tun, Sie trifft ja keine Schuld. Die Schuld trägt immer der Reisende, derjenige, der sich nicht die Zeit nimmt, die Störfaktoren, die in seinem Leben auftauchen werden, abzuschätzen. Versprochen, ab sofort werde ich ein seßhaftes Leben führen."

Ich kam mir so alt vor wie die Pyramiden oder die Wüste. Nicolussi klopfte mir auf den Rücken:

„Jetzt fangen Sie bloß nicht an schwarzzusehen, Mann. So schlimm ist es nun auch wieder nicht; Sie werden schon sehen, wie schnell Sie sich wieder erholt haben."

Er prophezeite mir eine ruhige Zukunft und tat dies mit jener solidarischen Leichtigkeit derer, die nach einer Zeit der Genesung bereits die Ruhe genießen. Den Weg in die Accademia fanden nur Touristen, die nicht in Gruppen kamen (sie lag nicht auf der Route der Reiseveranstalter) oder eine starke Neigung zu einsamen Spaziergängen besaßen, auch wenn sich gelegentlich schon mal ein Japaner einschmuggelte, der die Säle im Laufschritt durchmaß, um das Boot nicht zu verpassen, das ihn nach Murano oder Burano bringen würde, zu den Umschlagplätzen für Schmuck. Die Vorhalle des Museums wies noch immer eine von muffiger und salzhaltiger Feuchtigkeit geprägte Atmosphäre auf, wie eine Galione, die jahrhundertelang im Wasser gelegen hatte und nun, indem sie sich die Erschütterung eines Erdbebens zunutze machte, an die Oberfläche des Meeres trieb. Nicolussi gab dem Mann an der Kasse zu verstehen, daß er sich mit dem Direktor unterhalten wolle, und wies sich mit ziemlichem Pomp aus, wobei er besonderen Wert auf einen Dienstrang legte, der ihm bald schon aberkannt werden würde. Gilberto Gabetti ließ uns fast eine geschlagene Viertelstunde warten, aber sein Willkommensgruß verriet keinerlei Anzeichen des Bedauerns; er kämmte sich mit einer geschmeidigen, einstudiert wirkenden Geste das albinofarbene Haar zurück und streckte uns seine von Altersflecken übersäte Hand hin; als ich seine Hand schüttelte, gab mir seine Haut das Gefühl, einen Lurch angefaßt zu haben.

„Ballesteros, das ist aber eine Überraschung, ich dachte, Sie wären längst auf dem Weg zurück nach Spanien", sagte er mit einem Lächeln, das versuchte, die protokollarische Form zu wahren, statt dessen aber listig wirkte. „Und Sie erst, Nicolussi, Sie haben ja ganz schön für Aufruhr gesorgt. Im Radio wird pausenlos über die Razzia von gestern nacht berichtet. Angeblich sollen Sie ganz allein einen Ring von illegalen Kunsthändlern aufgedeckt haben."

Nicolussi zuckte die Schultern, bevor er ihm noch mehr Orden anheften konnte; seine Bescheidenheit wirkte genauso einstudiert.

„Manche Quellen behaupten gar, unter den Festgenommenen sei auch der Mörder Fabio Valenzins. Stimmt das etwa?"

„Genau darüber wollte ich mich mit Ihnen unterhalten. Darüber und über den gescheiterten Versuch, *La tempesta* zu stehlen."

Gabetti preßte die Lippen aufeinander, bis sie nur noch ein schmaler Strich waren. Er hatte von der Zurückhaltung ganz abgezehrte Lippen, die für die Aufgabe des Küssens kaum geeignet schienen, aber dennoch den Eindruck vermittelten, feucht zu sein. Mit einer großzügigen Handbewegung forderte er uns dazu auf, die Treppen vor ihm hinaufzusteigen. Auf den Wänden der Accademia blühten noch immer die Pilze.

„Ich weiß wirklich nicht, wovon Sie reden", log er. „Aber das beste wird sein, wir unterhalten uns in meinem Büro."

Er hatte mir einen haßerfüllten Blick zugeworfen, der mich in einen eiskalten Abgrund stieß. Gabetti geleitete uns durch einen traurigen, düsteren Behördenflur, der für die Museumsgäste nicht zugänglich war und einen Holzfußboden besaß, der wegen der Haushaltskürzungen in den letzten Jahrzehnten nicht mehr in den Genuß von Bohnerwachs gekommen war.

„Sie wissen genau, wovon ich rede, Ballesteros ist Zeuge",

brachte Nicolussi vor, um mich endgültig im Sumpf meiner Schmach versinken zu lassen. „Vorgestern nacht haben zwei Unbekannte versucht, das Gemälde zu stehlen, koste es, was es wolle."

Gabettis Büro kündete von der Askese seines Mieters: Kein Wandschmuck beleidigte das altehrwürdige Weiß seiner Wände, kein Papierfetzen lugte zwischen den in gleichmäßigen Abständen auf dem Schreibtisch verteilten Kladden hervor. Gabetti bat uns, auf bereits ein wenig aus dem Leim gehenden Stühlen mit verzierten Rückenlehnen Platz zu nehmen. Ein fast klösterlicher Himmel drang durch die Fenster, von einem Blau, das von Gabettis Augen getrunken hatte.

„Ballesteros ist schon Zeuge von viel zu vielen Dingen geworden, er sollte sich besser ein bißchen Urlaub gönnen", sagte er offensichtlich geschwächt, als würde ihm jedes Wort eine innere Blutung verursachen. „Das ist genau das Problem bei den jungen Leuten, daß sie so stark zu sein glauben, daß sie alles mitbekommen, alles ausprobieren, alles kennenlernen wollen, aber nachher verstehen sie dann doch nichts."

Noch einmal strich er sich das albinofarbene Haar nach hinten; er tat dies mit einer unendlichen Ehrfurcht vor sich selbst, als hätte er Angst, daß soviel Weißheit in einer langsam herabgleitenden Lawine von ihm abfallen könnte.

„Aber Ballesteros hat gar nicht gegen Sie ausgesagt", präzisierte Nicolussi überstürzt; sein Versuch, mich zu rehabilitieren, kam ein bißchen zu spät. „Er hat mich bloß mit Informationen versorgt. Und von Ihnen verlange ich nur, daß Sie die beiden Gestalten identifizieren, die den Überfall ausgeführt haben und im übrigen auch für den Mord an Fabio Valenzin verantwortlich sind. Niemand braucht zu erfahren, ob das Museum an jenem Abend bewacht oder unbewacht war."

Gabetti hatte die Hände verschränkt, als wollte er meditieren oder beten; er kümmerte sich nicht um Nicolussi, sondern begnügte sich damit, seinen Monolog durch Kunstpausen zu gliedern:

„Daß diese jungen Leute immer so vorwitzig sein müssen", fuhr er fort, doch meine Jugend war bereits beendet, ich hatte sie an unfruchtbare Forschungsarbeiten und armselige akademische Frondienste verschleudert: Ein Jüngling aus dem Nachlaß bin ich oder ein völlig verfrühter Greis. „Ich gebe zu, auch ich litt an dieser Krankheit; aber das sind Geschichten aus der Zeit vor den Punischen Kriegen."

Er lachte ein lustlos eitles Lachen, bevor er durch die Sprechanlage darum bat, ein paar Verabredungen und Verpflichtungen zu verschieben; diese Bitte um Aufschub ließ mich mutmaßen, daß er eine feierliche Rede halten wollte. Es sei denn, Nicolussi würde es wagen, ihm das Wort abzuschneiden.

„Auch ich gefiel mir in dieser Vorwitzigkeit, was soll man da machen, man hatte sie mir auf der Universität eingetrichtert, und es sieht ganz so aus, als hätte sich nichts daran geändert." Er wich unseren Fragen aus; seine Stimme klang salbungsvoll und holte weit aus, doch in ihr verbarg sich ein spitzer Dolch, und ich stellte sein Ziel dar. „In der Tat nahm ich Ballesteros vorgestern nacht mit in die Accademia, damit er sich *La tempesta* ansehen konnte. Ich bringe diesem jungen Kerl eine unerklärliche Sympathie entgegen, vielleicht erinnert er mich an den Mann, der ich einmal war, und so hegte ich wohl die Hoffnung, ihn von seiner Verblendung befreien zu können." Er schloß die Lider halb, worin man einen Hang zur Großmütigkeit oder zur Blindheit erkennen konnte, aber Gabetti war weder blind noch großmütig. „Bedauerlicherweise mußte ich von meinem Vorhaben Abstand nehmen, denn es war zum Scheitern verurteilt; er hat die Lehre bereits zu sehr verinnerlicht, er besitzt große Kenntnisse in der Kunst, aber seine Fähigkeit, den Verstand zu benutzen, ist gleich Null. Kenntnisse über die Kunst erlangen kann jeder, sei er auch noch so mittelmäßig: Ein bißchen Geduld und Hingabe und ein bißchen kritischer Scharfsinn sind ausreichend; die Kunst *verstehen* ist dagegen etwas völlig anderes, und das gelingt nur wenigen Auserwählten. Die Gelehrten meinen, ein Gemälde sei ein lebloser Gegenstand, den man untersuchen, analysieren und beurteilen muß, aber die Malerei, die wahre Malerei, meine ich, läßt sich nicht präparieren, sie ist ein lebendiges Wesen, in dessen Gegenwart wir nicht einfach wie Kritiker handeln können: Sie verlangt Verständnis von uns. Und Verständnis zeigen heißt zugleich auch vorbehaltlos akzeptieren, fast intuitiv, aber auf eine noch stärkere und entschlossenere Art und Weise. Verstehen ist ein Glaubensbekenntnis, deshalb ist die Auffassung von Kunst eng verwandt mit einer religiösen Regung."

Er atmete schwer, als hätte er ein Emphysem. Nicolussi probte den Aufstand:

„Das alles ist meiner Ansicht nach sehr interessant und lehrreich, aber es tut hier nichts zur Sache." Diesem Wagnis hatte er es zu verdanken, daß Gabetti ihn mit demselben haßerfüllten Blick bedachte, mit dem er zuvor mich angesehen hatte. „Beschränken Sie sich jetzt auf das, was vorgefallen ist."

„Ich werde mich dann beschränken, wann es mir paßt, Sie haben mir überhaupt nichts zu befehlen", rügte ihn Gabetti. Er war sybaritisch in seinen Einleitungen und sybaritisch, was die Grausamkeit anging, und er ließ sich nicht gerne drängen. „Ballesteros bereitet es Freude, die Kunst mit Hilfe von mehr oder weniger historisch angelegten Interpretationen zu analysieren und in Schubladen zu stecken. Dieser arme Irre merkt gar nicht, daß ein Gemälde etwas Geheimnisvolles ist, das man nicht in einen Käfig sperren kann.

Und mit dieser Unfähigkeit, seinen Verstand zu benutzen, nähert er sich *La tempesta* genauso wie dem Leben: Aber man kann das Leben nicht aus dem Verborgenen heraus betrachten oder erforschen oder verstehen. Weder das Leben noch die Frauen, Ballesteros."

Ich verstand (oder bemerkte vielleicht auch nur) seine mäandernde Strategie und die Niederlage, die er nach Beendigung des Mäanderns für mich vorbereitet hatte. Von einem Rest an Würde getrieben erhob ich mich vom Stuhl:

„Was wollen Sie eigentlich damit bezwecken? Meinen Sie nicht, daß Sie mich langsam genug gequält haben?"

In seinem Gesicht suchte ich nach einer Spur von Güte, aber ich fand keine. Ein letztes Mal betrachtete ich Gilberto Gabetti, ich betrachtete sein schneeweißes Haar und seine jüdischen Gesichtszüge, die von Altersflecken entstellt waren und sich dennoch ihren Hochmut bewahrten, seine vor Zurückhaltung oder Boshaftigkeit schmal gewordenen Lippen und seine Augen, in denen Sanftmut und Barbarei nebeneinander lebten und die schließlich einen seligen Ausdruck annahmen, als ihr Sieg endlich vollbracht war und der aufmüpfige Emporkömmling aus dem Ausland, der ich war, schließlich zurückwich und das Schlachtfeld verließ. Als ich ihm bereits den Rücken zuwandte, hörte ich sein ersticktes Lachen:

„Hoppla, das tut mir aber leid, nichts ist so schmerzhaft, wie die Wahrheit zu erfahren", sagte er.

Nicolussi versuchte mich zurückzuhalten, aber es war ihm wichtiger, Gabetti aus der Reserve zu locken, als mich in meinem gekränkten Stolz zu trösten. Während ich durch die Gänge lief, die zum Museum der Accademia führten, merkte ich, wie sich in meiner Kehle langsam ein Schluchzen bildete: Es ist schon richtig, daß nichts so weh tut, wie die Wahrheit zu erfahren, es stimmt schon, daß ich nicht zum Leben tauge, deshalb verstricke ich mich auch in das

Dickicht der Erinnerungen, deshalb flüchte ich mich in die Untätigkeit und in das ehelose Dasein. Und mehr noch als diese Gewißheit bedrückte mich die Ahnung, daß mir die Zukunft keine anderen Landschaften offenbaren würde: Meine Einsamkeit war unheilbar, meine Isolation war nicht wiedergutzumachen, das Leben würde sich weiterhin für mich unberührbar auf der anderen Seite einer Mauer abspielen, auch wenn es eine Mauer aus Glas wäre und wenn ich ihm dabei zusehen könnte, ja, mich sogar der Illusion hingeben könnte, es einmal flüchtig zu berühren. Ich durchquerte den Saal mit der Kassettendecke, in dem die Gemälde des *Trecento* untergebracht waren, ich lief auch durch die hintereinanderliegenden Säle, die zu dem kleinen Raum führten, in dem *La tempesta* ausgestellt war. Vielleicht hatte Giorgione jene chronische Krankheit, an der ich litt, darstellen wollen, als er Figuren malte, die mit ihrer Umwelt in keinerlei Zusammenhang stehen. Eine Trennwand verwehrte den Zutritt zu dem kleinen Raum, und auf einem Schild stand in vier verschiedenen Sprachen eine Entschuldigung für die Schließung des Raums, die auf nicht näher bestimmte Reparaturen Bezug nahm. Ich nutzte den unbeobachteten Moment dazu, mich über das auf dem Schild ausgesprochene Verbot hinwegzusetzen, und zwängte mich hinter der Trennwand durch. Der Fußboden des kleinen Raums war gefegt worden, und die Scheiben in dem Oberlicht hatte man ersetzt, aber noch immer hing ein Geruch nach frischem Fensterkitt in der Luft, ein undefinierbares Gemisch aus Chemie und Landluft. Ein ungefiltertes, fast rohes Licht ruhte auf Giorgiones Leinwand und ließ dabei einige Mängel hervortreten, die ich bei meinem vorherigen Besuch nur teilweise hatte erkennen können (Gabetti hatte das Gemälde mit einer Taschenlampe beleuchtet, doch diese Beleuchtung war mangelhaft und lükkenhaft gewesen, es waren immer ein paar schattige Stellen geblieben): Tatsächlich wies *La tempesta* nicht jene feinen chromatischen Abstufungen auf, die auf den photographischen Reproduktionen zu sehen sind, es fehlte dem Bild an natürlichem Impasto und an verschummerten Umrissen, auch fehlte es ihm am weichen Strich des Pinsels, jenem weichen Strich, der Giorgione zu dem besten Maler von menschlichem Fleisch machte. Ich mußte mich dem Gemälde noch ein wenig mehr nähern, um Gewißheit zu erhalten über etwas, das ich anfänglich für eine optische Täuschung gehalten hatte: Die Gesichtszüge der Frau, die ihr Kind stillt und den Betrachter mit einer sinnlichen Trauer ansieht, entsprachen denen Chiaras, das spitzbogenförmige Kinn und die nachdenklichen Lippen, die Nase mit dem leichten seitlichen Knick (doch die Asymmetrie wirkt sich nicht negativ auf die Schönheit aus) und die Augen einer Bäuerin. Plötzlich stand ich vor des Rätsels Lösung, als wäre sie mir urplötzlich enthüllt worden; noch mußte ich eine Erklärung für ein paar Kleinigkeiten finden, für ein paar nebensächliche und unbedeutende Umstände, aber im Kern hatte ich die Lösung bereits erfaßt.

XIII.

„Wirklich schade, daß Sie uns verlassen müssen", drängte Nicolussi mich mit bedauernder Stimme, „aber es ist wirklich besser so, für Sie und für mich. Die Geschehnisse überstürzen sich, ein ganzer Haufen Journalisten lungert um die Polizeidienststelle herum, und heute nachmittag wird der Richter die Verdächtigen aussagen lassen. Außerdem sind meine Tage hier gezählt."

Er sagte das leichthin, von jenem zukünftigen Ort, in dem die Glückseligkeit zuhause ist, einem Ort, der auf meiner Landkarte nie verzeichnet war. Er hatte erreicht, daß Gabetti Sansonis Spitzbuben als Urheber des gescheiterten Raubs von *La tempesta* identifiziert hatte, und die Befriedigung, die ihm die Aufklärung des Falls bereitete, verstärkte sich noch durch jene freiheitsliebendere und machtvollere Befriedigung derer, die doch noch einen Strich unter ihre Vergangenheit ziehen und mit ihrer Zögerlichkeit abschließen. Dina half mir, den kaum ausgepackten Koffer zu machen, sie faltete die Hemden neu und schichtete sie aufeinander mit ihren Händen einer alt gewordenen Braut, die sich jahrelang in dieser Tätigkeit geübt hatte, indem sie ihre Aussteuer ordentlich zusammenlegte.

„Noch nicht einmal ein Andenken an Venedig nimmst du mit", sagte sie ein bißchen mitleidig.

Und doch trug ich meine Andenken in mir im weniger leichten Gepäck meines Gedächtnisses, Andenken, so dickflüssig wie mein Blut. Die Ahnung einer bevorstehenden Katastrophe, die mich seit meiner Ankunft in der Stadt nicht verlassen hatte, hatte ihre Fäulnis ausgebreitet, dem unerbittlichen Gesetz folgend, das einem bösen Zauber zugrunde liegt, und den Mann, der ich einmal gewesen war, unerfahren und frustriert und dem ehelosen Dasein verpflichtet, aus mir herausgelöst, um ihn durch einen anderen zu ersetzen, der außer jenen Verstümmelungen auch noch das schmerzliche Bewußtsein besaß, daß diese Verstümmelungen unheilbar waren. Am Ufer des Kanals wartete ein Schiffstaxi auf mich.

„Sie haben noch eine Menge Zeit", gab mir Nicolussi zu verstehen. „Ihr Flug geht erst um fünf."

Vom Fenster aus betrachtete ich den Kirchturm von San Stéfano, nach rechts geneigt wie ein Leuchtturm, der sich den Wellen ergibt; ich betrachtete die grüne und langlebige Trauer des Wassers, das den kleinen Platz und die Fassade des Palazzo umgab, in dem sich Fabio Valenzins letzte Verabredung abgespielt hatte; ich betrachtete die Balkonfront mit den Brüstungen und den Bögen aus Alabaster, auf denen die Tauben das Gurren und die Seiltänzerkunst und die Technik des Scheißens erlernten, nachdem sie jenen Schuß, der ihren Schlaf gestört hatte, längst vergessen hatten. Schon möglich, daß der Gedächtnisverlust die einzige dauerhafte Form des Glücks darstellt.

„Ich werde den Taxifahrer bitten, mit mir einmal rund um die Lagune zu fahren", log ich. „Und was werden Sie jetzt machen?"

Nicolussi sprach mit einer Art verzückter Ironie, aus jener Distanz heraus, derer wir uns dann bedienen, wenn wir uns allen Widrigkeiten gegenüber unverwundbar vorkommen, so unheilvoll sie auch sein mögen:

„Ich nehme an, man wird ein Disziplinarverfahren gegen mich einleiten. Bei der Razzia von gestern abend haben mehrere der Festgenommenen Anzeige wegen Mißbrauchs der Amtsgewalt gegen mich erstattet." Er ließ einen sehnsuchtsvollen Blick durch das Zimmer schweifen, bis der seine auf den von Dina traf. „Ich glaube nicht, daß sie die Anzeigen durchfechten können, aber ich werde bestimmt in eine andere Stadt abgeordnet, damit hier keine Konflikte entstehen; bis ich den Marschbefehl erhalte, werde ich mit dem Fall Valenzin beschäftigt sein. Was danach geschieht, weiß keiner." Er hielt inne und suchte dabei die wohlwollende Zustimmung Dinas. „Dort hat dann sie das letzte Wort, vielleicht heiraten wir ja sogar."

Es entstand ein Schweigen, in dem sich das den beiden bevorstehende Glück andeutete und das mich zum Außenstehenden machte. Auf mir lastete jene Melancholie, die wohl auch unsichtbare Lebewesen befällt:

„Also gut, ziehen wir den Abschied nicht unnötig in die Länge", sagte ich.

Dina reagierte darauf, indem sie eine lange Reihe guter Vorsätze aufzählte, künftige Treffen, die niemals stattfinden würden, brieflicher und telephonischer Kontakt, den man angesichts der drohenden Trennung aufrechtzuerhalten versprach, den man nachher dann aber immer weiter aufschieben würde, weil uns die Faulheit und die Entfernung von der Einhaltung solch wankelmütiger Treueverhältnisse abhalten:

„Du wirst bestimmt von uns hören", sagte sie zusammenfassend. „Los, jetzt umarme mich schon, zier dich nicht so."

Ich verspürte jetzt nicht einmal mehr jene unpassende heftige Regung der Begierde, die Dinas Nähe, die maßvolle Fülle ihres Körpers, bei anderen Gelegenheiten in mir ausgelöst hatte. Beide begleiteten mich zusammen zum Ausgang der Pension, wozu sie eine sinnlose Verpflichtung zur Gastfreundschaft trieb. Nicolussi vermied weihevolle Worte:

„Viel Glück. Und grämen Sie sich nicht; was Gabetti da erzählt, ist purer Schwachsinn."

Ich stieg in das Schiffstaxi, das zurücksetzte, bis es seinen Kiel zum Canal grande ausrichten konnte; die Schiffsschraube verhedderte sich in den Algen und dem Schlamm und zwang das Boot zu einem ruckartigen Fahrstil. Dina und

Nicolussi wurden in der Ferne immer kleiner, doch bevor man sie nicht mehr erkennen konnte, waren sie bereits aus meinem Blickfeld verschwunden.

„Wo soll ich Sie hinfahren?“ fragte mich der Taxifahrer, ohne das Ruder aus dem Auge zu lassen.

„Nach Torcello“, sagte ich. Ich hatte noch eine Verabredung mit Tedeschi.

Die Sonne wanderte rasch ihrem Zenit entgegen und prallte gegen die Palazzi und ließ sie aufleuchten, als wären sie aus Rauschgold. Als wir über den Canal grande fuhren, hatte ich den Eindruck, mich nicht zu bewegen, während jene riesige Pappmachékulisse aus Venedig abgezogen wurde, um an anderen Schauplätzen der Weltgeschichte zum Einsatz zu kommen. Der Taxifahrer sah mich verwundert an:

„Sind Sie sicher? Torcello ist in dieser Jahreszeit völlig verödet.“

Er erhielt keine Antwort und zuckte die Schultern, während er meinen Befehl ausführte, wie es sich für einen Lohnempfänger schickt. Wir gelangten durch den Arsenale auf die Lagune; der Hafengeruch des Meeres verlieh den Ängsten neues Leben, die ich bei meinem Tauchmanöver vor kaum ein paar Stunden, als ich fast ertrunken war, ausgestanden hatte. Rechts hinter uns ließen wir den von Mauern umstandenen Friedhof von San Michele, über dem eine dunstige Aura schwebte, die möglicherweise von der gleichzeitigen Atmung der Toten stammte, die unter der Erde verwesten. Eine fast malvenfarbige Helligkeit mit störenden Streifen aus saurem Gold verfärbte die Luft, je mehr wir uns Murano näherten; von dort aus sah man Venedig verschwommen wie eine unermeßlich große Sandbank mit flimmerndem Glitter, als wäre es ein fremdes Land, das in einer unwirklichen Atmosphäre ankert. Das Motorboot hüpfte mit dumpf klingenden Schlägen über das gräuliche Wasser der Lagune und hielt mit unverändertem Kurs auf Torcello zu, dessen morastige Küste man in der Ferne bereits erkennen konnte. Die Möwen zerkratzten die Stille wie Geier, die man mit weißer Farbe getauft hatte.

„Wo soll ich Sie absetzen?“ sagte der Taxifahrer.

Er hatte den Motor abgestellt und ließ das Boot im Schutz der Binsensträucher, die das Ufer säumten, seitwärts treiben. Er betrachtete mich angeekelt und wohlwollend, so wie man einen Selbstmörder betrachtet, der sich für seinen Tod ein exotisches Plätzchen aussucht.

„Fahren Sie einfach einmal langsam quer durch die ganze Insel.“

Wir gelangten über einen Kanal in die Insel, der gerne ein Fluß gewesen wäre, in dem jedoch ein schleimiges und der Fäulnis hilflos ausgeliefertes Wasser zäh floß. Vor vielen Jahrhunderten war Torcello einmal ein fruchtbares und überreiches Land gewesen, aber die Unterspülung durch das Meerwasser hatte die Insel in ein ungastliches, sumpfiges Gebiet verwandelt, dem die Bewohner im Laufe der Zeit den Rücken gekehrt hatten; nur ein paar Fischer waren älter geworden als die Landschaft, indem sie in pfahlbautenähnlichen Hütten lebten, aus deren Türen sie lugten, um mich an ihnen vorüberfahren zu sehen. Der Kanal war direkt vor einer Kirche, in der sich byzantinische und romanische Bauformen mischten, plötzlich zu Ende, weil ihm der Unrat und das Unkraut die Luft abschnürten.

„Hier geht es nicht weiter“, bellte der Taxifahrer; sein Ärger verwandelte sich langsam in rasende Wut. „Fahren wir zurück?“

„Warten Sie hier auf mich. Ich möchte mich nur kurz hier umsehen.“

Den Betrag mußte ich im voraus und ziemlich großzügig begleichen, um sein Mißtrauen zu besänftigen. Ich bog in einen schmalen Pfad ein, der mit welkem Laub bedeckt war, das vor lauter Feuchtigkeit nicht mehr knisterte und so aufgeweicht war, daß es mit dem Schlamm eine Einheit bildete. Die Nachbarn auf Torcello (die wenigen Nachbarn auf Torcello) grenzten ihre Besitztümer mit Zypressen voneinander ab, die ihnen zugleich als Heckenzaun und als Grenzsteine dienten. Das Sonnenlicht war, als es durch ihr Astwerk gedrungen war, erstarrt und erinnerte an einen Malariakranken. Ich umrundete die Apsis der Kirche, sprang dabei zwischen den Disteln umher und versank gelegentlich schon einmal bis zu den Knöcheln im Schlamm. Ich erkannte Tedeschi am Timbre seines Gelächters; er amüsierte sich über meine Schwierigkeiten und Ausrutscher, auf einem Steinsockel hockend, direkt neben einer der pfahlbautenähnlichen Hütten.

„Man merkt, daß du nicht auf dem Land groß geworden bist", begrüßte er mich. „So was Ungeschicktes."

Er hatte ein Fischernetz auf den Knien, dessen Maschen er mit einer Nähnadel von der Größe eines Schürhakens flickte.

„Also, ich finde das überhaupt nicht komisch, Tedeschi. Wie soll man in dieser Schlammgrube denn vernünftig gehen?"

Er erhob sich von dem Steinsockel und klopfte sich den Hosenboden ab, bevor er mir seine von Fischschuppen völlig verdreckte Hand hinhielt.

„Wie ich sehe, widmest du dich wieder deinem angestammten Beruf", sagte ich.

„Sagen wir einfach, daß ich das Taubenfressen satt hatte." Er hielt mir die Tür zu der Hütte auf und ließ mir den Vortritt: Ich spürte den ekelerregenden und säuerlichen Geruch des eingelegten Fischs und das feuchte Entgegenschlagen der Dunkelheit. „Hier wurde ich geboren. Hier lebte meine Familie, bevor sie die Insel verlassen mußte, als man begann, Abfälle in die Lagune zu kippen."

Zu dem nahrhaften Geruch der Lake gesellte sich noch immer der ehrenhafte Geruch der Armut, wie eine Reliquie, die mit Nachdruck darauf hinweist, daß ihr ein gewisses Maß an Verehrung zusteht. Die Hütte, die unter den Unbilden der Witterung gelitten hatte, wies keinerlei Trennwände mehr auf, und in ihrem Dach ließen sich Löcher erkennen, durch die man den Himmel sah. Tedeschi hatte ein Feldbett in eine Ecke geschoben; direkt daneben standen in einer Reihe die Gerätschaften seiner Existenz in der Pampa: ein Kofferradio, eine Petroleumlampe, ein Gaskocher und ein Karabiner, der schon in Garibaldis Zeiten seine Dienste geleistet haben mußte; unter den Gerätschaften befand sich auch Fabio Valenzins Koffer, der dort dick und fett lag wie eine Galapagos-Schildkröte. Trotz des Umzugs wachte Tedeschi noch immer über den Schatz wie ein Drache in einer mythologischen Fabel.

„Nicolussi hat sich ganz schön was geleistet", sagte er und zeigte hocherfreut seine verfaulten Zähne. „Um so einen Wirbel unter den Pfeffersäcken in der Stadt anzustellen, muß man Nerven wie Drahtseile haben. Im Radio wird die ganze Zeit darüber berichtet, sogar der Siegelring, den wir aus dem Kanal geborgen haben, wurde genannt, als eines der wichtigsten Beweismittel für die Überführung von Valenzins Mörder. Aber du bist überhaupt nicht erwähnt worden, und das, obwohl du bestimmt eine Menge zur Lösung beigetragen hast."

„Nicolussi und ich haben eine Abmachung getroffen: Als Gegenleistung für meine Hilfe hat er sich verpflichtet, mich aus der Sache herauszuhalten."

Tedeschi kniete sich hin und legte die Hände ehrerbietig auf Valenzins Koffer, als wollte er darauf eine Messe zelebrieren.

„Aber du weißt nicht, was für ein Geheimnis der Koffer enthält." Tedeschi hob den Kofferdeckel ein wenig an, um die Spannung zu steigern. „Er ist aufgegangen, als ich die Schlösser aufgefeilt habe."

Ich kam ihm ohne jede Eitelkeit zuvor, mehr mit einer erschöpften Traurigkeit:

„Aber natürlich weiß ich das, Tedeschi. Das Gemälde mit dem Titel *La tempesta*."

Er sah mich eine ganze Weile dämlich an, als wären ihm meine deduktiven Fähigkeiten ein Rätsel. Dann stammelte er:

„Dabei wollte ich dich überraschen. Wie hast du das bloß herausbekommen?"

„Valenzin war ein virtuoser Fälscher, aber es gibt doch kleine Details, die einem Experten nicht verborgen bleiben", sagte ich, diesmal recht eitel; ich schämte mich dafür, daß ich mir Verdienste an die Brust heftete, die mir gar nicht zustanden. „Das Bild in der Accademia ist eine Fälschung, Valenzin hat es irgendwie geschafft, da hineinzukommen und die Gemälde auszutauschen."

Der Koffer, der mit Platten aus einem Metall ausgekleidet war, dem die Röntgenstrahlen nichts anhaben konnten, war der Länge nach in drei Kammern unterteilt, die fast wie Erdschichten immer verbrecherische Inhalte aufwiesen, je tiefer man grub. Im ersten Fach häuften sich schmutzige Hemden und Unterhosen mit braunen Schleifspuren; im zweiten Fach bewahrte Valenzin die urkundlichen Beweise seiner Transaktionen auf, Geldbündel, gefälschte Echtheitszertifikate (wenn ich mir den Widerspruch erlauben darf) und eine ausführliche Liste seiner Kunden, in der er deren Aufträge mit jener Genauigkeit vermerkt hatte, mit der man eine Erpressung plant; im dritten Fach lag die zwischen Glaswolle verstaute und in eine Hülle aus dämmendem Plastik eingewickelte Leinwand Giorgiones: Sie besaß nach wie vor ihren ursprünglichen Rahmen und wies auch noch jene feine chromatische Abstufung auf, die man auf Fabio Valenzins Fälschung schmerzlich vermißte. Das auf dem Gemälde vorherrschende Grün vermischte sich mit dem Kobaltblau des voller Wolken hängenden Himmels, es wurde im Laub der Bäume mit beweglichen Schatten angereichert, es irisierte auf dem Wasser des Baches und nahm in den Gräsern eine ockerfarbene Tönung an, um den Auftritt der Frau zu unterstützen, die sich dem Betrachter gänzlich nackt darbietet, von einem Busch und einem Tuch, das sich wie eine Pelerine ihre Schultern hinaufwindet, nur unzureichend verhüllt. Zum ersten und einzigen Mal stand ich vor dem Gemälde, für dessen Deutung ich meine gesamte Jugend verwendet hatte; ich hatte den unheilvollen Eindruck, daß alle meine Anstrengungen umsonst gewesen waren, meine Erläuterungen taugten vielleicht dazu, die Kenntnisse über das Gemälde zu erweitern, nicht aber dazu, es wirklich zu verstehen. Tedeschi war in ein ehrerbietiges oder begräbnishaftes Schweigen verfallen; nach einer Weile sagte er:

„Aber du bist in der Accademia gewesen und hast nicht bemerkt, daß die Bilder ausgetauscht worden waren."

Zu meiner Verteidigung sagte ich verwirrt:

„Es war mitten in der Nacht, und außerdem war ich voll und ganz damit beschäftigt, meine eigene Haut zu retten." Auch in jenem Augenblick, als ich Tedeschi eine Antwort gab, versuchte ich noch, etwas zu retten, das wertvoller war als meine eigene Haut, etwas, das ich bereits für alle Ewigkeit verloren hatte. „Du wirst ja wohl Verständnis dafür haben, daß ich in meiner Situation nicht auf solche feinen Unterschiede achten konnte. Als ich etwas mehr Zeit für meine Untersuchung hatte, bemerkte ich es sofort."

Von der Hütte aus war eine weite Fläche Sumpfland zu erkennen, die einem angst und bange werden ließ. Oder vielleicht war meine Angst auch viel tiefer in mir angelegt, und die Landschaft beschränkte sich darauf, ihren pantheistischen Hofstaat dazu beizusteuern. Tedeschis Stimme klang oxidiert, als käme sie aus einem metallenen Helm:

„Ich dachte, du hättest Interesse daran, die Wahrheit zu erfahren, aber wie ich sehe, liege ich da falsch."

„Und was ist das, die Wahrheit?" Das trostlose Gefühl eines Schiffbrüchigen befiel mich. „Die Wahrheit besteht aus teilweise falschen Tatsachen. Glaubst du etwa, Fabio Valenzin hätte zum Ausgleich die Wahrheit verdient? Er war ein mieser, skrupelloser Typ. Die Polizei hat ein paar Verdächtige verhaftet; sollten sie ihn nicht umgebracht haben, so könnten sie doch immerhin für seinen Tod verantwortlich sein, und das muß uns reichen. Wir haben bereits bewiesen, daß weder du noch ich etwas mit der Sache zu tun haben, der Rest kann uns egal sein."

Tedeschi nickte bedächtig wie jemand, der von einem Vorhaben, das andere an ihn herangetragen haben, Abstand nimmt und dabei alle Verantwortung von sich weist, als ihm bewußt wird, daß ihm seine Gönner die Unterstützung entziehen. Er ahnte dunkel, daß mir die Wahrheit offenbart worden war, aber ebenso dunkel ahnte er auch die Gründe, die mich dazu brachten, diese Wahrheit nicht zu äußern. In meinem tiefsten Inneren dankte ich ihm für diese freundschaftliche und anständige Geste.

„Na gut. Und was machen wir jetzt mit dem dämlichen Koffer?" sagte er.

„Den bringen wir zur Polizei. Für dich ist das eine gute Gelegenheit, dich wieder mit Nicolussi zu versöhnen, er enthält Papiere, die seine Version der Tatsachen stützen und ihm dabei behilflich sein werden, noch mehr Wirbel zu veranstalten." Einen Augenblick lang schwieg ich und setzte dann ein Gesicht auf, mit dem ich versuchte, ihn mir gewogen zu machen. „Das Gemälde würde ich Gabetti, wenn du nichts dagegen hast, gerne selbst zurückbringen; in dieser Angelegenheit wahren wir am besten strikte Diskretion, ich möchte nämlich nicht, daß er unseretwegen seines Amtes enthoben wird."

Seine Stimme klang keineswegs boshaft, höchstens ein bißchen spöttisch:

„Du redest auch jeden Tag etwas anderes. Vor ein paar Tagen hast du noch behauptet, Gabetti sei ein notorischer und sattsam bekannter Straftäter. Aber klar, da ist ja auch noch die Kleine."

Ich wickelte *La tempesta* wieder in seine Plastikverpackung ein. Die Ölfarbe begann abzublättern, die Zapfen des Rahmens hatten bei so viel Hin und Her Schaden genommen, und das Holz begann sich zu wellen, es benötigte dringend eine sorgfältige Restaurierung. Tedeschi drückte meinen Arm mit seiner Hand, die sich fast wie eine Tatze anfühlte; noch immer verströmte sein Atem einen unwahrscheinlichen Gestank, aber auch jene Kuhwärme, deretwegen der Sieg einiger universaler Gefühle noch immer möglich erscheint.

„Es war mir ein Vergnügen, Ballesteros. Wenn ich mal wieder etwas für dich tun kann ..."

Noch bevor mich das heimtückische Mitgefühl übermannen konnte, machte ich mich auf den Weg, auf demselben Weg und auf denselben schlammigen Pfaden, auf denen ich auch hergekommen war und mir meine Schuhe versaut hatte. Man hörte eine Glocke, deren Klangfarbe stark an die einer gesprungenen Kuhglocke erinnerte, in einem unregelmäßigen Rhythmus, als würde sie in den Sakristeien des Jenseits geläutet, und die Zypressen, die zwischen den Grundstücken standen, wurden vor lauter düsteren Prophezeiungen immer spitzer. Der Taxifahrer verbarg seine Überraschung nicht, als er mich wiedersah; er hatte mich wohl wirklich für einen Menschenfeind mit selbstmörderischen Anwandlungen gehalten und vermutlich auf die Detonation gewartet, die für ihn den Startschuß zur Abfahrt dargestellt hätte.

„Wir fahren zurück nach Venedig", sagte ich. „Zur Madonna dell'Orto."

Wieder fuhren wir durch Kanäle, in denen das Wasser stand und die von einer glitschigen Schicht grüner Algen bedeckt waren, die zwischen den Schiffsschrauben zu Püree verarbeitet wurden; an der Küste, die so dreckig war wie ein Misthaufen, wuchs auf den Knochen der Tiere, die es unvorsichtigerweise gewagt hatten, von jenem Wasser zu trinken, und sofort verendet waren, ein verdorrtes Dickicht. Ich lehnte *La tempesta* von innen an die Außenwand des Motorbootes und betrachtete das Bild nach den Vorstellungen Gabettis, ohne kritische Absichten, so, wie man ein lebendiges Wesen betrachtet; in diesem Moment stellte ich fest, daß Giorgiones Gemälde keiner biblischen oder mythologischen Erläuterungen bedurfte, es rührte einen ganz von selbst und vermittelte dem Betrachter den falschen Eindruck, daß es ausschließlich für ihn gemalt worden war, als handelte es sich dabei um eine Röntgenaufnahme seiner Seele; in diesem Moment war das Bild nicht mehr nur ein halbwegs wertvolles Studienobjekt, es wurde zum Ausdruck meiner eigenen Sehnsüchte. Auf *La tempesta* waren, wie Chiara angedeutet hatte, die Furcht und die Unruhe der Unwetter enthalten, die nicht zum Ausbruch kommen, ebenso wie jenes Gefühl des Verlustes und der Amputation, das die seelischen Unwetter auslösen, wenn man sie nicht mehr zurücknehmen kann. *La tempesta* zu verstehen hieß, sich auf die unwegsamen, steinigen Pfade des Leids vorzuwagen, in das Dickicht aus Erinnerungen, das über mich herfallen würde, sobald ich Venedig verließe. Das Licht des Winters war zum erstenmal so schön, als wäre es frisch gewaschen.

„Haben Sie sonst noch Wünsche?" fragte mich der Taxifahrer.

Er hatte das Boot an einer Treppe festgemacht, die zum Innenhof von Madonna dell'Orto hinaufführte. Da mein Aufenthalt in Venedig mir keine Kosten verursacht hatte, besaß ich ausreichend Geldreserven, um mir den Luxus der Großzügigkeit zu erlauben: Wieder zahlte ich im voraus und ohne jeden Geiz.

„Warten Sie bitte hier, Sie müssen mich noch zum Flughafen bringen."

Ich nahm das Gemälde unter den Arm und betrat die Kirche, die verlassen aussah. Das Mittelschiff, das bei anderen Gelegenheiten von den Scheinwerfern erleuchtet gewesen war, die Chiara bei der Arbeit geholfen hatten, lag im tiefsten Dunkel, und die Fresken Tintorettos waren kaum zu sehen. Dorthin drang nur ein graues und wie durch Bestäubung zustande gekommenes Licht wie aus Weihrauch, das kaum in Einklang zu bringen war mit dem Licht draußen; auf dem Seitenaltar brannte dagegen nach wie vor die Flamme, die Chiara Tintoretto zum Angedenken entzündet hatte, schlaflos wie jene Öllämpchen, welche die umsichtigen Jungfrauen in einer Parabel des Neuen Testaments bei sich trugen, wenn sie sich zu ihren Liebsten aufmachten. Am Fuße des Gerüstes, von dem ‚Das Jüngste Gericht' vergittert wurde, stand das Körbchen, in dem Chiara ihre Arbeitsutensilien aufbewahrte. Ich nahm den Bastdeckel ab und kramte in den Ölfarbentuben und den Pinseln herum, bis ich schließlich auf die Maske des Pestdoktors stieß, aus kaltem und weißem und abscheulichem Porzellan; sie sah mich aus ihren hohlen Augen an und schien in meinen Händen zu atmen, in einem treibenden und geheimen Rhythmus (doch meine Sinne haben Schaden genommen), der in dem steinernen Gewölbe widerhallte.

„Ich wußte, daß du es schließlich herausfinden würdest", sagte Chiara hinter meinem Rücken. „Ich wußte es von Anfang an. Und ich habe mir auch keine große Mühe gegeben, es vor dir zu verbergen."

Ich brauchte eine Weile, bis ich sie erkannte, wie sie da auf einer Bank im Seitenschiff saß, in jener auf diskrete Weise düsteren Zone, die nach Beendigung der Messe von den Frömmlerinnen genutzt wird, um dort ihre Litaneien zu wispern. Sie kam mir schmaler vor, wer weiß, vielleicht, weil Morden schlank macht, so wie Trauerkleidung; die Arme vor der Brust verschränkt schritt sie auf die Apsis zu, als wollte sie einen Rahmen um ihre Brüste legen, die ich eine Nacht zuvor hatte zusammendrücken wollen. Das Licht der Flamme ließ ihr Profil schimmern wie ein Bronzerelief.

„Guck mal, was ich dir mitgebracht habe", sagte ich und hielt Giorgiones Bild hoch.

Chiara umarmte mich ungestüm oder verzweifelt, als wollte sie mich belohnen und suchte zugleich meinen Trost; ich bemerkte die weiche, leicht gewölbte Spannung ihres Unterleibs, in dem ich meinen Samen verspritzt hatte, der vielleicht kein unfruchtbarer Samen war, doch das waren die Überlegungen eines Predigers. Ich erwiderte ihre Umarmung, nachdem ich *La tempesta* auf dem Boden abgestellt hatte, und wurde erneut zum Empfänger ihrer Tränen, wie ich es bereits geworden war, gleich nachdem ich sie kennengelernt hatte, ihrer Tränen, die auf dem Kragen meines Regenmantels eine Salzspur hinterlassen würden, sobald die Feuchtigkeit verdunstet war.

„Alejandro, du weißt ja nicht, wie sehr ich dir dafür danke, ich hatte schon gedacht, ich würde es nie wiederbekommen", schluchzte sie vor lauter Glück, doch es war ein rein egoistisches Glück. „Als ich den Albergo Cusmano durchsuchte und den Koffer nicht fand, befürchtete ich das Schlimmste; nachher, als du mir dann erzähltest, dieser komische Tedeschi hätte damit das Weite gesucht, bin ich fast in Ohnmacht gefallen: Ich dachte schon, er hätte es auf dem Schwarzmarkt angeboten, und es wäre bereits bei irgendeinem Händler gelandet."

„Wie du siehst, ist nichts davon geschehen, hier hast du es wieder", sagte ich. „Und du solltest Tedeschi dafür danken: Wenn er nicht mit dem Koffer das Weite gesucht hätte, wäre *La tempesta* der Polizei in die Hände gefallen. Inspektor Nicolussi hätte bald gemerkt, daß das Exponat in der Accademia eine Fälschung ist.“

Chiara kniete sich hin, um Giorgiones Bild an sich zu nehmen, sie wickelte es aus der Plastikfolie und hielt es in das weihrauchartige Licht, das durch die schmalen Fenster der Apsis drang. Ihre Augen einer Bäuerin nahmen eine dunklere Tönung an, je mehr Details des Bildes sie wiedererkannte.

„Du kannst stolz auf dich sein“, flüsterte ich. „Du bist noch immer Venedigs Schutzengel.“

Doch sie hörte mir gar nicht zu; die Freude über das Wiederauftauchen des Gemäldes löste eine Art Verzückung in ihr aus, die sie von ihrer Umwelt isolierte. Die Religionen haben, wie alle anderen Manifestationen des Fanatismus auch, diesen kleinen Fehler.

„Meinst du nicht, daß du mir eine Erklärung schuldig bist? Oder kann man mich wie eine Orange auspressen und wegwerfen?“ entrüstete ich mich, rasend vor Verzweiflung.

Doch ich konnte jene Verzweiflung nun nicht mehr der rückblickenden Eifersucht zuschreiben, die Valenzin in mir hervorrief, ja nicht einmal der Gewalt, die Gabetti über sie besaß; es handelte sich mehr um die Verzweiflung, die der Verrat in uns auslöst, der phönizische Gebrauch unserer Gefühle. Chiara drehte sich um mit einer Behutsamkeit, die ausgefahrene Krallen hatte, wenn ich mir den Widerspruch erlauben darf. In ihren Mundwinkeln zeichnete sich jener Ausdruck von Niedergeschlagenheit oder innerer Ruhe ab, der sich für sie bereits in einen dauerhaften Gemütszustand verwandelt hatte.

„Du hast kein Recht dazu, so etwas zu sagen.“

„Ach, dazu habe ich also kein Recht!“ Meine rauhe Stimme, die gotteslästerlich in der Kirche widerhallte, erschreckte mich selbst. „Ihr habt mich angelogen, allesamt, ihr habt mich mit euren Täuschungsmanövern fast in den Wahnsinn getrieben, und jetzt habe ich also kein Recht, den Mund aufzumachen."

Doch ich wußte sehr wohl, daß die Wahrheit nicht existiert, sie setzt sich aus teilweisen oder beschönigenden Unwahrheiten zusammen, die Wahrheit hängt ab von dem, der sie formuliert, niemand ist unfehlbar oder allwissend oder wohlwollend. Chiara sprach hart mit mir, vielleicht auch mit einer berechtigten Strenge:

„Du solltest das nicht im Plural sagen, ich habe dir nie etwas verschwiegen", sagte sie. „Ich habe dir niemals Hoffnungen gemacht, von Anfang an habe ich dir in aller Deutlichkeit gesagt, daß ich nicht die Absicht hatte, Gilberto zu verlassen, um mit dir wegzugehen. Ich habe dir auch nichts verschwiegen, als ich dir erzählte, was ich für Fabio empfand."

„Was du für Fabio empfandst? Kein Mensch tötet jemanden, den er liebt."

Sie sah mich aus jener Entfernung an, die all jene bewohnen, die sich selbst abhanden gekommen sind. Ich hätte verhindern können, daß sie ihr Gewissen bei mir erleichtert, doch nachdem ich bereits so viele fremde Geständnisse und so viel fremde Schuld auf mich geladen hatte, was machte da schon das bißchen Übergewicht?

„Kein Mensch tötet jemanden, den er liebt, es sei denn, es gibt etwas, das er noch mehr liebt. Fabio war ein häufiger Gast bei uns zuhause", begann Chiara; der Halbschatten und die Gewissensbisse ließen verborgene Falten ans Licht treten. „Gilberto brachte ihm, obwohl er seine Aktivitäten ablehnte, eine Sympathie entgegen, die von weither kam, eine kampfeslustige und nostalgische Sympathie wie unter alten Feinden, die sich die Wohltat gegenseitiger Anerkennung erweisen. Sie waren früher des öfteren aneinandergeraten, als Gilberto noch als Experte und Sachverständiger für die Auktionshäuser arbeitete. Danach hatten sie eine ganze Weile wenig miteinander zu tun: Gilberto nahm verantwortungsvolle Posten an, und Fabio fing an, in Lateinamerika und im Fernen Osten mit gestohlenen Kunstwerken zu handeln. Gilberto hatte sich in Venedig niedergelassen, zunächst als Assessor und Mitglied des Stiftungsausschusses der Accademia, später wurde er dann zum Direktor ernannt. Er fand für den Ärger auf der Arbeit keinen Ausgleich im ehelichen Glück; er hatte Giovanna Zanon geheiratet, doch die Ehe scheiterte von Anfang an, sie weigerte sich, Kinder zu bekommen, ich nehme an, weil sie unerträgliche Angst vor den Veränderungen an ihrem Körper hatte, die die Mutterschaft mit sich bringt. Gilberto überredete sie dazu, wenigstens einer Adoption zuzustimmen; so wurde ich zu seiner letzten Rettung und zu seinem ehrgeizigsten Projekt, und auch zu einer Fortsetzung seiner selbst, zu jemandem, in dem er weiterleben konnte und dem er die Liebe zur Kunst vererben konnte, seinen einzigen wahrhaft bedeutenden Besitz. Gelegentlich stattete uns Fabio einen Besuch ab, wofür er immer erst die Polizei austricksen mußte."

Sie unterbrach sich eine Sekunde, in der sie unter der schädlichen Wirkung der Erinnerung stand. Giovanna Zanons verleumderische Reden träufelten noch einmal ihr Gift in mein Gehör, der Zuhörer ist genauso schuldig wie der Redner: ‚Gilberto wünschte sie sich unverdorben und ganz für sich allein, wie Gott sich seine Nonnen für sich allein wünscht, mit unberührter Haut und unberührtem Hymen. Fabio Valenzin stellte für sie die Außenwelt mit ihren vielfältigen Gefahren und faszinierenden Dingen dar.'

„Und jedesmal, wenn er zu euch kam, war das ein Ereignis."

„Es war immer ein Ereignis, und immer gab es Streit." Chiara versuchte sich eines sachlichen Tonfalls zu bedienen, so als würde sie über das Leben eines anderen Menschen berichten. „Ich war ein Kind oder ein junges Mädchen, jedesmal, wenn Fabio auftauchte, war das für mich verwirrend und aufregend, er offenbarte mir Welten, die von Venedig meilenweit entfernt waren, er erzählte mir von Städten und Leuten, von deren Existenz ich noch nicht einmal etwas ahnte. Außerdem hatte er eine schier unendliche Geduld mit mir: In jener Zeit machte ich meine ersten Gehversuche im Malen, und er erklärte mir die handwerklichen Techniken und Kniffe. Ohne daß ich es merkte, verwandelte ich mich in die wertvollste Figur in jener Schachpartie, die Fabio und Gilberto seit Jahren gegeneinander spielten, eine Figur, die für ihre unterschiedlichen Strategien herhalten mußte: Gilberto in der Defensive, stets bemüht, mich um jeden Preis zu schützen, damit er in mir weiterleben könnte, als ob ich der Schatz in seiner Festung wäre; Fabio in der angreifenden Position, eine Bresche in diese Festung schlagend und mich dabei als Rammbock benutzend, wobei ihn mein Verlust nicht allzusehr störte. Als er seinen Kundenstamm mit der Zeit gefestigt hatte und seine Kontakte von selbst funktionierten, reiste Fabio nicht mehr so häufig, er schlug sein Lager in Venedig auf, und seine Anwesenheit war nicht mehr ein so großes Ereignis, wenn es auch weiterhin stets Streit bedeutete."

Sie hatte einen trockenen Mund bekommen, ihre nachdenklichen Lippen sahen plötzlich aus wie aus Pergament, als wären ihre Worte eine beizende Schrift.

„Du hast dich also in ihn verliebt", sagte ich, um sie von der Last einiger Einzelheiten zu befreien, die sie bereits an anderer Stelle erwähnt hatte.

„Ich war so unerfahren oder anmaßend, daß ich glaubte, ihn von seinem Leiden heilen zu können. Doch Fabio war immun gegen alle Arten von Medizin, er konnte meine Liebe niemals erwidern, so sehr er es auch auf seine schändliche Art versuchte." In ihrer Stimme loderte noch ein wenig Wut auf, doch sie war begraben unter einem resignierten Sarkasmus. „Jahrelang ließ ich nicht ab von meiner Liebe, jahrelang opferte ich mich auf und war jener Rammbock, mit dem man Breschen schlagen konnte, jene geschlagene Schachfigur, die Fabio Gilberto wie eine Trophäe vorzeigen konnte. Ich half ihm sogar bei einigen seiner Fälschungen, er hatte es schließlich geschafft, mich davon zu überzeugen, daß es kein Verbrechen war, Straftäter hereinzulegen. Nur bei einem gab ich nicht nach: ‚Komm bloß nicht auf die Idee, irgend etwas aus Venedig mitzunehmen', gab ich ihm zu verstehen, doch mit der Zeit dehnte sich seine Habgier ganz besonders auf das Gebiet aus, für das ich mein Verbot ausgesprochen hatte. Außerdem gab es noch einen weiteren Anreiz dafür, meine Warnung in den Wind zu schlagen: Für Gilberto stellte Venedig ein geistiges Refugium dar, jeder Diebstahl, den er im Zuständigkeitsbereich der venezianischen Justiz verübte, war ein Schlag, den er seinem alten Rivalen versetzte."

„Eine Spielfigur, die er seinem Gegner abgenommen hatte", sagte ich. „Und du warst die Königin, die man erst gegen Ende des Spiels in Gefahr bringt."

Tintorettos Figuren nahmen an den Seitenwänden der Apsis einen Verrenkungsgrad an, in dem sich bereits ihre Zersetzung andeutete.

„Fabio hatte das Schachmatt bereits vorbereitet, ich kann mir bis heute nicht erklären, was ihn zu einer solchen Gemeinheit hatte treiben können. Ein paar Monate zuvor hatte er Giovanna Zanon und Taddeo Rosso reingelegt, indem er ihnen für einen Haufen Geld die *Madonna* von Bellini verkaufte, du kennst ja die Geschichte. Taddeo Rosso hatte ihn einem anderen Millionär vorgestellt, einem gewissen Daniele Sansoni, der den merkwürdigen Spleen hatte, Gemälde zu sammeln, auf denen die eine oder andere zerbrochene Säule zu sehen ist. Fabio jubelte ihm sofort einen gefälschten Delvaux unter, der ein paar nackte Frauen zwischen den Ruinen eines dorischen Tempels zeigte, in seiner Jugend war das seine Spezialität gewesen. Aber Sansoni wollte gerne Stücke besitzen, die der *Madonna*, die Taddeo Rosso in seinem Kabinett zur Schau stellte, den Rang abliefen; unweigerlich kam die Sprache dabei auf *La tempesta*, und Sansoni war bereit, dafür eine unglaubliche Summe zu zahlen, selbst für Fabios Verhältnisse, und die waren weder bescheiden noch besonders angemessen. Ich erfuhr das alles von Fabio selbst: Er berichtete mir lachend davon und zeigte mir den Ring, den Sansoni ihm als Beweis für ein *gentleman's agreement* geschenkt hatte; ich weiß noch, daß er diesen Ausdruck benutzte. Auch seinen Plan vertraute er mir an: Er wollte eine Fälschung von *La tempesta* anfertigen und sie Sansoni als echt verkaufen; anschließend würde er mit der Beute für eine längere Zeit untertauchen, um sich den Nachstellungen des betrogenen Kunden zu entziehen. Und um der Kühnheit noch die Krone aufzusetzen, teilte mir Fabio mit, daß diese Fälschung sein künstlerisches Vermächtnis werden sollte und daß er dafür auf meine Mitarbeit zählte: ‚Ich möchte, daß du mir noch einmal Modell sitzt.' Mir kam das alles wie ein gefährlicher und unvernünftiger Witz vor."

„Und warum hast du ihm dann doch Modell gesessen?"

Sie ließ sich mit der Antwort Zeit, vielleicht schämte sie sich für ihre Schwäche oder ihr stilles Einverständnis mit der Straftat.

„Erstens hatte ich Angst, ihn zu verärgern: Er besaß die Gabe, meinen Willen völlig auszuschalten. Und zweitens hatte ich schon mehrfach Modell für ihn gesessen, ich konnte mich ihm also nicht einfach verweigern. In den Wochen, die er sich daraufhin in seinem Atelier in der Stucky-Mühle einsperrte, fertigte er die Fälschung an; doch noch mußten wir warten, bis die Ölfarbe getrocknet war, damit der Betrug nicht ganz so offensichtlich wäre. Eines Tages rief er mich an, um mir mitzuteilen, daß er die Übergabe mit Sansoni bereits vereinbart hatte, sie sollte um Mitternacht am darauffolgenden Tag stattfinden. Seine übermäßige Redseligkeit wunderte mich, er war in solchen Dingen sonst immer sehr zurückhaltend gewesen, fast ein wenig umständlich; damals erzählte er mir auch, daß er im Albergo Cusmano ein Zimmer gemietet hatte, das ihm als Unterschlupf diente, in dem er sein Diebesgut versteckte. Obwohl seine Stimme durch den Hörer ein bißchen verzerrt klang, wußte ich doch, daß dieser für ihn so ungewöhnliche plötzliche Redestrom wohl kaum die Vorbereitung eines Abschieds darstellen konnte; als er mir schließlich das Angebot machte, gemeinsam mit ihm wegzugehen, mußte ich all meine Kräfte zusammennehmen, um ihm einen Korb zu geben: Noch immer war ein kleiner Rest meiner ehemaligen Liebe übrig. Er bedrängte mich, versprach sich zu bessern, bettelte mich um eine zweite Chance an; fast hätte ich ihm nicht noch einmal einen Korb geben können, die Tränen erstickten meine Worte. Bevor er auflegte, diktierte mir Fabio mit ziemlich düsterer Stimme eine Telephonnummer für den Fall, daß ich meine Meinung änderte. Ich tat in jener Nacht kein Auge zu, die widersprüchlichsten Gefühle machten mir zu schaffen."

Plötzlich erlangte ihr Profil die zerbrechliche und doch unwandelbare Anmut jener Denkmäler, die nach einem Erdbeben auf ihren Sockeln überleben. ‚Ich will Liebe oder den Tod, will sterben ganz und gar, / ich will du sein, dein Blut', dachte ich und gedachte der Verse des Dichters.

„Aber aus Treue zu Gabetti bist du dann hiergeblieben", sagte ich.

„Aus Treue zu ihm und zu allem, für was er steht, vielleicht auch aus Treue zu einer Idee, auch wenn dir das blöde vorkommt. Ich gehöre hierher, zu Gilberto, zu all den Dingen, die er so sehr liebt." Ich bewunderte und bedauerte wieder einmal ihre Aufopferungsbereitschaft. „Am nächsten Tag erwachte Venedig unter den Fluten der *acqua alta*; eines der Gebäude, die am meisten unter den Gezeiten zu leiden haben, ist die Accademia, weil sie sich direkt am Canal grande befindet, ziemlich nah an der Stelle, wo er ins Meer mündet. Obwohl sich die Museumsangestellten mit dem Ausschöpfen des Wassers abrackerten, als ginge es um ihr Leben, mußte Gilberto doch die Feuerwehr zu Hilfe rufen; er hatte den ganzen Tag damit zu tun, Erledigungen zu machen und die öffentlichen Einrichtungen um Hilfe anzubetteln. Als er gerade wieder einmal weg war, verschwand *La tempesta* einfach mitten in dem Trubel, der im Museum herrschte; der Diebstahl wurde von dem Oberlicht in der Decke aus durchgeführt, aber nicht etwa so plump, wie es Sansonis Gefolgsleute vorhatten, sondern mit Hilfe eines komplizierten Flaschenzugs, der die Hand eines gewieften Diebs verriet. Gilberto rief mich halb ohnmächtig aus der Accademia an, mit vor Entsetzen gebrochener Stimme: Er wußte genausogut wie ich, wer für den Überfall verantwortlich war, doch aus geistiger Nonchalance wagte er es nicht, seinen Namen auszusprechen. Ich bat ihn inständigst, sich zu beruhigen, und versicherte ihm, daß das Bild in ein paar Stunden wieder in der Accademia hängen würde."

Ihr Atem ging stoßweise und ziemlich laut wie der eines Tiers, das in ein Fangeisen getreten ist; es war nicht der Atem eines Menschen, der mit Leichtigkeit einem anderen das Leben nimmt. Wieder gedachte ich des Dichters: ‚Ich sterbe, weil ich mich stürze, weil ich sterben will, / weil ich leben will im Feuer, weil diese Luft draußen / nicht die meine ist, sondern der heiße Atem / der mir, wenn ich nahe, die Lippen versengt.' Für Chiaras Atem wäre ich gestorben oder hätte getötet, doch ich bin und bleibe ein Hasenfuß.

„Ich wählte die Nummer, die mir Fabio in der Nacht zuvor diktiert hatte", fuhr sie fort. „Die Gesprächigkeit und die Überschwenglichkeit waren von ihm abgefallen, er gab mir einsilbige oder ausweichende Antworten, möglicherweise hinderten ihn die Gewissensbisse daran, sich genauer zu äußern. Er verabredete sich mit mir in dem Palazzo gegenüber dem Albergo Cusmano, aber er verzichtete nicht darauf, mir zu verstehen zu geben, daß es nur ein kurzes Treffen werden würde, weil er noch Dinge zu erledigen hätte. In diesem Moment begriff ich, daß er sich *La tempesta* nicht so einfach wegnehmen lassen würde, ich begriff, daß er mich erpressen und mich wieder einmal als Schachfigur benutzen würde; ich merkte, wie ein unerbittlicher Haß in mir wuchs, der mit jenem anderen, stürmischeren, aber zugleich auch vergänglicheren Haß, den man im Bauch hat, keinerlei Ähnlichkeit hatte. Bevor ich losging, nahm ich mir die Pistole, die Gilberto in seinem Nachttisch aufbewahrt, ein Erinnerungsstück aus seiner kämpferischen Jugendzeit, die seine Gegner noch heute gegen ihn verwenden, um ihn in Mißkredit zu bringen."

Die Maske des Pestdoktors sah uns aus der Tiefe des Korbs heraus mit jener schlaflosen Ausdauer an, die Leichen, die der Witterung ausgesetzt waren, aufweisen, wenn ihnen die Geier bereits die Augen ausgefressen haben.

„Warum hast du dich verkleidet?"

Sie hatte sich gegen das Geländer gelehnt, das schützend vor dem ‚Jüngsten Gericht' stand, als wollte sie sich selbst dem göttlichen Urteilsspruch fügen, der im oberen Teil des Gemäldes verhängt wird.

„Es wäre übertrieben zu behaupten, ich hätte mich verkleidet", sie deutete ein kaum erkennbares, teilnahmsloses Lächeln an. „Ich nahm einen alten Umhang aus dem Kleiderschrank, um *La tempesta* darin einzuwickeln, denn das Bild wollte ich um jeden Preis zurückhaben, und bereits im Vorbeigehen nahm ich noch die Maske mit: Ich ahnte, daß mein Treffen mit Fabio möglicherweise im Eklat enden könnte, und dachte mir, mit einer Maske würde mich auf dem Rückweg nach Hause niemand erkennen. Der Karneval stand unmittelbar bevor, so daß meine Verkleidung kein allzu großes Aufsehen erregte. Fabio war pünktlich; seine Haltung mir gegenüber überraschte mich zutiefst: Er war gleichermaßen unverschämt wie betrübt. Ich bat ihn darum, mir den Giorgione wiederzugeben; er brach in Gelächter aus, doch sein Gesichtsausdruck war von unendlicher Traurigkeit geprägt. Danach machte er eine obszöne Äußerung über Gilberto, über mein Verhältnis zu Gilberto; es war eine Niederträchtigkeit, wie ich sie bisher nur von den Lippen unserer Feinde gehört hatte, eine Niederträchtigkeit, an die zu glauben in Venedig ziemlich weit verbreitet ist." Ich errötete und fühlte mich elend, denn auch ich hatte jene Niederträchtigkeit einen kurzen Moment lang geglaubt, wenn meine Lippen sie auch nicht ausgesprochen hatten, doch der Zuhörer ist genauso schuldig wie der Redner. „Er äußerte sich nicht nur kurz darüber, sondern dichtete noch ein paar völlig abwegige Dinge hinzu und zählte ein paar Details auf, die nur aus einem völlig pervertierten Hirn stammen konnten. Als er endlich den Mund hielt, ließ er die Kofferschlüssel klingeln wie eine Babyrassel. ‚Die bekommst du nur über meine Leiche', reizte er mich, oder vielleicht flehte er mich auch an, ihn umzubringen. Ich habe überhaupt keine Ahnung, wie man mit einer Pistole umgeht; ich hielt ihm die Mündung direkt vor die Brust und drückte ab, aber selbst so konnte ich ihm den Tod nicht leichter machen."

Ich stellte mir die Szene noch einmal vor: Durch die Balkonfront im *piano nobile* waren wahrscheinlich die Dolchspitzen des Mondlichts gedrungen, die auf die Spiegel an der Wand fielen, jene Spiegel, in denen Fabio Valenzin möglicherweise zum letztenmal Gelegenheit hatte, sich zu betrachten, durch jene gespenstische Weichzeichnerlinse, die auf den Netzhäuten entsteht, wenn das Blut sie mit seinem lauten Schrei trübt.

„Ich nahm ihm die Schlüssel ab und riß ihm den Siegelring, den ihm der Millionär Sansoni geschenkt hatte, vom Finger; ich war so erschrocken, daß mir kein besserer Bestimmungsort für den Ring einfiel als der Grund des Kanals", fuhr Chiara fort. „In diesem Augenblick gelang es Fabio aufzustehen und in Richtung Treppe zu wanken; er zog eine endlos lange Blutspur hinter sich her. Ich wollte seine Flucht stoppen, aber durch den Balkon sah ich dich, wie du dich aus einem Fenster des Albergo Cusmano lehntest, und wurde starr vor Schreck. Ich mußte durch eine Hintertür verschwinden, ohne den Koffer mitnehmen zu können; und am nächsten Tag, als ich nach der Beerdigung auf San Michele in die Pension zurückkehrte, warst du mir zuvorgekommen. Es tut mir noch immer leid, daß ich der Pensionsbesitzerin so einen Schlag versetzt habe, aber nachdenkliche Betrachtungen konnte ich mir nicht erlauben."

Ein wenig unpassenderweise entschuldigte ich mich:

„Es tut mir leid, wenn ich dir so viele Probleme bereitet habe."

Ich streichelte ihr zum letztenmal die Stirn, zum letztenmal strich ich die Locken oder die Haarsträhnen zurück, die ihr über die Ohren hingen, zum letztenmal betrachtete ich ihr geliebtes Gesicht, das die ganze Welt enthielt, ihr Gesicht, in dem Vögel voll Anmut flüchtend sich spiegelten, auf dem Flug in die Gegend, in der nichts vergessen wird.

„Viel schwerer war es, den Diebstahl von *La tempesta* vor dir zu verheimlichen", wieder lächelte sie und bat mich dabei um Nachsicht. „Ich mußte dir ein paar Schlaftabletten in das Glas Milch rühren, das ich dir warm machte, als wir uns gerade kennengelernt hatten." Es wirkte so, als spräche sie von einer Zeit, die Ewigkeiten zurücklag, doch in Venedig verlangsamt sich der Ablauf der Zeit und sie steht still, sie ist eine zähflüssige Substanz, so wie die Träume. „Während du schliefst, fuhren Gilberto und ich nach La Giudecca und gingen in Fabios Atelier, wo sich noch immer die Fälschung von *La tempesta* befand. Anschließend hängten wir sie in die Accademia, an die Stelle, wo das Original gehangen hatte. Damit dir der Austausch nicht auffiel und um dich zu beruhigen, führten wir das Theater mit dem nächtlichen Besuch im Museum auf: Wir konnten den Anlaß deines Besuches nicht noch länger hinauszögern. Aber natürlich hatten wir nicht mit dem Überfall dieser beiden dunklen Gestalten gerechnet."

Sie hatte die Arme wieder verschränkt, um ihre Brüste einzurahmen, und begann wider Willen zu zittern.

„Seit ich dich gesehen habe, hat mich der Anlaß meiner Reise, um ehrlich zu sein, nicht mehr interessiert", sagte ich.

Ich besitze eine unselige Neigung zu großen Worten, möglicherweise aufgrund meines ehelosen Daseins, auch wenn mich in jenem Moment mehr die Erinnerung an dessen Unterbrechung trieb.

„Auch mich interessierten eine Menge Dinge nicht mehr. Ständig mußte ich mich ermahnen: ‚Los schon, Chiara, du darfst dich nicht gehenlassen.' Doch selbst so ließ ich mich von Zeit zu Zeit gehen, ich konnte mich nicht pausenlos unter Kontrolle haben."

Sie hob den Blick, als erblickte sie das Gegenmittel gegen den Verlust der Selbstkontrolle im Wiederaufnehmen ihrer restauratorischen Tätigkeiten.

„Du gefällst mir sehr, Alejandro. Aber du bist zu spät gekommen." Sie hatte jene Entschlossenheit und jenen Willen zum Verzicht wiedererlangt, der die Heiligen verzehrt und sie zu den altruistischsten und abscheulichsten Heldentaten treibt. „Und jetzt mußt du gehen."

Es gelang mir gerade noch, ihr einen letzten Kuß zu rauben, es gelang mir gerade noch, ihren Widerstand zu brechen und ihr ein wenig Speichel zu rauben, der wie eine langfristig Schmerzen bereitende Fischgräte schmeckte. Das weihrauchartige Licht lag wie ein tödliches Schwert an meinem Hals.

„Geh jetzt, Alejandro, ich bitte dich."

Sie löste ihren Unterleib von meinem und stieg auf das Gerüst, hingerafft von einer Krankheit, die keine Erlösung zuließ. Ich gehorchte ihr, auch wenn mir die Beine zitterten, so wie sie auch Anchises gezittert haben müssen, als der Blitz des Zeus ihn traf und er sich niemals wieder ohne die Hilfe eines Krückstockes aufrecht halten konnte. Meine Schritte hallten in den steinernen Gewölben wider, die so alt waren wie die Welt; bevor ich das Kirchenschiff verließ, drehte ich mich um, denn ich wollte sie ein letztes Mal sehen und jenes Traumbild in den Lagerraum meiner Erinnerungen aufnehmen: Sie hatte den Scheinwerfer, der die Figuren Tintorettos anstrahlte, angeschaltet und schickte sich an, deren Restaurierung zu vollenden, die sie nur unterbrechen würde, wenn Venedig aufhören sollte, eine Stadt zu sein, um sich in einen Unterwasserfriedhof zu verwandeln, mit Palazzi anstelle von Mausoleen und großen Plätzen, auf denen die Toten spazierengingen.

XIV.

Andere Gesichter entschwinden in die Ferne und mischen sich unter den gemeinen Mörtel des Vergessens, nicht aber das von Chiara. Schon hat die Zeit ihr Fließen wiedererlangt, die Monate vergehen unmerklich, die Jahre ziehen vorüber wie Kutschen der Bedeutungslosigkeit, und ihre Gesichtszüge und ihre Stimme und das Gefühl beim Berühren ihrer Haut bleiben, während alles andere dazu neigt, zu verwischen. Bald schon bin ich nicht mehr wissenschaftlicher Assistent, endlich hält Professor Mendoza das Maß an Frondiensten, die ich für ihn leisten mußte, für voll und hat beschlossen, eine Stellenausschreibung für mich zu erwirken, die meinen Aufstieg in der universitären Hierarchie besiegelt und über die ein Ausschuß aus alten Freunden und Leuten, die in seiner Schuld stehen, zu entscheiden hat. Noch immer macht mich Professor Mendoza nicht zum Mitwisser seiner akademischen Intrigen, doch nun halst er mir nicht mehr nur erniedrigende Aufgaben auf, sondern auch seine ausgemusterten Geliebten (aus dritter oder vierter Hand) und seine ungehobeltsten Schülerinnen (die schon zum dritten oder vierten Mal durchgefallen sind), damit ich mit ihnen mein eheloses Dasein durchbreche und langsam ein wenig meine Männlichkeit trainiere, die eine unabdingbare Voraussetzung dafür darstellt, noch vor der Pensionierung einen Lehrstuhl zu erhalten. Man hat mir ein dauerhaftes Unterrichtsfach zugewiesen, in dem ich meinen Schülern Kenntnisse und Analysemethoden der Kunst näherbringe, niemals aber ihr wirkliches Verständnis, denn es ist nicht gut, wenn sich junge Kerle, die noch grün hinter den Ohren sind, bereits Kenntnisse in der Religion des Gefühls aneignen. Auch wird mir gerade ein kleines Büro direkt neben dem von Professor Mendoza eingerichtet; das ist ein Segen, denn so brauche ich die lautesten oder dämlichsten Schüler nicht mehr selbst zu empfangen, es wird wieder andere Aspiranten geben, die auf der akademischen Leiter noch nicht so weit vorangekommen sind und dies für mich tun: Auf der Universität wird, wie in den ärmsten Familien, alles weitervererbt.

Andere Gesichter entschwinden in die Ferne und mischen sich unter den gemeinen Mörtel des Vergessens, nicht aber das von Chiara. Nur so vermag ich in dieser Latrine, die die Gegenwart darstellt, zu überleben, nur so vermag ich die entwürdigende Routine der Seminare und Tutorien und der Fakultätssitzungen zu überstehen, nur so vermag ich zähneknirschend vor Professor Mendoza zu buckeln und mir seine erotischen Heldentaten anzuhören, die ich nun – seit er Pläne hegt, mich zu fördern – nicht mehr bloß bewundernd zur Kenntnis nehmen, sondern außerdem noch mit Berichten von anderen Heldentaten kontern muß, die mit seinen konkurrieren: An solchen Kleinigkeiten merkt man, daß er mich nicht mehr als seinen Untergebenen, sondern als seinen Kollegen betrachtet. Ein weiteres Zeichen seines Vertrauens in mich ist die Häufigkeit, mit der er mich in sein Büro ruft, damit ich bei den Abreibungen dabei sein kann, die er aus fast immer nichtigen oder willkürlichen Gründen den Stipendiaten verabreicht, und damit ich mir mit anhören kann, mit welcher Unverfrorenheit er sich am Telephon mit seinen Ko-Intriganten in der Hauptstadt ausläßt, die einen Posten im Kultusministerium haben: Man erkennt daran, daß er mir seine tyrannischen und höfischen Gewohnheiten vererben möchte. Manchmal entstehen zwischen den Seminaren und den Tutorien und den Fakultätssitzungen Momente der Untätigkeit, und dann verpaßt mir der Gestank der Latrine, in der ich lebe, eine Ohrfeige oder einen Schlag in die Weichteile der Würde, und ich heule fast auf vor Wut.

Andere Gesichter entschwinden in die Ferne und mischen sich unter den gemeinen Mörtel des Vergessens, nicht aber das von Chiara. Wenn ich mein Tagewerk beende, schließe ich mich zuhause ein und setze mich hin, um an sie zu denken, ich rufe sie mir mit einer philatelistischen Akribie in Erinnerung, niemals bloß abstrakt, sondern mit einer Konkretheit, die sich weder erschöpft noch wiederholt, heute kann ich mich an ihre Haare erinnern, die wie die gerissenen Saiten einer Geige sind, und morgen an ihr leicht hysterisches Lachen und übermorgen an die vergänglichen Spuren, die der sinnliche Genuß in ihrem Blick hinterlassen hatte, als dieser Genuß auch mein eigener war. Die Erinnerung an Chiara ist eine Strafe und stellt eine nicht zu erfüllende Aufgabe dar (doch selbst wenn ich sie erfüllte, würde ich sie wieder von neuem beginnen), und vielleicht ist sie eine Qual, doch ich nehme die mit dieser Erinnerung verbundene Folterstrafe und die Erschöpfung und das Gefängnis an, denn sie erhält mich am Leben und tötet in mir die Keime einer anderen, unwürdigen Existenz. Zu Beginn dachte ich, daß die Abschürfungen der Zeit diese Erinnerung verfälschen und sie vielleicht zersetzen würden; meine bisherigen Erfahrungen im Heraufbeschwören waren immer der Fäulnis des Vergessens oder der Überlagerung von unterschiedlichen heraufbeschworenen Bildern zum Opfer gefallen, doch mittlerweile kann ich bestätigen, daß meine Befürchtungen unbegründet waren: Die Bilder Chiaras sammeln sich an, doch sie überlagern sich nicht, sie warten hartnäckig auf ihre Bergung und werden archiviert, bereit zur Bestandsaufnahme oder dazu, wieder hervorgeholt zu werden. Da man Geschenke aber nicht ohne Gegenleistung erhält, muß ich für die Dauerhaftigkeit meiner Erinnerungen mit Zuständen der Gedankenversunkenheit und mit einer Schlaflosigkeit bezahlen, die gegen alle Betäubungsmittel resistent ist, doch dieses Leiden ist der Mühe wert, wenn ich dafür meine Sünde noch einmal begehen darf. Nur im Schlaf höre ich auf, mich zu erinnern: Obwohl ich Chiara in meinen Träumen nach wie vor auftreten lasse, so tue ich dies doch auf eine phantasievolle Art und Weise, ohne mich strikt an die tatsächlichen Ereignisse zu halten. So kann ich mir in meiner Phantasie eine andere und bessere Gegenwart vorstellen, in der an die Stelle der Erinnerung an Chiara endlich Chiaras Leib träte (ihr Rücken im Schutz meines Bauchs und meiner Brust) und Chiaras Atem. Aber es ist besser, sich nicht zu viele Gedanken zu machen über etwas, was nicht gewesen ist und niemals sein wird.

Andere Gesichter entschwinden in die Ferne und mischen sich unter den gemeinen Mörtel des Vergessens, nicht aber das von Chiara. An die Gesichtszüge Daniele Sansonis und seiner Schergen erinnere ich mich nicht mehr (auch wenn ich einen von ihnen an seinem verstümmelten Ohr noch immer erkennen würde), doch in den italienischen Tageszeitungen konnte ich lesen, daß sie wegen Mangels an Beweisen vom Mord an Fabio Valenzin freigesprochen worden sind. Fast bin ich schon nicht mehr dazu in der Lage, mir die Gesichter Taddeo Rossos und Giovanna Zanons zu vergegenwärtigen, obwohl ich die Erinnerung an sie auffrischen konnte, als in denselben Tageszeitungen Photos von ihnen auftauchten, im Zusammenhang mit einer Affäre, in der es um Kunstdiebstahl und Hehlerei ging, die aber wieder in der Versenkung verschwand, als herauskam, daß sie lediglich mit Fälschungen gehehlt hatten. Auch Nicolussis Gesicht kann ich mir nicht vergegenwärtigen, es sei denn durch Reminiszenzen, die mir einen Geruch nach Tabak und einen mit erhöhter Geschwindigkeit wachsenden Bart in Erinnerung rufen; ich freue mich darüber, daß dieser Mann nun nicht mehr unter Gewissenskonflikten leidet, ich freue mich darüber, daß er Venedig hinter sich lassen und Dina auf einem neapolitanischen Standesamt ehelichen konnte: Ich habe davon erfahren, da Dina ihr Versprechen, mir zu schreiben, flüchtig eingelöst und mir eine Postkarte geschickt hat, aus jener südlicher gelegenen und besser zum Timbre von Nicolussis Stimme passenden Stadt, die ebenfalls besser paßte zur Überschwenglichkeit Dinas, die auf das Maßvolle und die schwarzen Pullover nun wohl verzichtete, so daß ihre byzantinischen Augen besser zur Geltung kämen und ihre weichen Brüste, die ich einmal kneten durfte mit meinen Händen, die sich als ziemlich ungeeignet für solche Expeditionen erwiesen, da auf ihnen noch ein Rest Glut von anderen, wie Halbmonde geformten Brüsten brannte. Von Tedeschi habe ich dagegen nie wieder etwas gehört, und auch seine Gesichtszüge fallen dem gleichmacherischen Vergessen zum Opfer, doch noch immer sehne ich mich nach seinem weinhaltigen Atem, wenn ich ihn mit dem Latrinengestank vergleiche, den die Universität verströmt, noch immer preise ich in meiner Nostalgie einige der ihm so gut stehenden uralten und universellen Leidenschaften, Leidenschaften, die ich sonst nirgendwo mehr zu finden vermag. Fabio Valenzins Leiche wünsche ich nur eines, nämlich, daß sie auf San Michele verfault und daß das Photo, das den Nachruf auf seinem Grab schmückt, verblichen ist und nur noch sein Gebiß eines kerngesunden Skeletts zeigt; hoffentlich hat Chiara ihn vergessen, um wieder zu der Frau aus Fleisch und Blut zurückzufinden, die in ihr steckt, zu der Frau, die manchmal vor Verlangen glüht und sich vor Trauer verzehrt. Wer die Zersetzung durch das Vergessen vielleicht am besten überstanden hat, ist Gilberto Gabetti; seine schneeweißen Haare und seine Augen, in denen die Sanftmut und die Barbarei nebeneinander lebten, und seine von Altersflecken übersäten Hände dürften nun endgültig vor dem Alter kapituliert haben, und Chiara wird wohl seine Krücke und sein ganzer Stolz und sein Schutzengel sein: Aus der Ferne bewundere und beneide und verabscheue ich ihn.

Andere Gesichter entschwinden in die Ferne und mischen sich unter den gemeinen Mörtel des Vergessens, nicht aber das von Chiara. Ich habe einen Druck von *La tempesta* gekauft, ein Poster in Originalgröße, das ich mit vier Reißbrettstiften an eine Wand in meinem Zimmer gepinnt habe, direkt gegenüber dem Fenster, damit die Lichtreflexe der Wassertropfen auf dem Glas auf das Bild fallen und das Gesicht der Frau, die mit einer gewissen sinnlichen Trauer ihr Kind stillt, verschwimmen lassen, und zwar so, daß ich in die verschwommene Stelle die Gesichtszüge Chiaras einsetzen kann, patrizische Gesichtszüge außer den Augen, die mich wie die einer Bäuerin betrachten. Wenn ich mir Giorgiones Gemälde anschaue (und das tue ich im Laufe der Tage viele Stunden lang), kann ich der Versuchung nicht widerstehen, mich in den einsamen Wanderer hineinzuversetzen, der ebenfalls die Gunst jener Frau genossen hat und sich damit begnügen muß, sie aus der Ferne zu betrachten. Wenn ich von Giorgiones Bild träume (und auch dies tue ich im Laufe der Nächte viele Stunden lang), kann ich der Versuchung nicht widerstehen, aus meinen Predigergedanken eine Traumvorstellung oder eine vergängliche Vorstellung vom Glück werden zu lassen, und dann glaube ich in dem Kind, das die Frau in den Armen hält, das Kind zu erkennen, das Chiara und ich gezeugt haben, als sich mein Same ein einziges Mal in ihrem Unterleib eingenistet hat, das Kind, das heranwachsen und der Berufung seiner Mutter folgen wird, um Venedig vor den Naturgewalten zu retten und sich zum Priester der Kunst zu ordinieren, die eine Religion des Gefühls ist, auch wenn ich meinen Schülern das verheimliche. Auf die Träume folgt das Erwachen, und auf das Erwachen die bedrückende Gewißheit, daß ich niemals Kinder haben werde, denn mein Schicksal sind die Kinderlosigkeit und das ehelose Dasein.

Andere Gesichter entschwinden in die Ferne und mischen

sich unter den gemeinen Mörtel des Vergessens, nicht aber das von Chiara. Manchmal frage ich mich, während ich mich wasche und mir im Spiegel über dem Waschbecken ins Gesicht sehe, was aus mir würde, wenn ich jenen Trost und jene Strafe nicht hätte. Da ich noch nicht ganz wach bin und der Schlaf in den Augen und die Aufgedunsenheit meine Ausdrucksschärfe beeinträchtigen, finde ich die Antwort sofort: Ich wäre ein Tier, das sich selbst nicht versteht, eingeklemmt zwischen einer ziellosen Gegenwart und einer Zukunft, die es nicht gibt. So habe ich wenigstens eine Vergangenheit, und ihrer gedenke ich, und in ihr lebe ich.

Danksagung und Hinweise

Da sich einem das Schauspiel der Großzügigkeit selten bietet, und da es gewöhnlich unter jenem anderen, häufigeren Schauspiel begraben wird, das darin besteht, über andere herzufallen und ihnen Steine in den Weg zu legen, möchte ich hier die Namen meiner Gönner in aller Deutlichkeit nennen. ‚Trügerisches Licht der Nacht' wäre ein lauer Regen geblieben, wenn mein Vater nicht die ermüdende Arbeit auf sich genommen hätte, ein ziemlich unleserliches Manuskript abzutippen, das ihn zahlreiche Stunden Schlaf und einen guten Teil seiner Gesundheit gekostet hat; ebenso von meinem Vater stammt auch die Interpretation von Giorgiones Gemälde, die Alejandro Ballesteros im siebten Kapitel liefert, eine Interpretation, die sich vor den Deutungen der angesehensten Spezialisten keineswegs zu verstecken braucht. Iñaqui verdanke ich unablässigen Beistand und Unterstützung, die heimliche Opferbereitschaft und das gnadenlose Aufspüren von Druckfehlern: Er wirkt auf mich wie ein lindernder Balsam und ein Beruhigungsmittel zugleich. Silvia salbte dieses Buch mit ihrem niemals schwindenden Lächeln. Luis García Jambrina danke ich, außer manch anderer Kostbarkeit, auch heute noch eine anregende Freundschaft; während ich diesen Roman schrieb, wuchs im Leib von Mercedes sein Erstgeborener heran: Es freut und ehrt mich sehr, daß das Erscheinen dieses Buchs in Spanien und die Geburt auf den gleichen Termin fallen. Blanca hält mich immer für naiv, wenn sie wütend auf mich ist, aber ich glaube, sie weiß diese Naivität immer noch zu schätzen, genau wie meinen fieberhaften Enthusiasmus für die Literatur, der sich nur mit dem vergleichen läßt, den die Betrachtung ihres Gesichtes in mir auslöst, auch wenn sie jetzt nicht mehr für meine

Trinkgelage in Balmoral aufkommt. Luis Alberto de Cuenca ist nach wie vor ein eigensinniger und nicht zu umgehender Freund, der imstande ist, die Biblioteca Nacional auf den Kopf zu stellen, um meinen Wünschen gerecht zu werden. Auch José Luis García Martín und Antonio Sánchez Zamareño mußten meine Telephonanrufe zu allen möglichen Tages- und Nachtzeiten erleiden.

‚Trügerisches Licht der Nacht' ist ein wilder, im weitesten Sinne romantischer Roman, der gegen den Realismus zu Felde zieht, auch wenn er Ausdrucksweisen aufgreift, die durchaus auch von anderen kultiviert worden sind. Die Kriminalerzählung, der Sensationsroman und das Intrigenstück, ja sogar die erzählerischen Mittel des pulp und einige low-budget-Produktionen fürs Kino dienten mir als Gerüst, um meine trostlosesten Gefühle und meine tiefsten Besorgnisse zum Ausdruck zu bringen, und um der Kunst als einer Religion des Gefühls zu neuer Ehre zu verhelfen. Als ich ‚Las máscaras del héroe' veröffentlichte, wollten mich einige Politkommissare mit dem Helden des Romans, Fernando Navales, identifizieren, um eine Hexenjagd zu veranstalten; es tut mir leid, daß ich ihnen diesmal keine genauso hassenswerte Figur liefern kann, die ihnen als Alibi für ihr Gegeifer dienen könnte. Dieselben Politkommissare versuchten, meine Laufbahn damals unter „Abfallprodukten" zu begraben (das war der Ausdruck, den sie verwendeten, wahrscheinlich, weil ihr Leben eine Müllhalde darstellt); ‚Trügerisches Licht der Nacht' – es tut mir aufrichtig leid, sie enttäuschen zu müssen – speist sich nicht aus literarischen Quellen, doch ich will gerne einräumen, daß mir die großartigen Aufsätze von Salvatore Settis über Giorgione von größtem Nutzen gewesen sind.

Abschließend möchte ich Julien Gracq zitieren, der genau wie ich ein großer Liebhaber der gotisch angehauchten Nächte und der bedrohlichen Stimmungen ist: ‚Möchte es hier doch gelungen sein, der mächtigen Wunder der Geheimnisse von Udolpho, des Schlosses von Otranto und des Hauses von Usher zu mobilisieren, um diesen schwachen Silben ein wenig von der Zauberkraft mitzuteilen, die ihre Ketten, ihre Gespenster und ihre Särge bewahrt haben: der Verfasser wird nichts anderes tun, als ihnen ausdrücklich zu huldigen für die Bezauberung, die sie immer unerschöpflich über ihn ausgegossen haben.‘

Salamanca, Oktober 1997
Juan Manuel de Prada

Anmerkungen des Übersetzers:

Das Gedicht des Literaturnobelpreisträgers (1977) Vicente Aleixandre, aus dem Alejandro Ballesteros gerne und ausgiebig zitiert und das dem Text als Motto vorangestellt ist, stammt aus dem Gedichtband „La destrucción o el amor" von 1935 und trägt den Titel „Unidad en ella". Wir zitieren aus der Übersetzung von Fritz Vogelgsang von 1978 (abgedruckt in: „Die Zerstörung oder die Liebe" unter dem Titel „Einheit in ihr")

Das Zitat von Julien Gracq in der Danksagung stammt aus einem Text mit dem Titel „Au Château d'Argol". Die Übersetzung ist zitiert aus der deutschen Ausgabe „Auf Schloß Argol", Edition Sirene 1987, S. 9. Aus dem Französischen von Eva-Maria Thimme.

Juan Manuel de Prada:

Junge Damen in Sepia

Erzählungen

Aus dem Spanischen von Alexander Dobler

200 Seiten ,gebunden, ISBN 3-608-93221-9

In der Diele, den ganzen Haushalt beherrschend, hängt das Porträt des Großvaters. Er ist der berühmt-berüchtigte Ahnherr, den der Enkel in wilden Tagträumen bei seinen Ausschweifungen und Verschwörungen begleitet. Bis er auf eine Randnotiz in einem Gedichtband stößt, die unvermutet eine andere Person zeigt.

»Ich habe mich nach Liebe gesehnt und schon geglaubt, sie mit meinen Fingerspitzen zu berühren...«

Der Junge sucht nach der Vergangenheit. Photograph sei der Großvater gewesen, erfährt er, und eine Nachbarsfamilie hat sogar noch die Bilder, mit denen er handelte: pornographische Aufnahmen junger Mädchen in den verklemmten Posen der Jahrhundertwende, sepiagetönt wie aus einer anderen Zeit.

Der Großvater, der einsame Voyeur, unfähig zur Liebe. Noch erschreckender aber ist, daß der Junge plötzlich erkennt, er ist dem Großvater tatsächlich verbunden – nicht im Abenteuer, sondern in seiner Einsamkeit. Sie sind vom gleichen Schlag.

De Prada zeigt die Schattenseiten der Dinge, die schreckliche und absurde Innenansicht einer verborgenen Realität, eines wahren Hexensabbat. Kinder, die bald keine mehr sein werden, zu jeder Niedertracht fähige Strebernaturen, an Mittelmäßigkeit erkrankte Schriftsteller, sagenhafte Bohemiens – sie alle fügen sich zu einem Mosaik zusammen, das Juan Manuel de Pradas kriminelle, rücksichtslose und gefühlsbetonte Prosa entstehen läßt.

Dieses Buch eröffnet neue Welten und läßt den Lesern keine ruhige Minute.

Klett-Cotta

Javier Marías im dtv

»... ich glaube, das ist einer der größten im Augenblick lebenden Schriftsteller der Welt.«
Marcel Reich-Ranicki

Mein Herz so weiß
Roman · dtv 12507

Eine junge Frau erhebt sich vom Tisch, geht ins Bad, knöpft sich die Bluse auf und erschießt sich. Vierzig Jahre später beschäftigt sich ihr Neffe mit der Tragödie. Er ist Dolmetscher und leidet an einer »déformation professionelle«, die ihn dazu zwingt, jedes Detail zu registrieren und zu interpretieren: die scheinbar unbedeutenden Dinge seines eigenen Ehelebens, aber auch jene Details, die ihm nach und nach mehr über die Ereignisse vor seiner Geburt verraten, als ihm lieb ist...

Alle Seelen
Roman · dtv 12575

Ein junger Spanier kommt als Gastdozent nach Oxford, einer Stadt wie »konserviert in Sirup«. Er beginnt eine Affäre mit der verheirateten Dozentin Clare, in deren Blicken er bei einem grausig-grotesken Dinner seine eigene Kindheit wiederfindet. – Immer enger verknüpft Marías die Erzählfäden, immer rascher treibt er seine suggestive Sprache einem dramatischen Finale zu, in dem Clare in der letzten gemeinsamen Nacht ihr Geheimnis enthüllt...

Morgen in der Schlacht denk an mich
Roman · dtv 12637

Sie ist noch nicht 33, hat sowohl Mann als auch zweijährigen Sohn sowie ein außereheliches Verhältnis. Als Marta Téllez' Mann Eduardo Deán für ein paar Tage in London ist, lädt Marta Víctor Francés, den Ich-Erzähler, in ihre Wohnung ein. Noch bevor sie beide vollständig entkleidet sind, stirbt Marta unvermittelt in Víctors Armen...

T. C. Boyle im dtv

»Aus dem Leben gegriffen und trotzdem unglaublich.«
Barbara Sichtermann

World's End
Roman · dtv 11666
Ein fulminanter Generationenroman um Walter Van Brunt, seine Freunde und seine holländischen Vorfahren, die sich im 17. Jahrhundert im Tal des Hudson niederließen.

Greasy Lake und andere Geschichten
dtv 11771
Von bösen Buben und politisch nicht einwandfreien Liebesaffären, von Walen und Leihmüttern...

Grün ist die Hoffnung
Roman · dtv 11826
Drei schräge Typen wollen in den Bergen nördlich von San Francisco Marihuana anbauen, um endlich ans große Geld zu kommen.

Wenn der Fluß voll Whisky wär
Erzählungen
dtv 11903
Vom Kochen und von Alarmanlagen, von Fliegenmenschen, mörderischen Adoptivkindern, dem Teufel und der heiligen Jungfrau.

Willkommen in Wellville
Roman · dtv 11998
1907, Battle Creek, Michigan. Im Sanatorium des Dr. Kellogg läßt sich die Oberschicht der USA mit vegetarischer Kost von ihren Zipperlein heilen. Unter ihnen Will Lightbody. Sein Trost: die liebevolle Schwester Irene. Doch Sex hält Dr. Kellogg für die schlimmste Geißel der Menschheit... Eine Komödie des Herzens und anderer Organe.

Der Samurai von Savannah
Roman · dtv 12009
Ein japanischer Matrose springt vor der Küste Georgias von Bord seines Frachters. Er ahnt nicht, was ihm in Amerika blüht...

Tod durch Ertrinken
Erzählungen
dtv 12329
Wilde, absurde Geschichten mit schwarzem Humor.

América
Roman · dtv 12519